1

NEW STANDARD
Note—Book
KOKUYO
NOTEBOOK
古今亭 朝太
Superior Note Book
Made of paper
Specially prepared in Nippon
Deutsch (Mittel)
NOTEBOOK
NOTE BOOK
Made of Paper
Specially Prepared in Nippon
古今亭 朝太

2

Note Book
CONTAINING BEST RULED FOOLSCAP
SPECIAL NOTEBOOK
MADE IN TOKYO
落語協会
Superior Note Bo
SUPERIOR IN
NOTE
B5
40
SA
40S
SCHOOL LINE
無地

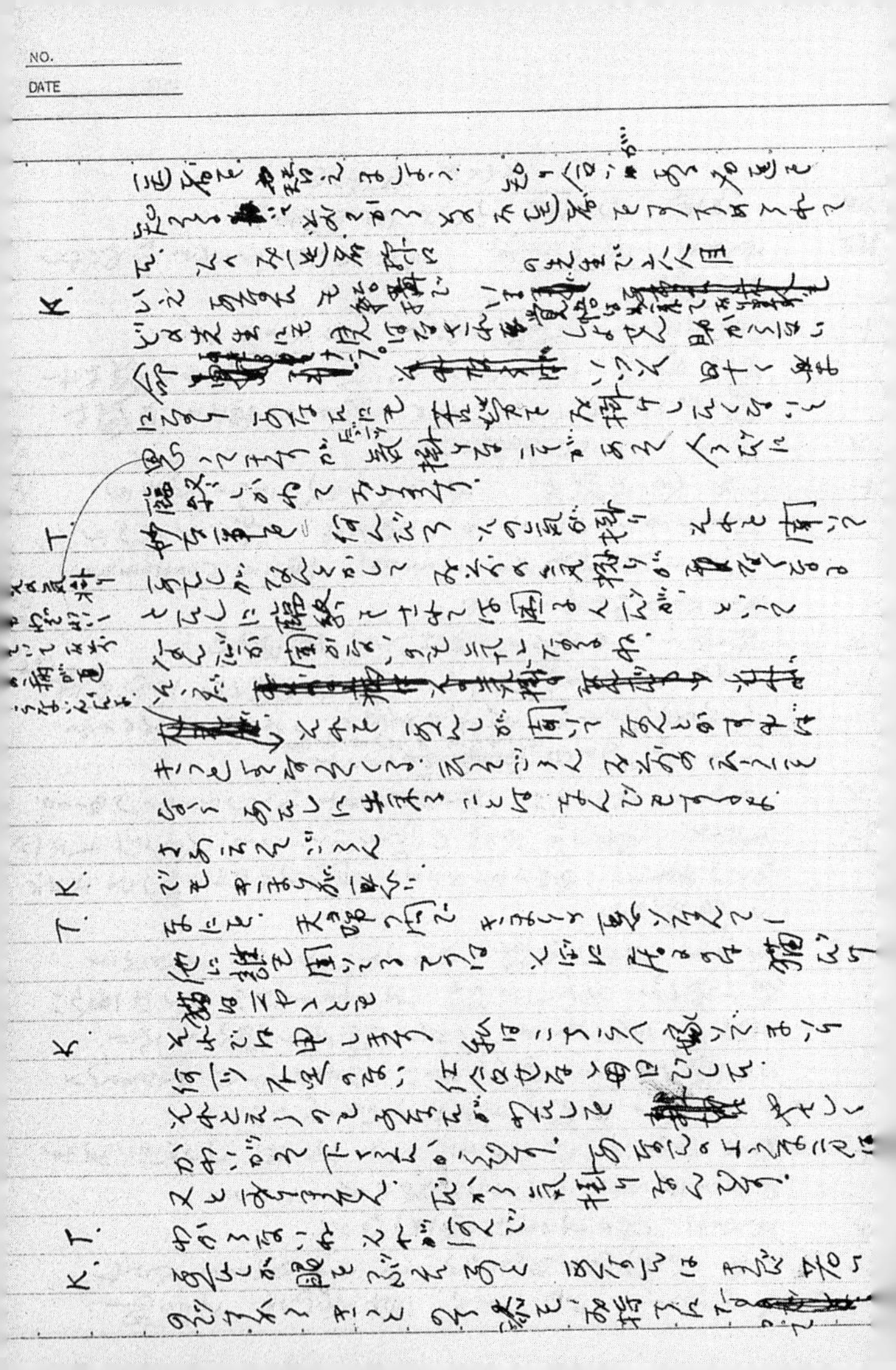

NO.

DATE

K. [illegible]

T. [illegible]

K. [illegible]

T. [illegible]

K. [illegible]

T. [illegible]

K. T. [illegible]

K. [illegible]

NO.
DATE
3

~~職~~ 何云てんの そんな与太郎を

女 又そんなこと云うと本気にするから。

職 あっ本気だよ。

女 ウソ そんなこと云ってやあ あっちこっちの女など
泣かしてんだから罪作り。

職 イヤ ~~冗談じゃねえんだ~~ 他でそんなことは云わねえ ~~[illegible]~~ おまえにははじめて
一緒になりたくねえか。

女 そりゃなりたいけどさ。 おまえさんには おかみさん
がいるじゃないか

職 いや オレ一人者なんだよ。

女 ウソ。

職 本当さ。オレァシャカンの職人でな 稼ぎ
も悪くねえよ。だから人にも進められるんだが、
変な女かかあにしたひにゃ 生涯苦労
するからよ。それに気に入った女にも出っくわさ
なかったから。今迄にオレァ一人でいるんだ。
だけど おまえオレ気に入ったんで だから一緒
になろうてんだよ。

女 でも 私の体に借金が掛ってるんだよ。

職 だから まず聞きなんだ その金 オレ出すよ
いくらだい。

女 お金かい 三十両

職 三十両かいいとも 安そうじゃねえか。オレだ。
~~[illegible]~~蔵前請合そんだ。お店へ行
ってお借りしてよ ~~あした~~ あしたの晩 三十両持ってくる
からオレと一しょになろうじゃねえか。

女 本当 まあうれしいよ。

(亭) おう直してもらいなよ。

女 はい、おまえ お直しだよ。

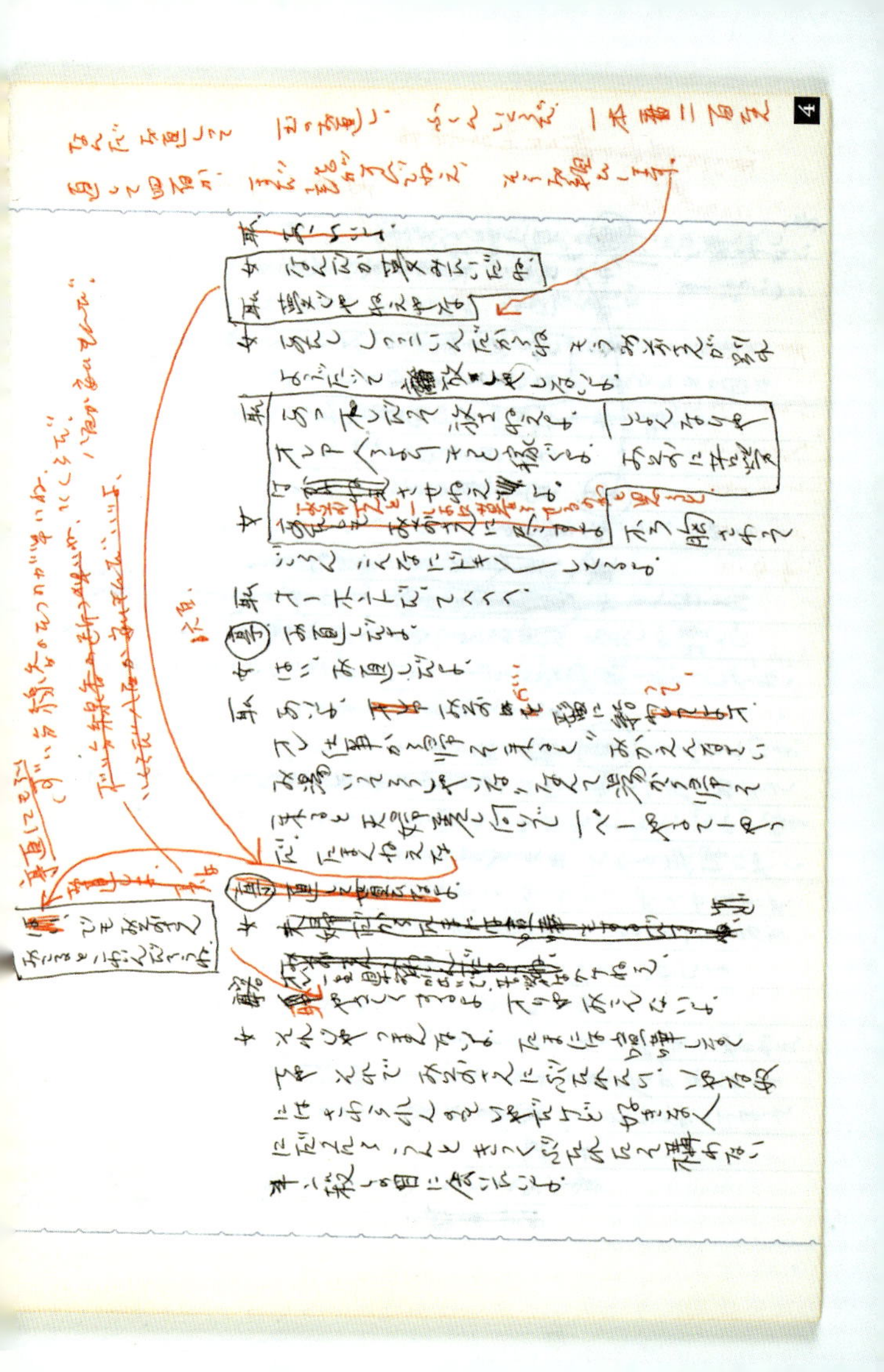

なんだか面白いこと [illegible] 一本書き足そう
思いつき [illegible] まだまだ [illegible] ええい [illegible]

刑 ~~あ、そうか。~~
女 なんだかの城みたいだわ。
刑 墓じゃないのか
女 あたし しつこいんだから そうかもしれない [illegible]
なんだって [illegible] しないのかしら。
刑 あの 本当は [illegible] しかしなあ
オレが [illegible] あなたに本当のこと
[illegible]
女 [illegible] [illegible]
いつか [illegible] しまう。
刑 オーケーだ よろしく。
(母) お願いします。
女 はい お願いします。
刑 あの、[illegible]
[illegible]
[illegible]
[illegible]
[illegible]
(刑) ~~[illegible]~~
女 ~~[illegible]~~
~~[illegible]~~
刑 [illegible]
女 [illegible]
[illegible]
[illegible]
[illegible]
[illegible]

皆川宗悦　鍼医　深見新左衛門に殺され
根津七軒町　富本の師匠　豊志賀　殺された宗悦の
姉娘、妹お園　非業の死　姉妹思い　毎日なげ
きかなしんで　ナニもする気に　稽古も休んで　このままでは
身がまいって　稽古をする　気も紛れる　世間の人の勧め
又富本の稽古は　年三十九、美人ではない　なんかアダッぽい
~~苗から男嫌~~　女の師匠でも堅くないと弟子がつかない。
~~この女は内の嫌い~~　あの師匠なら行儀を好し言葉もづかいも
堅い人　心配はない、親も安心して娘達を稽古にやる。
豊志賀　男嫌ひで通って大変に堅い　女のお弟子が多い
御大家のお嬢さまも　男嫌なら男の弟子はとらない
のかてえそ　やっぱり商売　男でも女でも弟子はとる。
そのかわりどんなに芸が良くとて男の師匠　あまりはやらない。
大事な娘がもしその師匠と間違ひでも　女のお弟子は来まい
男の方で「なんだい師匠が男だって　ふざけやがる
誰がくるもんか　バカにすんねえ」
でも男嫌って評判　下心のある男連中は　あきらめて　こない
いかねえと　くる者ない　「他の者じゃいけねえ　オレが行きゃ
師匠の男嫌いを変えるだろう。うぬぼれ　稽古はこの次　こういう連中が
やって来る。　経師屋連、狼連　師匠を狙いに行く。

ちくま文庫

志ん朝の落語 I

男と女

古今亭志ん朝　京須偕充・編

筑摩書房

編者のマクラ ――

扮装もなく、座布団から動かず、表現手段をギリギリに絞った落語は、〝聴き手の頭の中に想像を生む〟芸だといわれている。

話し言葉と書き言葉は別のものだ。聴くものである落語を読むものに変換する際の、そこがひとつの壁になる。抑揚や、単語以前の発声にさえ表情と心理をこめていた古今亭志ん朝となればなおさらのことだ。

そこで、言葉にはなっていないが言わんとし、表わさんとしたことを極力、註として補ったつもりだ。読者の想像を助けられたらうれしい。そのかわり、演技説明の註はほとんど施していない。あくまでも噺の中の人物や情景のための註を、読みにくくならない量で、と心がけた次第である。

さて、古今亭志ん朝の魅力ある、類い稀な言語空間がどこまで再現出来たろうか。

目次

志ん朝の落語1

男と女

【口絵】

1——「明烏」の高座。(一九八一年四月一五日

「志ん朝七夜」第五夜)

2——志ん朝の遺した十四冊の落語ノート。

3——ノートより。「三年目」の筆記。

4——ノートより。「お直し」の筆記。

5——ノートより。

「真景累ヶ淵　豊志賀の死」の筆記。

高座写真撮影　横井洋司

ノート写真撮影　森幸一

明烏

えェ、男の道楽ってえますと、「飲む・打つ・買う」ということンなってますが、ま、この三つはたいがい好きなんですがね…。中には、「おれァどうも博打ァいけねえや」とかね、「どうもあたくしはお酒はいただけません」なんてえ方がいますが、男と生まれた以上、ご婦人の嫌いな方というのはまずいないですな。…やっぱりこの、（強く）女というものぐらい、いいものはないと……あたくしなんぞも、つくづく思っておりますが…。

まあその…これは人によっていろいろと…好きさ加減が違ってくるんで…ね。えェ、まァ、うんと好きだと言う人もいれば、まあまあ普通だねとか、なかにァ「おれ嫌いじゃねェけどな、酒があればそれですむよ」なんてえ人もいるんですな。そうかと思うともう、女がなきゃアどうにもしょうがないなんてえ人がいる。好きで好きでたまんないなんてえのがね…。

「おめえ女ァ好きだって？」

「（恍惚として）大好きだ、おれァ。もーぅ本当に、も、女が好きでねえ、おれが女になりてえや！」

…なんだかわけのわかんないことを言って…。そうかと思うってえとまるでこの、女は嫌いだなんてえことを言う人がいるんですな、ええ。

「あァた、なんですって？　女ァ嫌いですって？」

「ええ、女ァいけませんな」

「ああそうすか。どうして嫌い？　あんな結構なものァないじゃありませんか」

「いいえ、いけません。女ァね、ァもう、軽薄でね、柔弱でね、えェ、もう卑猥(ひわい)でね、見栄っぱりで。もう女…女（と念を押し）、女という言葉を聞いただけであたしゃゾォーッとしてね、もう本当に虫酸(むしず)が走る。嫌ですなあ」

「ああそうですかァ、へえエ。いい女がそばイ寄ってきて、『ちょっとお付き合い願えませんか』…なんか言われたら、あァただってたまんないでしょう？」

「いいえェ、あたしゃもう、倒れちゃいますなあ」

「そうですかァ」

真(ま)に受けてね、後日その方のお宅イ用があって伺ったりなんかして、

「えェ、どうもなんすなあ、たいそうお子さんが大勢遊んでらっしゃいます。どちらのお子さんでございァす？」

「え？　みんな、みィんなうちの子ですよ」

「あァ、あの、ご養子なすった？」

「いえ、そうじゃありません。あたしと家内との間に出来た、立派なあたしの子ですよ」

「だってあァた、女は嫌いだってェじゃありませんか？」

「えェ、女ァ嫌いです、ええ。だけど女房は好きだァ」

なんて勝手なことを言っておりましてね。

「おばあさん（と別間へ）、どしたい、倅ァ、え？　出かけた？　へーえ（と頓狂な声をあげ）、珍しいことがあるもんだねえ。いやいやいや、用じゃアねェんだよ、うん（と、老妻に応え）。今ちょいと二階にね、片付けものに上がったら、あれがいつも本読んでんのにきょうァ姿が見えないからね、どうしたのかと思ったんだ。珍しいこともあるもんだなァ。そうかい、へええ。なにが？　心配だ？　どして？　すぐに帰ってくるって出てったのに、いまだに帰ってきません？　フフフフフ、ばあさん、なにを言ってんだよ。子どもじゃないんだよ。あれはもう二十歳になるんだ、なア。夜遅くンなってるわけじゃありませんよ。よしんばなったっていいじゃアないか、ねえ。一晩ぐらい家をあけるようでなくちゃいけませんよ、あの歳なんだから、ねえ。……いや、それァね（苦笑しっつ語調を改め）、……おばあさん、いつもそれ言うんだよ。それァわかってるってんだよ。堅いのァ結構ですよ。あれは少しね、堅すぎるんだよ、ね。なんでもほどというのが大切だってえ…（老妻もそれは認めるので）、そうだよ。ね？ あんなに堅くちゃ困るじゃないか、ねえ。いい年頃の男がだよ、毎日毎日家イ閉じこもって本ばかり読んでんだよ。その本だっておもしろくない本だよ、ねえ。『シーノタマァク（子曰く）、シーノタマァク』なんて、火の玉ばっかり食ってやがン。火の玉食うから赫くなるかと思ったら蒼くなってんだよ。しょうがないよ、あれじゃア、ねえ。体ァ弱くなるしさァ、ねえ。人間が堅物だから他人様が付き合ってくれなくなるよ。商人でお前、他人様が付き合ってくれなくなったら、商売うまくいきませんよォ。だからそう言ってン……、（たしなめるように）いえ、そうじゃないんだよ、悪くしようてんじゃないの！ ねえ。なんでもほどだてェんだよォ、本当にわかんないねえ。……ほら、喧嘩してる場合じゃないよ、ね。堅物帰ってきましたよ。（帰宅した倅に）誰だい？」

「あ、どうも。（きまじめな口調）ただいま帰りました、おとっつァん。あいすいません、遅くなりまして。すぐに帰ろうと思ったんでございますが」

「いやいや、かまやしないんだよ、別にね。そんなことはどうでもいいんだ。どこ行ったんだい？」

「はい。ええ、ちょっと本を読み過ぎまして頭が少し痛くなりましたので、外(おもて)へぶらっと出ました…。横町のお稲荷(いなり)さんへ参りましたところ、きょう初午(はつうま)でございまして、町内の方が大勢集まっていらっしゃいました、へえ。で、あたくしが参りましたら、若旦那、御酒(ごしゅ)を召し上がりますかって、こう勧めらいたんですけども、お断りをしたところ、それじゃ、おこわになさいましと勧めらいまして、いただいてみたところたいへんによく炊けておりましたので、ええ、おこわを三膳おかわりいたしました。帰ろうかと思いましたら子どもたちが一緒に遊んでくれとせがむもんですから、一緒に太鼓を叩いて遊んでまいりまして遅くなりました」

「（あきれて）いい若え者(わけもん)のするこっちゃないな…。あのなあ、おとっつァん、お前さんにねエ、小言を言うんじゃアないよ。ね、取り違えないでおくれ。あの、本を読むのは結構だけどなあ、ほどほどにしたらどうだい、ねえ。お前はねえ、学者ンなるわけじゃアないんだよ。今におとっつァんの跡を継いで、え？　商人(あきんど)ンなるんだよ。この家(や)の主(あるじ)ンなる。ねえ。商人(あきんど)はそんなに学問はいりませんよ。商人には商人の学問というものがいるんですよ、ねえ。お前の読んでいる本、そういうものは商人(あきんど)にはいらない。ねッ。どういうことかというとね、ン……まあ、あっち行ったりこっち行ったり、お前さんが出かけて、ね。いろんなものを見たり、それから他人様の話を聞く、これがたいへんに勉強になるン。お前はばかにするかもしれないが、そうでないんだ、ねえ。いくら本を読んでも、ねえ、…他人様にちょいと話を聞くほうが、どんだけ役に立つかわかんない。ねえ？　それをお前は一間（ひとま）に閉じこもって本ばかり読んでるでしょ。それァお前…。たしかに親孝行ですよ。親孝行だけれどもねえ、おとっつァんにしてみるってェと、ああやってなんにもしないで本ばかり読んでるってえと、しまいに体をこわすんじゃないかって、ェェ、心配するじゃないか。親に心配をかける、これァ親不孝ですよ、ねえ。だからね、これからァちょくちょく外（おもて）ェ出て、ね、で、いろんなところを見たりなんかしなくちゃいけません。第一（だいち）お前がおとっつァんの跡を継いで、ね、いろんな人と付き合ったりするでしょ、商売上。そんときにね、先方が誘ってくれる、そのまんまにお前が金魚の糞（ふん）みたいにただあとをウロウロついてるようなこっちゃだめなんだよ、ねえ。自分のほうから、おそれいりますがお付き合い願えますか、あすこでこういうものを食べさせますとか、あすこの芸者衆はこういう芸が得意ですとか、そのぐらいのことを知ってなきゃアいけないよ、ねえ。いや、本読んじゃいけないとは言いませんよ。ね、読むのはかまわないが、ほどほどに。ね？　あとはどっかイ出てっていろんなことを見聞きする。これがお前さん、一番大切なことだよ。わかったかい？」

「はいッ。よくわかりました。あのォ、それでしたら、ちょうどよいお話かと思いますが、今、外(おもて)で源兵衛さんと太助さんに会いまして、ええ、これからお稲荷様へお詣りに行くんだけど一緒に行かないかと誘われたんでございますが、行ってもよろしゅうございましょうか?」

「(意外そうに)ええ? 源兵衛と太助に会った? (思い当たり)あーアそうかい、お稲荷様行くって? えーエ(と納得)、いやァ、そんな話は聞いてました。あの連中よく行くらしいんだ。ああそうかい、じゃア行ってきなさい、うん。(念のために)いやあの、どこのお稲荷様へ行くってそう言ってたい?」

「なんですかあの、浅草の観音様の裏っ手のほうにたいへん霊験あらたかなお稲荷様があるんだそうで」

「(それだ! とばかりに)あ、アアアアルある、あります。あすこはお前ねえ(すこぶる嬉しそうに)、日本一だよォ、あア。あすこへは一度は行かなくちゃいけないなあ。おとっつァんなんざァ若い時分にはねェ、日参したもんだよ、ねえ。少しお詣りが過ぎてね、親父しくじったことがあったが。アッハッハッハ、や、とにかくね、お前みたいな者は(と言いかけて)、あ、そうだ、初めて行くんだ、えッ? 今夜はお詣りでなくてなあ、お籠(こも)りをしてきなさい、お籠りを」

「はあ、さいでございますか。それじゃア定吉に夜具布団を……」

「いやいや、そんなことしなくていいんだ。向こうに万事揃っている、ね。で、あのお二方にお願いしてお付き合いを願いなさいよ、ね。あのお二方はよオく心得てらっしゃる人ですから、万事任せればいいんだ。なッ、うん。ええっと、あ、その服装じゃアちょいと具合が悪いなあ。いやァ、あすこのお稲荷様は服装が悪いってえと御利益が薄いからな。おばあさん（と、別間に）、ちょいとなんか出してやン…（舌打ちするように）いいんだよお、ン……うるせえなァ、なにを言ってんだよォ。黙って出しなさい黙って。（老妻の問いに）ええ？　ああ、あアそのほうがいい。そういう着物のほうがいい。お賽銭もたっぷり持たせてやんなくちゃだめですよ。いいかい？　ね、うん。…それでね、えー（と考え）、あの方たちと一緒に行くと、途中で中継ぎをなさるかもしれないなあ」

「中継ぎと申しますと？」

「お前が知らなくても無理はない。どっかイ上がって、ま、一杯召し上がるてえやつだ」

「お酒でございますか？　あの、あたくし、お酒いただけませんから、それじゃア、お二方が飲んでらっしゃる間、表で待っております」

「それがいけないんだよ、ねえ。なんでも付き合いというものが大切ですよ。お前も一緒にどこイでも行きなさい、ねえ。おひとついかがですって差されたらば、ただ飲めませんとかいただけませんって断るばっかり断ってちゃお前、世辞も愛嬌もないでしょ、ね。そういうときには、ま、おちょこに一杯ぐらいは受けなさい。そのぐらいは飲めるだろ、ねえ。薬を飲むつもりでもって、おちょこに一杯ぐらいは飲む、ね。あとは何杯差されたって、みんな飲んだふりをして盃洗の中へあけてしまえばいいんだから。いいかい、ね？　で、途中で手を叩いてお会計なんてェのは、これァ大変に野暮の骨頂ですよ。いいね？　お前がはばかりイ行くようなふりをして、裏梯子をトントントンと降りてって、お帳場でもって三人分の勘定を一手に済ませてしまう。わかったかい？」

「はい、で帳面に付けといて、あとから割り前を頂戴する」

「そんなことしちゃいけませんよ（やや強く否定し）。相手は町内の札付きだよォ、えェ？　あとがこわいんだから。いいかい、ね。万事あのお二方に任せておいて。わかったな」

「（太助、嫌気がさしたか）おゥい、行こうよもう。ええ？　来るわけないだろ？　なァ、考えてみねえな、（責めるように）素っ堅気の家だよ、ねえ？　てめえの倅を女郎買いに連れてってくれって他人に頼みつける親ァどこにいるよォ？」

「(源兵衛)お前(まい)ねえ、なんにも知らねえから、ンなこと言ってンだよ。ええ? あすこのお前(まい)、旦那なんてェのァもう、粋な人ったらありゃアしねえんだよ、ねえ。こねえだ、髪結床(かみいどこ)で会ったんだよ、ね。そしたらねえ、『うちの倅にも困ったもんだ』ってこう言うんだ、ねえ? 『どうしてです、堅くて結構じゃありませんか』ってそゥ言ったら、『堅過ぎる』ってんだよ、ねえ。あゥー(感に堪えたように)、考えてみるってェと親ってのァたいへんだね。柔らかいといっちゃアね、心配をしなきゃなんないし、ええ? 堅いといっちゃア苦労をするんだよ、ねえ? あー(と思いをこめ)、おれァもう生涯、親ンなんのはよそうと思ったね、うん。で、『どうしてそんなに心配なんです?』ってそう言ったら、これから先、ね? 商売をあれが継いだときに他人様(ひとさま)が付き合ってくれないから、少しゃ柔らかくならないってェと困るってんだ。えェ? 『たまにゃアお前さん、どっかへ遊びに引(し)っ張(ぱ)り出しておくれよ』ってこう言われたんだよ、ね? そいからまァ、『行きますかね?』ってそう言ったら、『ああいう倅だから、信心にかこつけて、どっかイお詣りにでも行くと、こう言って誘ってくれれば行くだろう』って、そう言ってたからね。今、『お稲荷様へお詣りに行きましょ』って、そう言ったろ。え? 家(うち)イ帰っておとっつァんに言うよ、ね。倅が嫌だったたって、あすこのおとっつァんのこったから出してよこすよ。(説得調で)まあ…待ちなよ、今来るよ。ん、大丈(夫、と言いかけ小声になって）…、おう、ホラホラホラ（と太助の袖を引き）出てきたよ。ええ？　へへ、（嬉しそうに）探してるよ、ねえ。（大声で）もしィ、坊っちゃあァん、若旦那ァ。（手を叩いて）こここッ、ここですよ！」

「あッ…（明るくきまじめに）、どうも。あいすいません、遅くなりまして。もっと早くに出てこようと思ったんですが、親父が服装（なり）が悪いと御利益が薄いと申しましたので着替えておりました、あいすいません」

「（出来過ぎなので）あァ、ホホホホ（と半分つくり笑い）、そうですか、へえェ。（太助に）聞いたかい？　ええ？　これだよ、（と我が身にひきくらべ）服装（なり）が悪いと御利益薄いとさ、ええ？（ボヤキ調子で）おれたちゃア御利益薄いよ、こりゃ…、ね。（若旦那に）結構なお身なりですなあ。あーア（強調して）それァもうたいへんな御利益でございアすよ、ええ」

「それからあの、親父が申しますのには、お前はきょうは初めてだから、お詣りでなくお籠りをしてこいと、こう言われたんでございますが、あのォ、お二人とも、お付き合い願えますでしょうか？」

「……（含み笑いして太助に）いいねえ、えェ？　お籠りだとさ、ねえ、うん。（若旦那に）ええ、結構ですよォ、付き合いますよ。（太助に）なあ？」

「うん、しばらく付き合ってねェよ、お籠りはな。行きてえ」

「行きたい（口裏を合わせ）、な？ へへへ。結構ですね。お付き合いいたしますから大丈夫ですよ」

「万事よろしくお願いします」

「ええ、大丈夫です、え。じゃ、出かけましょうか」

「はい。それからあの、あなた方、中継ぎをなさいますでしょ？」

「おやァ？ 中継ぎやなんかご存知ですねェ。ええ、そうですなァ、まあ、どっかでちょいとこんなかたち（と酒を飲むしぐさ）、いたしやしょ」

「あたくし本当はいただけないんでございますけれども、ええ、付き合いというものが大切でございますから、一緒にまあ、どちらへでも参ります、はい。それでェ…、差されましたらば断っても世辞愛嬌がございませんので、おちょこに一杯はあたくしいただきますが、あとは何杯差されてもみんな、飲んだふりをして盃洗の中へあけてしまいます」

「ンなもったいないことしなくたっていいですよ。飲み手はちゃんといるんですから、ね。下戸（げこ）の方には下戸の方で、また召し上がり物がなんでもありますから、ね？」

「それからあの、途中で手を叩いてお会計なんてのァ、これは野暮でございますから、あたくしがはばかりへ行くようなふりをして、裏梯子をトントントンと降りて、お帳場で三人分の勘定を（ちょっと得意気に）一手に済ませてしまいますんで」

「（小声で源兵衛に）親父に聞いた通りに言ってン。そうだよォ、ここまで知ってるわけァないよ。え？　ちゃんと教わってきてんだよ」

「（源兵衛にとりなすように）エッヘッヘッ、なにを言ってんですよ、坊っちゃん、ええ？　はばかりながら源兵衛に太助が付いてるんですよ。そんな心配しちゃアいけません。万事あたしたちに任しておきなさい」

「いいえ、とんでもない。あなた方は町内の札付きだ。あとがこわい」

「…（さすがの源兵衛も）驚いたねェ、どうも、ええ？　テッヘッヘへ（自嘲気味に笑い）、ま、いいじゃアねえか（と太助をとりなし）、おとっつァんがいろんなこと言ってさ、えェ？　出したんだから、いちいち気にすんじゃないよ。嫌な顔しちゃいけないよ、ね。（と念を押し、調子を変えて時次郎にも語るように）ま、なんでもいいですよ。じゃ、ひとつ、参りましょう」

なんてんでね、よろしいところでもって三人で一杯やります。目の縁をほんのり赤くしといて、それから出かけて行く。その時分の吉原土手、宵の口はたいへんな雑踏だったそうですな。

「（驚いて）ずいぶんあのォ、人が参りますが、この方たちはみんなあの、お稲荷様へ？」

「（強弁気味に）ええ、そうですよ、みんなもうねえ。あーアもう、たいへんでしょう？ねえ、ばかな繁盛ですよ、このお稲荷様ァ」

「そうですかァ。この方たちは皆様あの、なんでございますか、えエお籠りの方でございますか？」

「いえいえ、お籠りとばかり限っちゃいないんですよ。中には、お詣りだけでスウーッと帰って行くのもいますがね。いろいろでございますよ」

「ああそうですか。（珍しそうに）こんなところにあの、柳の木が立ってます」

「これが有名な見返り柳てェやつですな」

「はあ、そうですか。もしあたくし、はぐれましたらば、この柳の木の下に立ってますんで」

「お化けだよ、それじゃア、ええ？」

「（源兵衛）まあこっちいらっしゃい。ホラッ、ここですよ。エエ、着きました。どうです、ええ？（と吉原の大門を指し）立派な物でござんしょ？ねえ。ええ、これがねえ、ま、このお稲荷様の鳥居でございますよ（と、だんだん調子にのって）。変わった恰好してましょ？さ、内側へ入りましょう。（陽気に）どうです？ええ？エエ、たいへんな賑わいでしょ？　ばかな繁盛でしょ？」

「本当でございますねえ。（少し不審気に）三味線や太鼓の音が聴こえますが？」

「ええ、あれね、んー（ちょっと考え）、お稲荷様たいへんにね、寂しがり屋なんですよ、えエ。（強弁気味に）ですからああやってお籠りをする人たちがドンチャン騒いで、えエ、お慰めをすると、…こういうわけなんすよ」

「はあそうですかァ。たいそう変わっておりますねえ」

「えェえ、それァあ変わってますよ。（太助に）なあ？」

「（小声で）うん、あとァ品川ぐらい」

「（慌てて）なんか言うんじゃないよ！……え、（時次郎に）なんです？　え？　えエえエ、あア、はばかり？　そこんとこです。見えましょ？　え、気をつけてくださいよ、汚ェんだから。着物汚さねェようにね。へ、待ってますよ。はいッ、へ、どうもッ（と見送って声をひそめ）おゥい……ええ？　たいがいの者はここまで来りゃア気がつくよォ。いまだに気がつかねェんだよ。なるほど堅いや、えェ？　親が心配すンのは無理ァないねえ。どうだいおい、終えにァ向こうへ行くってえと露見れちまうよ、見世ェ登楼ればさ、ねッ。せめてお茶屋にいる間なんとかごまかしてえじゃねェか、なあ。おれね、先イね、いつもの茶屋イ行って吹っ込んどくよ。おめえここに待ってて、あの堅物連れてお茶屋へ来とくれ、ねッ。（ちょっと考え）……そうだねェ、御巫女（おみこ）の家（うち）とかなんとか、そういう触れ込みで。（少し得意気に）いいかい？　頼むよッ、ねッ。へッへッへ（と言い残し）……。こんばんは！」

「はァい（茶屋の女将（おかみ）、愛想よく）。まーアお珍しいじゃありませんか。ま、源兵衛さん、どうしたんですかァ？　え？　嘘ですよォ、忙しいだなんて、そんな。いーえェうかがってますよォ、近頃品川のほうでたいそうお浮かれだって、いえ（やんわり反論を封じ）、ちゃんと聞いてるんですから。花魁（おいらん）に言いつけますから」

「なにォ言ってんだよォ。えエ？　本当に野暮用が多くて来られなかったの！　実はね女将（おかみ）、ちょいとね、頼みたいことがあるン」

「あらまあ、（世辞調子で）こわいですねーえ。なんですか？」

「（陽気に）ちょいとね、耳を貸してもらいたいんだよォ」

「へえ？　どっちのですか？」

「どっちだってかまわねえ！」

「（愛想よく）あらそうですか。じゃ、こっちをお使いなさいな」

「はばかりだよ、それじゃア！　実はね」

「はいはい、はい、はい。えェええェ（と心得顔に）、ええ、うかがってました。ええ…、へえ…へえ？（驚き）あらそうですかァ。お見えンなったんですかァ？　まーあ、よくお出でンなりましたねえ。ふん、お稲荷様に？　お籠りに……。まアッフフフ、お稲荷様にお籠りだなんて……悪い人たちじゃありませんかねえ。で？　ここを？　御巫女の家ってことにして？　で、みんな…じゃア、うちの妓たちは御巫女ですか？　で、あたしが？　御巫女頭？　ンなのあるんですかァ？……ン……まあねえ（困惑）、いや……、あたしはねえ、そういうことね、下手なン。芝居が下手ですから」

「ンなこと言わないで頼むよ」

「頼むったって……嫌ですよ、も（う、と言いかけて表の二人に気づき）ン……あら、なんですか？　今あすこにいらっしゃる、太助さんとご一緒の方ですか？」

「えッ？　お、そう（小さくうなずき）。あれなんだ。（外へ聞こえるよう）いいかい！　頼むよッ。いいねッ、頼むよッ。（女将に小声で）フフフ、洒落なんだからやっとくれよ、うん（と軽く念を押し、外へ向かって）もしィ、坊っちゃん！　若旦那ッ。こっちですよ。ここ！　ここですよ」

「あっ、あんなところで源兵衛さんが呼んでます。ここはなんですか？」

「え、ええ、ここはね、あのー、…お、御巫女さんの家なんですよ」

「ああ、そうですか」

「さァさ、(と太助) ま、お入んなさい」

「さァッ (と源兵衛は闊達に)、こっちこっち、お上がんなさいお上がんなさい!」

「(時次郎おずおずと) はい、どうも、よろしいんでござ…」

「いやァ! いいんです、いいんですよ。もうのべつ、あたしたちはね (と多少ぎごちなく)、ここでもってね、え、ここの御巫女にね、(失笑気味に) いろいろと世話ンなってるんですから。まァま、ええ、ご紹介いたしやしょう。え、実ァね、ええ、こちらがね、……なんでござんすよ (失笑気味)、あの…御巫女頭……。今夜のことをね、あァたからよォくお頼みしたほうがよござんすよ。ね。さァさ、前へ出て」

「そうですか、じゃ、ちょっと失礼をいたします。はっ (お辞儀)、どうも。(神妙に) あの、初めて伺いました。あの、あたくしは日本橋田所町日向屋半兵衛の倅、時次郎と申します。今晩は三名にて伺いました。どうぞよろしくお願いをいたします」

「……はあ、そうですか。どうも…。いいえ、こちらこそ、本当にきょうは……(笑いをこらえ) ……クッ……ク……、いえ……あの、(もれる笑いを覚られまいと小声で奉公人たちに) なんだねお前たちは、(こらえきれず) 嫌だね、笑うンじゃな……、ク……ク……ク」

「ン! (源兵衛警告の咳払い) あァッ」

「いいえ……、ま (女将、立ち直り)、そうですか、ご苦労様で (と、また笑いかけ) ……。

まあま、まァ、ど、（ようやく笑いを吹っ切り）どうぞ、どうぞお手をお上げンなって、どうぞ、ま、ハ（相手が上げないので笑いかけ）…あら、まあァ（と上げた顔を見て）……、きれいな方じゃアございませんかねーえ？　これじゃアお稲荷様お喜びになりますわ、まア……（商売人口調になり）はい、そうですか。じゃあの、すぐにお仕度いたしますから」

茶屋のほうでも露見(あらわ)れちゃいけないと思うからすぐに仕度をして妓楼(みせ)のほうへ送り込む。その時分の大籬(おおまがき)というものはたいしたもんだそうですな。ええ、入るってえと、式台なんてえところはもう鏡のように拭き込まれていて、ひょっと見るってえと顔が映ったもんだそうですな。幅の広(しろ)い梯子をトントントントーンと上がっていくときには、世の中の嫌なことはもう、すっかり忘れてしまう。上がりきるってえと長アい見通せないような幅の広い廊下があるんだそうですが、そこンところをあの廓(さと)特有の髷(あたま)を結(い)いましたご婦人、緒熊(しゃぐま)ですとか立兵庫(たてひょうご)…、これをこう結いまして、部屋着というものを着て、厚い上草履(うわぞうり)というのを履いてパタァンパタァンパタァンと歩いてくる。どんな堅物が見たって、ここがお稲荷さんじゃあないてえことはわかりますな。

「……（茫然…にわかにあえぎ、引きつって）源兵衛さあんッ！」

「驚(どろ)いたッ⁉　ナン？　どうしましたァ？」

「（うめくような叫びをあげ）源兵衛さん、あ、あ、あなた、（逆上のあまり口ごもり）……ここはなんでしょっ、お稲荷さんじゃありませんねッ」

「お稲荷さんですよォ」

「（キッパリ）いいえ、嘘です。いい…、今、そこんところをずっと、（手つきで大仰な形をし）こんなンなった女の人が…通りました。お稲荷さんじゃないんでしょッ？」

「…うう、いや、あれ、…あの弁天様もあるン」

「なにを言ってン……。（思いつめ）わかってます。ここは……、ここは吉原というところでございましょッ？　書物で読んだことがございます。うう、う……（泣きかかり、なじる口調で）、なんでこんなところへ来たんでございますかッ？　あたくしはお稲荷様におこ、お籠りだと言うから、あ、あとをついてきたんでございます。こんなところへ来るつもりで来たんじゃございません。お願いでございます。どうか、どうか、こっからあたくしを帰してください！」

「ンな、そんなこと言わないで…。まあいいじゃありませんか、あァた。いや、あのね、堅いことを言ってたんじゃだめですよ、ね。それァもう、おとっつァんだってみんな心配してるんすから」

「いいえ、冗談言っちゃいけません。……（息巻いて）おとっつァんはこんなところへ来ているとは思って…」

「いえ、それがそうでないんだ。あァたなんにも知らないんだ、ねえ。ほんとのこと言いましょうか。実ァね、あァたのおとっつァんに頼まれてここへ連れて来たんですよ。ね。(力をこめ) 親が承知なんだから、あァた安心して遊んだらいいじゃアありませんか?」

「(吐き捨てるように) 冗談言っちゃァいけませんよッ。(息荒く) ……あの、親父はああいう親父ですからなにを言うかわかりませんが、親類はみんな堅物が揃ってるんでございますから、あとで顔向けができなくなりますから、どうか、も……、(きつく) 帰っていただきたいんです! (無理そうなので) い、いや、じゃアこうしましょう。あァた方どうぞ居てくださいまし。あたくしァ先に帰りますからッ。(立ち上がり) 失礼ッ!」

「(源兵衛) チョッチョッチョッチョッちょっと待って、ちょっと待ってください。いやァ、あのね、そんなこと…、いやあのねェ、騙したあたくしたちが悪うございました。それァあたくし謝ります。謝りますけれどもね、え? 坊っちゃん、そういう堅いことばっかり言ってるってェと、今に困るんですよ、ねえ? 付き合いということァ大切だってあァた、さっきそう言ったじゃありませんか。ええ? これだって付き合いですよ。ね。なんだってものは試しってことはあるでしょ? ねえ。知らねえよりは知ってるほうがいいんだ。ねえ。だからいいじゃアありませんかァ。親が承知でそうなってんだから、ねえ。あァ、こういうもんかなってあァた、覚えるだけ得になるんすよ。ねえ、勉強ンなる……」

「冗談言っちゃいけません。こんな勉強、あたくしはしたくァございません！　こんな不浄なところに一刻もいるのは嫌でございますから、とにかくあたくしは」

「そんなこと言わないで頼むからいてくだ…、頼むから。ね、お願いしますよ、本当に弱ったね、どうも。（もてあまし、傍観している太助に）…フン、笑ってやがる、ばかやろ。おめえも止めたらいいじゃねえかよォッ」

「（冷やかに）フフフフフ、ばかだね、こんちきしょうは。ええ？　フフ、謝ることァねえじゃねェかよゥ。そんなに世話ンなってるのか、おめえは。ええ？　本人が帰りてェってんだからさァ、帰したらいいんだよォ」

「帰したらいいって……、おい、お前ねえ、おれにばっかりね…。それァ、おれが口をきいたことだよ。だけども、ンなこと言わねェでちょいとさァ、なんか言ってくれたらいい」

「だからさ、本人が帰りたいってんだから、ね？　帰したらいいってんだよォ（と強調し）。ね？　うん。ン……（少しわざとらしく）そりゃ、吉原の法を知らねェからさ。ね？　坊っちゃんひとりで先イ帰りてえってそう言ってんだから、ね、うん（と一人で合点、ゎざとらしく源兵衛に)。…どうもねえ、知らねえってのァ強いもんだよ、こわくねえのかなあ、ほんとになあ!」

「……なんだい?」

「なんだいじゃねえよ(小声でたしなめ、一転強く)あれだよォ、ほら、ええっ? いや、とにかく坊っちゃんにそのこと話をしてね、それからにしよう。ちょっとどきねェ(と源兵衛を押しのけ)。坊っちゃァん、いいんですよ、帰って。帰ってもいいんですがね、あァた、知らねえといけねえから、ねえ、ン……教(おせ)えてあげますよ。それが親切ってもんだ。ねえ。…や、あのね、この吉原ってェところにはね、ここだけの法というものがあるんすよ、規則てェものが。あァた今、『あなた方二人ここにいらっしゃい、ひとりでもって帰りますから』って、そう言ったでしょ? えエ? ヘッヘッへ、よく言えるね、そんなことが。ねえ、おっかなくもねェのかなァ。えエ? あのねえ、今、大門(おおもん)ってェところ入ってきたでしょ、大門。ねッ。この吉原ってェところはね、あの大門からの一方口ですよ。他からは出入り出来ねえン。ねえ。あの大門をスッと入ったときにねえ、こういう髭(ひげ)をはやした、こわァい顔したおじさんがこっち(左)の手に帳面、こっち(右)の手に筆を持って、ねエ? で、二、三人でこう、ジイーッと入って来る者見て、なんかこう書いてたでしょ? ええ? 見えませんでした? (強いるように)あーア見落としたんだ、それァ！　ねッ。なんのためにそのおじさんが立ってるかてェとね、えッ？　こういうところはね、いろいろとヘンテコなやつが入ってくるから、(見つめる形をし) こう……調べてるんだ。ね？　うん。だから入って来た者をちゃアんと帳面に付けてる。いつなんどき、どんな風体の男が、何人連れで入ったてェことをきちっと帳面に付けてるんですよ。ねえ。だから、あたしたちが入ったんだってちゃんとこう、帳面に載っかってる。ねえ。で、あァたが一人で帰ってごらんなさい、えッ？　ちょっと待てよ、さっきたしかこいつは、なんどき時分に三人連れで入ったんだと…、ね？　それが一人で出てきたというのは(強調気味に)、これァ胡散臭い。なにかあるに違いない。『おい！　待て、お前怪しいやつ。こっちイ来い』ってんで、…あァた大門で留めらいますよ。(源兵衛に) なあ？」

「…そうかい？」

「ばかッ。なにョウ言ってんだよ。ええ？　(苦笑いし) 留めらいるじゃねえかよゥ。三人で入ってきて一人で帰るってそう言ってんだから。ねえ？　(指で示し)…三人で入ってきて一人で帰る…、そりゃ、お前、怪しいやつだって、大門で留めらいるじゃねえかよォ、そゥだろ？」

「……ふうん？」

「（あきれ笑いをしつつ）こォの野郎、しょうがねェやつだなてめえはァ（笑いを噛んで）。お前(まい)ねえ（と念を押すように）、三人で入ってきた……、おれの目を見ろ、目を。こっち（指）はいいの、こっちは。目を見ろ、目を。……いいかァ？　（しきりに目配せ）三人で……、一人で……ねえッ？　（しびれを切らし）大門で留めらいるじゃねェかよォッ‼」

「……あァーッ、（手を打って）それァ留めらいますよォ、なあッ。本当だよ。も、留めらいたらなかなか帰してもらえねェんだから。本当ですよゥ。こないだなんざ元禄時代から留めらいて」

「なにを言って……。坊っちゃん、わかりました？　ね？　それ知らねェで捕まったりするってェと嫌だから、あたしゃ親切で教えたの。ね。も、これだけです、言うことァ。よかったらお帰んなはい（と突き放すように）。さ、帰んなはい。帰んなはい！」

「ひどいところでございます（と涙声で洟をすすり）。……それじゃあの、源兵衛さんと太助さん、おそれいりますが、二人で大門のところまで送ってきていただきとうございます」

「（太助なおも）冗談言っちゃいけませんよ、ええ？　あァたがそういう意固地な人なんだから、ねえ？　こっちも意固地になりますよ。今度ァあァたのほうでこっちイ付き合ってください。あたしたちが帰るまで待ったらどうです？」

「(洟をすすり、やけになって)いつごろ帰るんでございますかッ?」

「(不機嫌に)いつごろ帰るか、それァねえ、はっきりとァ言えないけどもね、ここんとこ、しばらく来てねェからね、(素っ気なく)まあひと月ンなるかふた月ンなるか」

「(金切り声で)それじゃア、あたし帰れな……」

「(源兵衛、見るに見かね)泣かすなよお、おい! (舌打ちしながら)しょうがねえなあ。お前(苦笑しつつ)、泣かしちゃだめだよ、泣かしちゃア。ね? それでなくたって厄介なン、この上泣かれてごらんよォ。……(なだめるように)坊っちゃん坊っちゃん、え? 嘘ですよ、あれ洒落です。ね。ンなことァありません。や、わかりました。あのねえ、あァたがそんなに嫌だ嫌だってェものを無理に引き留めるってェのもね、なんですからね、こうしましょう。ただ、この妓楼(うち)もね、縁起商売ですよ。ねえ。今登楼(あが)ったお客がそのまんますぐに帰るってのァねェ、とっても気にするんですよ。だからね、これからま、座敷が替わります。そこに酒(さけ)、肴(さかな)が来ます。ねえ。まあ芸者衆やなんかも来ますよ。で、ドンチャンドンチャン騒いでワァーッと陽気にして、(ポンと手を打ち)この楼(みせ)に景気をつけといて、それからスゥッと三人で帰ろうじゃありませんか? だったらいいでしょ? そのぐらいは付き合ってくださいよッ」

「そうですか。わかりました。(涙を払い)それだったらあの、飲んでる間だけあたくしはあの、お付き合いをいたします。そのかわりあの、小さな物で飲まないでください。(真剣に)なんか大きい物でやってください。どんぶり鉢かなんかで」

「(太助は憮然と)ンな物じゃできませんよ」

「(源兵衛が)まあまァまァまァまァ」

なんてんでなだめておいて座敷が替わる。酒肴が運ばれてまいります。芸者衆が入って来て、「(嬌声)こォんばんはァ！」なんてんで、たいがいの座敷はウワアーッと陽気ンなるんですがね…。

「ええ？　なんだい、酒？　(太助、すっかり嫌気がさし)いや、もういいよ。…うう、いくら飲んだって酔やしねえしねェ、うまくもなんともねェや。ええ？　駄々っ子はあすこでめそめそ泣いてんだろ。女郎買いに来たようじゃねェよ。なんか通夜に来たようだ。近ごろ通夜だってもっと陽気だよォ。ねえ？　弱ったねえどうも。ええ？　坊っちゃアん、…坊っちゃん(と不機嫌に)、みんなァ心配してんですよォ、ねえ。そっち向いてその、なんか泣いてないでねえ、ン……、もうすぐですから。ねえ。(なじるように)あァた付き合うってそう言ってくれたんでしょ？　こっちイ坐ってさァ、なんかつまんだらどうですゥ？　ええ！　ね、坊っちゃん！」

「いえ、……結構でございます」

「あ、そおォ？　ふうん。結構だとさ。ン…いいじゃアないか、あァた……、（と言いかけて源兵衛に止められ）エ、わかったわかったよ。じゃもう打っ棄っとくよ。打っ棄っとくけどさァ、あすこにいらいるってェとね、なァんか気詰まりだよ。ねえ（ため息まじり）、うん……。おい、どうしたんだい？　遣手さんは？　えエ？　まだ仕度が出来ねえのかい？　ぐずぐずしてやがらァ本当に。遣手さん一人で喜んでんだよ、ねえ？『うぶでいい』やなんか言ってンだ。なにがうぶ……。本当にしょうがねえどうも。あッ、来た来た。お、おば、遣手さん、なにをしてんだよォ。ン……（時次郎を指さし）ホラホラ、これもう……（手を打って別室へ放り込むよう指示）、頼むよッ、早く！」

「わかりましたよ本当に。どうォも、若旦那あいすいませんでした、お待たせしちゃって。ねえ。お仕度が出来ましたから、さ、どうぞあちらへ」

「（身を固くし）いえッ、…結構でございます。いいんです、あたくしは。ここに待ってますから」

「いいえ、あなたがね、そこでもってね、めそめそ泣きながら待っているってえとね、源兵衛さんも太助さんもたいへんに意地の悪い人ですから、いつまでもああやって、わざと遅く飲んでるんですよ、ねッ。だからちょいとあの、替えましょ、ねッ、お座敷ちゃんとあの、仕度が出来ましたから。そっちイいらっしゃるってえとすぐにお酒を飲むのやめますから、ねッ。とにかくお床も延べましたから、向こうで休んでいただいて。サッ、ま、向こうで（と手を取ろうとする）」

「（きっぱり）やめてください！　なんですかァ？　冗談言っちゃアいけませんよ！　とんでもないですよ。わかってますよ、あなた方の企みは…とんでもない話ですよ。（興奮して）嫌ですよ、あたくしは！　女郎なんぞ買うってえと瘡ァ掻きますからッ」

「……（閉口）嫌な台詞だねえ。……座敷がシラケ渡るね、おい。ええ？　しょうがねえなあ。おい、早く遣手さん！」

「（うるさがって）いえ、わかってますよォ。ちょいとォ、なにしてんだよ、みんな。ええ？　手伝っておくれよ。さ、若旦那！　向こう行きま……」

「い、嫌だってんですよォ。な、なにをすンですかァ？（拉致しようとする連中に）みんなでなっ、なんですか!?　人が、い、嫌だ嫌だってのに無理に！（必死に抵抗）そんなことしてなにがおもしろいんですか、あなたたちはアッ!?（絶叫）他にするべきことはないんですかアッ！　二宮金次郎という人はですねーッ」

「（あきれ返って）しょうがねえ、早く運んじゃってくれ！」

「わかりました。さッ、参りましょう」

「（激しく抵抗し）やめてください！　なにをするッ!?　押しちゃいけません！　ちょっ

と、源兵衛さんに太助さァん、ちょっと、なんとかしてください！　おとっつァあん!!

おっかさアあん!!!」

……もうこうなってえとどうにもしょうがないですな。餅屋(もちや)は餅屋でそこはうまいこと納めてしまう。さあ邪魔者がいなくなったてんで、あとは飲めやうたえの大騒ぎてえやつで……。

「(咳払いして) おはよゥ」

「うん、おはよ」

「うーんうん (けだるそうに小さな梅干をつまみ砂糖をつけてはしきりに口へ運び)、……坐んなよ、坐んなてんだ」

「わかったよォ。悪かったねェ、ゆんべは」

「悪かったじゃねえや、ええ？　いい加減にしてもらいたいよォ。(なおも梅干を食べ) やめな、もうああいう道楽は。ねえ。…ケッ、おもしろくもなんともねェよ。少し堅いてエのは愛嬌があるよ。堅すぎるよ、あれァ。ゆんべ、こっちは自棄(やけ)ンなってバアーッと(酒を) やったろ？　取り返そうと思ってさ、あれがいなくなってから。ね？　残っちゃったい酒が。…今ね、しょうがねえから遣手(おば)さんに梅干いただいてね…。やってごらん、乙だよ。ちょいと砂糖つけの……ね……。うまい……ほんとにねェ（と実感をこめ）、あれ、仇するよ、あの男は。ね？ こっちはもゥへべれけに酔っ払っちゃったよ。女が第一ねエ、機嫌が悪くなっちゃったの。嫌なこと言ったろ。ね？ うん。女郎ォ買うてェと瘡ァ掻くって。あれが効いちゃったんだよ。こっちがスウッとそばへ寄ろうとすっと、『触んじゃないよッ』てなこと言ってね、機嫌が悪くなっちゃったの。（ぼやいて）なだめたりなんかしてさァ、えれェ騒ぎだよォ。そのうちに『ちょっとシッコ行ってくるからねッ』なんて、シッコ行っちゃったン。行っちゃったっきり帰ってこねェン、ええ？ けさ帰ってきたの。『長いシッコだね』ってったら、『あたし丑年生まれよ』なんて、ばかにしてやがン。どうしちゃったの、あれ？ 誰か送ってやったのかい？」

「（おもしろそうに）それがさア、納まったんだと」

「納まったァ？ （梅干をなめつつ）ンなことァないよ。なんか間違ってんだよ。よく聞いたほうがいいよ。納まるわけがないン。ええ？ （意外そうに）ほんとに泊まったァ？ ……（平静を装うように）ああそうォ？ ふうん、敵娼はなしだろ？ ン？……ン？ （目の色を変え）……敵娼一緒？ ほんとにィ⁉ （口から梅干のタネを） フッ」

「（源兵衛の額に当たって）痛えなァ、おい。なんだよォ」

「冗談じゃねえや本当に。面が見てえなあ！」

「そうだよ、だから誘いに来たんだよォ。ええ？　行こうじゃねえか」

「冗談じゃねえ！」

「…ほら、こっちだこっちだ、え？　ここだよ。ね、いいか？　ヘッ、あんまり怒っちゃいけないよッ。フフフ、ええっと、これだ、開けてすぐに寝床が見えないって、これが大見世の身上だ。へへ、もしィ、失礼しますよ。へいッ、どうも。（入って軽く咳払いし）…ええ、おはようございァす。おう、（太助に）見ねえな、ええ？　枕元に屏風をこう立て回して寝てる。これだッ、ねえ！（と感心しながら）え、もし、坊っちゃん、坊っちゃアん、（陽気に）起きてらっしゃるんでしょ？　ちょいとッ。返事ぐらいしてくだはいよ、あァた。ねえ！　本当に。（床をトンと打ちながらあやすように）坊っちゃん……、坊っちゃん……（おどけ気味に）ヘッヘッヘッヘッ、返事もしねェんだよ。じゃ屏風をずっと除けますよ。ヨーイショッ、ウッハッハ、ヤーハッハッハ、（太助に）真っ赤ンなってもぐっちゃったよ、おい。ええ？（時次郎に）どうでした？　お籠りは？　結構なお籠りでござんしょう？」

「（身も世もなく照れ）へえ、……（ささやくように）結構でございました…」

「ウォッホッホッホ、結構でございましたとさァ。ねえ、それァよかったァ！　ええ、またこれからちょくちょく来ましょうよ。花魁、なんだろ、（時次郎は）かわいいだろ？

ね？ うん。あたしたち二人の預かり物だから、いいかい、また連れてくるよ。心配しなくたっていいよ。ね。(せき立てるように)仕度が出来ちゃったんだ仕度が。だから花魁、ちょいと悪いけど起こしてやってくれ。ねッ、起こしてやってくれ」

「(しっとりと)あの、みなさんお仕度が出来たそうですから、さ、若旦那、お起きなさいましよ」

「(起きないので咳払いして)若旦那(と、なじるように)、花魁が起きろって言ってんだから起きたらいいじゃアありませんかァ。図々しいねェ、あァたも。起きなさいよォ！」

「(せつなくあえぐように)花魁は口じゃ起きろ起きろって言ってんですけども……、足であたしのことギュウーッと押さえてんですもの、(甘く)…苦しくってェ」

「(源兵衛もさすがに)聞いたか？」

「聞いたよッ‼ チキショウめチキショウめッ。なんだい、坊っちゃんッ！ ン…なにを言ってんの⁉ なぜゆんべのうちからそういう了簡ンなんないのッ⁉ あの仇がムム……(怒りに震え)、無駄じゃアねえかァ、あの仇がッ‼ 二宮金次郎なんか引っ張り出すことァねェんだいッ！ おれ先イ帰るよッ」

「おいおい、ちょっと、ちょっと待ちなよ、一緒に帰るからさ。…しょうがねえなァ本当に。(時次郎に)じゃア、あァたは用のねえ体だ、ゆっくりしてらっしゃい。ねッ。あたしたち先イ帰るから」

「あなた方、先イ帰れるものなら帰ってごらんなさい。大門で留められます」

「志ん朝十種」を選べば最上位に入る噺で、とくにこの速記の口演は画期的なものだった。この噺を戦前から十八番中の十八番とした八代目桂文楽が亡くなったのはその十年ほど前のことだったが、すでに志ん朝の『明烏』には高い人気と定評があった。廓噺の艶と、この噺に欠かせない明るさ、そして何よりもうぶな主人公にふさわしい若さと清潔感。それらが絶妙の整いで備わる芸風だったからである。

しかも一世一代のイベント「志ん朝七夜」に臨んだ演者は、少しも評価に安住していなかった。噺の翌朝、文楽の太助は歯磨きをしながら昨夜の不首尾をぼやき、浦里の部屋に侵入してからは甘納豆を盗み食い、ともに見事な仕草で必ず喝采を浴びていた。

この日の志ん朝はそれまでとちがい、しきりに梅干をつつき、砂糖をつけて口に運んではぼやいている。二日酔いには格好の食材だが、見かけは少し地味になる。どういう意図かと眺めていた。源兵衛の報告にも心動かぬ態でしゃぶり続ける。

報告の核心をキャッチしたとたん、梅干は電撃的効果を発揮した。太助は口に含んでいた種をピュッと吐き出し、それが源兵衛の顔に命中したのだ。俳優でもあった志ん朝ならではの映像的ギャグで、意表をつかれた客席は沸騰した。以後、これが「志ん朝型」となる。もちろん、その上に甘納豆まで頬張る古今亭志ん朝ではない。

狂言回しをする源兵衛と太助の性格のちがい、また二人の時次郎とこのプロジェクトに対するそれぞれのスタンスのちがいは、文楽版では曖昧なところがあるが、志ん朝版ではスッキリと整理された。

大門で拘留されると太助が嘘をつき源兵衛に同意を求めるところも、文楽よりはるかに拡大強調して爆笑を生んでいる。十代目金原亭馬生経由で文楽版を継承したようだし、文楽版が貴重な下敷きであるのは当然だが、『明烏』は古今亭志ん朝によってよりいっそうの完成に達したといえるだろう。

口では起きろと言いながら浦里が布団の中で時次郎を押さえて……、のくだりで「苦しくって」と甘くうめくのは、明治生まれの文楽にはないきわどさだが、それが嫌味にならないのが志ん朝の芸だった。

安永期に作られて一世を風靡した新内節の名曲『明烏夢泡雪(ゆめのあわゆき)』に浦里時次郎の名前を借りている。人情噺『明烏后正夢(のちのまさゆめ)』の発端部分が滑稽噺として独立したのがこの噺である。

巫女(みこ)の家と偽って茶屋に上がるが、吉原の大見世(おおみせ)ともなると直接登楼することはない。引手茶屋で芸者、幇間(たいこもち)などと遊んだあと、新造(しんぞ)や禿(かむろ)などを従えて迎えに来る花魁とともに妓楼に赴くのが本寸法だったという。

品川心中（しながわしんじゅう）

よく、われわれのほうでェ、遊びのお噂をいたしますが、まあ昔はそれこそほうぼうに、ご婦人がいるなんという場所がありまして…。

東京に品川というところがあります。今はこの、別にどうというところじゃアない。やたら、電車の線路がいっぱい集まってるところでね、ええ、おもしろくもなんともないところですが…。昔はあすこが、たいへんにこの、遊びの場所でもって栄えたんだそうですな。それというのが、その時分、いちばん旅人の多かった東海道の第一番の宿駅ですから、もーう、とにかく（大勢の旅人が）そこを通ります。まだ懐に路銀があるてえやつで、ねえ？　ええ、棒端というのがありましてね、「此より東海道」と書いてある棒っ杭があったそうですな。そこイ友だちに送らいてまいりまして、

「おう、土地が変わるってェとおめえ、水が変わるんだァ、なあ。ええ？　気をつけなくちゃいけねえぞォ。家のほうは心配するなよ」

「わかったァ。じゃアあと頼むぜェ。行ってくらァ」

「行っといでェッ」

なんてんで、ツーッと宿場へ入って行くってえと、両側にこういう（遊びの）見世が並んでおりましてね、そこにこのご婦人がいて、

「ちょいとォ、ちょいと、そこ行く人。お前さんだよ、ちょいと、ちょっちょっちょっと、ちょっと寄っといで。ちょっと話があるからさ、ちょっとォ。（強く）ちょっとォ」

「な、な、なんだよ、ええ？（わざとらしく）な、な、なんだよ。なァんだい？」

って、知ってんのに知らないふりしてそばイ寄ってくんですな。あれ、わざわざ捕まりに行くんですね。まあ、懐に金がまだある。路銀がたっぷりあるから大丈夫だろうなんてんで、いい気ンなって登楼るってえと、先方はうまいからウワアーーッてんでおだてらいるってえと、すっかりその気ンなっちゃってェ…。

「（酔い口調）芸者ァ揚げろォいっ。もっと幇間ィ、呼べェ！」

なんてんでドンチャンドンチャン大騒ぎしてェ、こんなことを三日も続けるってえと、懐に一文もなくなっちゃってね、んん、旅先行かないでそのまんま江戸へ引き返したなんという、能天気なのがずいぶんいたそうですな。たいへんに金が落ちた。それだけじゃなくてまた、江戸の真ン中にいる人間でも、

「たまにはどうだい、おい。ええ？　ひとつ、南イでも足ィ伸ばそうじゃねェか」

…えー、吉原を北国と言ったそうですな。品川を南と言うン、ね？　裏っ手が海だか

ら、「趣きが変わってまたいいじゃァねえかァ」なんてんで、誘い合わせて…、あんな遠くまでよく行ったもんですな。ええ、ご婦人の力というのァ偉いもんですが。で、どんどんどんどん行く。旅人がお金を落とす。ですからもう、それァ栄えて、一時は吉原の向こうを張るというような、たいへんな勢いがあったそうで。

そのォ品川の新宿に、白木屋という妓楼がありまして、そこで板頭を勤めております、お染という女がいた。板頭というのは何かてえと、これが吉原へ来るってえと、御職と名前が変わりまして、いわゆる一番の売れっ妓です。ねえ。でェ、昔はこのォ、売れている順に名前をこう、板のところに書きまして、よく剣道の道場に並べてあるようにね、壁にこう、置いたんだそうですな、宿場なんかは…。で、売れている順に上から下へずうっと並べてある。その一番売れている人が、上の頭を張っているんで板頭という名前が付いたんだそうですが、(お染は)たいへんにこの、売れました。いい女てえわけじゃアないン。どことなくこの、男好きのするという…。そういうご婦人てのァいるもんですね。ううー、なんかこう、あたしたちなんか街歩いてても、なん？ なんと思うのは、きれいな人よりどっちかっていうと、いわゆる男好きのするというね、ええ、やっぱりご婦人というものは、なんかこう男が見て、ちょっとムラッとくるぐらいのがいいですな。え、このお染と(言いかけて前言に戻り)、そんなこと、どうでもいいんですけども…、へ（と照れ笑いし）、お染という女がァ、たいへんにこの、男が見るとムラッとくる女なン…早い話が。それでその、客扱いがうまいもんですから、売れに売れて、もう飛ぶ鳥を落とす勢い。ところが、本当に、…まあ、きょういらしてるご婦人には申し訳ないんですが、女の寿命というものァ短い。…いやあの、寿命ったって、生きている寿命じゃアないですよ。生きんのは、男より女のほうが長く生きるン…。そうじゃアなくて、女が花としてパアーーッと咲いている、この寿命ですな。これはやっぱり、男に比べるってえと女は短いン。ねっ？　そのかわり本当に、ご婦人というのはその盛りには、きれいンなる。ああ、本当に絵ンなります。花です。だからよく小ちゃい子にね、

「どこの子、この子？　ええ？　あの？　あすこの家の子ォ？　女の子ォ？　これがァ？　おやおやァ、ああー、気の毒だねえ、どうもォ。うゥ…ん」

なんてんでね、みんなが気の毒がってんのがァ、だんだんだんだん歳ィ重ねてって年頃ンなってくるってえと、これがどういう加減ですか、すうーーっとこの、きれいンなってくるン。ねえ。なんか見らいるようンなる。

「えっ？　あのっ、あの子が？　あんなンなったの？　へェーーーッ！」

なんて、そういうふうになるもんです、女の人というのァ。ただァ…、フゥーーンという時期が……、短いン。その時期が終わるとまた子ども時分に戻っちゃうンすな。

ま、このお染という女も、一時期はそういう勢いでもってェ、お客がどんどんどん来る。たいへんな売れっ妓でございます。ところが今言ったように、どうも歳にゃ勝てないン、ねえ？　ええ。ここらへんにこう、皺がいっぱい出来ちゃってェ、なんか物を食べるってえと顔中一緒に動いちゃってね。ええ。くしゃみをするってえと水っ洟が一緒に出てくるというような、そういうことンなってくるってえと、男の足がだんだんだんだんと遠のいてくる。ね？　別に（お染と）所帯持ったわけじゃアないんですから、お銭でもってなんとかしようというんですから、出来ることだったら（若くて）いいほうがいいんだから、みんな足が遠のいてっちゃうン。と、今まで、自分がばかにしていた、売れていない女の妓でも、若い妓のほうにお客様が付いちゃう。そりゃアもう、どんどんどんどんこう、お客様ァ付いて、（見世先から）女の妓はいなくなっちゃう。自分一人が見世っ先でもってェ、ポツーンとしている、いわゆるお茶を挽くなんてえことが間々あるようンなってくる。これァまことに淋しいでしょうな。ああ。だけどこれは、いずれこうなるということは覚悟はしていたからそれほどでもないんですけれども、ああいうところには、いろんなこの面倒なしきたりがありまして、ええ、お金がかかることですな、紋日ですとか、あるいは物日なんてえますけれども。そういう中に、「移り替え」というのがありまして、これは着物を着替えるんですね。袷から単衣、単衣から給、陽気に合わせてそういう物を替えるン。そんときにただ着物を替えるんじゃないんです。どういうことをするかてえと、自分の座敷に朋輩を呼んで、普段世話ンなっている、若い衆ですとか遣手さんやなんかも呼んで、そしてご馳走をする。祝儀をきって、チョンチョンチョーン、チョンチョンチョーン、チョンチョンチョーン、チョンなんてんで手を締めて、

「へいッ、おめでとうございます」

これで初めて、移り替えができるン。これァたいへんにお金がかかる。勤めの身ですからお金なんぞあるわけがないン。ねえ？　で、楼から借りるってえと、年季が長引いてしまうから、それじゃアお客様に出してもらおうというので、こういう紋日が近づくってえと、もうああいうとこのご婦人は一生懸命手紙を書いたそうですな。

「巻紙も痩せる苦界の紋日前」

なんてえまして、ほうぼうに手紙を出す。とォ、客は、うう、自分のところへしかくれてないもんだと錯覚を起こしますからね、で、来てェ、

「どうしたんだい？」

「実はこういうわけでお金がいる」

「ああ、そうかい。じゃこれ、なんかの足しにしねェな」

なんてんで少しずつ置いてってくれたやつを貯めといて、そういうもんに当てたんだそうですな。

お染が一生懸命手紙を書いてほうぼうのお客イ出すんですが、誰ェーも来てくれない。若い妓はすっかりもう移り替えが出来ちゃった。自分一人がいつまでもおんなじ恰好。昔のこってすから、ねえ？　表から素見せるんですから、ねえ？　お客が見てて、

「おおい、見なよォ。ええ？　板頭だなんだかんだったってさァ、いまだに移り替えが出来ねんだよォ。なア？　歳はとりたくねェもんだなあ」

なんてなことが耳に入ってくる。カアッと悔しい。それならまだいいんだけれども、今までばかにしていた（若い）女の妓に、

「なんだい、ええ？　姐さん風吹かしたって、移り替えが出来ないじゃないかァ。情けないねェ、（あざけるような高調子で）フゥンッ」

なァんて…、ね？　また女の子ってのァこういうときになるってえと仕返しがきついですから。おォ、もう、悔しくってしょうがない。こんな悔しい思いするぐらいだったらいっそのこと死んでしまおう。ただ死ぬのは嫌だ。ただ死ぬってえと、あの女ァ、移り替えが出来ないから死んだと思われる。それが悔しい。誰か相手を見つけて一緒に死のう。そうなるってえと、心中となる。このほうが形がいいだろう、なんてんで、どこま

でも体裁を考えるんですな。自分のところイ来てくれておりましたお客様の名前の載っております、玉帳(ぎょくちょう)という物を持ってきて、これから相手を選び始めた。

「(手拭を帳面に見立て) ねえーエ、こうやって見るってえと、なかなかいないもんだねーえ。ええ？ 普段こんなの死んでもいいと思うのがいくらもいたと思ったんだけどさァ、ええ？ この人(しと)だっておかみさんもらいたてだろう？ この人(しと)おとっつァんおっかさんがまだ丈夫なんだしねえ、この人(しと)もいけないよォ、女房子があるしィ。こうやって見るってえといないもんだねえ。やっぱり一人(しとり)で死ななきゃだめかねえ、本当に。ん……(ほくそ笑み) あらっ、いたよォ、ええ？ 諦めちゃいけないってのァこのことを言うんだねえ。中橋(なかばし)から通って来る本屋の金蔵てェの。これァいいよォ。ねえ、身寄り頼りはなんにもない一人ぼっちだしさァ。ねえ？ うん。人間は少しポォッとしてるしさァ、ねえ？ こんな者殺したからって、日本の国がどうなるてェわけじゃないんだから。(元気よく) 心中の相手、この人(しと)に決めよっ！」

って決めらいたやつはいい災難ですな。

思いのたけを筆に言わせて金蔵のところイ手紙を出した。受け取るってえとォ、自分が惚れている女からの手紙ですから、喜んで急いで読んでみるってえと、相談したいことがあると書いてある。はァ、やっこさん喜んでその晩のうちにすぐに飛び込んできた。

「ああ、よく来てくれたわね」って迎えてくれると思って行ったのが、あんまり迎えてくれないんで、やっこさん調子くっちゃった。

「どうしたい？　ええ？　どしたのォ？……（不服そうに）お、お前が相談があるってェからおれ、来たんだよ、ええ？　なんだい…んん、相、相談てェのァ、そんなもんじゃアねェだろ？　ねえ？　お互いに顔見合わせて、ああでもねェこうでもねェって言いながら、ええ？（左右に首をかしげ）首こっち曲げたりこっち曲げたりすんのが、これが相談だよ。ええ？　なんだい、おめえみてえに顎ォ懐に埋めちまってェ、そんな相談ってェのがあるかいっ？」

「（沈んだ調子で）んんん、だってねえ、相談しようとは思ってたんだけどさあ、金さんの顔見たら、ああこの相談は、だめだなってェ、そう思ったの」

「なんだい、それァ？（むっとして声を大きく）なァんだい？　なんにも言わねェうちからだめだと決めるない。ええ？『金さん、これこれこういうわけなの』…なぜ言わねェんだい。（強く）言ってみなァ」

「（なおも沈んで）だってさァ、お金がいるんだもの」

「金なら金って言やァいいじゃねェかァ、ええ？　こういうわけでもって百両いるとか、二百両いるとかって、はっきり言ったらいいじゃねェかァ？」

「四十両いるんだけどねえ」

「あ、それァ大変だ、それァなあ。…それァ、おれァ、ちょいとォ、出来ねェやァ」

「それご覧なねえ。だからあたし諦めちゃったんだよォ。移り替えが出来ないんだよ。その四十両ってお金がないってェとねえ、あたしゃ移り替えが出来ないぐらいだったらいっそのこと死んじまおうと思ってねえ。なにも死ぬのにわざわざ他人に言うことァないんだけどもさァ、お前さんとは、年季が明けたら一緒ンなろうと…、ま、お前さんには言ってないけどあたしン中じゃ、そう思ってたからね、せめてもお前さんにだけこのことを打ち明けて、それで、あの世イ行こうと思って、ま、きょう忙しいところ来てもらったの、ねえ？　本当にどうもありがとうございました。お世話様。（涙声になり）本当にお世話ンなって申し訳ないと思ってねえ。でさ、ま、あたしがあの世へ行っちゃってからね、たまにでいいよ、ね？　あの女も不憫な女だと思ったら、思い出したときでいいから、（すすり泣くように）お線香の一本もあげてもらいたいの。…お願いします」

「う、おいおいおい、おい（と少しうろたえ）。んな、ん、な、なんだよォ、おい（打ち消すように強く）、よしなよ、おい。死んだってしょうがねェじゃねえかァ。いいよォ、移り替えなんぞ出来なくたってェ」

「（涙声ながらきっぱり）そうはいかないよッ。お前さん、わかんないよ、あたしの気持ちなんかァ、ええ？　(なおも涙声で) もう、きのうきょうの若い女に鼻の先で笑われてさァ、あたしゃ悔しくてしょうがないの。ねッ？　(思い詰め) だからどうしても死ぬんだよ、あたし。(叫ぶように) あたし、どーうしても死ぬんだァ！」

「おォい、ちょっとちょっと待ちな、待ちなよ。大きな声出して。よしなってんだよォ。ええ？　おい。(うろたえ、途方にくれ) ん、んん、しょうがねェなあ、んな、うヮうヮ、うヮ、わかったわかった。じゃおれも一緒に死んでやろうじゃねェかっ」

「(生気を取り戻し) え？　お前さん、死んでくれる？」

「ああっ、死んでやるよ。なんの役にも立たねえと思われるってェと癪(しゃく)だからなあ、うん。うう、金だ…け…は、だめだけれども、死ぬぐれえ一緒に死んでやるよ」

「(嬉しく) まあ、本当かい？」

「ほんとだよ」

「嬉しいねえ。ええ？　じゃア、今夜死んでくれる？」

「こ、今夜ァ？　また話は早いねえ。こん、今夜はちょいとそれァまずいなあ。え？　いや、だってェ、まだいろいろとおれァ用が残ってるもの、うん。だからこうしようじゃねえ、ええ？　うん。今夜おれァここイ泊まってよ、で、あしたおれァ家(うち)イ帰(けえ)って、ね？　いろいろ用を済ましちゃって、で、また、あしたの晩ここイ来るよ。それから死んだって、遅くねえじゃアねェかァ」

「そんなこと言ってさあ、ええ？　嘘じゃア、ん、ない…ないんだろうね？」

「(強く) う、嘘じゃないよォ、お前は疑り深いねェ、ほんとだよォ。そんなに疑るんだったら、じゃ、手付けに目ェ回そうかァ？」

「そんなことしなくたっていいけどさァ。まーアよかったねーえ。この世じゃア添えなかったけども、あの世行ったら夫婦ンなれんだね」

「(すっかりその気で) そうよォ、おめえ。この世なんぞしょうがねえやァ、なあ。あの世行っておめえ、蓮の葉っぱの上で所帯持とうじゃねェかァ」

なんてんで、雨蛙みたいな了簡になりましてね。ああ、その晩はせっかく見つかった心中の相手ですから心変わりをされないようにてんで、お染がもう、金さん金さん金さん金さんてんで、たいへんーに丁寧に扱ったン。普段そんな扱いを受けたことがないン。だからやっこさん、もうすっかりボォーーーッとしちゃいましてね、ええ、あくる朝表へ出るってえとお天道様の色がまともに見えない。ねえ？　もうふらふらンなって家イ帰ってくるってえとォ、

「(せりふがかって) おれァあの女のためなら、命もいらねェんだァ」

なんてんで女郎買いの決死隊みたいなのが一人出来上がっちゃった。道具屋呼んで来る

ってえと所帯道具をバッタに売り飛ばしちまってェ、ほうぼう暇乞いに歩き始めましてね、一番しまいにやってきたのが、普段世話ンなっている土地の親分のところで、さすがに表から入りにくいもんだから裏イ回って、

「(うわずった、ふらふら声で) こんちはァ。へい、ホンちはァ」

「誰だ、烏が子ォ取らいたような声出してんのァ? ええ? 面ァ見せろい、面ァ。おう、なんだ金蔵じゃねェか」

「(なかば上の空、うわずった調子のまま) えいッ、金蔵でござんす、あたくしはァ…。あたくしは金蔵ですよ。台所にあんのが雑巾でェ」

「なァにを言ってやァン。相変わらず呑気なことを言ってやがら、てめえはァ。なあ? こっちイ上がんねェ。どうしたい、ええ? しばらくおめえ、鼻の頭ァ見せなかったじゃねえか、ええ? おめえは来るときにはのべつ来てんだ。うるせェように来てるんだよォ、ねえ? 来ねェとなるってェとパタッと来なくなんだろう、ええ? 心配するじゃアねェか。なあ? なんだい? 様子がおかしいじゃねェか。どうしたんだい?」

「へえ、あの、実ァ…、い、暇乞いにあがったんでござんす」

「暇乞いだァ? それァあんまりいいこっちゃねェや、なあ? どっかァ旅イでも出ようってのか?」

「へえ、う、そうなン」

「それァよしたほうがいいやァ、なあ？　旅イ出たっておめえ、周りに知ってる者はいねェんだぜ。何かあったときに困るよォ。なあ？　ええ？　何があったんだか知らねェけどもよォ、おれンところにいな、おれンところに。若え者（わけえもん）だっていくらもいるんだァ、ええ？　なァにがあったって驚くんじゃねェから、なあ？　おれンところにいなよォ」

「（慌てて）いえ、それがあの、どうしても旅イ行かなくちゃいけないんでござんす、ええ。どうしても行きます。（そそくさと去ろうとし）長いことお世話ンなりました」

「おう、ちょいちょいちょい、ちょいと待ちなよ。ええ？　旅イ行くのはいいけどもさァ、行き先ぐらい言ってけェ。なあ？　どこ行くんだい？」

「う…（と答えにつまり）、ええ、どこってあのォ、な、ずっとォ、なんでも、西のほうらしいんです。ええ、西方（さいほう）ってェますからァ」

「ふうゥん？　京大坂（おおざか）かァ？」

「いいえ、そんなところじゃアないんで、ええ。もっと、ずうっと先なんですゥ」

「ンなおめえ、遠く行っちゃっちゃしょうがねェじゃアねえかァ。ええ？　いつ帰（けえ）って来るんだい？」

「へえ、お盆には帰（かい）って来るン」

「…なんだい、おい。妙なこと言ってやんなァ、おめえはァ。ええ？　おい、これえだおれァちょいと他所で聞いたけどォ、品川のお染って女に首ったけだてェじゃねェか。ええ？　何かそんなことでェ、間違いでもあったんじゃねェのかァ？」

「（図星をさされて慌て）いえッ、そんなんじゃないんです、ええ。とにかくねっ、あの、どうもいろいろとお世話ンなりました。（逃げるように）ありがとうございましたッ！」

「おいッ、ちょっと待ちなよッ、おおいッ！　誰かいねえかァ？　野郎捕まえろ。様子がおかしいぞォ！」

捕まっちゃアたいへんだと思うから夢中でもって親分のところを逃げ出してェ、日の暮れんのを待って品川へやってきた。ああ、きのうとはガラッと打って変わってェ、ねえ、心中の相手が来てくれたもんですから、

「まーあ、よく来てくれたよ。さあさあさ、こっちこっち、こっちお坐りよ。まあ、お前さんがさあ、急にねェ、気持ちが変わっちゃったらどうしようと思って、あたしもう、きょう一日中心配してたんだよォ。よく来てくれたねェ」

「（色男気どりで胸を張り）当たり前だよォ。冗談言っちゃいけねェや、なア？　おれァ男なんだから。え？　うん、大丈夫だよ、うん。う、いったんおれはそう約束したんだからァ、あア、おれはそれ、破るようなことァしねえよ」

「わかった。よく来てくれた、ありがとうありがとう。ねっ、あのォ、ちょっと頼みがあるんだけど」

「なんだい？」

「あのね、いつもさ、お前さん来るとさあ、そら豆で飲んでばかりいるだろ？ねえ？ん、だから、たまにはさァ、ここでもってひとつ派手にやってもらいたいんだよォ。もうこの世の別れだからさあ」

「おう、そうか。いや、いいよいいよォ。なんでも注文いな。ええ？ジャンジャンジャンジャン注文さァ、ねえ？ん、飲みたいものを飲んで食いてェもの食って、好きなようにやろうじゃねェかァ」

「まあ嬉しいねェ。急にお前さんね、頼り甲斐があるようンなっちゃったねえ、うん。お銭があんのかい？」

「ないよ」

「無くちゃだめじゃないか」

「いいよォ、どうせあの世行っちゃうんだからァ、なあ？あの世まで勘定は取りに来ねェから、いいよォ」

「あ、それもそうだね、じゃ、そうしようか」

ってひどい連中があるもんで、これから好きな物を注文（そうい）ってェ、酒をどんどんどんどん持ってこさせる。金蔵のやつは、飲み納めの食い納めだてえからね、もう飲んじゃア食い飲んじゃア食い、(喉を示し)このへんまで詰めちゃって動くことが出来ない。しかたがないから、まだ刻限（とき）が早い、いったん金蔵を寝かしつけておいて、お染はほうぼう他のお客様を廻っております。というのは、時間（とき）の経つのを待っているてえやつでね。え、お話にうかがいますってえと、上方（かみがた）のほうはこの、廻るということはなかったそうですな。このご婦人というんで(指名し)、じゃ、というんで値段を交渉して、で、まあ登楼（あが）りますってえと、そのご婦人はそのお客様ンところに一晩中ずうーっといるン。ところがァ関東のほうは、俗に「廻し」なんてえましてね。え、一人のご婦人が何人もお客様ァ受け持っちゃうン、ねえ。ええ、本当はあのォ…、どちらかというと上方のほうがですね、ええ、(大阪は)商都ですから、ま、そういう(廻しのような)商いを…するんじゃないかな、なんと思ってたら、そうじゃないんですねえ…。

まあ、ほうぼう廻っているうちに、だんだんだんだん時間（とき）が経ってきて夜が更ける。ああいうようなところでもすっかり人が途絶えるなんというような時刻（とき）が、ちょうど今でいう午前二時頃だそうですな。大引（おおび）け過ぎなんてえまして、ほうぼうで大戸を閉めてしまう。灯りを消す。ねえ？　聴こいてくるのはってえと犬の遠吠え、品川のこってすから潮の音がザアーーッ。足を忍ばせて、ソォーッともとの座敷イ戻ってくるってえとォ、金蔵のやつは鼻から提灯出して高いびき。

「まああ…、よく寝てるねえ、この人ァ。ええ？　あたしなんざ…ゆんべねえ、死ぬのかと思ったら一晩中まんじりともしなかったよォ。ほんとに人間が呑気なんだねえ。いい人選んだ。ねえ？　（揺り起こし）ちょっとォ、金さん、起きとくれよ。ちょっと金さん、金さん」

「おうッ、（あくび半分）だァだァ…だアッ、もう飲めね」

「まだ飲む気でいるよ、この人ァ。だめだよ、起きとくれよ起きとくれよ。ねえ？　早くしないと遅くなっちゃうよ。ねッ、早く、早く」

「う、わァ、わかったわァった、わァったよ。あ…う（と眠気を噛み殺し）、おめえはもう、すぐにそうなんだからァ。うん、もうちょっと寝かしてくれよォ。おめえ、いつだってそうだよ。ええ？　『金さァん、もう遅いんだよッ。もうお天道様が高くなっちゃったよ。え？　早く帰らないってェとだめだよ』ってえから、こっちは慌ててパァッと表へ出ると、いつも夜中だよォ。ええ？　犬に吠えらいて、えれエえ目に遭ってるんだァ。たまにァおめえ、ゆっくり寝かしといてくれたっていいじゃねェかァ」

「…ゆっくり寝かしといてくれたっていいじゃないかって……お前さん、なにかい？

帰るつもりかい？」

「帰るつもりかいったって、おめえ、(指を丸めて金を示し) これがねェんだもん、居続けなんぞ出来るわけァねェじゃねえかァ」

「(あきれて)…何を言ってんの、お前さん。お前さん、あたしと一緒に死ぬんじゃないかァ？」

「ヘッ？ (膝を打ち) はっ、そ、そうだっ！ う、忘れちゃった、おれァ。はア、そうだそうだ。死ぬんだァ…なア、うん。う、じゃ、う、死のうか？」

「死のうよ」

「うん。(あっさり) さア殺せ」

「何を言ってんだよっ。お前さん一人で死んだってなんにもなんないんだよ。ええ？あたしと一緒に死ぬんだから。うん。なんか、死ぬ (ための) 物持って来たかい？」

「いや、(両手で長さを示し) こ、こ、このぐれえのな、白鞘の短刀をな」

「持って来てんの？」

「親分の家イ忘れて来ちゃった」

「ほれご覧よォ。ねーえ。あたしァね、虫が知らしたんだよ、ねえ？ そんなことがありゃしないかと思うからね、うん、昼間のうちにね、あの、剃刀を二挺研しといたの。

さ、お前さんに一挺、ねッ？　渡すよ。あたしも一挺持つから。でね、一の二の三でもってね、一緒にね、この喉ンところ、（身構え）スッと切ろう」

「おいッ（剃刀を払い）、よしなよッ！　なにをすんだよ、本当にィ。乱暴な」

「乱暴だよ、それァ。死ぬんだからしかたがないじゃアないかァ。ええッ？　いいかい、いくよ（とまた身構える）」

「ちょっちょっちょっ、ちょっと待ってくれよ、お前。（と喉を指し）ここはよしなよ、ここはァ。お前、ここァ急所だよ」

「急所だからいいんじゃないかァ。なァにを言ってんだい、この人はァ。ええ？　じゃア、あのね、お前さん、あ、あたしのこと先に切っとくれ。え？　あたしがパッと…そんときすぐに追っかけて（金蔵の喉を）スッと…」

「（おびえ、慌て）いや、ちょっちょっちょ、ちょっと待って、ちょっと待って、ちょっと待ってくれ。えッ？　いや、実は…、し、死ぬのが嫌なんじゃないよッ。死ぬのが嫌なんじゃないけれども、おめえ、あとで人にふっと見らいたらよ、こんなとっから血ィ出してこうやって二人でまいってでごらん？　ねェ？　どうも様がよくねえよ。ね？　ん。だからよ、もうちょいと、乙な死に様をしようじゃねェか」

「どうすんのさ、ええ？」

「ん、だから…、一の二の三で、ふッ………ってんでこう、息を止めちゃう」

「苦しくなったらどうすんの？」

「少ォしずつ息して」

「何を言ってんだよォ！　それじゃだめじゃないかァ」

「じゃ、こうしよう。あのな、（恐怖で息も荒く）階下行ってな、木綿針を二十本ばかり借りてこい。な？　で、十本ずつ持ってな、で、二人で向かい合ってな、鼻の下、こう突っつきっこしよう」

「しもやけ治すんじゃないよっ、この人はァ。本当にしょうがないねェ。あッ、じゃ、どうだい？　裏の海イ飛び込もうか？」

「海？　海、だめなんだよ。今おれ風邪ひいてっから」

「何を言ってんだよォ！」

嫌がる金蔵の手を取って、雨戸を開けて下イ飛び降りるってえと柵矢来ンなっておりまして、桟橋イ出るところに木戸があります。そこに錠がおりておりますが、長いこと潮風に吹かれて腐っておりますんで、お染が袂にくるんでぶる下がるってえと、ピィーーッてんで鍵が取れた。途端に潮風でもって木戸がバターンと開く。ビュウーーーーッという風で、

「さあ、早く行っとくれ。早く行……」

「ちょっとちょっとちょっとちょっとちょ、ちょっと待っとくれ。(へっぴり腰で)押すな押すな押すな、押すなよッ！　えェッ、なんだか知らねェけども、もう、(手さぐりし)暗くてなん、なんーにもわかんねェよ、おい。大丈夫かい？」

「大丈夫だよォ。桟橋は長いんだよォ」

「命は短え」

「掛け合いだね、この人は。え？　さ、早く飛び込んで、飛び込んで」

「飛び、飛び込むったって、ちょっと待ってくれよ。なんだかよくわかんね(と下を見て驚き)、お、おいッ、おい、み、水がある」

「水があるからいいんじゃないかァ」

「だって、おれァおめえ、泳げねんだ」

「何を言ってんだい、この人はァ！」

見ているとどうも自分からは飛び込みそうもないと思うから、

「金さァん、一足お先ィ行っとくれ」

ってんで後ろから(手の甲を打って)トーンと突き飛ばした。やっこさん、こんな(へっぴり腰)ンなってってところを後ろから突かれたもんですから、たまったもんじゃァない。

もんどり打ってドボーンと飛び込んだ。続いて自分も飛び込もうとする、おうッ、待ちな！おう、待ちな！」

「（若い衆・喜助がうしろから帯をつかみ）ど、あっと、っと、とっと、

「（お染もがき）あっ、離しとくれ。離しとくれ離しとくれッ。後生だから、お願いだから止めないでおくれ。死ななきゃなんないわけがあんだからっ。後生だからッ」

「（揉み合い）冗談言っちゃいけねえ。なァにを言ってやんでェ、ええ？　おうおう、よしなよしなよ、わかってんだよ。えッ？　死ななきゃなんねェわけってのァわかってんだよ」

「わかりゃしないよ。お前さんなんかにわかってたまるかい。ええ？　ねえ、喜助どん、頼むから、離しと…」

「離せないよォ。わかってんだから、ええ？　おう、なんだろ？　おめえ、移り替えが出来ねェから死のうってんだろ、ええ？　冗談言っちゃいけねェ。そんなことで死んじゃアだめだよォ。ええ？　おめえに頼まれたからってんで番町の旦那がよ、金持って、え、二階(にけえ)に来て、待ってるんだよォ」

「ヘッ、ヘッ（荒い息使いが）……えへ？　（にわかに鎮まり）お金ェ…出来たの？　あ…、ん（不満げに）、じゃ、もっと早くに止めてくれりゃアいいのにさァ、ええ？　（落ち着き）

いや、離しとくれ離しとくれ、大丈夫大丈夫（と安心させ）。うーん、だってもう、一人先イ入っちゃってんだよォ」

「誰だァい？」

「うふん、本屋の金蔵」

「中橋から通って来る、あれかァい？　ふうん……？（事もなげに）いいよ、あんなのォ。どっかへ流されてって鮫かなんかに食われちまうよォ。ええ？　うん。おめえ、んな、さんざん苦労してるんじゃねェか、なあ？　もっといい目を見なくちゃアおめえ、ええ？　適わないよォ、なあ？　うん。（人差し指を口にあて）おれがこれ（沈黙）しててやりゃアわかんねェんだからよ、なア。ええ？　おんなじところで働いてる、苦労してる者同士だい。ええ？　お互えっこじゃアねェか。おれァ言やァしないから、よしなよ。悪いこと言わないよ」

「ほんと？　ほんとに言わない？　え？　あ、そう。ん、わかりました。じゃ、あたしだって死なないよ。冗談言っちゃいけないよ、ねえ？　みんなにさんざんばかにされてんだから、仕返しぐらいしてやんなくちゃア。（まだ警戒している喜助に）え？　ん、だ、だ、大丈夫大丈夫。ん、あのね、いや、あの、今行きます、行くけどさァ、ん、飛び込んじゃってんだからさあ、手の一つも合わして行かないってェと寝覚めが悪いだろ？

ね？　だから先行ってお前さんね、お酒を出して、旦那つないでて。え、今、いますぐに行くから。はい、わかりましたわかりました（と喜助を見送り）。ああ、あーあ（大きく息をし水面を見下ろして）。ちょいとォ、ちょいと金さァん？　どこ行っちゃったの、金さァん？　んん、いきなり飛び込んじゃうんだものォ。うん、あのねェ、あたしお金が出来たのォ。うう、お金が出来ると、まだすることがいっぱいあるんだよォ。だからね、いずれェ、あの、あたしも行きますから、ねっ？　ん、先行って待っててちょうだい。ねっ？　ん。（合掌）長いこと、お世話ンなりましたッ。さよなら失礼」って世の中にこんなに失礼なことァない。やっこさん泳げないもんですから、あっぷあっぷしながら、クワァーッてんで手を伸ばすってえと、うまい具合に桟橋の杭を掴んだン。ありがてえってんでガアーッて足を伸ばすってえと、品川は遠浅だから膝までしかないン。やっこさん横ンなって溺れてたんでね。

「ふわッ、（情けない声で）なんだい、これは、おい。はッ、ハァーックシッ。なんか鼻から出てきやがった…。ダボハゼだよ、こんちきしょうッ」

　悔しいから文句の一つも言いに行こうと思ったんですが、いろんなもの飲み食いしちゃってるからねえ、いざ勘定と言われたときに引っ込みが付かないから、我慢をして雁木を伝わって八ッ山へ這い上がってまいりました。さあこれから家イ帰ろうと思ったんですが、所帯を畳んじゃって帰るところがない。仕方がないから親分の家イ行こうなんてんで、ふらふらふらふら、ふらふらふらふら、歩いて来るってえと、その時分はまたほうぼうに野良犬がいたんだそうですな。それが世の中がいいもんですから、もう、育つだけ育っちゃってね、馬の孫みたいなのがほうぼうにのそのそのそのそしてる。こういう犬がね、ええ、…とにかく、(海へ)飛び込んだ途端に元結が切れてざんばら髪ンなって、貝殻かなんかでこのへん(額)をぶった切って血が流れてる、ねえ? もうぐしょ濡れンなって「ふんんん」なんてえのが来るのを見れば…、犬が黙っちゃアいませんね。

「おおう、斑ィ、こっちイ来いやい。ええ? 変な野郎が来やがったよォ。ええ? 黙って通しちゃ為ンならねェからなあ、ちょいと脅かしてやろうじゃねェかなあ」

「そうしよう、うん。ウゥーーー、ワンワンワン!」

「だっ、ちきしょうッ、おれ、犬嫌ェなんだ!」

「ワンワンワンワンワンワンワンワンッ!」

てんで追いかけて行くってえと、また隣町には別の犬がいまして、

「おう、その野郎頼むよ」

「任しとけ。ワンワンワンワンワンッ!」

なんてんで、「犬の町内送り」てえやつでね。あア、犬は一っ町内追っかけりゃアいいんですが、追っかけらいるほうはずうーーっと駆けっぱなしですな。無我夢中でもって親分のところイやってきた。昼間、裏イ回ったんだからまた裏イ回りゃアいいものを、怖いもんですからいきなり表からドンドンドンドンドンドンドオンとやったんですが、その時分またァ、親分だなんて言われるところで、若い連中が夜遅く集まってるってえと、ろくなことをしてなかったそうですな。座布団を真ン中に置いてね、ええ、みんなでもってまあるくなって、

「うーーーーーーーーー（花札を切るしぐさ。小声のハミングで）う、う、う、う、う、といこう。うん、いいかァ？（札を配る）うん。うん、うん、うん、うん、（ハミングが旋律めき、札を繰って勝負を始める）う、う、うん、うううんううん、〽うーーーーーん。うう〽うーーーーん。〽うーーーーーーん、う」

なんてなことをやってる。そこをいきなりドンドンドンドンドンドンドンドーンと叩かれたン。

「（声をひそめ）シッ！ と、待て、待てッ」

「も、も、もう一丁」

「（なおも小声で）わかってるよッ！ 静かにしろィ、本当に。ええ？ おれたちァここ

でもって親孝行してるんじゃアねェぞォ。他人に見られちゃアまずいことをしてるんだ。なア？　素人じゃあるめェし、なあっ。こういうことするときにァな、辺りに気ィ配るんだい。えエ？　外でもって犬があんなにワンワンワンワン吠えてて、表の戸をドンドンドンドン叩いてるじゃねェか。もしおめえ、手（捜査）が入ったときにゃアどうすんでェ？」

「ええッ？　手が入ったの？　それァいけねえっ。ふッ（と灯りを吹き消す）」

「お、おおいッ、…おいッ！（慌てて制したが）灯り消しちゃっちゃ駄目だよッ。おいッ！（暗闇で懸命に鎮め）ガタガタ騒ぐんじゃねェッ。手が入ったと決まったわけじゃアねェんだ。たた、痛ッ、痛ェなア。おい、むやみやたらに駆けるんじゃアねェよっ。ほら、ほうぼうぶつかりゃがって、ばかだね。（首、肩をすくめ）いていていて、痛いなア本当に。静かにしなよっ。今おれが出てみるから。ちょっと待ってろよ。な？　うん。本当にねェ、しょうがねェ、（まだドタバタしているので）ガタガタ騒ぐんじゃないよ。ね？　うん。（手燭に灯を点そうと）だ、だ、大丈夫だ。おれが今出てみるからな、いいか？　うん。大丈夫だよ。なッ、うん。たたたた、たうッ、たうッ！　たうッ！　誰だァ？　どさくさ紛れに他人のお銭を持ってこうとすんのァ？　手ェ出すんじゃねェぞォ。いいかァ？　なあ？　う、うん、（灯が点り）待ってろ、静かにしろよ。いィてててててッ！　痛いね、ちきしょう、人（しと）のこと踏んづけやがってェ。あーあ痛（いて）。静かにしろォ。今、おれがな、出てみるから。いいかァ？　うん。ガタガタ騒いでるってェと、かえっておかしいよ。ね？　うん、変に疑（うたぐ）らいるから、待ってろ。今ちょっとおれが出てみるから、な、うん。（大きく息を吸い、改まって）……へいッ、えー、どちら様でござんしょうか？　大家さんですかァ？　ええ、今ね、寝ようかァなんて話をしてたんで、ええ。（手燭を手に）今開けますからそうドンドン叩かねェで、戸ォ壊れちまう。今開けますよ。へい、どゥも。……へい、いらっしゃい」

「（金蔵、茫然と）こんばんは」

「（異様な風体を見て立ちすくみ）…………（ひどくうわずった声で）おオーーいッ！　（恐怖でひきつり）誰か来いやあァーーいッ！　変な野郎がいるぞ、変な野郎がァ。ちきしょうめェ。（震えながら）なんなんなんなんなん、なんだァ、てめえはァ？」

「へェ、金蔵でござんす」

「なにを？　金蔵だァ？　本当に金蔵かァ？　どれ、ちょっと足を見せろ、足を。……（見て）足がありゃアがった。こんちきしょうッ、脅かすな、ばかッ。ええ？　本当（んとう）にィ。昼間、家イ変てこなものを忘れてったからなァ、なんか変なことをしやァしねェかと思っておれァ心配（しんぺえ）してたんだ。なあ？　女と一緒に死のうなんてんで、女だけ殺しててめえ一人で助かってきやがったんだろう」

「女は助かって、おれは死に損なったン」

「だらしのねえ野郎だァ、本当にィ。ええ？　そこォ閉めろ、そこ閉めてこっち上がれ。なア。本当にしょうがねェやつだァ。大丈夫かァ？　足もと気をつけろよ。な？　うん。（一座の連中に）おい、あの、もういいよ、みんな出てきてェ、おお。や、手が入ったわけじゃねェや。あ、あのな、金蔵がな、女とばかァして帰ってきたんだ。おう。うー、だからァ、ちょっとみんな出てきな。…出てきなよォ。みんなどこイ隠れたんだか知らねェけれども、本当によくこんな狭い家で隠れんね、あんだけの人がァ。ええ？　見やがれ、おめえが脅かすからみんなどっか行っちゃったじゃアねェか。しょうがないねえ、どうも。え？　うん。…（上を見上げ）う、誰だァい、その梁イぶる下がってんのァ？ええ？　吉っちゃんじゃねェか、おい。どうやってそんなとこイ上がったんだい？　なにをォ？　わかりません？　暗いところ駆け出してたらァ？　そこイ辿り着いたァ？…おめえだな、さっきおれの背中から頭イ駆け上がりゃアがったのは。本当にィ。降りな、降りなァ。なにをォ？　梯子代わりに頭貸せェ？　何を言ってやんでェ、本当に。飛び降りろィ、本当にィ。誰だァい、その鼠入らずン中イ首突っ込んでんのァ？　ええ？　なんだい、六ちゃんじゃアねェか、どうしたんだい？　うん。慌てて走ってたらア？　首が鼠入らずの戸を破ってそん中イ入っちゃったア？　しょうがねェなあ本当にィ。ええ？　鼻っ先に佃煮があるから食べてますゥ？　なアにをしてんだよ、本当にィ。ええ？　喉が渇いたから茶ァくれ？　張り倒すよ本当に。だめだよ、そんなことしてちゃ。きちっとしときなよ。ねッ、うん。あんなとこでまた唸ってるねえ？　だっ、誰だアい？　へっついン中、炊き口イこう首突っ込んでんのァ？　ああ、福兵衛だよ、おい。出してやっとくれ、出してやっとくれ。おお。本当にしょうがないねえ。だ、だめだ、駄目だァ。そいつァ引っ張ったって出ないよォ、引っ張ったってェ。そいつの頭の鉢はこう広がってんだから。入るわけァないんだけど、勢いでもってスウッと入って、中イ入ってから改めて膨らんだんだからねえ。引っ張ったって出ないよォ。釜どかして上から出してやれ、上から。引っ張ったって出ないってんだよォッ！　引っ張っちゃいけないよォ、へっついが壊れるからァ。その野郎の頭壊してもいいからへっつい壊しちゃいけないよ、本当に。どうもしょうがねェなあ、まあ本当にほうぼう…。変な臭いだねェ、おい。誰か糠味噌桶ン中イ落っこってんだ。おうおう、どしたい？　誰だ？　辰つァんじゃねェか、どしたい？」

「(気息奄々) あは、たはは……あッ、兄貴の前だけど、おれは親不孝した罰だ。もう駄目だァ」

「どしたんだい？」

「慌てて逃げるときにね、揚板ァ踏み外して糠味噌桶ン中、落っこったんだがァ、落ちる途端にね、桶の縁に睾丸をぶつけて、おれ落っことしちゃったい」

「（びっくり）それァ大変だ、おいっ！　医者呼んできてやれ、医者をォ！　それから、かみさんも呼んできてやんな、かみさんもォ！　どしたァ、大丈夫か？　しっかりしろよォ！」

「うん、かかあが来たら、おれの形見と言ってェ、おれのこの睾丸を渡してやってもらいてんだい」

「（感動し）偉ェやつだな、気丈だな。持ってんのかァ？　どれ、ちょいと見してみな」

「うん、兄貴ィ、これだァ、見てくれェ」

「どれどれどれどれェ（と見て）…茄子の古漬けだァ、ばかやろう！　しょうがねえなあ、本当に。ええ？　臭くてしかたがねェじゃねえかァ。おい、臭うったってねえ、なんか他の臭いもするよォ。どうしたんだい、ええ？　おう、与太郎がはばかりイ落っこった？　しょうがねえな、おい。誰か出してやんなよ」

「もうあたい、上がってきた」

「（自分でむやみに）上がってきちゃいけねえ」

解説

江戸廓噺の代表格。明治以降、ひじょうに多くの演者が手がけてきた、いわばスタンダード・ナンバーだが、それだけに構成も細部のくすぐりも平準化している観がある。たとえば、五代目古今亭志ん生は初代三遊亭遊三の系統といい、また、この噺をこれほどまでに有名にした功労者・四代目橘家圓蔵（品川の圓蔵）を継承したのは六代目三遊亭圓生とされるが、志ん生と圓生の持味は全く別であっても、噺の基本に大きな差異は認めにくい。

「顎を懐に埋めて」、「烏が子をとられたような声」など、なつかしい志ん生のフレーズを大切に保存しながら、古今亭志ん朝もスタンダードな演出を踏まえて自分の魅力を存分に発揮している。廓の華やぎ、盛りを過ぎた女郎の悲哀、天真爛漫（？）な金蔵、博打場がこわれる場面のダイナミックな表現、と、どこをとっても志ん朝に打てつけの噺。

お染が金蔵を見殺しにしたのは失礼どころか許しがたいが、土壇場まで彼女にそんなつもりはなかった。金策が立って元来の軽薄に戻ったわけで、この場当りな軽はずみがお染のすべてであり、この噺の基調である。後日に受ける仕返しを棚に上げても、お染は来年もある移り替えをどう切り抜けるのだろうか。

仕返しをする噺の後半、すなわち「下」は滅多に演じられない。ために、ここまでをある。

えて「上」と称する習慣すら生まれないほどに『品川心中』は「上」のみに固定しつつある。

博打場の騒動で、背中から頭を駆けて梁に到達するなど、あとで次々に解明される異常事態が暗闇の中の逐一の反応に克明に仕込まれているのがすごい。演者は騒がず、冷静に場を観察した。沈着かつ端然と坐ったままの浪人博徒が実は腰が抜けていた、という圓生や三代目桂三木助のサゲ方ではなく、与太郎が汚染もろとも無造作に這い上がってくる志ん生流で締めくくっている。

大阪での口演なので品川宿のことなどをいつもより丁寧にマクラに振っている。大阪独演会シリーズの初期で、この夜、志ん朝さんがかなり緊張していたのが思い出される。

桟橋は舟のためというより、ゴミ投棄などのために設けてあって、大規模な構造ではなかった。浅瀬の底には瀬戸物の破片なども堆積していただろうから、金蔵は傷だらけになったはずだ。上陸に利用する雁木は船着き場である。

品川宿の位置は現在のJR品川駅附近ではなく京急線・北品川より南の地域だった。埋め立て以前の品川は現在の鉄道線路間際まで海岸線が迫っていたという。

金蔵は『干物箱』の善公同様、貸本屋だ。貸本屋は『真景累ヶ淵』の新吉も一時従事していたが、店構えよりも背負って訪問レンタルをする者が多かったようだ。大量印刷技術がなく紙が高価だった時代、庶民は蔵書をせず、もっぱら貸本を楽しんでいたという。

厩火事(うまやかじ)

えェ、よく、縁なんということを申しますが、ご夫婦の縁というのが、一番深いとされておりますな。ええ、それこそ赤の他人同士が一緒ンなって、そして一つ屋根の下で、共白髪まで添い遂げようというんですから、これァたいへんな縁ですが…。

この縁を結ぶのがっていうと、出雲（いずも）の神様。ま、神様のすることってすから間違いはなさそうなもんですが、やっぱり神様でも、間違いということはありましてね。年に一度、神様が集まって出雲大社でもってェ、縁結びの仕事にかかる。そんときにァ日本国中の神様がいなくなっちまう、ねえ？　えェ、その月を神無月（かんなづき）なんてえそうですな。

「ええ、ご苦労様です、皆様。へえへえ、どうぞこっちイ弁天様…。はい、ご苦労様。（別の神様から問われ）え？　ええ、あァたの席は決まってますよ、あちらのほうへどうぞ。はいはいはい。いやあ、なんだい？　ええ？　不動様？　ああたいへんだねえ、どうも、火なんぞ背負（しょ）っちゃって、ええ？　そこイ降ろしてくだはいよ。いいかい？　誰かいないか？　ああ、不動様の火ィちゃんとなあ、番してて…。消えないように薪（まき）でもくべて。いいかい？　うん。ええ、あァたなんざ、なんでしょ？　ここンところばかに流行（はや）ってるって…たいそうな儲かりだそうですね」

「いえェ、いけませんよォ。ええ、ちっとも儲かりません」

「そうですか？」

「ええ。不動損（尊）てえぐらいですから」

「何を言ってんの？　あァたァ。ええ。さあさこっちイ入ってくださいよ。ええっと、それじゃアね、皆さん揃ったようですから、これから縁結びのお仕事に取り掛かっていただきますね。もう人間のねェ、男でも女でも、いつまでも独りで置いておくってェところくなことをしませんからな。えー、こっちのほうにこういう男がいる、こっちにこんな女がいるなんてェことを言っていただければ、えー、あたくしが縁を結びますんでよろしくお願いします。へい、じゃアさっそく始めましょう。はいっ、なんですかあ？　へえ、そちらのほうに、ええ？　女でもってェ、え、十八ンなる？　ああそうですか。えー、女で十八がいますよ。え。なんかそっちのほうにいませんか？　男でもって、はいっ、はいっ。あ、二十一の男。はい結構ですな。じゃ、あたくしが結びましょう。うん、う、はっ（と派手に結ぶしぐさ）、うん。え？　えー、そっちのほうには？　え？　あそうですか。へ、ええ、男でもって二十五のがいますがなあ、ええ、女の子？　ああそうっすか、へえ。二十歳（はたち）ンなる？　結構っすなあ。ん、ん、よアッ（と結び）。ん、ね？　そっちのほうには、ああそうっすか。へえ、ええ、うん、はあっ（と結び）」

なんてんで一生懸命ね、縁を結んでいくそうですな。

「えー、だ、誰だァい、そこでもってぐずぐず言ってんのァ？　ええ？　荒神様だよ。しょうがないねえ、あちらてェものはね、お神酒の上がよくないんだよ。ねえ？　お神酒を召し上がるってェとぐずぐずぐずぐず言い出すんだよ。荒神様ァ、いい加減にしなさいよあァた。毎年のこったよ、ねえ？　何を文句言ってんの？　大黒が？　家ン中イ入ってても帽子を取らねえ？　何を言ってン。大黒様ってのァ帽子を取らないんですよ。なんか言っちゃいけません。ねえ？　本当にィ、（帽子を奪おうとするので）よしなさいてんだよォ。どうもしょうがないねえ。大黒様、あのォ我慢しなさい、我慢。ねえ。もうしょうがないんですから。ね、あの、素面ンなったらよォく謝らせますからね。本当に。よしなさいてんだよォ、そん…、帽子を無理に取ろうとしちゃ、い、あ、張り倒したよ。おい、乱暴だね、しょうがねえ。大黒様！、おやめなさい！　あァたまた小槌を振り回したりなんかして、危ないからよしなさい！　おい、こっちイ来るよ。危ない！　とッ、とッ！（倒れ込んだので）しょうがないねえ、どうもォ。ええ？　表へ引っ張り出しな、二人とも。本当にだめだよォ、もう。ほらァ、せっかく縁を結んだの、バラバラんなっちゃったよ、ええ？（掻き集め）これとォこれかい？　ねえ？　これとこれだろ、ねえ？　ええっと、こっちと、ああ、これかあ。（結び）え、よいしょ。ううん、よいしょォ。ん、よいしょ、うん。ねえ？　なんだい？　これ一つ余っちゃったよ。本当にしょうがないね。なんかありませんかあ？　ええ？　うん。どっかにありません？　ない？　おかしいな、どっか飛ばしちゃったんだ。しょうがねえなあ、どうも。せっかく結んでやったのになあ。うん、一つじゃかわいそうだ、こっちのと一緒に結ぼう」なんてんでね。三つ一緒に結んだのが、三角関係ンなるそうですが。

まあだいたいこの、ご夫婦というものはまことにこの不思議なもんでね。えー、端で見ているってえともう、いろんなことを言いますが、あの、テレビだとか、それからあの週刊誌なんぞを見ているってえと、やれ、どこそこの夫婦が別れそうだとか、ねえ？　いろんなことを言うもんですね。本当に大きなお世話ですよ、あれァ。大きなお世話なんですけれども、（さらに）いけないというのが、そういうことにまたたいへんに興味を持つご婦人方が多いン。あれは野郎はあんまり興味持たないですよ。ね、んなことはどうだってかまわない。他人ン家のことだから。ところが、女の方はそういうことにたいへんに興味を持ちましてね、

「（ほくそ笑み）別れるそうよ、あすこ」

なんてなことを言って。……ええ、他人ン家の不幸を楽しんでおりますが、よくないですね、ああいうことってえのァね。どうだってかまわないんですよ。だいたいこの夫婦なんてえのァ本当に端で見ていてもわかりません…というやつでね。ええ。のべつ喧嘩ァしていても、別れるかてえとそうでもない。ねえ、仲がいいなあと思っているってえと、あっという間に別れちまう、なんてえことがございまして。

「(激しく、切迫した調子で)兄さんいますかあっ?」

「ン…(うんざりした顔で女房に)、また来たよ、おい。えェ? お崎だよ。うう、しょうがないよ、うん。(玄関口に向かって)おおい、なんだァい?」

「(悲壮な面持ちで)兄さんっ。もうあたしねェ、(悔し涙を嚙んで)きょうてえきょうは、本っ当にもう、愛想も小想も尽き果てましたねえっ!」

「喧嘩してン、しょうが…、のべつなんだからあ。こっちイ上がんなよォ。(たしなめるように)また喧嘩したのかい? ええ? のべつじゃねエかなあ。よくおめえンところは喧嘩の種があるよォ。本当にまあ、そのたんびにおれンところイ来らいちゃ、かなァねェなあ」

「(なじるように)しかたがないじゃありませんかァ。兄さん、あたしたちの仲人なんですから。(喧嘩腰で)それとも来られちゃ迷惑なんですかァ?」

「（憮然と）それァ迷惑だよォ」

「……め…迷惑……（泣き始め）だって兄さん、あたしたち他に行くところがないんですからッ。（ヒステリックに）しょうがないじゃッ…」

「（辟易し）おっ、おい、大きな声を出しなさんなァ。う、本当に…。（諦めて）わかったよォ。話を聞きますよォ。ねえ？　いや、ただねえ、そう番度来らいたんじゃこっちもくたびれるということを言ってんだよ。ねえ？　第一夫婦喧嘩なんてのァどこでもやってるけれども、いちいち仲人ンところイ行くなんてェことは、まずないよ。それがのべつなんだよ、ねえ？　たまにァ自分たちで収めたらどうだと、こう言いたくな…（お崎が抗弁するので）、わあ、わあ、わかった。わかったよわかったよ。ね？　だから話は聞きますよ。ええ？　じゃいったいどうしたの、喧嘩ァ？　ねえ？　なんで喧嘩ンなったんだい？　言ってごらんッ」

「聞いてください、兄さん。ほんーとにね、あんなひどい人ってのァありませんよ、ええ。実はあたしね、きょう商売が休みなもんですから、ええ。でもう、好きなお芋を煮て食べようと思いましてね、こないだ他所でもっていただいた八頭。ええ。あたしはまたお芋ン中で八頭が一番好きなんですよォ。ねえ？　ちょいと煮るなんてェそういうことできませんでしょ？　ねえ？　たいそう手間暇かけないってェとうまく煮えませんから、ええ。そいでもって朝早くに起きましてね、でもって一生懸命お芋を煮てたんですよ。そうしたらそこへあの人が起きてきてね、鍋ン中覗き込んで『なァんだァ、またお前芋煮てんのか。てめえぐらい芋の好きなやつはないな。だからおめえがそばイ来るってェと臭くていけない。ええ？　この大根河岸女め！』って、こういうことを言うんですよォ。ええ？　そいから癪に障ったからあたしだって『何言ってんの？　お前さんだって生臭い物だったら少しぐらい腐ってたって食べるじゃないかよォ。この魚河岸野郎！』ったら『うるせえ！　このおかめ！』ってから『何言ってんだい。ひょっとこ！』ったら『般若ァ！』ってから『外道！』」

「（あきれ）な、な、なん？……お神楽だよ、それじゃ、ええ？　それでどうしたの？」

「それでどうしたじゃありません、（泣き声になり）悔しいじゃありませんか。それであたしね、もう本当に、飛び出して来ちゃったの」

「勘弁しとくれよゥ、おい。よくそんなことで喧嘩ンなるね。ええ？　本当にばかばかしい。うちじゃア（夫婦で）もっとひどいことを言うんだよ。だって喧嘩ンなりゃアしねェや。ええ？　（次第に説得調になり）いやア、前から言ってるとおりねェ、夫婦喧嘩なんというのァお互いのわがままから始まるんだよ。ね、だけどもねェ、男なんだから、ねっ、たとえどんな亭主でも男なんだから、やっぱり男を立てる。ねえ？　で、お前さんが我慢をする。そうすりゃおい、喧嘩にもなんにも、ならねェじゃアねェか」

「(悔しそうに) また兄さんはそういうことを言って、あの人の味方ばっかりするんですから!」

「いえ、そ、そういう、そういうわけじゃアないけどさあ、ね？ いや、だから今言ったとおりね、お互いにほんとは、ま、向こうだって我慢しなくちゃいけねン、我慢しなくちゃいけねんだけれども、んん、そのねえ、う、第一(だいち)こう、どう考えたってそれで喧嘩ンなるというのは、おれには考えられねェ。ねえ？ そうだろう？ んな、つまらねェこと言い合ってるだけでもって、なんで飛び出して仲人ンところイわざわざ来るんだよ。ええ？ なんでもねえこっちゃねェ、なァ？ あアお前、それはおかしいよ、それァ。ねえ？ どうしてそんなことでもってお前さん怒るの？」

「どうしてったって、そうじゃありませんかあ。ええ？ あたしが一生懸命働いてんのに、あの人がうちでもって毎日(まいんち)ね、ええ？ お酒ばっかり飲んでんですよ。ね、よくあたしに向かってそういうことが、(激して) 言えると思うんですよォッ!」

「おい、それがいけねェんだよ。それが困ったねェ。あたしゃアねェ、二人が一緒ンなったときに、ええ？ よく言(ゆ)ったでしょう？ ねえ。う、とにかくゥお前さんはたしかにねェ、稼ぎのいい髪結(かみい)いだよ。ねえ。だけども、それをお前さん鼻にかけちゃいけませんよ、それを思っているってェと、なにかについてその、喧嘩ンなるから、いいかい？　それだけはもう、忘れなさいよってェ、あたしは何度も言ったじゃアねェ…、ねえ？　それがいまだにお前さんにァ忘れらいない。あア、あの人を食べさしてんだ、ええ？　あたしが養ってんだってェことがねえ、もういつでも腹ン中にある。それがあるから、う、野郎がなんか言うてェといちいち癪に障るんだよ。それ、忘れなさいよォ」

「(強くさからい)忘れなさいよったって兄さん、本当のことだからしょうがないじゃありませんかァ」

「ああ…そう。わかった。まあ、おめえがそこまで言うんだったらあたしも言わしてもらうよ。ねえっ？　だけど、それェ承知で一緒ンなったんじゃねェかい、ええ？　(お崎を制し)まあ、まあ、お聞きよ。今さらこんなこと言ったって始まらねェけども、ええ？　事の起こりがそうだからあたしァ言うよ。ねえ、ええ？　お前さんがうちのかかあの髪髷ァ結いに来てて、ねェ？　野郎が二階に居候してだよ。二階にいる八つァんてえ人と一緒ンなりてェと言ったときに、おれはなんてったい？　『よしなよ。あんな道楽者はねェんだよ。な、亭主だったらいいのを世話してやるから、あいつだけはよしなよ』と言うのに、ええ？　『いえ結構です。あたしが一生懸命働いて、あの人を食べさせていきます、養っていきます』ねえ？　『なんとしてでも一緒にさしてください』ってお百度を踏むから、ねェ、まア、なんでも本人がいいと言うもんだから、ねえ？　そのほうがかえって仕合せンなれるかもしれねェから、じゃア、そうしてやるってんでおれたち二人は仲人を務めたよ、ねえ？　（力説し）それァ百も承知で一緒ンなって、今さらそれを言うってェのァ、それはお前さん、おかしくないかい？」

「（痛いところを突かれ）それァ、…それァ承知で一緒ンなりました。承知で一緒ンなりましたけどもね、（また涙声に）あんなにひどいとァあたし思わなかったんですよ。も、とにかくきょうてえきょうはもう、愛想も小想も尽き果てましたからね、せっかくお仲人までしていただいてまことに申し訳ないんですけれどもね、なァんとかしていただきたいと思うんですよっ。（強く）えっ、兄さん、お願いしますよォ」

「（冷やかに）ああそうかい。わかったわかった。ん。じゃアね、うう、もう、その、さっぱりしたほうがいいや。えっ？　別れちゃいな別れちゃいな。ね、そのほうがいいんだい。ねえ？　それァ、まあ、本当はねェ、ええ？　お前さんにそれだけあいつを悪く言われるってェと、おれァかばってやりたいよ。ええ？　うちのほうから出た男だ。なア？　死んだ親方ンところでおれと二人で一緒ンなって修業をした、おれの弟弟子（おとうとでし）だよ。ねえ？　それを悪く言われりゃアかばってやりてェ。かばってやりてェけれども、あいつにゃアね、これっぱかりもかばえるところがねェんだよ。おめえさんの言う通り。ねえ？　ううん。ああ、亭主のくせにおめえ、家《うち》でもってなんだか知らねェがのそのそのそのそしてやがってさ、ええ？　酒ばっかりくらってやァって。朝っぱらからだァ、ねえ？　おれァいくら小言言ったかわからしねェ。いっこうに直らねェ。直らねェというのは、お前さんがいるからだよ。お前さんに寄っかかってんだ、え？　甘えてんだよ。ね、だから別れたほうがいいよ。そうするってェとあいつも目が覚める。ねえ。いい腕してるんだから、ええ？　もったいねェとおれァ思ってたんだから、そのほうがあいつの為《ため》ンなる、ねえ？　え、第一《だいいち》、別れたほうがお前さんがね、ええ？　それァ、助かるだろ？　ねえ、ンないちいち、なんだかんだってんで喧嘩することァねェんだから。ねえ？　で、お前さんも楽ンなるしさ、うう｜、（しみじみ）第一《だいいち》おれが助かるよ、ねえ？　こうのべつ来らいたんじゃこっちァかなわねェから。ねえ？　三方がまるく収まるんだから別れたほうがいい。ええ？（きっぱり）別れな。別れなよっ！」

「……（襟をしきりに合わせ、うつむいてしばし迷い、つぶやくように）そりゃまァ、兄さんはね…、他人《しと》のことですから別れろ別れろ…、んん、んなこと言いますけども、うう｜、夫婦なんてのァ…そんなもんじゃないと思うんですよ」

「（とがめるように）なあにィ？」

「いいえ、ですからね…。そんなにィ、『別れろ』、『はいそうですか』なんて、んな…、別れらいるもんじゃないでしょう?」

「…お、お前ねえ、何しに来たの?　ええ?　(強く)お前さんが別れたいと言うから」

「誰がですか、あたしがですかぁ?　冗談言っちゃいけませんよ。あの人と別れる?　とんでもないですよ。あの人と別れるぐらいだったらあたし、死んだほうがいいんですよォ」

「(しらけ)だから夫婦喧嘩の口利きてェのは嫌だってんだよォ、ねえ?　のべつこれじゃアねェか、本当に本当にィ。ええ?　じゃアなにもねェ、こんなところイ来ることァないんだよォ。ねえ?　本当にィ。何しに来たのォ?」

「(泣きつくように)何しにじゃないんですよ、兄さん、もう。あたしねえ、も、心配で心配でしょうがないの」

「なァにが心配?」

「何がったってさあ、(駄々っ子のように)あの人の了簡があたしにはわからないのよォ」

「おい、ちょっと勘弁しとくれよ、おい。ええ?　お前さんねェ、長いこと一緒にいるんだろ?　それがわからなくておれにわかるわけがねェじゃねェかあ、ええ?　どうわか…」

「どうわからないたってさあ、あの人の了簡が本当にね…、(真情を切々と語り始め)ね、い、いいですか？　聞いてくださいよ、ねえ。それァねえ、んん、あたしはね、一生懸命働いてあの人を食べさしていく。こんなことはかまわない。さっき言ったとおり、百も承知で一緒ンなったんです。それァいいんですよ。ね？　あたしが働いてんのは、ね？　ただあの人があたしのことを思っていてくれるんだったら、あたしゃアいいの。ねえ？　働き甲斐があるじゃありませんかあ。それがあの人がさ、あたしが働いている間、働ける間は一緒にいて、働けなくなっちゃったら別れようなんて、そんなことを考えてる…、もしそうだったらどうしようと思うじゃありませんかあ？」

「う、それァお前、思い過ごしというやつだよ。そんなこと勝手に思うからいけない」

「思うからいけないったってさあ、ねえ？　常日頃のことでもってそういうふうに思わざるを得ませんよォ」

「どうして？」

「どうしてたってさあ、なにかってェとすぐに、ええ？　う、別れたいとかさあ、ええ？　兄貴に義理立てしてして一緒ンなったんだとか、そういうこと言うんでしょ？　そのたんびにあたしはドキーン、ドキーンとするじゃありませんか。ええ？　そいから、なんかあたしが言って突っかかってくってェと、あの人がまた私のことを叩いたりなんかするじゃありませんか。こんちきしょうめ、も本当に死にゃアがれと思うことがあるの。

ねえ？　ん…、かと思うとさあ、急にまたやさしくなっちゃってね、『さっきァおれが言い過ぎた、勘弁してくれ。さっき叩いたところ痛くなかったか？　ん、悪かった。ん、どこンとこだ、ここかあ』なんて…、（色っぽく小笑いし）撫でてくれたりなんかする…。ッともゥ、あたしもまたついね、ポオッとしちゃうし」

「（不快げに）んなこと聞いてないんだよ、こっちァ！（苛立ち）だから、だから、早え話が、も、どうでもいいからどうしよう…」

「どうしようじゃないんですよォ。ねえ？　だからねえ、うう、あたしがねえ、その、兄さん心配するなってェかもしれないけれども、あたしがね、あの人よかね、歳が若きゃいいんですよォ。ねえ？　歳が上じゃありませんか、六つも上でしょ？　どうしたって女のほうが先イ老けますからねえ。ええ。（興奮気味にまくし立て）で、こっちがお婆さんなって働けなくなっちゃって患ったりしてるところへですよ、若い女でも引っ張り込まれてごらんなさいな、ええ？　悔しいじゃありませんかあ。え、食いついてやろうと思ったって、そんときにゃもう歯が抜けちゃって土手ばかりでしょう？」

「よくしゃべるねえ本当にィ。（キセルに煙草を詰め始め）そんなことはないよォ。ええ？　まあ、まあまああ（となだめ）、だけどねえ、まあお前がそうやって心配するのァわからねえことァねェや、な。ええ？　うん。お前ンところは他のうちと違うよ。たいがいは亭主が働き手。ねえ？　お前さんのうちは逆なんだ。な？　うん。そうしてみるってェと、まあ、お前のその心配てェのァわからないことはない。ねえ。ただね、人間なんてえのァねェ、うう、了簡というものは、いざとならなきゃアなかなか出てくるもんじゃアないよ、ねえ？　うん。ああー、そうかい。そんなにねェ、心配だったら、まあ、そのう…、人の了簡試すなんてのァ嫌なことだけど、試しようがないわけァないよ。え？　ま、こういう話があるんだ。おれも他所から聞いたんだ。まアちょいと聞きなィ。あのなあ（と一服吸い）、昔ィ、唐土になあ、孔子という、偉い学者がいらしたんだ」

「あらアー、そうですか、へええ、やっぱり向こうにもいるんですかねえ、へえー、幸四郎かなんかの弟子ですかァ？」

「どうしてェ？」

「だってコウシってェ役者がいた」

「役者じゃアねェんだよ、学者っ。学問をなさる、偉い方」

「あーあ、学者ですか。（朗らかに）なんですか、ハハ、まあ、色っぽくないんですねえ」

「別にねェ、おれ今、色っぽい話をしようと思ってんじゃないのッ。ね、お前に為ンなる話だから黙ってお聞きよ。ねえ？　で、まあ、学問をなさる方だから町中の賑やかなところにはお住まいンならない。ちょいとこのなあ、離れた、ねえ、まあ、今で言う郡部のようなところに、お屋敷を構えて住んでらっしゃる。で、ええ、お役所へ通うときには、馬でもってお通いンなる、たいーへんにまた馬がお好きでな、何頭か飼ってらした。そン中で一頭の白馬をたいへんにお愛し遊ばしてた」

「はくばってえますとォ？」

「白馬（しろうま）だよ」

「あら（と楽しそうに）、白馬（しろうま）を？　まーあ似たような話あるもんですねえ。うちの人（しと）がそうなんですよう」

「お前ンとこの八公がァ？」

「そうなン。ええ。もう、とにかくねえ、う、夏場はいけないけれども、冬場はこれに限る。体が温（あった）まるからお前もやってみろ…なあんて言われていただくんですけどもね、ええ。口当たりがよござんしょう？　ええ、結構ですけどもねえ、あれちょいとお腹が張るんですよ、ねえ？」

「白馬たって濁酒（どぶろく）の話してんじゃないよ。ね？　乗る馬。全身真っ白な乗る馬ッ。ね？この馬をたいへんにかわいがってらっしゃったン。ね？　うん、でまあ、普段からご家来の方たちに、『いいかァ、これは予（よ）が一番大事にしている馬であるぞ。いいか、うう、いたわって遣わせよ。うん。この馬に間違いがあるとならんぞ』。ね？　で、ご家来のほうは言われた通り、間違いがあっちゃいけないってんで、もー う、なんか腫物に触るようにその馬を扱っている。ね？　で、ある日のことねェ、乗り換えのほうの黒馬でもって出かけてったン。その留守に、厩から火事だ。え？『火が出たァ、厩から！』っていうんで、それを聞いてご家来一同の頭にピーンときたのがそのご愛馬のことだよ。え？　あのご愛馬をなんとかして救け出さなくちゃいけないてんで、え？　一同が急いでタアーッと飛んでった。ねえ？　ところが、見るってェともう、かなり火が回ってるン。急いで中イ飛び込んでって一人が後ろからこう、押そうとする。ねえ？　前からこの馬を引っ張ろうとするのがいる。え？　ところが名馬に限って火を怖れるということを言うだろ。火を見たもんだからその馬が、グウーッ（両腕を突っ張る形）として、動かない。一生懸命やったんだがどうにもならない。そのうちに火がだんだんだんだん回ってくるから、ああこれァとてもじゃアないけれども、自分たちが焼け死んじゃアなんにもならないからってんで羽目板を蹴破って、まあまあ外イ逃れたン。見ている目の前でもって、そのご愛馬を焼き殺してしまった。ねえ？『はあー、これはたいへんな事をした』。ええ？　あア、ご主人様がお帰りンなったら、どんな目に遭わされるだろうってんでご家来一同が心配しているところに、孔子様がお帰りンなって、『留守に火事があったそうだな?』『はい、厩から火を出しまして、ご愛馬を焼き殺してしまいました。まことに申し訳ございません』『そうか、お前たちに怪我はなかったか?』『手前共一同は無事でございます』『ああ、それは良かった。あア何よりだ。これからは火は気をつけねばならんぞ』とおっしゃって馬のことはこれっぱかりもお尋ねンならない。ねえ? ご家来の了簡になってみな。ええ?『まあこの人は普段から馬のことばっかり言ってて、おれたちのことはちっとも考えててくれないんじゃねェか』と思ってた人がだよ、いざとなるってェと、こんなにもおれたちのことを心配していてくれたのか、『あアーあ、ありがたいことだ。この人のためだったら生涯尽くそう』と、こういう了簡になるだろう?」

「ははあ、なるほどねえ、へえへえ、なりますねえ」

「ねえ? これとまるで逆の話があるン。え? これァ日本だ、なあ。うう、麴町にねえ、さる旦那がいたんだ」

「(笑い出し)あっらァま、そうですかあ。生意気にねえ。そばへ寄るってェと引っ掻くんでしょうねえ」

「何が?」

「猿の旦那だ」

「(嫌気がさし) 何を言ってんだよ、もう。そうわからねえから喧嘩ンなるんだよォ！ 猿の旦那がいるわけァないだろうッ。(嚙んで含めるように語気強く) 名前が言えないから、某(さる)旦那というのッ。ねえ？ でェ、この旦那がねえ、大変にこの、焼物(やきもの)が好きなんだ」

「(また嬉しそうに) あらァ、ま、そうですかあ。あたしがそうなんですよ、ええ。も、一時(いちどき)に五、六本いただいちゃうんですけどねえ、あと胸が焼けましてねえ」

「何がァ？」

「焼き芋でしょ？」

「黙って聞いてろっ、話を。焼き芋じゃアないよォ。え？ 焼物。つまりなあ、うう、その、茶碗だとか、え？ 皿小鉢、あるいは壺なんという、早(はえ)え話が、瀬戸物だな。そういう物を、高価な物をたいへんにこの、集めてらっしゃる。中で一番の自慢の品がというと、青磁の組の皿だ。ねえ？ で、これでもってお料理を出したりして、お客様に自慢をする。ね？ たいへんに高価な物(もん)だから、その旦那がね、奥様に、『よいか、これは他の者が扱ってはならんぞ。うん。他の者に任せず、お前が一人で、一手に引き受けなさい』、こう言ってるン、ね。でェ、いつも奥様そうしてらしたン。ある日のことやっぱりお客様を呼んで、それでお料理を出して、お客様に自慢話。ねえ。で、ひとしきりその自慢話に花が咲いて、お客様が帰ったあとで、いつものことだから奥様がその青磁の組の皿だけを持って、二階から降りようとする。ねえ？　と、梯子段が拭き込んであって、足袋が新しい。ちょっとよろけたんで、ふっとこう（身をそらす）やるってェと、ツルッと滑ったてェやつだ。ね？　ダッタタタアーッってんで、たまったもんじゃアないよ。下まで滑り落ちたン。ねえ？　偉いもんだよ、普段から大事にしなきゃいけないぞと言われているから、その青磁の組の皿を上にこう差し上げて、尻餅をついたまんま、下まで落っこってきたン。あア、この音を聞きつけてお前、えェ？　旦那がお前、二階から、『おいっ、どしたァ！　皿は損じなかったかっ。皿は大丈夫か？　皿はどうした、皿はァ？　皿、皿、皿サラサラサラサラ皿』。ええ？　いちどきに九十八度言ったそうだ。『皿は損じませんでした』『そうか。大事な物であるから気をつけねばならんぞ』『はいっ』…そんときは、もうそのまんま何事もなかったン。ねえ？　とォ、あくる日ンなると奥方が、『え、ちょっと、里方へ行ってまいります』ってんでお帰りになったっきりお戻りがない。夜ンなっても帰って来ない。『奥はどうしたんだろう？』と心配しているところにお仲人が入ってきて、『ええ、実は旦那様、ご離縁を願いたい』『どうしてだ？』『うかがいましたところ、きのう奥方が二階から皿を持って下イ滑り落ちたときに、旦那様は奥方の体を少しもお案じくださらないで、お皿のことばかり心配していらしたそうで、いかに高価な物かは知れませんが、娘より皿を大事にするようなそんな家には、とても大事な娘はやっておけません。どうぞご離縁を願いたい。これは、親御さんからのご依頼でございます』。話の筋は通ってるじゃねェ、ええ？　もう、そう言われたら、も、どうにもしょうがない。ああ、そうか、ではってんで、嫌いでない奥様に離縁を出した。ねえ？　そうなるってェと、あのうちの旦那というものはまことに薄情な人だってんで、それからは二度と後添いが来ないで、生涯淋しく暮らしたと…、こういう話がある。いいかい？　ね？　よく考えなさいよ。だから、人間というものは、いざとならないと本当の了簡というものはわからないもんだよ。だからどうしてもお前がね、ん、その了簡を知りたいと思ったら、ねえ、お前ねえ、これから帰って、なんでもいいから、野郎が大事にしている物を持ち出してねえ、壊すかなんかするんだなァ。何かねエかい？」

「(真剣に)そうですかあ。あります」

「あるかい？」

「ええ、ありますよ。そのねえ、旦那とおんなじような物が好きなんですよォ、ええ。うちの人が買ってくるんです。え、夜店やなんかでもって、こないだもねえ、こんな(と両手の指で丸をつくって大きさを示し)、ちっぽけな皿。ひびが入っちゃったり縁が欠けたりなんかして汚いんですよォ。ええ？　それを兄さん、一円五十銭も出して買ってきたの。そいから文句言ったんですよォ。ねえ？　『お前さんねえ、お銭無駄使いしちゃ困るよ。ねえ？　なんだってそんな物一円五十銭も出して買うの？』ったら、『ばかやろっ、何を言ってやァん、ええ？　これァ、豊臣時代の物で、ひびだとか、縁が欠けてるからおれたちが買えるんだ。ちゃんとしてたら買えるもんじゃアない！』なんてんで、自分が器用ですからね、もう、桐でもって箱をこさえて、そン中に布でくるんでしまってあンの。それをあたしがね、も、ちょっとでも手を出してごらん、そんときの怒りようってのァないんですからねえ、『(噛みつくように)触るんじゃない、この野郎ォォォォォッ！』、こう言うんでしょうっ…。もう、悔しくてねえ」

「ちょうどいいじゃねェかあ。ええ？　これから家イ帰ってさ、ね？　おめえがその皿を出して、いいかい？　台所イ持ってって洗うようなふりをするン。ねえ？　で、わざと、わざと転んで、で、どこでもかまわないよ、へっ、つい、の角でもなんでもいいからその皿をパチィーッと叩きつけて割っちゃってごらん。ねえ？　そんときにィ、その様子を見てだよ、ねえ？　あの野郎が、八公が、ねえ？　おめえの体をなんーにも言わねえで皿のことばかり言ってるようだったら、もう見込みはねェから、ねえ、別れちゃったほうがいい。ねえ？　で、皿のことを言う前に、小指一本でもお前のことを、『どうしたっ？　大丈夫か』って心配をして聞いたらば、やっぱりおめえのことを思ってんだから、一緒にいたらいいじゃねェか」

「(心から) あらーあ、なるほどねえ…。でも、ん、いくらなんだってェ、あんな汚い小ちゃな皿とあたしとどっちが大事だってばァ、…それァ、あたしのほうを大事だってェ…、思うんじゃないですかあ?」

「う、そんなふうにわかってんだったらなにも心配することァねェんだよ。わかんねェから来たんだろ。試してェんだろ。ええ? ひょっとするってェと皿のことばっかりぐずぐず言ってるかもわかんねェぞォ」

「(心配になり) あっらあ……そうかもしれませんねーえ。ちょいと手ェ出したときのあの怒りようってのァありませんからねえ。それ考えるってェと…、はーあ、あたしのこと聞かないで皿のこと先イ聞くかも…。(不安げに) そうなったら別れなくちゃなんないんですかねえ」

「そのほうがいいよォ」

「ふんん、それァ心配ですねえ。じゃ兄さん、こうしてくださいな。え? あの、一足先に家へ行ってね、え、あの人にそう言ってください、え。『今ァ、あいつがここイ来てね、で、あの、転んで皿を割るから、そしたら、あの、皿のことを先イ聞かないで、あいつの体を心配』」

「ンなこと言っちゃなんにもなんねェじゃねェか。（強く）家帰って、やってみなよォ」

「そうですかあ。はい、わかりましたあ。じゃ、やってみます。はい、ども、（深く頭を下げ）いろいろとすいませんでした。ご心配いただきました。ありがとうござい…。（奥に）姐さァん、すいません、いつものことで、も、申し訳ございません。はい、またどうも。（外へ出て）まーあ、本当にねえ、あの兄さんというのァ実にどうも頭がいいねえ。なるほどそうだよゥ、ええ？　うん。はあ、そう言われてみるってえとね、たしかにそういうことンなるけれども、心配じゃないかねえ。ええ？　うん。唐土であってくれりゃアいいけどもねえ、麹町の猿だったらどうしようかねえ、本当にィ、ええ？（我が家の内をそっとのぞき）うーんん……まだ怒ってんのかしら、ええ？　お膳の前へ坐ってるよ。うん。（改まって）ただいま」

「（不機嫌に）ってッ！　どこ行ってたんだよォ！　本当にィ。おめえな、いちいちちょっとしたことで外へ飛び出すんじゃねェよォ。また兄貴ンところ行ってたんだろォ？　よしねェな本当にィ。何かあるとすぐに兄貴ンところイ飛んで行くン。そのたんびにまたこっちは何かぐずぐず言われんだよォ。第一おめえ、仲人ンところイ飛んで行くほどのことじゃアねえじゃねェかァ。こっちゃア、なァんでおめえが出てったのか、考え込んじゃったぐれえだよォ。んん、つまらねえことでもっていちいちカッカカッカしやがってえ。いい加減にしねェな、本当にィ、ええ？ （態度をやわらげ）ん、まあまあなんでもいいよ、ええ。まあ兄貴ンところイ行ったら行ったでかまわねえけれどもさァ、もっと早くに帰ってきな、早くにィ。行っちゃったきり戻ってこねェんだからァ。こっちァおめえ、一生懸命飯の仕度してよォ、ええ？ 一緒に飯を食おうと思って待ってんのにおめえ、いつまでも帰って来ねえン…、もう、すっかり腹減っちゃったよォ。（女房が玄関に立ったままなので）何してんだい？ こっち上がんなよォ」

「…あら、まあ…。うっふっふっふ、見込みがあるね、この人。あっは。お前さん何かァい？ そんなにあたしと一緒に…ご飯が食べたいの？」

「当たり前じゃアねェかァ。普段はいつだっておめえが外で飯を食ってんだろ？ ええ？ たまたまおめえ、夜ンなってェ一緒に食えるぐれえなもんじゃアねェか。（強調し）たまの休みだから、昼飯ぐらい一緒に食いてェってのァ、当たり前じゃアねェかっ」

「（胸ふくらみ）まああ、そうお？ うっふふ、お前さん、見込みがあるよォ、うっふふふ。ねえ、唐土に近いじゃないか。嬉しいねえ、どうもすまないね、待たしちゃって悪かった、うん。今、すぐいただくけれどもね、ちょっとその前にあたし、することがあんの」

「な、何だい、ええ？　あとにしなよォ。え？　飯を食っちゃってからすりゃいいじゃ、何だい、洗い物？　んんなことあとでいいんだい、どうせ汚れ物が出るんだからさァ、ねえ？（女房の行動に不審を抱き）な、な、何を……、おい、お、（声を荒げて）おいっ！　何してんだよォ！　そこにおめえの物ァ何も入ってねえェよォ！　お（血相変えて腰を浮かし）この野郎、そっ、それっ、（怒鳴り）触っちゃいけねェってそう言ったじゃアねェかっ！　おいっ、開けて出すんじゃない、こんちきしょう！」

「まーあ、本当にィ！　ええーッ？　今唐土だと思ったらすぐに麹町ンなるんだからねえ。いいじゃアないかァ、どうしたって。あたしがこれ洗ってあげんだよ」

「い、いいんだ、それは洗わなくてェ。洗わな、ど、ど（こへと言いかけ）、おいっ！　よしなってんだよォ！　洗わなくていいんだからっ。やめてくれェッ。えエ？　割らいるってェと困る」

「何を言ってんの、またすぐにそういうこと言うんだから、本当に悔しいねえ。いいじゃないかねえ。ええ？　洗うんだよ、あたし、これ。洗ってあげんの、ね？　きれいに洗ってあげるからね、ほらっ（と踊るようにし）、あっはっはっは。よっ！」

「（やきもきし）トォーッ！　やめてくれ、頼むからァ！」

「いいよ、何言ってんだい。（なおも踊るように）ハアッ。イヤァーッ！」

「おい、やめろ、妙な格好をして、ホラッ、(女房が転び)あたアッ!…言わねェこっちゃねェや、本当にィ。引っくり返(けえ)っちめやァがってェ!　んん本当にまあ、よせってェことをするからてめえ、そういうことになるんだよォ!　ええ?　どうしたァ?　大丈夫かあ?　おい、どっか打ちゃしなかったか?　怪我しなかったかよ?」

「……(茫然、やがて泣き声になり)あっらァ…、あァアァ、よかったよーう、お前さァん。ありがとーう。お前さんは唐土だねえ」

「なァにを言ってんだ、わけのわかんねェこと言やァがって。大丈夫(でえじょぶ)かよォ?」

「だってお前さん、お皿欠いちゃったんだよ」

「いいじゃねェか、しょうがねェやな。ええ?　銭出しゃア買えるんだい。それよりおめえ、どっか怪我はねェかって聞いてんだよォ」

「まあお前(めえ)さん(まい)、そんなにあたしの体が大事かい?」

「当たり前だよお。おめえに怪我されてみねェな、あしたっから遊んでて酒が飲めねェや」

解説

五代目古今亭志ん生の庶民的生活感あふれる『厩火事』を土台にしているが、絶品と讃えられた八代目桂文楽の周到な細部を採り入れて整え、志ん朝独自の工夫を施している。

文楽では、相談相手が〝旦那〟とよばれる年長者。しかし何者で、主人公夫婦とどんな関係なのか、どうもはっきりしない。志ん生は旦那ではなく〝兄貴〟で、そこに居候していた男を主人公が見初めたという設定だ。志ん朝は男二人が兄弟弟子の職人とまで具体的にしている。よせというのにどうしてもと言われて仲人をした、も志ん生流だが、志ん朝はそれを強調して双方の立場を明確にしている。

むかしから「髪結いの亭主」とよく言う。男が稼ぎ、女は家を守る——、その月並みパターンに対する、これはひとことで通じる逆相の典型だった。それは落語に打てつけの題材でもある。世の中が次第に変わってきて、「髪結い」という名詞がさびついてきたが、「髪結いの亭主」族は増加の一途をたどっているようだ。

ならば『厩火事』はいっそうナウな落語になったのかといえば、そうともいえない。一般化が進むのは逆相度の低下でもあって、それだけ落語に打てつけ指数も下がってしまう。

しかし、名人名手に磨かれた珠玉の名品として『厩火事』はまだまだ魅力的である。

主人公は腕がいいだけあって人柄は闊達、直情である。無教養でがさつだが、どこかかわいげのある女。だからこそ、道楽者でぐうたらだが様子のいい、歳下の亭主が別れずにいるのだろうし、兄弟子も毎度のことにうんざりしつつ相談に乗っている。

そんな主人公の性格を端的に表わす工夫は、文楽、志ん生よりまさっているようだ。冒頭、「迷惑ですか」と突っかかり、「迷惑だよ」と切り返されてすぐに泣き出すあたりで、聴き手の頭の中にしっかり人物像を印象づける。「あの人の了簡がわからないのよォ」の現代調で蓮っ葉な言い方には、わがままで勝気な女のいじらしさがにじむ。

「役者じゃない、学者」と訂正され、「色っぽくないんですね」と応じる。無教養だが憎めない女の面目躍如で、このあたり、志ん朝落語のたまらないおかしさだ。

「人の了簡を試すのはいやなことだが」という前置きは文楽、志ん生にはなかったものだ。これは柳家小三治も言うし、より若い世代の演者の大部分が言う。文楽流の、あたかも神託の如く高説を述べる素姓不明の知恵袋では、これからの社会で尊重はされないのではないか。

お直し

えエ、相変わらずのところで、しばらくの間ご辛抱を願っておきます。

廓噺で、ええ、品川というところが出てきたり、あるいは千住のほうが出てきたりしますが、なんといってもこの、吉原というところが一番…。で、昔はこの、大籬、小籬なんてえまして、…ええ、張り見世ですな。見世ンところイずうーっと格子があって、その内側に、女の妓がきれいに装ってお客様を待ってる。で、そこへこの、お客様はズウーッと行って、で、素見したり、あるいは話がまとまるってえと登楼るというようなわけで、これァもう、全盛のときにはたいへんなもんだったそうですね。

俗に江戸時代には、「江戸の三千両」なんてえまして、一日に三千両、金が落ちた。どこかというと、魚河岸に芝居町に、この吉原というところに金が落ちた。一か所に千両ずつ金が落ちる。ねえ、千両ってえのはたいへんなお金です。ですからもう宵のうちの雑踏というものはございません。もう本当にごった返してる。女の妓が並んでて、そこへ行きゃア、その気に入った女の妓と一晩過ごせるてんですから、若い連中はとにかく出かけるんですね。もちろんただじゃアございません。お金がないってえとそうはいかない。お金がない人はそれじゃ行かないかというと、お金のない人も出かけて行く。いわゆるこの「素見」というやつです、ね。えェ、夜ンなるってえと、

「どうだい？　ひとつ出かけようじゃねえか、今夜。え？　いんだよォ、お銭なんぞなくたってェ。素見素見」

なんてなことを言ってね。まあこれァ、入費がかかりませんですから出かけて行くんですが、考えてみるってえとご苦労なもんです。ねえ？　お銭がないんですから、駕籠に乗るてえわけじゃアない。ぶらぶらぶらぶら遠くのほうから歩いて行きまして、吉原ン中をグルーッと一回り回って帰ってこないってえと、どうも落ち着いて寝られないってんで、厄介な人がいるもんですね。それこそ今言ったように、この格子先へスッと行くってえと、中にいるご婦人が煙草をこう（とキセルに詰める形）詰めまして、吸い付け煙草というやつですな。来たお客様に、

「おまはん、一服おあがんなはいよ」

なんてなこと言うと、

「ありがとありがと」

なんてんで、格子の外からこう、煙草を吸ってね、

「登楼っとくれよ」

「うん？　そうか。うん、わかってるよォ、ウフ」

なんてんで話をしているうちに、ちょいと自分が（その妓を）気に入って、懐都合がいいってえと、そこで話がまとまって、登楼（あが）るというようなわけで。で、登楼（あが）らないやつは煙草を吸ったまんま、

「登楼（あが）っとくれよ」

「うゥ、今夜はだめなんだ。うん、またそのうち来るよッ。な、嘘じゃない、ほんとだよォ」

「ほんとに来とくれよォ」

なんてんで、素見（ひやかし）はもう、あっち行ったりこっち行ったりして、ほうぼうで煙草を吸ってるン。ね。でェ、帰りに、

「あァ…あすこの女よかったァ、なア！　あれいいよォ。うん。今度ァ金が入ったらあの女、なんとか買おう」

なんてんでね。今で言うウィンドーショッピングみたいなもんですな。……で、まあ、毎晩のように出かけるというんですから、それァ実に賑わっていたもんなんですが…。

　この張り見世というのは、もうご承知のとおり、（抱え女郎が勢揃いしているので）ズーッとこう一目（しとめ）でわかる。だから売れる妓（こ）、売れない妓（こ）というのがはっきりとしてしまう。

で、売れる妓はってえと、すぐにお客様登楼って見世からいなくなってしまう。だんだんだんだん（女の妓の）数が減ってまいりまして、ねえ、五人から三人、三人から二人になって、しまいに自分一人。これはたいへんに心細い。なんとかひとつお客様に登楼ってもらおうと思うが、そうなるってえと、なかなか登楼ってくんない。表の立ちん棒の若い衆も、ねえ、一生懸命お客様ァ勧めてくれるんですが、どんどんお客様が行っちまう。いつまでも坐ってるわけにはいきません。大引けといいますから、ただいまの時間でいうってえと午前二時。ねえ、その頃ンなるってえと、見世の灯りィ落として、そして表を閉めてしまうから、しかたがない、ご内証へ行ってご主人に、

「まことにあいすいませんでした」

ってんで詫びを言う。ジロッと睨まれたりなんかする。身の細る思いだそうですな。これが不思議なもんで、俗に「お茶を挽く」と言いますけれども、お茶を挽き始めるってえと、何日かこうズウーッと続くもんだそうですね。そうするってえと、朋輩にばかにされたりなんかする。もう、悔しい。これァもう、自分を売るのだって悲しいことなんですが、売っているのに売れないといやァ、なおさら悲しい…。ねえ。哀れなもんです。もーう、こんなことほんとによしたいと思うんだけれども、やっぱりよすわけにはいかない。年季ですから。しかたがないからってんで、またあくる日になるってえと見世へ

出る。いやいや出るもんですから、よけいお客様が登楼ってくれないというようなわけで。

と、同じところで働いておりますする若い衆、俗に「妓夫太郎」なんてえますが、これを詰めて「ぎゅう」と言いますがね（その「ぎゅう」の一人が）、

「花魁、またなにかい？　え？　お茶挽いたの？　しょうがないねえ。ンなめそめそしちゃだめだよォ。ねえ。いや、この商売はねェ、若いうちはともかくのこと、すこォし歳とってくりゃ、どうしたってお茶挽くってことあるんだよォ。え？　だからあんまり気にしちゃアだめだよォ、ねえ…。それにねェ、お客様は遊びに来るんだよ。え？　愉快な思いをしようと思って来るのに、そうやって花魁みたいにねえ、なんかこうめそめそして情けなさそうな顔してちゃア、登楼ろうと思ったお客様だって里心がついて帰っちまうよ。ね？（言い聞かすように）だからねェ、なるたけ陽気にしてさ、え？　明るくしてなくちゃだめだぜェ。ね、うん。（励ますように）いいんだよッ、ものは考えようだ。ねエッ。お茶挽いたら情けねえと思わないで、え？　嫌なお客を取らなくてすむ、今夜はゆっくり寝らいるんだなと…、そういうふうに思いなよ。ねェ？　そのうちにゃ、またいいことがあるんだから、陽気にしてるってェとちゃんとお客が登楼ってくれるよ、え？　嘘じゃアないよ。ね。端の言うことも気にしちゃいけないよ。ねえ。なんか言っ

てる連中だってそのうちにはきっとお茶ァ挽くことがあるんだから。いいかいッ、ね？うん。だからもう泣かねえで…泣かねえで…。え、いいん…いいんだよォ、うん。お、あのね、これね、うん、今おれ食おうと思って注文(とった)んだ。え？　うん、この鍋焼饂飩(なべやき)、え？　これ食うってェと体暖(あった)まるよ。ね、で、今夜ゆっくり寝たほうがいいよ。いいかい？　気にすんじゃないよ。え？　わかったねッ…」

苦界に身を沈めておりまして情けない思いをしているときに、こういうやさしいことを言われるもんですから、女の妓の気持ちてえものはグウーッとこう、動いてくる、ね。えェ、「遠くて近きは男女(なんによ)の道、近くて遠いは田舎の道」てえぐらいなもん。二人でもってェ人目(しとめ)を忍ぶというようなことンなった。

ああいうところで、奉公人同士でそういうことンなるってえのは、これァ昔はたいへんにやかましい。…ああいう連中の間で「突っ通し」と言うそうですな。これァもう知れたらたいへんだから、なるべくわかんないようにわかんないようにというんで、逢瀬(おうせ)を楽しんでおりますが、妓楼(みせ)のご主人の目というものはごまかせない。長いこと大勢の女の妓を扱っておりますから、これァすぐにピーンとくる。どうも様子が変だ。見ているってェと、これァ間違いないいてえやつで…。

「そこイ坐んなッ。えエッ？　（入室をためらう二人に強く）入んなよッ、こっちへ。…そこ二人で坐んなよ、本当に…（と小声に舌打ちしつつ）。なんで呼ばれてんだかわかってんだろ？（と強い口調に戻し）え？　ねェッ。へッ（と吐き捨てるように言ってキセルを吸い）。隠したって駄目だよッ…ちゃんとわかってんだから。なあ。お前たちが二人でねェ、布団部屋へスーッと入ってったの、あたしは見てるよ。二人っきりで長いこと湯に入ってんのも知ってんだ。なあ？…困んね、花魁。本当にのべつお茶ァ挽いてんのに、…そういうことには一生懸命ンなんだから…。（男に）お前もそうだよォッ。いくら花魁に客が登楼んねェからって、お前が客の代わりしてどうすんだい？（キセルを吸い）なあ？　仲間同士でそういうことをしたらどういうことになんのか、お前たち知ってんだろ？　それ承知でそういうことしてんだろッ。（本当に、と口の中で言いつつ、キセルを強くはたき）え？……ど－もゥ…弱ったもんだねェどうも。（きつく）どうすんだよォッ！　ヤ（と、じれて）…すいませんじゃアないんだよゥ。すいませんじゃすまないことをしてんだ、おめえたちゃア。なあ！　本当にッ（と小さく舌打ちするように言い）。あア…もう（と嘆息）。ン…（匙を投げ）出来ちゃったものォ今さらぐずぐず言ったって始まらねえけども。…（キセルを吸い）と言ってこのまま放っとくわけにゃいかないんだよッ。ねエッ。そりゃ、周りでもうすうす気のついてんのァいるよ。え？　それをあたしがこのまんま黙ってお前たちを、じゃアしょうがない、これから気をつけろって許したりした日にゃア、そんなことが許されんだったら、じゃあたしたちもあたしたちもってんで、この商売は滅茶苦茶ンなっちゃうんだよォッ、ねえ？　なんか決着ァつけなくちゃしょうがねえ。ねエッ……あア（深く溜息）…本当に。…（軽くキセルを吸って思案）決着ァつけるったってねえ……花魁だってそうだよ（キセルをはたき）。ええ？　もうその歳じゃ、他所イ住み替えするったって無理だろ。なあ。おめえたちなにかい、本当に惚れ合ってんの？　気まぐれじゃアねえんだろうなァ？（肯定され）あ、そう。ふぅん？（と考え）…。弱ったよ、どうも。じゃア…、おれが証文巻いて（年季を解いて）やっから、え？　二人で一緒ンなっちゃいなッ。ただな、他の者の手前もあるから、花魁、お前さん、箕輪におばさんがいるってそう言ってたな。え？　そのおばさんから親許身請けをしてもらうということにして、ね、…で、一緒ンなんな。え？　で、うちで働かしてやっから。二人でうちイ通ってきて、で、稼ぎゃいいじゃねえっ？　いいかァッ。一緒ンなんならそうしてやるよっ」

「ありがとうございますっ」

粋なご主人のはからいでもって二人が夫婦ンなれた。他所のところに家を借りて二人で通ってくるんですが、亭主のほうは今までと変わりない。で、女房のほうは遣手さんになる。

女がおばさんになんのは当たり前ですけども…、ねえ、自分の兄弟に子どもが出来たんでおばさんになるてえわけじゃアないン。ね？　そのう、…ご婦人、ああいうところで働いているお女郎の世話役が遣手さんですな。丸髷に結いまして、唐桟の襟付きの着物に、八段掛の黒繻子の腹合の帯をキュウッと締めて、食い込むような白足袋をキュッキュッと履いて、キセルをぶる下げて、そして、女の妓とお客様の間イ入ってとりもちをするという、これァなかなかたいへんな仕事ですな。

で、階下のほうで亭主が…（と通行人の袖を引き）、

「ちょいとォッ、ちょいとちょいと、ちょいちょいちょい、あァたあァたあァた（と、まくしたて）、あァたあッ（と景気よく手を打ち）、あァたあァただよッ。何をしてんだよ、あァたあァた。キョロキョロしちゃだめだ、あァただよッ。へ（と軽く愛想笑い）。こっちいらっしゃい、こっちへ。いい話だ、いい話（と、ちょっと声を低め）。あア…。あ、あの妓どう？　え？（相手が無視するので）いい妓がいるン…。あの妓だ、あの妓だよ。ええ？（振り切ろうとするので）いいエ、ちょ、ちょいとご覧なィ、逃げることァないよォ。あの妓だよ、ちょいとどう？　え？　いい妓でしょ？　ええ、うん。なに？　え？　色の白い？　色の白いのァ後ろの壁だよォ。その前にいるだろ、少しねずみ色ンなったのが。あれ、あれ、あれ。あれいい。いいよ。え？　つ、つまんないってことァないよォ。

それァね…それァね、あの、ちょ、ちょいと陰気に見えるだろ？　陰気に。それがそうでないんだよ。これが床へ入るってェと人がガラッと変わっちゃうよ。え？　ま大変だ。うん。お客を寝かせないてェやつだよ。えエ？　おゥ、本当さァ。ねえッ。何が？（金がないと言うのを）いや、いくらでもいいんだよゥ。何言ってんの、あァたァ。え？この際だよ、いくらでもいい。なにが？　ン（と予算を聞き）、うーん（大きくうなずき）、そ、そんだけありゃあァた御の字だよォ、えエ、立派なもんだよゥ。いや、お釣りはこないけど立派なもんだよォ、え？　うん。いーのッ、そんなこと。階上行ってなんかぐずぐず遣手さんに言われたら、階下のあたしがいいってそう言ったって言やァいいんだからさァ。ねえ？　うん。あの妓だってね、ほんとは忙しい妓なんだよ。ね、きょうは間日なんだよ。ねえ？　ええッ？　客が気ィ揃えて来ねェんだよ。かわいそうだからさ、ね、お前さんが登楼ってやるってェとあの妓助かるんだよ。ね？　ああ。人を助けるとあァただって侠客ンなれるんだから。ね？　ああ。（だめ押しして）そら、喜ぶよゥッ、たいへんだから今夜あんたァ！　ええ？　登楼ってやってくだはいッ。登楼ってくれる？　あッそう、ありがとッ。えいッ、（と見世の内へ向かって威勢よく）お登楼りンなるよーォ！」ってんで客をホワーンと階上へ放り上げる。二階へ客が上がってくるってえと今度は女房（の遣手）のほうが、

「どうも…、いらっしゃいまし。ありがとうございます。エへへ、すいませんね、今夜。え？ ご無理願っちゃって。助かりますよォ、ねえ。(妓に) ちょいと、こっちィお入んなさい。え？ そこに坐って。(客に) エへ、あのね、この妓なの。ええ？ いい妓でしょ。ね、うん。(妓に) ちゃアんと挨拶してさァ…。あら嫌だよォ、ええ？ フフ、はにかんでんの？ ウフフ。え？ ねえ、気に入った人だてえとすぐにはにかむんだよ。あーア、惚れっぽくってしょうがないんだからねーえ。よかったじゃないかさあ、え？ うん。様子のいい人(客)で、ね。うん。(客に) かわいがってやってちょうだいよ。ね？ 本当にいい妓なんだからさ、ね。捻りっ放しはいけませんよ。初会っきりなんてェのは。ちゃアんと裏ァ返してやってね。(しつこく念を押し) 裏ァ返さなきゃいけませんよ。なんにでも裏ってのァあるんですから。ね、うん。単衣物にだってちゃんと肩当ては付いてるぐらいですから。えェ。で、どういうことンなってんです今夜？ え？ ええ。どういうことに？」

「(多少言いにくそうに) うん、それがね、今階下でね、若い衆にちょっと話をしたン…。そしたらね、あの…、『二階行ってそう言やァいい』と…。『階下でおれがそう言ったから』って、そう言ったよ、若い衆が。う…だからね、(と金額を手指で示し) これでひとつなんとかしてもらいたい」

「えッ？（指で同じ金額をなぞり）これ？　これっぱかり？（頭から否定し）だめよォそりゃア！　何を言ってんのォ？　いや、いくら階下でいいってそう言ったってさあ、あの人たちはあの人たちよ。それ真に受けるあァた、いけないんですよォ。それじゃこの妓かわいそうじゃないの。助けてんのでもなんでもないもの。ね？　うん。もうちょいとなんとかしてやってよ、お願いだからね。そこんとこなんとかさ、ねえ、本当にさあ、え？　うん。…じゃッ、じゃ、こうしてちょうだいな。なんか注文やってちょうだい、この妓お腹すいてるから。え？　いえ本当にさァ、ね？　で、あァたも何か、ちょいと一杯召し上がって」

「いや、おれ、もう飲んできた」

「そんなこと言わないのッ。ね。うん、あァた飲めなきゃこの妓がちゃんといただくからさあ。ね。そのまんますぐにお床入りなんてえのは味気がないじゃないか、なァんか注文やってさあ、ねえ。でないってえとね、この妓がかわいそう。あたしだってそうだよ。間に入ってんだから、なんとかしてくださいよ。お願いしますから、ね。え？（金が）ない？　嘘、嘘、うそだよ。ない人じゃアないよ。ない人じゃアない。あるよ。ええ？　本当にないの？　じゃあたし調べるから、いい？　え？　ちょいと紙入れ見してごらんなさいな。え、どれ？（のぞき）あら、ないの？　それっぱかり？　うう…。

（と失望しかけたが）他イしまってあんだね。え？　（強く）そうだよ。わかってますよ。だめだめ、そんなこと言ったって駄目。調べちゃうからあたし。いい？　うん。ちょいとちょいと、袂、袂、ちょいとちょいと、（袂に手を入れて探り）え？　いえいえ、そんな…何を言ってんの。（ないので）おかしい…、ちょいとそっちの（と、もう一方の袂を探り）、え？　うん…あら？　ないの？　え？　ちょいとあの、ちょっと帯解いて。ちょっと裸ンなって。（客がないと言い張るのを）嘘！　あるのォッ。わかってんだあからッ。早く帯解いてさ、え？　うん、着物脱いでちょっと振ってごらんなさい。え？　なアい？　おかしい…。ちょいとその帯こっちイ貸して。エ、ないことァないんだ、よくあるんだよ、こういうところにね（と帯を丹念に調べ）。うん。ないねえ。う…、ちょっと…あ、晒をちょいと解いて晒を。え？　ああ。あら、おかしいねえ。うん…。（と、ちょっと考え）た、足袋ちょいと脱いでごらんなさい、足袋を。（客がないことを示すので）駄目駄目ッ、ちゃんとこっちイ貸してごらんなさい。ないことァないんだからねえ、本当にさあ。（足袋に手を入れ）うう…、　ホラ、あったァ！」

なんてえんで。大事にこう、しまっといたやつまでちゃあんと見つけだすという…。少しでもお客様から余計徴ろうというんですが…。でまあ、こういう遣手さんによくしておくってえと、やっぱりこの、いい扱いをしてくれるし、気分よく遊べるというんで客

のほうも心得てます。たいがいは、

「おッ、遣手さん、少ねェけど、これでなんか買っとくれ」

なんてんでね、ええ、くれるてえやつで、これは余分にいただく…。お給金は別。階下のほうの亭主もちょいちょいちょいちょいちょいっと（客引きを）やっているときに、ちょいと（客が）気に入った遊びが出来る、朝方帰りがけに客が「あいよ」、なんてんで（祝儀を）くれたりする。（二人とも）どんどんどんどん、いただける。ね。でェ、ご主人のところでもってご飯をいただいてるんですから、出銭がない。入る一方。まるで神主さんみたいなもんですな。

しばらく二人で一生懸命稼いでいるうちに、近頃じゃア夏冬の着物は揃ってきた。家ン中の道具もあれこれとだんだんだんだん数が増えてくる。蓄えも少し出来る。こうなるってえと、女のほうは張り合いが出てまいりますから、もう、一生懸命稼ぎますが、…そこイいくってえと野郎のほうは、ちょいと懐があったまるってェと、ろくなことは考えない。ねえ。

「うう…、なんだねえ、ここんところしばらく遊んでねえやなあ。ちょいとどっかで今夜あたり浮かれてみてえや。ええ？　ひとつゥなんだね、千住イでも行ってみようか、なあ」

なんてんで千住のほうへ出かけて行く。で、今までと違って懐があったまってますから、ちょいと女の妓(こ)になんか言われるってえと気が大きくなってて、

「(妓楼のもちかけに対して)おウ、いいよいいよッ。うん、いいよいいよ」

なんてんでね、たいへんに鷹揚(おうよう)に構えているから、向こうの女も「こりゃアありがたい」ってんでいろんなこと(勧誘)を言う。朝方になって、

「嫌だよ、帰っちゃア」

「そうかあ?……うん。ま、いいや。なあ。アア、かかあが楼(みせ)のほう行ってるんだから。ええ? うん。一晩や二晩休んだってどうってことァねェだろ。いいよいいよ、じゃ流そうじゃアねェか」

なんてんで、二(に)、三日(さんち)帰ってこない。

「(楼の主人が)どしたんだい? 亭主は?」

「(女房が)…どうも、…あいすいませんでございます。へえ。あのォ…風邪ェ引いてしまいまして、あの、あしたンなったらあの…あの必ず出てまいりますんで」

「忙しいんだからねえ。しょうがねえ、少しぐらいの風邪だったらちゃんと出てくるように言わなくちゃ駄目だよッ」

「どうもあいすいません…。(戻って亭主に)ううン…、(とがめるように)どこ行ってたん

だい？　お前さん」

「（憮然と）いいじゃねえか、どこ行ってたってェ。えェッ？　仲間の付き合いだよォ。しょうがねェやな。つまんねえこと気ィ回すんじゃねェよ。妬くねえ」

「妬いちゃいないよッ。妬いちゃいないけどもさあ、ええ？　旦那にお前さんのこと聞かれてさあ、あたしだってもゥ、弱るじゃないかねえ」

「なんとでも言っときゃいいんだいッ」

「そりゃ言い訳したよッ。言い訳したけどさ、考えてもごらん。ねえ？　あんなことあたしたちでしちゃったのにさ、ねえ？……ああして意見をしてくれて一緒にしてくれたろ？　そのうえ二人でもって稼げってんで働かしてくれてんだよォ。ねエ？　それェ休んだりしちゃ、旦那に申し訳ないじゃないかァ。あたしだってもう、働いちゃいらいないよォ。だからさあ、遊ぶなとは言わないよ。ね。遊ぶなとは言わないから、ね、休まないでおくれよ、いいかい？　じゃあした一緒に行ってくれるね」

あくる日は一緒に出かけて行って、働く。それからまあ、二、三日……四、五日、一生懸命なんとかやってますけれども、しばらく経つってえとまた、浮気の虫がこう、ざわざわざわとこう、動き出す。そこへこの、妓ンとっから手紙やなんかが来るってえと、もう矢も盾もたまらないでもって妓ンところイ飛んでっちまう。また何日も帰らないてえやつ。

「どしたんだいッ？　えッ？　また風邪引いたのか亭主は？」

「いやあの…、あれ……でございましてあの、親類に不幸がございまして、あのォあしたはきっと出てくると思いますんで」

「(不機嫌に)しょうがないねえ、ちょくちょく休んでェ。え？　あのね、断ってから休みなよ、え？　いきなり休まねえで。お前さんだってそうだィ。あたしが聞くまで黙ってるってことァねえだろ。ねえ？　うん。だめだよ、そんなこっちゃ」

「どうも、あいすいませんでございます」

　待ってもなかなか帰ってこない。ねえ、かみさんは冷汗かいてんのに、野郎のほうは妓(おんな)ンところで現(うつつ)ゥ抜かしてる。これが、…妓(おんな)だけだったら、よかった。友達に誘われて、

「ちょいとどうだ、え？　付き合いねえ」

なんてんで、博打(ばくち)に手を出す。こりゃ初め何度か勝(と)れる。これが博打のこわいところですな。あの競輪だとか競馬でもなんでもみんなそうです。あの、勝(と)れることがあるン…。ね。まるで勝れないということンなるってえと、誰もあんなものやりゃアしない。勝れることがある。ましてやそういうものは初めのうちは勝れる。先方(むこう)もちょいとこの、心得がありますから、こいつ勝らしてやろうと思うと、どうにでもなる。で、勝れる。お

もしろい。ありがてえってんでやっているうちに、トントントントントントントーンと奪(と)らいちゃう。奪らいたら、「ああだめだ、もうよそうッ」なんてんで、やめちゃえばいいんですけれども、勝れたことが頭にあるから「よおし、なんとか奪り返そう」ってんで突っ込み始める。これが泥沼イ入るきっかけですな。どんどんどんどん突っ込んでいく。

もう自分の持っている金はすっかりなくなっちゃう。しょうがねえ、その場でもって借金をする。その借金がワアーッと増える。しかたがないからってんで、かみさんが楼(みせ)ェ行っている留守にソオーッと帰ってきて、家(うち)ン中のものを持ち出して金に換えて、で、これで借金払うかてえと、借金払わない。わずか払っといて、あらかたまた博打イパアーッと突っ込んじゃう。これがまた奪られちゃう。こんなこと何度も何度もやってる。とォ、楼(みせ)ェ出かけてっているかみさんのほうは、毎日毎日(まいんちまいんち)そうは言い訳はできませんから、とってもじゃないけれども行っちゃあいられないてんで、楼(みせ)を休むということンなる。さあお金が入ってこない。で、亭主のほうはどんどん持ち出していくんですから、今までなんとかなっていた家財道具やなんかもすっかりなくなっちゃってどうにもしょうがない。ねえ…。

「(女房、語気強く)どうすんの?　え?…どうすんだよォッ!」

「……（消沈し）どうするって……、弱っちゃったなあ…（見回して溜息）…」

「家ン中キョロキョロ見たってなんにもないよッ。お前さんがみんな持ってっちゃったんだよッ。（いまいましげに舌打ちし）まーあ、情けないねえ。ええッ？（責めるように）二人一生懸命やってきて、やっとなんとかなったと思うのに、なんだってお前さん、博打なんぞしたの？ 本当にもう…（つくづく情けなく）なんにもありゃアしないよ、家にァ。…一文もないんだよ。…お楼のほうはね、お前さんの代わりが入っちゃってるよ。あたしだってね、きまりが悪くってお楼ェ行かれないから休んじゃったから、二人ともお楼解雇さ。ええ？ どうすんだよォ。どうすんのッ？」

「……目が覚めた」

「なァにを言ってんだい。今さら目が覚めたって遅いんだよォ」

「ォォ、遅いけれども目が覚めたよ。…悪かった。な、すまねェ。勘弁してくれ（と頭を下げ）。そう、そう、そう怒るなよ」

「怒るなじゃアないんだよ。謝らいたってしょうがないのッ。本当にまあ、情けないねえもう……、ええ？（また強く）どうすんだって聞いてんだよッ。お前さん男だろ？ じゃアこうしようとかああしようとかって、な、なんとか言っとくれよ。お前さん一人で考え込んだって困るんだよォ。毎日毎日借金取りがのべつ来んだよ。ええ？ 本当にもう…、嫌んなっちまうよォ。何も考えがないのかいッ？　二人で首でもくるかい？」

「ばかやろ。なにョオ言ってヤン。（溜息して）…考えてねえことァねんだよ。……（切り出しにくそうに）あのなあ、この間おれ、…安に会ったン…。え？　したら、野郎が、『おめえ、楼のほうどうしてんだ』っとこう言うからねェ。『ちょいと具合が悪いからおれ、行ってねェんだ』ったら、『そうか。蹴転に一軒楼が空いてんだけど、そこでやってみねえか』ってんだ。えエ？『もしおめえがやる気があるんだったら、おれァ持主に話をしてやるから、な。帰ってかみさんと相談してみろ』って…、おれァそう言われてたんだが…。どうだい。ええ？　蹴転で商売やってみるか？」

「（眉も声もひそめ）蹴転ォ？…お前さん、どんなとこだか知ってんだろォ？　ええ？今までのお楼やなんかとはわけが違うんだよォ。ねえ？　あすこはね、嫌がるお客を無理に蹴っ転がして入れるから蹴転てんだよ。ねえ？　羅生門河岸とも言うんだよ。ねえ。上のほうから腕がニューッと出てきて襟っ首つかまえてグウーッと引っ張り上げるから、羅生門河岸てェン。ね？　そんなところでお前さん、商売が出来んのかい？」

「出来んのかいったっておめえ、やらなきゃしょうがねェじゃあねえか」

「（ためらいがちに）やらなきゃしょうがないって、…お前さんがどうしてもそうやって、やるってんだったらさ、そりゃかまわない…。かまわないけどお前さん、握り拳じゃしょうがないんだよ。ねえ？　ほうぼう借金だらけ。元手どこで借りんの？　一文なしじゃなんにも出来やしないじゃないかね」

「そ、そ、それァね、あの、安の顔でね、うん、あの、持主へ話をして、ね、一文も入れねエで、まずとりあえず楼ァ貸してもらえるってんだ。ね。商売始めて、いくらかでも入ってきたら、それから入れりゃアいいって、そう言ってんだよ」

「楼借りられたってさあ、ねえ、若い衆とか女の妓やなんかも都合してくれんのかい？」

「それァ…。若い衆はいいよォ、おれがやるよ」

「若い衆はお前さんがやったってさあ、肝心の女の妓がいなくちゃしょうがないじゃないかァ」

「……妓、おめえがやんねえな」

「……（一瞬絶句）あたしが？…はッははは（と虚ろに笑い）、ばかな…、ばかなこと言っちゃいけないよ、お前さん。（本心を測りかね、フッと小さく笑い）冗談じゃアないよ。あたし…そんなこと出来るわけがないじゃないかァ」

「出来るわけねえじゃねえかって、…以前はしてたじゃねえかよォ」

「そ、（困惑し）そりゃアお前さん、以前はしてたよォ。う、でもそりゃ…、そんときの話じゃないかあ…。お前さん本気なの？　えッ？……だってあたし、お前さんの…女房だよッ」

「う…（さえぎるように）わかってるよォ。うゥ…（と少し苦渋がにじみ）…女房だってなんだっておめえ…、この最中だ。しょうがねえじゃねェか。ええ⁉（と強く言い切ったが、一転懇願するように）やっとくれよ。なっ、……（手を合わせ）頼む頼む頼むッ！（頭を深く下げて）この通りッ、この通りッ、ねっ！　うン。な、な、なんとかしてさ、ひとつ…、え？　うん、お、おめえなら、う、前にしてたから、なんとかッ」

「…だけどさあ……（深く溜息）なんとかったってェ…、嫌だよ、あたしそんなことするの。ねえ？お見世ェ出てるときだったらいざ知らずさァ、今さらそんなことするのア、…あたしゃ嫌だねえ。（すがるように）なんかお前さん、他に商売、思いつかないのかい？」

「ね、ねえよ。無えっ！　だめッ、だめッ……駄目だ、な、え？　なんか他の商売ったっておめえ、おれたちゃア慣れねえ商売に手ェ出してみねえなア、ろくなことァねえ。必ずしくじるよ。ええ？　それにおめえ、さっきおめえが言った通りよ、え？　なんか商売始めようと思えば、う、うう、もと、元手がいるんだよ。え？　今どこ行って誰がおれに金貸してくれるんだい？ どこだって貸してくんねえじゃねェか。な？ あア。だからさ、これが一番いいんだから、な、ひとつ、や、やってくれよ。なッ、頼むよ」

「や、だからさ、なにも商売なんてしなくたっていいからさあ。ね？ 二人でもってどっかへ働きに行くっていうようなことは、だめなのかよォ？」

「そらだめだ。そら駄目だ。冗談じゃねえや。えエ？ 今どきおめえ、夫婦でもって雇ってくれるところなんぞありゃアしねえよォ。なア！ そんなおめえ、（別々に）働きに出かけて行くなんてェことンなったら、おれたちゃアバラバランなっちゃうよ。え？ おれァね、おめえと別れたくねえ。別れ別れンなるのが嫌だからこうして頼んでんじゃねェかッ。ええッ（と強く迫り）なッ、やっとくれよッ。それにおめえ、よしんばどっかイ勤めに行って、それでもらう…もらう金なんてェのは、二人合わせたって、…おれがこせえた借金にァほど遠いんだィ。なッ、だから、ここらでもってひとつガバッとぼろく儲けなくちゃしょうがねエんだ。な、え？ 元手いらずでよ、ねえ、で、おれたちに慣れてる商売っていやァ女郎屋しかねえじゃねェか。えエ？ いや、わずかの間、わずかの間だよ。え？ しばらくの間おめえ辛抱してくれりゃアいいんだィ。商売始めて、ちょいとでもお銭入ったら、おれァね、何をさておいても女郎ァ都合してもらうよ。う、そしたらおめえ、すぐにやめさせっから、な。（強く懇願）だからやっとくれよォ、頼むよォ。な、え？　この通りだから（と平伏し）、この通りッ！」

「……（深い溜息）は…、嫌だねえ…。せっかく足が洗えてさあ、やれやれと思ってんのに、…（放心の態で）この歳ンなってまたそんなことすんのかねえ。本当に……どうしてもそれじゃなきゃ……だめなのかい？」

「そうよッ。（ここを先度と）やっとくれよォ。なッ。二人のためだよォ」

「……（力なく）まあ、お前さんがね、…そう言うんだったら、しかたァないけど……（と、なかばひとりごちたあと、調子を改め）、お前さん、なにかい？　あたしにィ、そんなことやらしといて…、平気かい？」

「（急所を突かれ、吐き捨てるように）おい、そんなこと言うなよ、ばかァ！　平気なわけァねえじゃねえ…」

「（たたみかけ）平気じゃなきゃア出来ないんだよ、あたしが。え？　平気？　平気かよ？」

「…うんん、そりゃおめえ、（気遅れ気味に）うう…、そう言われりゃア、ん、へ、へ、平気でやらなきゃ、しょうがねェや」

「（吹っ切れたようにしっかりと）そんならいいんだよ。ねエ？　嫉妬妬かれちゃア、あたしゃかなわないよ。ね？　お前さんも知ってるだろうけれどもね、（接客時間の単位が）あすこはお線香なの。ね？　お線香一本いくらてえやつだよ、え？　一本じゃアあわない（商売にならない）から、何本でも多いほうがいいんだから。いいかい？　お前さんがね、お客を無理にとっつかまえンだろ、家(うち)ン中に引っ張り込まァ。ね？　そうすっと引っ張り込まれちゃったお客のほうじゃ、もう覚悟ォしてその気ンなる。その気ンなるってえと、お客のほうは少しでも早いところ事をすませようと思うよ。ね。早いとこ事をすましちゃったら、こっちは商売ンなんないんだから。ね？　だから、なるたけあたしゃア引っ張るよ。ね。で、いろんな話をするんだ、あたしが。ね。それをお前さんが表の薄暗いところで聞いてて、頃合いを見計らって、『おう、直してもらいなよ。お直しだよ』って声かけてくれるんだよ。いいかい？　そしたら、あたしはそれ聞いてお客に『お直しですよ』。お客のほうで、その気ンなってるから、『ああ、いいよいいよ、いいよッ』ってそう言ったら、お線香が一本から二本になり三本になり、増えてくんだよ。すッと、二百(しひゃく)が四百、四百が六百、六百が八百文になるんだから、ねエッ。そうやって引っ張ってくにゃア、あたしだってお客にいろんなこと言わなきゃアなんないよ。気を引くようなこと言うよ。それをねえ、お前さんが表ンところで聞いててだよ、ねえ？　（きっぱり）嫉妬妬(やきもちや)いて、眉(まみえ)上げ下げしたりね、歯ぎしりされたりなんかした日にゃア、あたしゃアとてもじゃアないけれどもやれないから、いいかい？　嫉妬(やきもち)だけは妬(や)いちゃ嫌(や)だよ！」

「(少し気遅れ)う…だい、大丈夫だよ、な…、何を言ってやァんでエ、ばァか。え？商売(しょうべえ)じゃねェか、誰がそんなもの妬くよォ」

「そうかい…。それからね、あすこは今までのお見世とァわけが違うんだから、ねッ。周りはすごいのばかりが揃ってるよ。ねえ。弱気ンなってたんじゃ食われちまうよ。のべつ喧嘩があるんだから。お前さん喧嘩に巻き込まれたからったって、いいかい、負けて帰ってきちゃ駄目だよッ。ねえ。地回りも来る。ねッ。そんなもんに驚いてたんじゃアだめ。そんなものこわがってたんじゃ、とても商売出来ないよ。いいかいッ。あたしも死ぬ気ンなってやるんだから。ねッ、お前さんもその気ンなってやっとくれよッ。わかったかい？」

「(気押され)う、うん、わかったよ」

「安さんとこ行っといで！」

「行ってくるよ！」

なんてんで、野郎のほうがすっかり煽(あお)らいちゃった。こうなるってえと女のほうが度胸がすわって強くなる。(亭主が)友達ンところイ飛んでって話をして、

「じゃ、ひとつ頼むぜ」

「よしきた！　おれの知ってる損料屋があるから、そこ行けェ」
なんてんでね、教えてもらった損料屋へ行って衣装からなにからすっかり借りてまいりまして、日が暮れてから二人でもって出かけてまいります。

昔はこの、吉原というところは表通りからちょいと入る、結構ひどい楼(みせ)があったんだそうです。そういうのがまとまってある…。一番ひどいのがその、今言った蹴転というところ。細ォい路地でもってズウーッと両側に何軒も小(ちい)ちゃな見世が並んでおりまして、間口が一間(いっけん)、土間がありまして奥に二畳の畳(たたみ)敷がある。戸が一枚閉まっているきりでもって薄ぼんやりとした灯りがついております。人(しと)が怖がってあんまりそこイ来ない。滅多にお客様は来ない。数少ないお客でもって商売をしようてんですから、たまたま来たお客からはもう、本当にもう、法外な値段をふんだくるてえやつですな。だからよけい人(しと)が来ない。じゃ、まるっきり来ないかてえとそうじゃアない。何人かは入ってくる。どんなのが来るかってえと、まず、素見(ひやかし)に入ってくる。これはたいへんに怖いというのを承知で入ってくるんですな。若い人(しと)に多い。慣れてるからなかなかつかまんない。ね。変な若い衆(し)がこう立ってる、スッと入ってくる、

「（つかまえようと手を出し）おう、ちょいとッ」

てえとタアーーッと体(たい)をかわす。向こう側行くってえと向こうから来たの（若い衆）ア

ダアーッとつかまえようとするのをツウーッ、ツウーッ（と両手を激しく動かし）、ツウッツウッツゥッツツッツツツ。…こっちから向こうへ路地をスウーッと抜けちゃう。

「あーア、おもしろかったァ！　ウッハッハ。あア、もういっぺんやろう」

なんてんで。遊びに来ているようなもんですな。そうかと思うとまるで知らない人がついうっかり入ってくるとか、あるいは酔っ払いがなんかのこの勢いでもってスッと入ってきちゃうというような具合でね。

「（亭主に）どうしたい？　他ァ見てきたかい？」

「おう、見てきた。ああ、そ（と言いかけて女房の花魁姿に）……オオオオッ、おいおい、へえーえ！」

「なんだよ、この人はァ、ええ？　ン…、じろじろ見たりなんかしてェ。どうだい、え？　少しは見らいるかい？」

「（苦笑気味に）冗談じゃねェ、少しァ見らいるかいなんてえもんじゃアねえやな、おい。えエ？　おーお、結構だよォ。今な、おれァ、ズウーッと見てきたィ。ええ、うん。（実感をこめ）ろくな女ァいやしねェや。なあ、おお。やっぱりおめえは出身がいいから、なあ！　まるで違うよ。えエ？　おウ。ふ（と少し嬉しそうに笑い）、久し振りだなあ、おめえのそんな恰好すんのォ見んのァ。なあ、ええ？　えへへ。この横町のおめえ、御職だよ。うん。おれァ惚れ直しちゃったァ」

「ばかなこと言ってんじゃないよ。ね。それよりもいいかい？　あたしがね、『あの人(しと)だよッ』ったらお前さんツウッと行って、なんでもかまわないからふんづかまえんだよ。わかったね。引っ張り込まなくちゃだめだよ。ね、うん。（遠くを見て声をひそめ）ほら、入ってきたよ、お前さん。ほら、入ってきた」

「（こちらも小声で）え？　どこに？」

「ほら、入ってきたじゃない」

「どれどれ？　あっあっ来たッ、あれかい？」

「ほら、早くつかまえんだよ、いいかい。ほらほら、向こう（の楼）で逃がしたろ。え、うちでいただいちゃうんだよ」

「そうか、よし、じゃ行ってくる。（大声で）ええ、ちょいともし、あァた、チョッチョッチョョッ。……（見送って溜息）早(はえ)えなあ。…（女房に）おい…逃げちゃったよ」

「当たり前だよッ、ばかだねェ！『もし』だとか、『ちょいと』なんて声(こい)かけちゃだめなんだよォ！　いきなりつかまえなくちゃつかまるわけないじゃないか、ねえ？　袂の突(と)っ先(つァき)なんかつかまえたってだめだよ。袂ン中イ手ェ突っ込んじゃうんだよォ」

「着物が切れるじゃねえか」

「向こうの着物じゃないかッ。いいんだよォ。ねえ、んなァ、気にしてちゃァ、お前さん商売が出……ほら、また来たよ。え？　ほら、ごらん、前（にいる）のはだめだよ、前のはお前さんにはつかまんないから、ね。あとからほら、酔っ払いが来たろ、え？　職人。うん、あれがいいよ、あれ」

「…あの？　う……強そうじゃねえかァ。それにおれァ、酔っ払い、大っ嫌えなんだ」

「（叱るように）そんなこと言ってちゃ駄目じゃないかァッ」

「だめじゃねえかったって、ほら…、（と様子眺めをして）あんまり、ほら、えェ？　他でも誘わねえよ、うん。荷にしてんだよ。ああいうの厄介だからよそうじゃない…」

「何を言ってんだよ！　他が遠慮してるからうちでもらうんじゃないかァ。早くさあ、…ほら来た。え、やってごらん、やってごらん」

「そうかァ、…嫌だなあ」

「（泥酔、大声で）〽高ァい山ァかァアアら』っとくらあ。（引かれた袖を払い）ヤイ、こんちきしょうッ！　退がれィ！　本当にィ。えエ！　おれァ無理に勧められんのァ嫌いだよ。気に入りゃおれァ登楼るんだい。なアッ？　力ずくじゃア負けねえぞ。蹴転だてェの知ってるよ、おれァ。えッ？　本当に冗談じゃねえやァ。そばイ寄るんじゃねえよッ。（続きをうたい）〽谷底見イれエエエばァ…どっこいしょー』っと」

「（愛想笑いして）ええ、ちょいちょいちょい、ちょいと、え、あァた。（調子よく手を打って）え、あァた、あァた」

「チョッ、ショオッ！（振り払う）」

「たいへんな力だねえ、どうも。うゥん、（手を打って気合いを入れ）よおし。ちょいとあァた！　ちょいとひとつ、（と腰にしがみつき）ちょいとあァた！」

「この野郎ッ、（ふりほどこうともがき）なにをしやがん！」

「（必死にしがみつき）や…う…こんばんは…こんばんは。ひとつ、頼みますがなア、頼みますがなァ」

「なんだあ？　頼みますゥ？　人にものォ頼むのにこの野郎、しがみつくやつあるか、こんちきしょう、ええエ？　離せ、この野郎、離さねえと、この、ダッ（ふりほどこうと）、チキショウッ！　頭かじるぞ、この野郎！」

「（かじりついたまま）いえ、ちょちょちょいと、ちょいとあァた、あァた、な、な、なんです、なんですあァた、ンなこと言わないで、あのね、ひとつ、ええ、あのね、登楼(あが)っていただきたいんですがね、あがって」

「なんでェ、遊べってェのかァ？　なんでェ。最初(はな)っからそう言やァいいじゃねエッ。うん？　いきなり俺(しと)にしがみついてきやがって『頼みます、頼みます』って言やァがン。

おれァなァ喧嘩すんのかと思ったィ。おれァ喧嘩じゃ負けたことァねえよ。なア！　うん。おめえのほうで売るってんだったら、おれァいつでも買うよォ」

「(慌てて) いやっ、そ、そう、そうじゃアないんで。ちょいと、ご愉快を願いたいン」

「(せせら笑って) 生意気なことォ言ってやァん。ご愉快だって言やがン。へへ。こんなところで愉快なわけァねえじゃねェかい。えエ？　ろくな女ァいねえやァ、なあ？　いや、おめえんところで少しでも形のついたのいたら、おれァ登楼ってやるよ。おれァ気に入りゃアこっちから登楼るんだィ、なあ。べつに蹴転だからっておれ、こわがってるわけでもなんでもねんだィ。ええ？　いいのが居んのかい？」

「(小声で) ええ、こっち、こっちいらっしゃい。(次第に商売口調になり、見世の間近に誘い) いらっしゃいいらっしゃいいらっしゃいいらっしゃいいらっしゃい。ええ、ご覧なァい、ええ？　どうです、あの妓？」

「ふうん？　あの妓ォ？　何ォ言やがン、あの妓も鹿の子もあるけェ、本当にろくなァ (と見て) ……うゥン？……いるねえ！」

「ようがしょ？」

「ああ！　へえーーえ。こりゃいいやァ！　あア、こらいいやあ！　ウハッハァ。おう、気に入ったッ」

「そうすか。さァどうぞどうぞ。さァどうぞどうぞ」

「(よろめき)トッ、トッ、おうッ、ちきしょう。押すねェ押すねェ。ええ? ちょっと待ってろ。なァ! (少し入り)あア…、こらァいいやッ、ねえ! 驚いたねえ、掃き溜めに鶴だよ。この蹴転じゃもったいねェや。どこ行ったたって立派に勤まるよ。いい女だね、どうもねえ。ええ?…ああ、そうか、こんちきしょう! てめえなんだろう、おれがその気ンなっていざ登楼るとなるってェと、『へい、あれは看板でござんす』ってんで、ええ? 他のひどいのがスッと入れ替わろうって、そういう、てめえ寸法だろう?」

「いえ、冗談言っちゃいけません。(ずっと)あの妓でござんす。え、いかがでござんす?」

「本当かァ、おい? んん? 待てよ、もういっぺんよく見るよ。(しげしげと見て)……いいッ。いいよッ! あらァいいやあ。少しとうは立ってるけどねえ。おれァああいう年増、おれ好きだよ。ねえ。若くなくちゃいけねえって、こっちだってそれほどの…、なア、若者じゃアねえや、なあ? うん。ンなことァ言わねえよ。様子がいいよお。ねえ、小股ァ切れ上がった…、いいなあ。ウハハァ、う、わ、わら、笑ってるよお。笑ってやァン(嬉しくなって)。アハ…、(花魁に)おう、おめえなんだろう? 看板じゃアねえのかあ？　ええッ？」

「誰が？　なに言ってんの？　えッ？　そんなとこにいないでこっちにいらっしゃいよ。ね、ちょいとッ、こっちいらっしゃい。いらっしゃいってば」

「(満悦で)ムフッフッフッフ……『いらっしゃい！』ってやァんの。アハハ、いらっしゃっちゃおうかな、おれァ。アハッ、はっはっは、あー！　なんだい？　ええ、なァにィ？　なんか用かァ？」

「なんだねえ…、そんなとこにいないでこっちイおいでよ、ええ？　ん…なにも取って食おうてんじゃないから、ね。こっちいらっしゃいよ。ン、本当にィ…。こっち、もっとそばへお寄りよ。ね？　うん。そうそう、そう。(声を低め一段と親しげに)もっとこっちいらっしゃい、こっちへ。ね、うん。なんだねえ？…ン…(と、ちょっと媚びてさらにいざない)。さあ早く、そう。ねッ。うん、(かじりつき)さっ、お前さんつかまえた」

「ど、ど、ど、(ふりほどこうとしたが次第に気をなくし)チョ、チョ、な、な、な……なんだよ。アハッハッハッハッハッハッ、わかったよおい、わかったよ、おれァ逃げねェ、逃げねえよ。おう。逃げね逃げねえ、おれァおめえ気に入ったんだから大丈夫(でえじょぶ)だよ」

「もう離さないから。ええ？　まーあ冷(つべ)たい手ェしてるじゃないかねえ。どこで浮気してきたの？　ええ？　(客の否定に) いやあ嘘だよお。隠したってだめ。ねえ。お前さんみたいな様子のいい人、他所で女が打っ棄っとくもんかい。ねえ？　うゥん、(と、じゃれて) 憎いねえ」

「わあっ、わあっ、ちょっちょっ、ちょっとちょっと待て。うわ…浮気なんぞしてないよ。ほんとだよ。うん。(上気してさらに酔った調子で) ただね、おれきょうね、あの、仲間三人でね、吉原イ入ってきたン。え？　登楼ろうじゃねえかって実は、この先で登楼ったン。ところがおめえ、あアもう、おれの敵娼の面ァ見て驚いたよ。長え面してやン。馬が行燈くわえたような面。端から端まで見ていくうちに、真ン中忘れちゃうような顔してン。おれァ気持ち悪くなってきちゃった。『ちょいとおれァ、買物してくるよ』ってんでおれァ出てきたン。な？　うん。で、おれァ浮気なんにもしてねェんだよ。ほんとだよ。嘘じゃアねえぞ、おめえ。ンだよおめえ…。しかしなんだなァ、おめえいい女だねえ。えエ？　お、おめえみてえな女がこんなところにいるってェのァ、…なんかおれァ気ンなるねえ。えエ？　うん。気ンなってしょうがねェやァ。おれ気に入ったんだから、おめえのこと」

「そおお、嬉しいねえ。お前さんみたいな人に気に入らいて、ほんとに嬉しいよ」

「そうかあ、ンハハ、おれェ気に入ったン。おめえ、どしておめえ、こんな蹴転なんかに、おめえみてェのがいるんだィ?」

「ン……お前さんの来んのを待ってたんだよ」

「(でれでれになって)オレ…ワッハァ。ンの野郎、ちきしょう、アッハッハッハァ。ほんとお?へェえ。いやあ……だけどなんだろ、(少し真面目に)なあ、あの、洒落や冗談でなく、おめえなんぞァこんなところに来んのァ、…なあ、いずれは、金だ。なア!金のためにこういうところイ身を沈めてきたってやつだ。ねえ。なんか失敗っちゃったかなんかしてよ。そうだろ?」

「いいじゃないか、そんなことどうだって。ねえ?ゆっくりしてっておくれよ」

「ん、そ…そりゃ、ゆっくりするけど、ううん…そうなんじゃアねェのか?な、うん。おッ、おめえ、ま、ま、間夫ァいるのかい?」

「ん、またそんなことをッ。いないの、そんなものァ」

「ん?本当に…。本当にいねェの?嘘だよ。じゃアおめえ…好きな、好きな野郎がいるんだろ?」

「好きな男?…うーん、そりゃ、いるじゃないか…。(媚びて)ここにいるじゃないかさア」

「(有頂天になって)ほんとかよオ!おい。ウァッハッハ、おい、弱っちゃったな、こらあ。…気に入ったよ。じゃアおめえ、おれのこと好き？　ええッ？　好きなの？（うなずかれ）わかった。ありがてェ。ありがとありがと。（喜んで手を打ち）おれもおめえ大好き。ええ？　ひとつどうだい？　おれと、い、一緒、一緒ンなる気はねえか？」

「ン…またァ、うゥン…、何を言ってんだよォ。そんなこと言うと本気にするよ」

「ほ…ほん、本気にしてくれ、本気に。（声を大にして）おれァ本気で言ってんだァら。どぅだい！　おめえが好き、おれァ好きだったら、一緒ンなろうじゃねェか？　う…う…いいじゃねェ。どうだい？」

「ン…嘘だよォ。そんなこと言っちゃ、ほうぼうの女ァね、惑わしてんだから。本当に罪作りなんだからこの人（とつねる）」

「おゥい！（とその手を払い）嘘じゃねェってそう言ってン……ほんとだよォ。ええッ？　どうだい？」

「何を言ってんだい。お前さんにはさ、おかみさんがいるじゃアないか」

「おかみさん？　おかみさん、いない。いや嘘じゃないよ、いないよ。うん。おれァねエ、あの、左官の職人なんだよ。腕はいいよッ。ええッ？　だァらけっこう稼ぐんだ。知人（ひと）がかみさん持ったらどうだって勧めてくれンだけどね、下手な女かかあにしてみろおめえ、生涯（しょうげえ）なァ、苦労しなくちゃなんねェしよォ、第一（だいち）おれァ、気に入った女に出っくわしたことァねんだい。ね？　だから今までずっと独身（しとり）でいたんだ。ほんとだよォ。独者（しとりもん）なン。え？　一緒になろうじゃねェ？」

「うん……一緒になろうったってさあ…あたしの体にァね、お金がかかってるからだめなんだよォ」

「（かぶせるように）イヤだからッ、だからそれをさっきから聞いてるじゃねえッ？　え、ね？　うん。言ってみな、いくら？　おれ出そうじゃねえ。え？　言ってみなよッ」

「お金？　（ちょっと考え）…ううん、四十両（しじゅう）なんだよ」

「四十両（しじゅう）⁉　よおし、わァった。よおしわっ（わかったと言うのももどかしく）。だい、だい、大丈夫だよ。心配するな。心配するな。おれ、おれァね、ちゃん、ちゃん、ちゃんと、は（払う、と言いかけ）、嘘じゃアねえッ。おれァねえ、蔵一つ（しと）請け負ってんだ今、ね。出来上がるまでってェとかなり先だァらねェ、あしたおれァお店（たな）行くよ。お店（たな）行ってね、わけェ話して、ンで、その金もらってくる。な！　で、あさって、おれァここイ持って来（こ）ようじゃねェ。えッ？　それでどうだい？」

「あら！　まあ…、ほんと？」

「ほんとだよッ」

「（感激したように）…まーあお前さァん…嬉しいよウ、あたしィ」

「…（表の亭主、動揺し）う…ん（と咳払いして）……直してもらいなよッ」

「はあい！（客に）お前さん、お直しなんだけど」

「おお、お直し？　おッ、よしッ。わァった。いいよッ。お直しだってなんだっていいよ。おれァもうここへ落ち着いちゃう。ねッ、あア。あ、あ、あさっておれァほんとに金持ってくるから」

「本当？　ええ？　嘘なんかつくってェとひどいよォ。ね。あたし、しつっこいんだから、いいかい？　ね。もーう、お前さんがなんとかして別れようと思ったって、どんなことあったって離さないからいいかい？」

「当たり前よ、おれだって離しゃしねェよ。ギュウーッとおめえのことつかんで生涯離さねェぞ」

「…（亭主が）直してもらいなよ」

「はい。お直しよ」

「あ、あ…、わかってる。ねえ。いやーア、おめえ嘘じゃね……」

「嘘じゃアないよォ。お前さんこそ本当にあさって来てくれんだろうねえ、え？　本当にィ。まァあ、そうお。ええ？　ちょいとォ…ちょいと手ェ貸してごらん。え？　さ、コン中入れてごらん（と客の手を自分の胸もとへ誘い）。ほら、ね。嬉しいから、こんなにまあ、ドキドキしてんだろ？」

「どれ？　おおっ！　ウッハッハッ…ワアッ！」

「…うん（亭主、苛立って咳払いし）。直してもらいなよッ」

「はい。お直しだ…」

「お…じゃア（と承知し）。おれァ必ず来るけどもよ、おれが来てみたらおめえがいねェなんてことァ、ねえだろうなァ」

「なあに言ってんだろねえ。あたしがここ動けるわけがないじゃないかァ、ええッ？　お前さんが来るまで、何年だって待ってるよォ」

「うう、本当に？　お、そら偉えや。なあ。お、お、おれたちよォ、一緒ンなったらな、おめえ丸髷に結わしちゃう。ね？　うん。おめえ家で待ってんだろ、で、おれが仕事から帰っつくるってえとおめえが、『お前さん、お帰んなさあい』なんてなこと言う。なッ？『お湯行ってらっしゃあい』なんてなことという。で、おれは湯から帰ってくるってェと、差し向けえで一杯やる。えエ？　一杯やって、なあ、そのあとが（とワクワク想像し）、ハハハハハハ、おおどうも……おお、たまんねえなあ、おい。仲良くしようなア！」

「（不機嫌に）直してもらいなよ！」

「はい、お直しですよ」

「なア、仲良くしなくちゃおめえ、つまんねェからよゥ」

「ん、だけどさあ、たまには喧嘩したっていいじゃないか。ええ?‥（客の否定に）いやいいんだよォ。ねえ。つまんないよ、それじゃないと。それァねえ、もう嫌なやつにはちょいと触らいるだけだってね、ゾオーッとするんだけどさ、ねえ。好きな人(ひと)だったらあたしゃ、思いっきりぶたれたいよ、ねえ。お前さんなんかだったら、あたしゃ半殺しの目にあいたいよォ」

「（険しい声で）直してもらいなよ!」

「あ、はい…（頻繁なので少しとまどい）。ねッ。じゃあの、あさって本当に来て」

「ああ、ほんと…ほんとに、本当に来るから。だアらあの、なんだい、ちゃんと待ってろよ。わかったな」

「うん、わかったよ。そのかわり（語調強めて）いいかい? お前さんねェ、もう今までと違うんだよ。えッ? あたしてえ者がいるんだから、ねッ、うん。浮気なんぞするってえとあたしゃ許(き)かないから。いい?」

「うん」

「そう! 真(ま)っ直(つ)ぐ帰っとくれよッ。わかったね。ほんとに好きなんだから。嫌(や)だよォ、ええッ？　嘘をついちゃさァ」

「（怒って）直してもらいなよォッ！」

「（うるさそうに）はい、はい、はい！　いやもう、お客様お帰りになる。はい、どうもありがと（と客を送り出し）。はい、どうもッ。ど…（小声で亭主に）ちょいと、何してんだよ？　早く…、早くお銭を徴んなきゃだめじゃないかッ、えッ。早く追っかけてさッ。（亭主が行動を起こさないので）な、何をしてんだよォ。ばかだね、この人は！（意外な亭主の挙動に）…ちょっ、ちょいと、……どうしたの？　どしたんだい、そんなとこしゃがみこんじゃって下向いて？　えっ？…どしたの⁉」

「（思いつめた表情で長く深い溜息をつき）。…ふん。やめだ、こんなことァ。…ばかばかしくってやってられねェやッ」

「なにが？」

「なにがじゃねェやッ。ええッ？　おめえなにか？　あの野郎のところイ行って、あいつのかかあになるのかいッ？」

「（あきれて）なァにを言ってんだね…。ばかだね、この人は。どうしてさ？」

「どしてだって…今そう言ってたじゃねェかッ？　なあッ？　チェッ（と吐き捨てるように）、おれがちょいとどっか小衝いたりなんかすりゃア、痛えだの提灯だの言って大騒ぎするくせに、あの野郎にゃア、は、は、(怒りがこみ上げ)半殺しの目にあわされてェのかい、こんちきしょう!」

「あら、嫌だよォ、この人ァ。妬いてんの?」

「や、や、妬いてるわけじゃねェやイ。(きわどく声を張り)イヤーッな心持ちがするんだい! なあ? チェッ(とふてくされ)、おめえがなあ、あんちきしょうの手をギュウーッとしっかり握ってよ、あいつの顔をジイーッと見ている…、(嫉妬が噴出)あの目は…ただの目つきじゃねえッ! 本当にィ、こんなことやってられるけェ。…(駄々っ子のように)嫌だよッ、おれァ」

「じゃ、どうすんのさ?」

「や、やめるよッ」

「(抑えた口調で)あ、そう。……じゃア、よそうじゃないか…」

「よしやがれッ!(と怒鳴るので)」

「(切れ)よすよッ! なんだい、本当に。(激しく責めるように)誰がこんなことやらしてんだい! えェッ? あたしのほうで頼んだわけじゃアないよッ。お前がばかするからこういうことやってんじゃないかッ。本当にッ。何を言ってんだね…。こっち、こっちイ顔見してごらんよ。あたしの顔をごらん。歳を隠そうってんで分厚に白粉を塗ってさ、口をきくたんびに、白粉がポロポロポロポロ落っこちんだよ。こんなみっともない真似、誰が好き好んでするもんかい。ええッ？　嫉妬妬くぐらいだったら、最初っからこんなことやらせなきゃいいんだッ！　本当にッ。『いやーな心持ち』だあ？　何を言ってんだい。ええ？　亭主のいるそばでもってこんなことするほうが、……（気が崩れて、泣き始め）よっぽど…よっぽど嫌な心持ちがするんだ…。あたしゃ…、…ちきしょう。（身も世もなく泣き崩れ）だったらやらない、…あたしゃもう嫌だ、あたしゃこんなことすんの、もう嫌だ、嫌だ！」

「おう、お…、わかっ、わかった。わかった。泣くな、泣くなよオ。泣くなよオ。ゥ悪かった悪かった、悪かったよ。いやァおれ、おれ、妬いたのァ悪かった。ん、ンもうおれ、おれ嫉妬妬かねえよ。だから、だから、だからさ、も、泣か、泣かねェでよォ、頼むよ、機嫌直してくれよ。えッ？　いいよいいよ。う、そ、そりゃなあ、うう、いくらおめえが商売でそうやってなんか言ってんだってのォわかっててもなあ、おめえのその芝居があんまりうめえからおれァついほ、ほ、本気じゃねェかと思うから、妬いちゃったんだよォッ。えエ？　うん、悪かった。もう、もう妬かねェから、ンだから機嫌直して、や、やっとくれよ。なあ、おめえ、芝居があんまりうまいんで、おれ、そう思っちゃったんだよォ」

「(泣きじゃくりながら) あたしだって…一生懸命やったんだもの…」

「おお、わかったわかった、わかってるよォ。一生懸命やってくれてありがと。なッ、すまねえ。じゃ、機嫌直してくれるか? 機嫌を。あっ、そう、ありがとありがとう。なッ、もう、妬かねえよッ」

「(まだすすり上げながら) 本当かい? あたしゃもう、死ぬ気ンなってやってんのに、その上、お前さんに妬かれた日にゃアもう、…立つ瀬がないんだから、妬くことだけはもうしないでもらえる?」

「お、わわ……わかった。妬かねえから機嫌を直してやってくれ。おれたち二人のためだ、ね? うん。それァ、おれだって辛(つれ)ェんだよ、ねッ。わずかの辛抱だよ。なッ、我慢してやってくれ、この、この通りだ (と手を合わせ)、なッ。オウットットットッ、だめだだめだだめだ。だめ、駄目だよ、ええッ? こすっちゃ駄目だよォ。涙が流れたあとォおめえ、こすっちゃ白粉(おしろい)がはがれちゃうじゃね…、おお、おれが拭いてやる。こっち…こっちこっちこっち、こっち来い、こっち来い。(涙を拭いてやり) なんだなあ、すまねえなァ。ええ? こんなことてめえにやらしちゃって、ほんッとに申し訳ねえと思ってるよッ。えッ? だけどわずかな間(あいだ)なんだ、なあ、ああ。おれたち、おめえがそれしてくれるから一緒にいられるんだから。いいかい、離れたくねえからおめえにさしてんだよ、いいね。わかったな。うん、泣かねえで…。もう大丈夫(だいじょぶ)だ、大丈夫(だいじょぶ)だ。悪かった悪かった。すまねえ。勘弁してくれ」

「(洟をすすって) お前さん、ほんとに…あたしのこと離しちゃ嫌(や)だ!」

「当たり前(めえ)だよゥ。誰がおめえのこと離すよォ。ええ? おれたちゃアおめえ、一心同体じゃねエか」

「本当かい?」

「本当だよォ」

「(さっきの客の酔った声) おおい、おおい!」

「…本 (と言いかけ亭主に小声で) あ、ちょいとちょいと…… (客に) なんだい、お前さん。どうしたの? 忘れ物(もん)かい?」

「いや、そうじゃアねェんだァ」

「なんだい?」

「直してもらいなよッ!」

数ある廓噺の中でも特異な性格の噺で、追いつめられた人間の生きざまを赤裸に描いている。そこに人間の性（さが）、業（ごう）のかなしさを見ることも、また、ぎりぎりまで汚れた人生になお残る純な夫婦愛を見ることも可能だろうが、どちらにしても明るく笑える噺ではない。昔からあまり手がける演者はなかったようだが、三代目柳家小さんの線を踏んで五代目古今亭志ん生が専売にし、一九五六（昭和三十一）年に芸術祭文部大臣賞（当時）を受賞して一躍、重要な演目と見られるようになった。芸術祭に対して斜に構えて選んだ演目が受賞した。そのとまどいを志ん生は〝お上（かみ）も粋なことをする〟というような言い方で表現していた。

売春防止法の施行は一年半あとのことである。そうした社会状況が審査員を一種の反動に駆り立て、当時まだ存命だった永井荷風の世界を高座に見る思いで賞が生まれたのかもしれない。いずれにしても、『お直し』はこれ以降、次第に演者の数を増やしている。

明治末期の廓を実地に体験している志ん生があっさりかたづけているところを、志ん朝は丁寧にわかりやすくときほぐし、心理の内側やその推移の表現も綿密にした。この種の噺でそうすると、シリアスな暗みに沈むおそれがあるが、志ん朝の芸風はそれを防ぐ。二人の馴れ初めから、夫婦それぞれの性根に健気（けなげ）な面が感じられて聴く者が救われる。

二人が廓の掟を破ってしまういきさつは、志ん生が地語り中心なのに対して、志ん朝では具体的な会話で進められ、この段階から二人の人間造形が積み重ねられていく。見世の主人が二人を裁く場面で志ん生は「猫なら化ける歳だ」とまでののしる。志ん朝はいろいろ当てこすりは言うものの、芯は温情ある主人という設定を崩さない。

蹴転(けころ)への転落を夫婦が話し合う過程、その心理の葛藤、決断したあとの女房のリードぶりなど、志ん朝の表現は極めて克明で、自ずと志ん生とは別の世界を創っていく。

客への応対に亭主が苛立ち、しきりに「お直し」をかける場面、そのあとの夫婦の亀裂と和解も同様で、話芸が大幅に「話劇」に接近している。亭主が遣(や)り場のない気持を「イヤーッな心持ちがするんだい」と吐き捨てるあたりは白眉である。

総じて、志ん生は廓の風俗譚を、志ん朝は人間ドラマを描き上げたといえるだろう。

酔漢が大声でうたう「〽高い山から谷底見れば」は明治の俗謡『ぎっちょんちょん』。羅生門河岸に紛れ込む職人が柄に合わない小唄やありきたりの都々逸(どどいつ)をうたったりしないのも、志ん朝らしい神経の細かい選曲だ。志ん生の職人はうたわずに蹴転へ入ってくる。

お若伊之助(わかいのすけ)

えェ、お運びでありがたく御礼を申し上げます。

「目病み女に風邪ひき男」という言葉がありまして、これは、いろんな病のなかで、ご婦人が目を患っているのと、男が風邪をひいているのは、色気があるとされておりますな。えー、どういうわけで、ご婦人が目を患ってると色気があるのかと申しますと、昔は今と治療法が違いますんで、目が悪くなると赤い紅絹（もみ）の布（きれ）でしきりにこう、撫ぜていたんだそうですな、ええ。色の白いところイ赤い布（きれ）がくるから、まことにこの、色気がある。

男のほうはというと、風邪ひき男。ね。これはあの、あんまり、うんと熱があってもいけませんが、ほどほどに熱があるってえと、普段険しい男性の目が熱の加減でなにかトローンとして、ちょっと色気が出る。で、袢纏（はんてん）かなんか羽織って床の上へこうやって起き直ってるってえと、まことに形がいいですねえ。ええ、他人（ひと）が訪ねて来たってそうですよ。

「どしたい？」

「どうも…、（少し芝居がかって）熱があっていけねェやァ」

なんてんでね、え、それこそ世話狂言の二枚目みたいな形ンなりますが…。他の病じゃア、やっぱり具合が悪い。ねえ？

「どしたい？」

「どォも、痔が出ちゃったよォ」

なんてんで…。うーん、具合の悪いもんでございます。

ええー、狐狸(きつねたぬき)は人を化かすなんてえますな。ええ…、まあ、今、そんなこと言ったって誰も信用いたしません。

「んなァ、…『話』だよォ」

と言う。たしかにそうなんですが、それじゃアおもしろくないと思いますがねえ。ええ、もう昔は、そういうことをちゃんと信じていたんですな。ええ。どっかで人が化かされたなんという話は、ごく当たり前にあったン。

「あの原っぱでもって、留(とめ)の野郎が化かされたとよォ」

「あの原っぱァ？　ええ？　そうかい？　じゃア、気をつけよう」

なァんというんでね、真剣にみんな気をつけたんですね。ええ。そういうようなことってのァあるもんですよ。ついこの間まで、そういうことがずうっとつながっていた…。

よくあの、お料理屋さんなんかでもってお土産をいただく。ねえ？　紐ンところに、マッチがこうひとつ、挟んであります。あれどういうわけだ…宣伝かと思ったらそうじゃアないんだと…、狐や狸にそういうものを奪られないために、狐や狸が嫌う硫黄が付いている、あのマッチ…、そして火も点くというようなところから、まあそういう物を、こう、挟んでおくんだそうですな。そんなことがずうっとつながって、ついこの間まで…、今でもやっている店があるかもしれませんですがねえ、おもしろいもんですなァ、ええ。夜こう、ふらふら歩いているうちに、妙齢なご婦人に声をかけられましてね、その気ンなってあとをついてって、どっかイ泊まって、ええ？　で、当人はいい思いをしたと思ってあくる朝パッと目が覚めるってえと、原っぱで寝ててね、ええ。お地蔵様を抱いてた…なんという。頬っぺたを擦り剝いたりなんかした人がよくいたんだそうですがね、ええ。これをまた、うまい具合に利用したなんという人もいる。好きな女性とどっかイしけ込んで、あくる朝、家イ帰ってくる。

「（女房）どこ行ってたのォ？　ゆんべは」

「う、それがわからねェんだよ」

「どういうこと？」

「いや、どういうことって…、おれ、家イ帰ろうと思ってね、ぶらぶら歩いてきたらさ、急になんだかパアッとわかんなくなっちゃったんだァ、うん。でェ、気が付いたらおめえ、おれァ神社の境内で寝てたよ」

「あら！　じゃお前さん、狐に化かされたんだね？」

「うん、そうなんだァ」

ってんで、かみさん化かしちゃったりなんかしてね。いろんな手ってのァあるもんですな。昔はそういうことを信じていた。まあ夢があって結構でございましょう。

その時分、日本橋の石町に、栄屋という大きな生薬屋さんがございまして、えー、旦那は何年か前に亡くなっておりますが、その跡を引き継いだおかみさんという人はたいへんなしっかり者で、その上、人面倒見がいいところから、奉公人がみんな「おかみさん、おかみさん」と慕ってくれる。繁盛はいっこうに変わりません。で、そこの一人娘でもってお若さんという、今年十八ンなりますお嬢さん。これァ「今小町」と言われる、もう絶世の美人でございます。でェ、小さい時分から御大家の一人娘ですから、たいへんにかわいがられている。も、なんでも思いがかなうという結構なご身分で、

「(ちょっと甘美なお嬢様口調) おっかさん、あの、あたし一中節のお稽古をしたいの」

「一中節？　あ、そう。たいそう流行ってるようだねえ。うん。いや、お前が稽古をするのはかまわないんだけども、あの今、店が忙しいからねえ、お前に付いて行く人がい

ないんだよ。みんな手が離せなくって。といって、お前一人でもってお稽古にやるというのはおっかさん心配だから、誰かいいお師匠さんがいたら、うちにお稽古に来てもらいましょう」

出入りの鳶頭で、に組の初五郎という男がいて、これに話をすると、

「そうですかァ。一中節を？　お嬢さんが？　へェえ。結構でござんすねェ。ええ。(得たりと)いーい師匠を知ってますよ、ええ。えー、あっしがね、いろいろと面倒見てる男ですがね、これァ歳は若いですが、芸も人間もなかなかよくって」

「(制し)ああ、ちょっと鳶頭ァ、男のお師匠はねえ、ちょいと具合が悪いんだよ。だってェ、お若はまだ婿取り前だから、なにか間違いがあるといけないから」

「いえいえ、それァ大丈夫でござんす。へい。ええー、もと二本差しでござんしてね、ええ。えー、たいへんにこの、堅い男でござんす。ええ、菅野伊之助ってェまして、まあその、あるところで知り合って、いろいろと話を聞いてましたらね、侍をやめて芸人としてなんとかなりたい、一中節で身を立てたいってんで、あんまりこう、聞いててね、え、ええ、いい了簡してますんで、それからま、いろいろと面倒見てるんですが、まあとにかくねェ、もと侍だけあってね、たいへん物堅いし、まことに真面目なんですよ、ええ。ですから、妙なことをするような野郎じゃありません。それにおかみさん、あっ

しが間に入ってるんすから、えぇェ、もう間違いなんぞ起きやしませんよ、心配ありません。ねっ。とにかくこちらにお出入りさしていただけたら当人にとって、こんなありがたいことはないんでござんす、ええ。あっしからもお願いしますから、どうぞひとつ、そいつをこちらに稽古に来さしてやってください。お願いします。この通り（と辞儀）」

「ああ、そう。まあね。鳶頭がそういうふうに言うんだったら、じゃア、その方ァお願いしましょうか」

「ええ、よろしくお願いします」

　菅野伊之助という今年二十四ンなります男。男が見てもハッとするぐらいにいい男。ねえ、そういう人ってたまに見かけますね。ええ。いい男…。ねえ。目鼻立ちはもちろんのこと、中高でもって、で、どことなくこの、きりっとしていながら色気がある。ねえ。で、背がスラッとしておりまして、立ち姿がまことにいい。でェ、三味線を構えてこういう格好をしている、坐っている形がまことにまた…いい。寝姿がいいってんですから、…ねえ、こういう方ははばかり入ってるときでも形がいいですよ、きっと。ねえ？　で、声がいい、芸がいいんですから、これはたいへんなその、武器をもっておりますな。ええ。

で、片っ方のほうは十八という色気盛りでございます。もう「今小町」と言われているお嬢さん。この二人(ふたアり)がァ一間(ひとま)に入って、で、〽は…なんてなことをやるんです…。これァあの、初五郎は、「大丈夫(だいじょぶ)ですよ、あっしが間へ入ってますから」ってそう言ってましたけど、こんな当てンならない話はないんですよ。一番危ないじゃありませんか、ねえ？「猫に鰹節(かつぶし)」、「噺家に紙入れ」ってぐらいなもんです。放(ほ)っといてでも、どうにでもなっちまう。ねえ。あっという間(ま)でございます。すぐに人目を忍ぶ仲ンなる。う、こういうことは、母親はたいへんにこの、敏感でございますから、どうも近頃様子がおかしい、ねえ？　もう稽古の前の日ンなるってえと、若はもうそわそわそわそわしている。当日伊之助が来た日にァ、もうォたいへんなはしゃぎよう。…で、この頃は伊之助が来て稽古をしているはずなのに、お若の部屋のほうから三味線の音(ね)も唄声も聴こえてこない。どうも怪しいというんで、ある日稽古をしているというときに、そおっと行って中の様子を見るってえと、…ああ、稽古どころじゃアございませんよ。ねえ？　三味線を脇イ置いて見台(けんだい)を外して、で、かあっと手を引っ張ったんでしょう、くわあっとこう（手を取り肩を抱く形）、ね。こんな恰好してる…。ねえ？　ああもう、たいへんなことンなってますな。これを見て、「ああ、いけない」っと思ったんで、すぐに初五郎を呼んでこの話をする、

「ヘェッ？　本当でござんすか？　（カッとなり）冗談じゃねェ…あんちきしょっ！　（キ

ッパリ）わかりやしたッ！　え、あっしァね、これからあの野郎すぐに半殺しに」

「（強く制し）ああ、ああ、ちょっとお待ち。いけないいけない、そんな乱暴なことしちゃいけないよ。ええ？　うん。そんなことをしたら、うちが恨まれるんだから。…それァこういうことはね、片方だけが悪いんじゃァないよ、ね。んん、うちの若にだっていけないところがあるんだから。（なおも初五郎を制し）まあ、事を荒立てないで。それより、ここに二十五両の金があるから、これを鳶頭から伊之助に渡してもらって、そしてもう二度と、お若には逢わないようにと意見をしてもらい…」

「（強くとどめ）いえェっ、とっとっとっ、とんでもない。そんなことなさらなくたっていいんですよ。あっしが一言言えば…」

「いえ、そうじゃないんだよ。なんでもね、ものはけじめをきちっとつけておかないといけないよ。ね？　あとでゴタゴタするのが嫌だから、とにかく、ま、これは鳶頭、え、伊之助に渡しておくれ（と金を渡し）。そのかわり、（キッパリと）もう、きっとこれきりということは、鳶頭からきつゥく言っておくれよ」

「あア、そうですかァ。わかりました。へい、じゃ、たしかに」

こいつを預かって伊之助に渡して、こんこんと意見をした。「わかりました。二度とお若さんには逢いません」てんで、伊之助のほうはこれで収まった。ところがもう、お若さんのほうはたいへんですよ。急にその、恋する人が来なくなったんですからもう大騒ぎ。

「どうしたの、おっかさん？　なぜ伊之助さんは来てくださらないの？」

「うん、なんだかねえ、都合が悪いらしいんだよ。他のお師匠さんをお願いしましょう」

「い、いや。もう、伊之助さんじゃないと嫌」

「そういうことを言うんじゃアないよゥ。ええ？　本当にわからず屋なんだから、また別の師匠を頼みますから」

　ああ、このまんま放っといたんじゃ具合が悪いな…、ね？　ええ。これァその、片っぽは石町、片っぽうのほうは、浅草の代地でございます。ただいまでいうね、ええ、浅草橋の近所でございます。そんなに遠くない。なんかの加減でもってスッと…、石町というところは繁華なところですから、なんか用があってみんな…人が集まる。ね？　外へ出たときにバッタリ出っくわして焼け棒杭に火がついたんじゃア、これァ具合が悪いから、お若さんのほとぼりが冷めるまで、どっかイしばらくの間、安心できるところに預けておきたいてんでいろいろと考えまして、その頃、根岸御行の松の近くでもって剣道今井田流の道場を開いております、長尾一角という剣術の先生がいた。この人は、栄屋のおかみさんの義理ある兄さんでございます。お若さんにとっては伯父さんに当たりますな。ええ。ここならば安全だろうというんでその、伯父さんの家の離れに、お若さん独りでもって預けらいた。ああ、こりゃア寂しいでしょうねえ。なにしろそのォ、根岸の里といいますと、ねえ、今最寄りの駅でいいますと鶯谷でございます。今ァそんなところじゃアないですが、その時分は風光明媚なところでございます。ね？ ええ。もう、金持ちが別荘を建てたり、あるいは文人墨客が庵を構えたりなんというようなところでございますから、シーーンとして、ねえ。ただ、（剣術の）稽古ンときには、ヤットウヤットウの声が聞こえるし、竹刀がぶつかりあう音が聴こえてくるなんてえことはありますが、それでも、稽古がすむってえとシーーンとなってしまう。夜なんぞはもちろんですな。ええ。お若さんの生まれ育った日本橋の石町というところは、今言ったとおり大変に繁華なところでございます。一日中雑踏が絶えません。ねえ？ 夜ンなっても人通りがまだ残っている。ええ、ですからこの人気が残ると申しますか、いつでもこの賑やかな雰囲気、華やかさがある。そういうところから、ここにいなさいというんで、その寂しい根岸の伯父さんのところの離れに一人っきりでございますから、まず退屈をいたしますな。ええ。話し相手がいないんで弱っていると、まあ伯父さんのほうの門弟の中で、ねえ、ええ、先生の親類のお嬢さんが一人で来てらっしゃる。ことによると退屈をしているかもしれないから、話し相手になろうなんてんで、ちょいとその、気の利いた門弟がいないわけじゃアない。これがやって来る。

「お嬢様」

「はい」

「退屈でございましょうか？」

「退屈をいたしております」

「それでは、なにかお話をいたしましょう」

「どうぞよろしくお願いをいたします」

「宮本武蔵と申す者は、まことに腕前優れ、佐々木巌流が斬りつけてきたところを飛び上がり、脳天を一打ちに据えたという、まことにもってあっぱれなる者」

って、おもしろくもなんともないんですね。ああ、音羽屋がどうだとかねえ、成駒屋がこうだなんという話はこれっぱかりも出てこない。代わるがわる来てくれるんだけれども、みんながそんな話ですから、しまいには、「もう結構でございます」というんで断ってしまう。さあ、そうなるってえともう、誰も来てくれない。もゥう寂しくて寂しくてしょうがない。早く石町に戻りたい。それよりもなによりも、伊之助さんに逢いたい、伊之助に逢いたいという気持ちが嵩じて、とうとう患いついてしまう。これァお医者様に診したってしょうがありません。医者のほうでも心得てますから、

「ああ、ああ、そうですか、いやいや、わかりました」

あたりさわりのない薬を置いて、

「粥でも与えてやっていただきとうございます」

「ああそうですか」

お粥…、ねえ。飲みたくもない薬。それでもしょうがないです。他にする療法がないんですから。ま、たまに、様子を診に来るというような具合で…。お若さんは寝たり起きたり。早いもんで、この伯父さんのところに預けられてから一年経った弥生の半ば。近頃はそれこそボオーッとしているだけでございます。昼過ぎにサアーッと一雨きたやつがあがって、またもとのいい天気になる。まことに気持ちのいい日。ちょうど日の暮れ方、入相の鐘が鳴って、所在なさにお若さんが寝床を出て、障子を開けて縁側へ出てくる。庭を見るってえと桜は満開でございます。柱に寄りかかってこの花を見ているその姿、…まことにいい器量。ね？　もう…島田髷の根が、がっくりこう脱けて、斜っ交いンなってる。鬢の後毛が二筋三筋、この白い頰にこうかかっている。まことにこれァ色気のあるもんでございますね。ええ。これァ色の白いところにこの、黒い毛がくるからよろしいんですよ。あべこべじゃア具合が悪い。色の黒いところイ白髪がパラパラ…というのは、これはいけません。ねえ？　この、ほっそりとしている首。え？　肩が撫肩(がた)でもって柳腰。これァもう和服にはもってこいのこう、恰好ですな。ええ。そういう人(しと)じゃなきゃ和服を着ちゃいけないというわけじゃないですよ。中には今と違った方がいらっしゃいます。首がこう太くってね、肩がこんなにいかってて、胴がこんなにあって、お尻もこう…。また、これはこれでいいんです。ええ。なにか頼り甲斐があっていいですなァ。ええ。こう男が抱くってえと、手と手が届かない…。これもいいですよ、頼もしくって。ね。でも、欲を言えばやっぱり手が届く人がいい。ほっそりとしていて折れそうなんですが、それでもしなやかなんですねえ。ああ、たまらないでしょうな、そういう女性は。ねえ。本当に絵から抜け出たような姿でございます。

さあーっと吹いてまいりました一陣の風に縁側に吹き上げられた桜の花びらを一枚手に取って、

「(詠嘆調にしっとりと)これを見るにつけ、思い出すのは去年の今時分。ここへ預けられてからというものは一人きり。せめて乳母(ばあや)でも、清(きよ)でもいてくれたら話し相手になってもらえるのに、人がいればあたしが伊之助さんに便りをするかと思って、おっかさんは誰も寄越してくれない。伊之助だってそうだ。あたしが長いことここにいるんだから、人に聞けば居所が知れようものを、便り一つくれやしない。引く手あまたの芸人(しと)だから、他に増す花ができたのかしら。そんなことになったら、あたしはもう生きてはいられない。淵川へ身を投げて死んでしまう。でも…それにしても、どうかその前に、伊之助に一目逢いたいものだ」

ってひょっと向こうを見ると、生垣がこう…ございまして、その向こう側に一人の男。藍微塵の着物に茶献上の帯を締めて、尻をぐうーっと高く端折っている。そこに薄手の雪駄ァ合わせてこう、ぐっと挟み込んである。着ていた羽織を袖だたみで小ちゃくたたんで懐に入れて、薄浅葱の手拭いで頰っかぶりをして、腕組みをして、こう、考え込んでいる男の後ろ姿。どっかで見たことがあるような気がする。

「おやっ？　ひょっとすると…」

ポーンと飛び降りて、お若さんがつっつっつっつっつっつっつっつっと駆け出してきて、垣根越しに頰っかぶりの中ァ覗き込んで、

「お前は、伊之さん？」

まごうかたなき伊之助でございます。急いで切戸を開けて中に入れる。

「ああ…、逢いたかった」

ってんですがりついた。と…伊之助のほうは、肩に手をかけて…、ただお若さんの顔をじいっと見ているだけで、なァんにも言いません…。

「ここにいては人が来るといけません。どうぞこちらへ」

自分の寝間へ引き入れた。

さあ、その日をきっかけに伊之助が毎晩この、お若さんの部屋に通ってくるようになった。で、しばらく経つとお若さんの恰好が変わってきた。体の様子がね。ええ。お腹がずうっとせり出してきた。これはどんな無骨な剣術使いの先生でも気がつきます。

「これはいかん。懐妊をしている様子。門弟の者と通じたか、あるいは外から通って来る者がいるか。いずれにしても油断がならん」

もう手後れなんですがね、ええ。

その晩、夜中に厠(かわや)イ立ってその帰りに、

「そうだっ」

と思ってお若さんのほうをふっと見ると、お若さんの部屋、だいぶ遅い時刻なのに灯りが点(とも)っていて、人影がふたっつ。

「ん？」

そおーっと行って中の様子を見ると、前に何度か栄屋でもって会ったことのある伊之助が来ていて、仲睦まじく語らっている。

「おのれっ」

飛び込んで一刀の下(もと)に斬り捨てようとしたんですが、

「いや、間に初五郎という男が入っている。あれに話をしてからでも遅くはあるまい。よしっ、そういたそう。」

あくる朝早ァくに、ねえ、初五郎のところに人をやる。

「(初五郎)お頼申します。お頼申します」

「(門弟)どおおーれッ。……いずれから?」

「へいッ、(一気にまくしたて)あっしァに組の初五郎という鳶(とび)の者(もん)でござんすが、お招きにあずかりまして取るものも取りあえず駆けつけて参りましたんで、へいッ、よろしくお取り次ぎを願います」

「…ああ、さようか。(不得要領のまま)しばらく…控えていなさい。(奥へ行き)先生」

「なんだ?」

「…参りましたァ」

「何が参った?」

「……おでん屋が、参りました」

「おでん屋?」

「はいっ。なんですか、…煮込みのおでんのお初(はつ)(出来たて)を持ってきたと、…こう申しております。…んん、それに葱鮪(ねぎま)もあるし、また薯蕷(とろろ)も出来ると申しておりますが、…いかがいたしましょう？」

「そのようなものを誂えた覚えはない。なにか聞き違いであろう。ん？　今一度聞いてきなさい」

「はッ。……（玄関先に戻り）ああ、今一度口上を」

「へいッ、（さっきより落ち着いて）あっしは、に組の初五郎ってェ鳶の者でござんすがね、へえ。お招ぎにあずかりまして、取るものも取りあえず駆けつけてきましたんで、よろしくお取り次ぎを願います」

「（理解し）あーあ、ああー、そうであったか。いや、またしばらく控えていなさい。…（奥へ行き）ええ、聞いてまいりました。おでん屋ではございません」

「なんだ？」

「はい。ええ、に組の初五郎と申す鳶の者が、お招ぎにあずかりまして、取るものも取りあえず、うう、駆けつけてまいりましたので、お取り次ぎを願いたいと、こう申しておりますが、あまりの早口でございますので、に組の初五郎というところを、煮込みのおでんのお初、お招ぎというところを葱鮪、取るものも取りあえずというところを、薯蕷と聞き違えまして」

「よくそのように聞き違えることが出来るな。うん？　ああ、呼んでおったのだ。あ、すぐにこれへ通しなさい。……ああ！　鳶頭、さあさあ、こっちイお入りよ」

「へい、どうも。よろしゅうござんすか？　えいッ、ごめんなすって、どうもッ。……（辞儀をして）どォうも先生、あいすいませんでござんす。もう、ちょくちょく伺わなくちゃいけねえとは思ってるんですがねえ、へえ、もう、貧乏暇なしってやつで、まことに申し訳ございません。ご勘弁いただきます、へい。ええ、で、お若さん、どんな按配でございます？」

「うん。若は相変わらずだ。まあ、きょうは、ちと尋ねたいことがあって来てもらった」

「へェへ、えエ、なんでござんしょ？」

「うーん、一年前に、鳶頭の口利きで菅野伊之助という者を栄屋に世話をしてもらった」

「（手で強く制し）おっとっとっと、先生、ウーゥ（懇願するように）それァ勘弁しておくんなァい、いえいえッ、もうねえ、あれを言われると、も、どうにもなんねェンですよ。とにかくあっしが悪いんだ。よおく、わかってるんでござんす。も、どうにも言い訳もなんにもできねェんでござんす。ええ、もうそれこそね、ん、穴があったら入りたいぐらいで。じゃア穴掘ってやろうかって言われるとこれまたァ困りますがね。ええ、あのォ、とにかくひとつゥ、先生、あのことはどうぞご勘弁を願いたいんでござんすが」
「いやいや、済んでしまったことをとやこう申しても致し方がない。んん、その折りに、栄屋から二十五両の手切れが出ていると聞いておるが、それはまことか？」

「そうなんでござんす。ええ。そんなことなさらなくって結構ですよっておかみさんにそう言ったんですがねェ、どうしても物はけじめェきちっとつけなくちゃいけない、あとでゴタゴタするのが嫌だからって出していただいたんですよ」

「で、それを鳶頭が預って、伊之助に渡したか、それとも、途中なにか、退き引きならぬことが起きてそのほうに用立て、いまだに伊之助の手に渡っていないということがありはしないかと思ってな、それを尋ねたくて来てもらった」

「……（むっとして）あ、そうっすかァ？　じゃァ、なんだか知らねえが、あっしが間に入ってその二十五両の金をねこばばしちゃったように聞こえますねェ。冗談言っちゃァいけませんよ。ええ？　あっしァねェ、長え物を短っかに着ている稼業だ。半鐘がひとつジャーンとぶつかりゃ、火の海ン中に飛び込んでいく。ええ？　人のために体ァ張ってんだい。命がけで仕事をしてるんですよ。…そんな、さもしい了簡は、これっぱかりだってあっしァ持ち合わしちゃアいませんよ」

「ううむ。では渡してある…」

「渡してありますよ」

「しからば手は切れておる」

「切れてますよ」

「ううむ……その手の切れている伊之助が、お若に逢いに来ていたならば、なんとする？」

「冗談じゃ…、そォんなことあるわけァ…」

「いやいやッ、仮にもしそうであったら、鳶頭はなんとする？」

「ええ。あっしァもう勘弁できねえから、野郎の足でも手でもおっ圧折(ぺしょ)っちめエますよ」

「うん、それはおもしろいな。しからばこれから行って、(毅然と)伊之助の手なり足なり、折ってまいれ！」

「(思わず声をひそめて)へッ？　それじゃなんですか？　伊之助は、お若さんに逢いに来てるんですか？」

「毎夜来ている様子。(初五郎の驚きに)うむ。昨夜も拙者(せっしゃ)が見ておる。間違いはないッ。んん？　仲睦まじく語らっておった。いっそのこと飛び込んで一刀の下(もと)に斬り捨てようと思ったが、間に鳶頭が入っておるから、鳶頭に話をしてからでも手後れではないと思って、ゆうべはそのまんま帰したが、どうやら若は懐妊している様子…なあ?……伊之助の胤を宿している様子だぞ。鳶頭、どうする?」

「(カッと血がのぼり)そうですかァ?……あの野郎、ふざけやがって! また人に煮え湯を飲ませやがっ…わかりました! これから行ってね、あんちきしょうの手ッ、足ッ、おっ圧折ってきますから、ちょっと待ってておくんなはァいッ」

なんて、火の玉のようンなってパアーーッと根岸を飛び出して、これからもう浅草橋まで駆け出してくるんですから、…たいへんですよォ。今だったらねェ、鶯谷からJRに乗っかってねェ、ええ、秋葉原で乗り換いて、それから来るんですから。そこを駆けっ詰めに駆けて、ダアーッ。カアッときていると、そういうことァ出来んのかもしれませんですな、えエ。

「おうッ! 伊之ォッ、いるかッ?」

「(穏やかに)はいっ。あ、こりゃどうも。…これは鳶頭、ようこそおいでくださいました。ばあや、鳶頭がお見えンなったよ、う、すぐにお茶をいれておくれ。うん、さあさあ、さあ、どうぞどうぞ、お座布団をお当てンなって」

「うるせエッ! そんなものァいらねェ!……(すごんで)おう、伊之ッ。てめえ、何の恨みがあって、そうしておれに仇ァするんだ?」

「へッ？　恨み？　仇？　それはいったいどういうことでございます？　いいえ、そんなことァ…ありませんでございます。だって、あんだけお世話ンなっているんでございますから。へ、感謝こそすれ、恨むなんてえことはございません。それに、仇するっていったい…（相手の剣幕にただごとではないと察し）いやいやっ……それは、栄屋さんのことでは本当にご迷惑をかけました。でも、あれからこっち、あたくしは鳶頭に迷惑のかかるようなことをしているとは思いません。どうか、ん、なにか悪いところがあったら、はっきりとおっしゃっていただきたいんでございます。なんでございましょうか？」

「何を言やァんでェ、こんちきしょう！　ええ？　おうッ。（一方的にまくしたて）今さらこんなこと言っても始まらねェがな、おれとおめえとは、餓鬼の時分からの友達でもねェや、なあ？　兄弟でも身内でもなんでもねェんだ。赤の他人だ。おれが実家を失敗って、市ヶ谷の下二の鳶頭ンところに居候しているときにな、八幡山の脇の楊弓場でもっておれはおめえと昵懇になったんだ。なあ？　『鳶頭、あたしは侍をやめて一中節で身を立てたい』…話を聞いてるってェと、なかなかおめえもいい了簡だ。なア。『よォし、わかった。ただ、おれは今、他人様ンところに厄介ンなってるんだ。いつンなるかわからねえが、しばらく経っておれが実家イ戻ったら、改めて訪ねて来い』と言ったのが、おれとおめえとの別れだ。なあ？　それからまもなく、おれァ詫びがかなって実家イへ戻れた。なァ？　ああ。と、まもなく、親父がぽっくり逝ったんで、跡を引き継いでやってるところへおめえが訪ねて来た。『よォし、わかった。約束だ。なんとかしてやろう』ってんで、ばあや付けてここに所帯を持たしたんだ。一人でもよけい、いィい贔屓を付けてやろうと思うから、おれァあっちイ行ったりこっちイ行ったり、おめえを引っ張りまわしたィ。なあ？　その最中に栄屋さんから話があったんだ。あすこへ入り込めりゃア、どんなに心強いか知れねェから、ええ？　おかみさんが『どうも男の師匠は』って嫌がんのを…心配するのを、『大丈夫でござんす、あっしが間へ入ってますから』ってんで、おめえを無理にあすこに一中節の稽古にやったんだい。なあ！（面目なさに一瞬声を落とし）そうしたら、一中節を稽古をしねえで、……つまんねえ稽古をしやがって、こんちきしょうッ。…おれァおめえ、顔向けができなくなった。しょうがねェから、『あんちきしょう、半殺しの目に遭わせますよ』ってったら、話のわかるおかみさんだ、そんな乱暴なことしちゃアいけないってんで、出さなくていい二十五両の手切れを出してくれたんでェ。それをおれァおめえに渡したぞ。そんときてめえなんてった？　もゥーう二度とお若さんには逢いませんって言っておきながら、おれの目を盗んで、いまだにお若さんに逢いに行ってんだろ！　根岸に逢いに行ってやがんだろ、こんちきしょォッ！」

「ちょっちょっ、ちょっと待ってください。お若さん？　ね、根岸？　あたくしがでございますか？　いえ、そんなことはしておりません。それはなにかの間違いで」

「なアにを言やァんでェ、とぼけようったって、そうはいかねェや。なア、ええ？　現にお前、ゆんべも行ってんだろ？　なア。ちゃアんとおめえ、長尾先生に見られちまってるんだぞ。本当だったらてめえなんぞァ（手を打ち）ばっさり斬らいるところだ。おれが間に入っているから首はつながってんだ、こんちきしょうッ。ええ？　今おめえ先生に言われて、こっちァおめえ、顔から火が出たような気分だ。ええ？　もうしょうがねェから、あんちきしょうの手足をおっ圧折ってきますってんでおれァやって来たんでェ、こんちきしょう！　（と怒鳴ったが、嘆息し）……ばかやろう。てめえの面ァ見りゃアそいつもできねえや…。ええ？　（つくづく）おめえ本当に…そんなにいい素頰（容貌）をしてるんだ、他に女はいくらでも出来るじゃねェか。なんだっていまだにお若さんに逢いに行くんだよ。なぜ根岸に通うんだ、おめえはァッ？」

「ちょっちょっ、ちょっと待ってください。鳶頭、あたくしにも一言言わしてくださいまし。（誠意をこめ）あのォ、…あたくしもこう見えても、男でございます。あのとき、恩ある鳶頭にたいへんなご迷惑をおかけいたしました。それだけじゃアございません。二十五両の手切れをあたくしはいただいたんです。もう二度とお若さんには逢いませんと誓いました。鳶頭にも誓いました。それを破るようなことをあたくしはいたしません。嘘じゃアございません、本当でございます。えッ。それに…、お話を聞いておりますと、おかしいじゃございませんか」

「なにが？」

「だってェ…、ゆんべとおっしゃいました」

「そうよッ！」

「いや、他の日ならばいざ知らず、ゆうべに限ってあたくしは、根岸へなんか行かれるわけはございません」

「どうしてだい？」

「だってェ、ゆうべは鳶頭とご一緒だったじゃありませんか」

「なにをォ？ おれと一緒？」

「そうですよォ。お忘れンなったんですか？ きのう、日の暮れ方、ここへおいでになりましてェ、『これから飯を食うんだ。伊之助、付き合え』って、こう言われたんで、あたくし、あとをついて行きました。え、で、川長（かわちょう）でご飯をいただいて、そのまんまお別れするのかと思ったら、『なんだか知らねえ、まだ気がむしゃくしゃするんだ。気晴らしにちょいと吉原（なか）イ行きてえ。おい、たまのこったァ、おめえも付き合ってくれ』って言われて、あたくしはお供をして参りました。ええ、いつもの通り、(小)尾張から姿海老屋に登楼ったじゃアありませんかァ？ ええ？ ずうっとご一緒でしたよォ」

「……あッ、そうかァ！（自分を叱るように何度も膝を打って）そうだ、そうだ、そうだ。いやいやァ、（長尾から）最初になァ、ちょいとなァ、おもしろくねェこと言われたんで、おめえと一緒のことォ忘れちゃったよ。そうだったい。ええ？ あんちきしょうめ、本当にあの剣術使い。え？ わけのわからねェこと言やがんだい、なあ！ 本当にまあ、しょうがねえ、え？ うん、わかったわかった。な、おれ、これから行ってな、うん、おめえじゃねえってこと、ちゃんと言ってくるから」

また駆け出して根岸に戻ってきて、

「先生ッ。行ってきました」

「手なり足なり折ってまいったか？」

「いえいえ、それッ、それねェ、先生、違うんでござんすよ。ええ。野郎はゆんべねえ、こっちイ来られないんでございァす」

「なぜだ？」

「え？ いえいえ、あのね、ええ、さっき忘れちゃったんですがね、きのう昼間、あっしゃア仲間の寄り合いがあってねェ、そこでおもしろくねえことがあったんで一杯やったんですが、どォも気が晴れねェんですよ、ええ。そいからァ日の暮れ方、野郎を誘い出してね、川長行って一杯やったんですが、それでもなんだかおもしろくねえんでねェ、しょうがねェから、じゃア、たまにいいだろうってんで、ええ、年甲斐もなくね、えー、なかなかイちょいと…、え？（通じなかったので）吉原ですよ、ええ。で、野郎と一緒に行ったんですよ。ええ。で、ずっと、あいつはあっしのそばにいたんですから、ええ。ですから、こっちイ来られねえんすよ」

「（考えて）ほほう、鳶頭と一緒であったか…。吉原へ参った…。うゥん…それはまた妙な話であるな。鳶頭と一緒であった伊之助がここへ来る……（はっとして）鳶頭、なんという見世に登楼をした？」

「姿海老屋でござんす」

「姿海老屋……ほほう、姿海老屋と申さば、拙者とてよく存じておる。たいそうな大見世ではないか。うん？　ああいうところで、芸人を遊ばせるか？」

「いえェ、遊ばせませんよ。ええ、芸人・袢纏着は登楼ねェんです。ええ。ところが、あっしァね、あすこの旦那に贔屓ンなってるんで、あっしだけは内々でもって遊ばしてもらってんですよ」

「伊之助は？」

「え？　いやいやァ（と頭から否定し）、それァ、伊之助はだめですよ、それァ。ええ。だから、あっしがお引けとなるってェと、あいつはね、茶屋のほうイ下がって、朝、あっしを迎えに来るんすよ」

「さあ、そこだ！　鳶頭」

「ええ？」

「茶屋へ下がると見せかけて大門を出てみろ。なあ？　駕籠（かご）というものがあるぞ。それに乗れば、煙草二、三服のうちにこの根岸にはやって来られる。お若に逢って、知らん顔してまた吉原（なか）へ戻った。んん？　鳶頭？　お前は寝こかしを食ったのだ」

「あッ、そーうかァ！　そうだッ。（小膝を打って）寝っこかし。そこまであっしァ気がつかなかったねェ。悪（わり）いことをするやつってェのァそういうことを考（かんげ）える。わかりました。今度ァ、本当におっ圧折（ぺしょ）ってきますから、待ってておくんねえ！」

　ウワアーッとまた駆け出して戻ってきた。

「おうッ、伊之！」

「あっ、どうもッ。お帰んなさいまし。あの、いかがでございました？　おわかりいただけましたか？」

「なに言やんでェ、こんちきしょう！　寝こかし野郎っ」

「寝こかし野郎…どういうこと?」

「どういうことじゃねえっ。ええ? おれを寝かしておいてな、大門を出てみろ。なア、駕籠というものがある。その駕籠に乗るってェとな、煙草二、三服のうちにな、根岸イ行かれんだ。え? で、お若さんに逢って、知らァん顔しておれを迎えに来やがったんだ。どうだッ、こんちきしょう!」

「(あきれて、たしなめるように) ちょっと待ってください、鳶頭。そうお忘れになられては困ります。いつもは、そういたします、ええ。鳶頭がお寝みになると、あたくしは必ず茶屋へ下がって、寝んで朝、迎えに参りました。ところが、ゆんべに限っては違ったじゃありませんか。あたくしはそうしようと思ったら、『おい伊之、今夜おれァ、なんかおめえに話を聞いてもらいてェんだ、頼むから付き合ってくれ』って言われてあたくし、お酒のお相手をしながらいろんなお話をうかがってました。そのうちにふっと気が付いたら、連子に、あの、陽が当たっておりましたんで、『もう、夜が明けましたよ』ったら、『じゃア、ここにいてもしょうがない。駕籠を誂えてくれ』って言われて、で、二人で帰って来たんです。帰りに丁子風呂でもって別れたんでございますから、ええ、あの…、片時も鳶頭のそばをあたくしは、離れてないんでございます」

「……(大声で) あッ、そーうかァ! そうだよゥ。どうしておれァそういうことを忘

れ…そうだ、そうだッ。なっ。あん、あん、あの剣術使いめ、なんとかしておめえを悪くしようと思ってんだよォ。無理にそんなこと考えやがんだァ。とんでもねえや。おめえはそんなことするやつじゃねえよなっ。よォし、また行ってやるよッ」

タアーッと駆け出して戻ってきた。

「もーう先生！　あきらめておくんないっ」

「なぜだ？」

「いえ、なぜってねェ、いえェ、そうじゃねえ、寝こかしじゃアないんですよ。普段はそうするんすがね、おお、言われて思い出したんですが、きのうはなんだかおもしろくなくってねえ、えー、早い話が、野郎に愚痴をこぼしたいんでね、話を聞いてもらいたいんでね、ずうっとあたしの相手をさせて、そのうち夜が明けちゃったんでね、居てもしょうがねえってんで二人でもって帰って来たんで、ええ。帰りに丁子風呂イ寄ってそれから別れたんでござんすから、ええ、野郎、片時もあたしのそばを離れてねェんですから、こちらイ来られるわけがねェんですよ」

「……（考え込み）それはおかしい話だな。どういう…」

「（意を強めて）人違いじゃアねんですかァ？」

「いやァ…、（伊之助は）前に何度か見かけたことがある。なるほど、これならば若が迷

うのも無理はないと思うほどの男前である。見間違いということはなかろうと思うが、と言って、そうでないとも言い切れん。鳶頭、きっと今夜も来るであろう。ん？　ここイ泊まってな、まことの伊之助であるかどうか見届けてもらいたいが、どうじゃ？」

「えッ、わかりました。え、そういたしましょう」

さあ、これから酒の仕度。二人でもって、こう、やったりとったりして、暇をつぶそうというんですが、もう鳶頭は、一日中駆け歩いてたもんですから、ねえ、二往復ですから、たまったもんじゃアない。ちょっと酒が入るってえと、そのまんまフワーッと眠く……。

「どうも、先生すいません。ちょっと失礼をいたします。ごめんください」

ってんで肘を枕にもう、高いびきでございます。長尾一角のほうはずうーっと飲んで待っている。夜もだんだんと更けてまいりまして、四つ、九つ、八つ、東叡山寛永寺で打ち出す八つの鐘、打ち切る途端に、誰かが開けといたんでしょうか、裏の潜り戸がスウーッと開くってえと、人影がすっと入ってきて、お若さんの部屋に消えた。これに気が付かない長尾一角ではございません。

「（小声で）鳶頭……鳶頭……」

「（目を覚まし大声で）おうッ、ちきしょ！　どこでェ火事はっ⁉」

「シーーッ！……（抑えた声で）静かにいたせ、火事ではない。伊之助が参っておる」

「伊之…、（声をひそめ）あ、そ、そうでした。へ、どちらでござんす？」

「こっちだ。（お若の部屋近くに伴い）見ろ。ん？　人影がふたっつ見えるであろう。なア。この障子が、さっき拙者が中を覗いたんで細ォ目に開けてある。行って、見てきなさい」

「（小声で）そうっすか、へいッ（のぞいて戻り、以下小声の問答で）…………伊之助でございます」

「間違いなく伊之助か？」

「伊之助です」

「昨夜のもあれだぞ」

「いえーエえ、ゆんべは違います。ゆんべのは伊之助じゃありませんが、今夜のは伊之助です」

「なに？　ゆうべのは違うが今夜のは間違いなく伊之助だ？…その言葉に間違いはないな？」

「いえ、間違いありません」

「もし間違いがあると取り返しのつかないことになるぞ」

「いえっ、大丈夫です。もう、ゆんべのは伊之助じゃありません。今夜のは間違いなく野郎でござんす」

「そうかっ」

種子島の短筒に手早に弾丸をこめるってえと火縄に火をつけて、

「フッ（火縄を軽く吹き、短筒を構える）」

「ちょっちょっ、ちょっと、先生、待っておくんない。それ、なんでしょ？　本物でしょ？　ね？　引き金を引くってェと菜箸が飛び出すやつじゃアねェんでしょ？　え？　いや、いけませんよォ。それァねェ、伊之助はしかたがありませんよ。ね？　了簡が悪いから撃ち殺されたってしかたがありませんが、手もとが狂ってお若さんにでも当たってごらんなさい。あたしァ栄屋さんのおかみさんになんて言っていいか」

「いやいやいや、そのような腕ではない。そちらに引っ込んでおれ」

狙いを定めておいて引き金を引く。ダアーーン！　という音で、狙い違わず伊之助の胸板をタアーッと撃ち抜いた。グルルルルーーっと回ってドタァンと倒れる。途端に家鳴震動が、ガラガラガラァッ！「キャアーッ」と言ってお若さんは気を失ってしまう。門弟衆が駆けつけてまいりまして、

「先生ッ、何事でございます？　賊でございますか？　拙者日頃の腕前をご披露に」

「いやいやいやいや、そうではない、そうではない。若が倒れておる。向こうへ連れてまいり、介抱いたせ。うん、ああ、頼むぞ。…さ、鳶頭、鳶頭ッ、…鳶頭ッ！」

「（まだ両耳を押さえ）ああああ、へ、へえへえ…。いやーア驚いたどうも。大変な音のするもんですねェ。まだ頭がガアーンといってますよ。なんです？」

「なんですではない。ん？　伊之助を見届けろ」

「へ？」

「伊之助を」

「あっ、そうだ。（手を打ち）そうそうそうそう。ばかやろう、ねえ、言わねえこっちゃねェや。昼間あんだけ意見をしてんのにのこのこのこやって来やがってェ、撃たれて死んだってめえの心根が悪いんだからしかたがねェや、ええ？　往生しろィ、こんちきしょう、本当にィ、なあ？　ええ？　いい間の振りしやがって、手拭いなんぞで頰っかぶりなんぞしやがって、こんちきしょう、てめえの（と頰っかぶりを取り除き）……先生ッ、これァ伊之助じゃァありませんよ。大きな狸でございます」

「やはりそうであったか。いやーア、よかった間違いでなくて」

「これ、いってえ、…ど、どういうことなんですゥ？」

「いやあ、ゆうべのは伊之助ではない、今夜のは間違いなく伊之助だということを聞いて撃ち殺してみたが、まあ、間違いがなくて何よりだ」

「イエ、そ、そ、それァわかりました。だけど、これ、狸がこうなって…、これいったい、どういうことなんです？」

「あまり若が伊之助のことを恋慕うところから、年経るこの狸が、伊之助の姿を借りて毎夜、若をたぶらかしに参っておったのだ」

「こんちきしょうがァ？……本当にもう、（いまいましげに狸を打ち）太え狸め、こんちきしょう、（また打ち）助平狸、ええ？　てめえのためにおれァな、一日中駆け回ってたんだ本当にッ。ええ！　狸の分際でもってお嬢さんをかどわかしやがって、こんちきしょうッ。てめえにそんなことが出来ンだったら、おれが（また打ち）やりてえや」

「ばかなこと申すな」

いずれにしてもお若さんの体が心配でございます。月満ちて産まれましたのがなんと、狸の双子でございました。すぐに絶命をいたしましたので、御行の松の根方に埋けまして塚をこしらえたと申します。

根岸御行の松のほとり、『因果塚の由来』の一席でございました。

解説

『根岸御行の松因果塚の由来』、またはただ『因果塚の由来』ともいう。「圓朝全集」所収演目だが三遊亭圓朝の創作とは見られていない。

題材や結末ばかりでなくプロットも近代的合理性を欠いているが、早合点の初五郎が根岸と浅草代地を二往復駆け回るおかしみが出せれば、充分聴かせる大ネタになる。主役はむしろこの初五郎と、対照的に沈着冷静な剣客・長尾一角で、お若と伊之助は脇に回っている。ただし登場場面は少なくても、桜花をやるせなく眺める美女の趣きが全篇に残り香のように漂うことが望ましく、その点でも演者が選ばれる演目である。

五代目古今亭志ん生を土台にした上で、六代目三遊亭圓生の要素を採り入れ、そこに独自な工夫を加えて練り上げたようである。マクラでの狐・狸の話や、本題での「穴を掘ってやると言われたら困る」は志ん生流だが、マッチの説明は志ん朝の配慮と思われる。

初五郎が伊之助の名を挙げるとお若の母親が「男では」と難色を示す。事が起きていきり立つ初五郎に母親は「こういうことは一方だけが悪いのではない」と冷静な判断をする。これは志ん朝独自で、プロットの彫りを深め、現代の聴き手の納得を誘っている。

志ん生は「因果塚の由来でございます」と人情噺風に結ぶにあたり、「ご婦人はあまり男を深く想っちゃいけません、かりに、志ん生を想うと……」とおどけて陽気にお開きにすることがあったが、志ん朝は圓生のように純人情噺風に終わっている。ただし圓生が大団円として堂々の韻文調を誇るのに対して、志ん朝は結末の荒唐無稽に少し照れてか、淡々としている。

亡くなる半年たらず前の口演だが、丁寧で滋味のようなものさえ感じさせた。根岸を鶯谷駅の近く、浅草代地を浅草橋駅のあたりと親切に説明するのは以前しなかったことで、晩年の健康法・ウォーキングから生まれたアイデアだろうが、わかりやすさを心がけ続けた古今亭志ん朝のひとつの側面である。

お若の細身を述べるくだりで、太目の女性の着物姿も悪くない、と補足しているが、これは客席前列の和服女性をはばかっての応急処置。楽屋へ戻って「参ったよ」と言っていたのがなつかしい。

それにしても東京都台東区の北西・南東の両端を駆けた初五郎の労をねぎらいたい。「カーッとなると出来るのかもしれませんね」と静かな口調で噺の局外に一瞬身を引いてみせたのは、最晩年の境地だろう。こうして自ずと聴き手の心に過度の虚構性への抗体を生み出し、リアリティを維持するのである。

一中節は江戸の古浄瑠璃で、色気ばかりか品格もあったから武士もたしなんだという。武家あがりの菅野伊之助にはおあつらえの音曲である。

駒長

江戸から明治にかけまして、東京というところはたいへんにこの、烏が多かったということをうかがっております。その時分の都々逸に「三千世界の烏を殺し　ぬしと朝寝がしてみたい」なんてんでね、ええ、ゆっくりと寝られない、そのぐらいに（烏が）うるさかったそうですな。やたら啼くんですが、どういうわけでそんなに烏が啼くのかと思って聞いてみたら、ェェ、そこらじゅうのこの、おかみさんを起こして、前の晩のお惣菜の残りやなんかをそこらに捨てさせる。ねえ？　で、腹が減ってますから…そいつを食べようってんですから、夢中でもって啼くてえやつですな。ええ。軒ンところイ、ズラーッと並んで、

「カカアーッ、カカアーッ。オッキロー」

そんなことァ言わないんですけれども、そういう（ふうに）烏の啼き声も時と場合によって人間にいろんなふうに聴こえてくるというやつですな。

嘉平さんという人が大変にこの、酒が好きで、ぇェ、一食五合というんでね、朝昼晩と五合っつ酒を飲む。これがなによりの楽しみでございましてね。そいで、五合の酒を

そばに置いて、(飲む形)こゥやって飲んでるってえと、鳥が一羽スーッと飛んできて窓のところへこうピタッと止まって、

「カヘイ、嘉平」

「なんだ、こんちきしょう。人のこと呼び捨てにしやァって。なんでエ?」

「ゴンゴウカア、五合かア?」

「なにョウ言ってやんでェ。五合だっていいだろッ。大きなお世話だい、こんちきしょう。ん…、ショウッ!(と追い払う)」

ピューッと逃げてっちゃう。あくる日また酒飲んでるってえとその鳥がまたスウーッとやってきて、

「嘉平、嘉平」

「うるせえなあッ。なんだァ?」

「五合かア?、五合かア?」

「こんちきしょう、生意気(なめえき)なこと言いやァって、ショウッ!(と追い払う)」

ツァーッと逃げてっちゃう。嘉平さん悔しい。あくる日になって今度ァ一升、酒ェ買ってきて…飲んでるってえと例の鳥がスウーッとやって参りました。

「嘉平、嘉平」

「また来ャァった、こんちきしょう、えェ？　なんだッ？」

「五合かア？、五合かア？」

「なにを言やがんでえ、よく見ろォ。きょうは一升だァ」

「オゴッタア、奢ったア」

ばかばかしい嘶があるもんですな。

まあ、そんときどきによっていろいろと…鶏なんかも「コケコッコー」とわれわれに聴こえるのは、あれは本当は「東天紅」と言っているんだそうですがね。…ええ、わからないもんですな、そのときどきによっていろいろに聴こえるというやつですが…。

その時分は、買物と申しますってえと、町内うちでたいがいが済んじまう。ねえ。えェ、ですからみんな帳面で買うんで、たいがいのお宅に借金というものがあって、決してこの借金というものは恥ずかしいものではない。ねえ？　みんな呑気なもんなんです。またあの、売るほうも今と違いまして、世の中がのんびりしておりましたから、「いつ払ってくれんです？」なんていう催促もそれほどきつくない。大変に呑気なもんでね。

「すいませんけども、ちょいと来月まで待ってくれませんか？　えェ、今月ちょいと苦しいんで」

「ああ、そうですか。しょうがないね、どうも。じゃア待ちましょう」

なんてんで、これが来月から再来月ンなって、どんどんどんどん先に送ってっちゃうン。それでも、それほどぐずぐず言わなかったというのは、やっぱり世の中が呑気だったからでしょうな。そういうような、「あるとき払いの催促なし」みたいな勘定でも、しまいには踏み倒しちゃおうなんというような、悪いやつがいたんだそうですけどもね。

「(女房、途方に暮れ) うゥーン、どうすんだい、お前さァん、ええっ?…呑気だねーエ。(少し強く) 借金だらけなんだよ、うちはさァッ」

「(憮然と)…わかってるよォ。しょうがねェじゃねえか。なア…。ヘッヘ (うそぶくように) そんなことおめえ、いちいち気にするなよゥ。なア。イヤおれだっておめえ、銭稼ごうと思うからよ、毎日のように出かけてって、やってんだがな、どうーもここンところ (賽の) 目が逆らってやがんだ。なア! おれが丁と張るってェと半と出やがるしねエ。半と張るってェと丁と出やンだ。癪に障るから丁半と張るってェと、さいころが重なってやァんだい。ねエ。どうにもしょうがねェぜ本当に。だから、おれァもう諦めちゃってんだがなあ…、うん。(こともなげに) おめえもそうだよ、え? あんまり気にしねえほうがいいよ、なあ。借金なんてものはな、返さなくちゃいけねえと思うからこそ辛くなるんだよ、え? んなものァ、もらったもんだと思やいいんだい、ええ? うー、返そうと思わなきゃいいんだよ」

「冗談じゃないよォ。そんなことで世の中済むもんかねェ、ええ？　本当にお前さんは呑気なんだから」

「しょうがねえじゃねェか。銭がありゃア払うんだよ、ねえ！　銭がねえものをどうすんだい。向こうだってまさか首を持ってこうとはしねェだろ。なあ。だからおめえも呑気にね、落ち着いてなくちゃだめだよッ」

「落ち着いてなくちゃだめ…お前さんはね、ええ？　のべつ外へ遊びに行っちゃってるからいいんだよ。あたしゃお前さん、家にいてさあ、ねえ、入れ替わり立ち替わり入ってくる借金取りにその言い訳でねえ、もう、くたびれちゃってんだよォ。嫌んなっちゃうよォ、本当にィ」

「まだそんなに来るのかあ？」

「もーお、たくさん来るよ、え？　中にはね、もう、諦めちゃったのもいるけどさあ、ええ？　結構来るんだよォ。ちょくちょく来るのもいれば、たまに来るのもいるしさ、ね？　ちょくちょく来る中でも、言い訳しいいのと、言い訳しにくいのといるのさあ」

「言い訳しにくいってのはどういうんだい？」

「ほら、たまには返済やってるとかなんとかってんだったら、あたしだって言い訳しいいよ。まるで返済ないって店だってあんだ…長ァいことさあ…。ねえ？　そういうところはしょっちゅう来るよ。毎日（まいんち）来るとこだってあるんだよ」

「どこだい、毎日ってのは？」

「あのほら、深川から来るさあ、え？　あの、損料屋の丈八（じょうはち）って男だよ」

「ああ。あの、上方者（かみがたもん）か？」

「そう」

「まだ来てやんのか？」

「そら来るよォ、向こうだってさァ。ねーえ、ことにあの人（しと）はひどい目にあってんだよ。いいかい？　損料屋というものはさ、ねえ？　なんか品物を貸してその貸し賃をもらう、これが商売じゃないか。ね。だからうちにしてみりゃアさ、ねえ、あの人から着物を借りるとか…なんか借りて、ね、で、返す日が来て、これは借りた着物…損料物、で、はい、これは損料賃でございますって、こういうふうに勘定するんだろ。ねえ？　借りた物を返して、で、損料賃が払えない。これで初めて借金になるんだよ。ね？　お前さんの、そうじゃないんだもの。あの人（しと）からさんざいろんな物を借り出してさ、それをそのまんますぐに質屋に入れちゃうじゃない。ね？　返すときンなって、損料物がない、損料賃も払えない。そんなことずうっとやってんだもの、そりゃアお前さん、向こうだって元本（もと）を取り返そうと思うからさあ、毎日（まいんち）のように来るんだァね」

「へっへっへっへ、そうかァ…。いや、そら、そうでねえんだよ。ねえ。いや、徴れねえとわかっていながらも野郎がいまだに毎日来るってェのはな、他に訳があるんだい」

「ふうん、なァに？」

「…おめえに惚れてんだい」

「え？」

「おめえにさァ」

「あたしに？ ふん（せせら笑いに照れをまじえ）、冗談言っちゃいけない、嫌だよゥあんな人、あたしゃア」

「おめえが嫌だったって、向こうがいいってんだからしょうがねえじゃねェか、なあ！ おれァ、そういうことァすぐにわかるよ。えエ？ うちイ来てるだろ。おれと話をしてたって目はおめえのほうぃっちゃってるよ。え？ たまにおめえが口きいてやってみねェな。嬉しそーな顔するぜェ。なア！ 間違いなく惚れてるよ。おめえの顔を見に毎日やって来るんだよ」

「（思いあたるふしもあるのか）ふうーん、そうかねえ？」

「そうだとも」

「ふうぅん……」

「きょうも来るか?」

「あア、そら来るさァ」

「よゥし。どうだい、え? あいつの持ってる損料物をな、そっくりと、あいつの懐に ある銭をそっくり、な? こっちイいただいて、野郎がもう二度とこの家に来られねえ ようにしてやろうじゃねえか」

「ふぅん? そんなことお前さん、出来んの?」

「芝居するんだ」

「え?」

「芝居」

「芝居を?」

「そうよ。まずなァ、おめえがちょいと手紙を書きねェ」

「誰に?」

「あいつにだよ」

「あの、丈八っつァんに?」

「そうよ」

「どんな?」

「おめえが（丈八に）惚れているというような手紙を書くン、な? で、何度か、まア、前に逢ったてェやつだ、なあ? で、また近々亭主の留守に、なんとか逢いてえ…、というようなさ。そちらの都合はいかがでございますか…みてえな、そんなことォおめえ、女言葉でうまい具合にスウーッと書いて、ね? うん。『恋しき丈八様、焦がるるお駒より』ってなことをこう、書く、ね? これァおめえ、大事な小道具だよ、こいつが。なあ! これをおめえがあいつに渡そうとしていたのを、おれの前でもって落っことしたと、こういう…、ね、これァ事の発端だよ。ね。（得意そうに）こっからスウーッと幕が開いてくてェやつだ」

「ああそう。で、どうなんの?」

「ね? 野郎が来る頃合いを見計らっといてね、二人でもって喧嘩始めるんだよ、ねえ? おれが、『ヤイッ、ふてえ女だ、ふざけやァって。よくもおれの顔に泥ォ塗りゃアがったな。もう勘弁ならねえ!』ってなこと言ったら、おめえが一生懸命謝るんだよ、え? 『勘弁してくださいよッ』『そうはいかねえっ!』ってんで、え? おめえのこと、おれがひとつ、（手を打って）パアーンッと張り倒すから」

「や、嫌な芝居だねえ…（つくづくと）嫌な芝居だねえ!」

「大丈夫だィ、そこンところ芝居だから。やんわりといくよ、やんーわりと。な、うん。ね？　と、おめえ、そこイすーッと野郎が入って来っだろ、ね？　そりゃ、てめえが惚れてる女が叩かれてんだ。放っとくわけァねえや、ねえ。『まあまあまあまあ、待ちなさいよ』ってんで止めに入って来たら、今度はあの野郎をおれがパカッと（手を打ち）、張り倒しちゃう」

「かわいそうじゃないか」

「かまやしねえよ、な？『さア、この野郎、よくおれンんところイ来られるな、え？　すっとぼけやがって、この間男野郎めェ！』。そこでもっておれが怒鳴る。向こうは驚くよ、え！『なにが間男だい？　何を証拠にそんなことを言うんだい？』ったら、『これが、これが動かぬ証拠だ』ってんで、おめえの書いたその手紙を野郎の前へポーンと放り出す。あいつだって読むよ、え？　身に覚えのないことが書いてあったって、自分が普段惚れている女が、やはりおれのことを想っていてくれるのかと思うってえと、嫌な気持ちはしねェや、ねえ？　なんだか知らねえけど、ホワーッといい心持ちンなる。そうだろ？　ねえ！『さあ、てめえ、そんなにこの女が欲しかったらくれてやってもいいけれどもな、この女と一緒になるについちゃアな、えエ、間に親分が入ってたいへんな騒ぎをしてるんだィ、なアッ。どうしたらいいかうかがってくるから、てめえたち、そこを動くなァ！』ってんで、おれは言いてえことォ言って、ピューッと、ま、家(うち)イ飛び出しちゃうよ、ね？ そしたらあとは、おめえに任せるよ。おめえの一人(しとり)舞台だ」

「どうすんの？」

「どうすんのったって、そんなところはおめえ、なんとでも出来ンだろう、ねえ？ 野郎にこう、しなだれかかってよ、涙の一粒もこぼして、ね、『ごめんなさいね、こんなご迷惑をかけちゃって。だけどあたしゃ、お前さんのこと好きなんだからしかたがないじゃないか』ってんで、いろんなおいしいこと、一杯(いっぺえ)並べろッ。なあ。そうするってェと、野郎は手紙を読んだあとだ、な？ うん、ボオーッとしてってところへまたそんなこと言われるから、よけいポオーッとしちゃうよ。ねえ。思わず知らずおめえの肩に手をかける。あるいは膝の上ェ手を置くってえやつだ、なあ？ いいかい、おれが来るまでつないでておくれよ。ねえ。手を払いのけたりなんかしちゃいけねェぞ、いいか？ うん。ンなことァあんまり気にしねえで、なあ？ うん。向こうがしたいように、とにかくさしといてやれ。こっちもそんなにな、長いこと待たせねえから。頃合いを見計らっといて、ポーンと飛び込んでくる。『やい、この野郎、ええ？ やっぱり見つけた。間(ま)違(ちげ)えねんだ、こんちきしょう！』ってんで、さア、そこでもって怒鳴るよ。『親分に聞いてきたら、好きなようにしていいってェから、てめえたち重ねといて四つにしてやるゥ』ってなこと言っておれはタアーッて台所行ってよ、出刃庖丁持ってきて、な、野郎の鼻っ先でもって、（逆手に振り回し）ピカピカピカピカ光らすんだ」

「錆びちゃってるよォ？　ピカピカ光んないよォ？」

「んん、じゃ、ビカビカでもなんでもいいんだよォッ。なあ？　でもって、野郎の目の前にグサアーッてんで出刃突き立てるってェやつだァ」

「先が折れちゃってるからねえ、突き刺さんないかもしれないねえ…」

「じゃ、いいよ。畳の間にそおっと差し込まァ」

「だらしがないねえ。そんなことでもって効くのかい？」

「向こうはガタついてるから、ンなことわかりゃアしねェや、な！　え？　うん。さあ、ここでもっておれが『もう我慢が出来ねえから。なにしろこの女が悔しい。おれァこいつから先イ叩っ斬る』ってんで庖丁をパアッと振り上げて、え？　おめえを斬ろうとする…。（お駒の不安を打ち消すように）形だ、な？　これァ黙って見てるやつァいないよ。『まあまあ、まあまあ、ちょいとお待ちなさい。待ってくださいよ』ってんで間に入ってくる。え？　うん。そうなるってえと終えにね、『すいません。あたしが悪い。あたしのこと、どうのこうの』…一生懸命謝っているうちに、なんだか知らないが、本当にそういうことがあったような気持ちに、野郎でもなんでもなっちゃうもんだ。そういうことになりゃ…。ねェ？ うん。『勘弁してくれ？ よおし、勘弁してやらねえことァねえ。おう、おめえの持ってるな、損料物、ねえ？ 懐にある銭、ねえ？ そっくりここに置いて行け。いいかァ！ なあ！ 本当だったらてめえなんざ、生かして帰すやつじゃねェんだけれども、なあ、長年の付き合いだからそのぐらいで勘弁してやるんだ。いいか、二度とここイ面ァ出すんじゃねえぞ。こんだ面ァ出しゃアがったら、てめえは生きてねェもんだと思え！』ってんで、パアーンと蹴出してやるんだよ。そうすれァもう二度と来ねえんだ、やってみねえかァ？」

「（毒気にあてられたようで）ううん…そんな具合にうまくいくかねェ？」

「大丈夫だよォ、ええ？ おれァおめえ、そういうことァ慣れてんだから。なあ！ おめえがちょいとその気ンなれァできんだよォ」

「そうかい？ ううん…（気は進まないが）ま、ねえ…かわいそうなような気がしないでもないけどさあ、まぁぁ…借金だらけだしねえ」

「（気短かに）だからいいからよォ、やんなよッ、ええ？ まず手紙を書きな」

「書きなったって、どう書いていいかわかんないからさァ、お前さん書いとくれよォ」

「男の筆跡じゃアだめなんだよ。やっぱお前の筆跡じゃなくちゃいけねえ。え？ 文句はさっきおれが言ったろ。あんなようなことを、それらしく書きゃアいいんだ、それらしく。えエ！　早く書きねえ！……書けたか？　よし、ちょいとこっちイ見せな。え？　どれどれ。……うん…おお…うん…なるほど。いいじゃアねえか。え？（我が意を得て）ああ、結構なもんだ。なッ。へっへっへっ、よしよし、じゃ、これは大事な小道具だ。な、こっちイこう置いとくよ、な？　うん。じゃ、ちょいとひとつ、あいつが来る前に稽古をしてみようか？」

「稽古？」

「そうよ。こういうことァきっちりやっとかねえってェとな、途中でおめえ、うまくいかなかった日にァ締まんねえんだから。な？　うん。やってみようじゃねェか、な。まずおれが怒鳴るから、そしたらおめえ、謝るんだよ。いいか？　やってみよう、な？　うん。（腕をまくり大声で）さあッ、この女、ふざけやがってェ！　よくもおれの面に泥ォ塗りゃアがったなッ！　もうおれァ勘弁できねえ、こんちきしょう！　えッ、本当に！　もう…（お駒がいっこうに乗ってこないので）、何してんだよォ…、早く謝んなよ！」

「（気もそぞろに）え…、あっ、こ、ここかい？　はあ…、うん、（実感なく棒のように）アノ、ゴメンネ」

「……（あきれて）子どもが遊んでんじゃないよっ。おれは仮にもおめえ、かかあを寝取られた、で、ワッと怒ってるてェ芝居なんだから、なあ？　おめえのほうだって謝んのにそんな謝りようがあるかい？　もっとおめえ、一生懸命謝っておくれよォ」

「ううん、厄介だねえ本当に」

「いいかあ？　やるぞ、もういっぺん、な。（また大声で）さあ、この女、ふてえ女だ。なア！　えエ？　ふざけやがって。よくもおれの顔に泥ォ塗りゃアがったな、もう勘弁ならねェッ、こんちきしょうッ！」

「う、あ、あ、ン、それはね、ん、（とぎれとぎれに、無感動に）あの本当に、まことに、申し訳ないんで、も、本当に、ごめんなさいよ」

「じれってえな、おめえは。ほんと…どうしてそう下手くそなんだろねえ、え？　なんとでも言いようがあるじゃねェかァ。え？　『お前さん、すまないね。あたしゃア魔が差したんだよ、どうか勘弁しておくれよ』って。これっぱかりでもいいんだよ。それらしくやりゃアいいんだよ。言ってごらんよッ」

「（嫌そうに）んん、厄介だねえ、どうもォ。んん。（しぶしぶ、いくらかそれらしく）どうも、お前さんすまないね。あたしゃ、魔が差したんだよ。ん、勘弁しておくれ」

「そうそう、それをもうちょいと、気を入れてやっとくれよ。いいかァ？　な？　そしたらおれが…『なにッ！　勘弁ならねえっ！』ってんで、それでもっておめえのことをパアッ！（殴る）」

「あいた（と頬を押さえ）……（抗議するように）痛いねッ！」

「……稽古だよ」

「（怒って）稽古のうちからポンポンポンポン、ほんとに叩かれて、たまんないよッ」

「（言い訳がましく）いや、いま、今ちょいと触ったン」

「ちょいとじゃないよッ！　しっかり触ったよ、本当に。…も、本当に、嫌だねえ」

「大丈夫だよォ。い、い、今たまたまそうなったちゃっただけの話だい。ほんとはそんなことァないよ、心配するな、な？　おれがポカポカッと（と筋書きを省略する心で）、そ、そこへその、野郎が飛び込んでくると…。ここンところうまい具合に合わせねえってェとな、え？　うまくいかねえから、え？　金儲けだから一生懸命やっとくれよ。謝るところなんかな、もっとおめえ、気を入れて、『（必死の様子で）はあ、お前さん、すまないねェッ、勘弁しておくれっ！』って、こういう具合にやんなくちゃだめなんだい。え？　わかったァ？　うん、な。その調子でやっとくれよ。あとは、さっき言った筋書きの通り、おれが一人でもってポンポンポンポォンっと嚇かしてやっから大丈夫でェ。心配するねエ、なあ。……（声をひそめ）おい、足音聴こえてきたい。えっ？　もう来る頃だろ？　来やがった。よしっ、始めるぞ」

「は…わかったよ」

「いいか、いくぞォ。（咳払いして）…やい、この野郎！　てめえふてえ女だなアッ。よくも恥をかかせやがったなっ！　おれの顔に泥ォ塗りゃアがって！　もォう勘弁ならねえっ！」

「（真に迫って）…お前さん、あたしが悪かったよ。魔が差したんだから勘弁しておくれ」

「なにョウ言ってやんでえ、誰が勘弁なんぞするもんかッ！　コンチキショコンチキショ（と口早に言いつつ滅多打ち）………、本当にィッ。え！　もう、（と息まいたが）…ふう…ほう……（見慣れない来訪者に）なんだ、おめえは？」

「（田舎言葉で）ええ、束子いりませんかねえ？」

「いらねーーーえェっ！（思い切り叫び）こんちきしょうっ！（われに返りお駒に向かって）大丈夫かあ？」

「……ああ痛い。お前さん、夢中で叩いてたねェ？　本当にまあ私のこと無器用だとかなんとか言いながら、お前さんのほうがよっぽど無器用じゃないかァ！　さっきなんてったい？　芝居だってそう言っただろ。芝居らしくやっとくれよォ。ん、やんわりやるなんて、やんわりじゃないよォ。痛いねえ、本当に」

「いや、い、い、今ァ悪かった。またな、本当に、あんなところイ束子なんぞ売りに来やがって、冗談じゃねえ本当に。え？　うん。大丈夫、今度、あんまり叩かねえ、な。

うん。（また声をひそめ）おっ、また来やがった。え？　間違いねえ。いくぞ、いいか、わかったな」

「うん」

「さあ、この女、ええ！　本当にふざけた野郎だ。よォくもおれの顔に泥塗りやアがったなっ！　もう勘弁ならねえっ！」

「そんなこと言わないで、お前さん。あたしが悪かったよ。魔が差したんだから勘弁しておくれ」

「冗談言っちゃいけねえ、誰が…コンチキショ（とまた滅多打ち）コンチキショコンチキショコンチキショコンチキショ、コンチキショ、本当にィ！　ええ！　もう勘弁ならねえぞォッ、本当にィ、ええ？　んん、ほん……（足音が素通りしたので）…すまねエ、糊屋の婆さんだ」

「（切れて）もう嫌だよォ、あたしゃア！……顔が腫れあがっちゃったじゃないかァ。…うん、こんなことするぐらいだったら言い訳してたほうがよっぽどいいよォ、あたしゃア…」

「んんん、そんなこと言うなよォ。金儲けンなるんだからよォ、なあ？　うぅ、少しぐれえ痛えのォ我慢して、やっとくれよォ。いや、あいつが来る時刻だろ？　だからおめえ、足音聞こえるってェとこっちは、え、ついつい焦ってやっちゃったんだよ。ねえ…。今度はちゃんと確かめるから。ほ？（と耳をすまし小声で）おい、足音聞こえてきたぞ」

「見とくれよォ。見といでよォ」

「わかった、見つくるよ。（外をうかがい）……おい、間違（まちげ）えねえ」

「えっ？」

「間違いないよ。野郎だよッ。う、嬉しそうな顔して、え、こっちィやって来たぞ、うん。さ、じゃいくからな。いいか、うん？　頼むよ。少しぐらい当たるかもしれないけど我慢するんだよ、わかったな」

「うん」

「…（思い切り叫んで）さーアッ、この女（あま）ァ！　ええッ！　ふざけやァってェ！　よくもおれの顔に泥塗りゃアがったなっ！　えッ、もうおれァ勘弁できねえッ」

「お前さん、あたしが悪かったんだよ。ね、魔が差したんだよ。どうか勘弁しておくれ！」

「誰が勘弁なんぞするもんかァッ！　（打ち据えて）コンチキショコンチキショコンチキショコンチキショ…」

「（上方弁で）ええどうも、ごめんやす。（目撃してびっくり）あっ、あれっ！　ちょっ、ちょっ、長兵衛はん、あんた、な、な、何してまん、何してまんねん！　ちょっと、ちょっと、ちょっとあんた、あんた、(ととどめようとし) ま、ま、待ちなはれ、待ちなはれ！」

「うるせエ、(丈八を一発叩く) こんちきしょっ！」

「アイタ…アイタ…、あ痛ァ。…痛ァあァ。…あんた、何をしまんのやあ？　痛いがなあ…」

「何言やんでェ。え、おう！　おめえはよくもおれンんところイそうやって来られるなあ、ええ？　とぼけやがって。間男野郎！」

「マオトコ？… (大きく息をして) 長兵衛はん、あのな、あんた、言うてええことと悪いこととおまっせェ。えエ？　わてが間男？　いっ、わてが！」

「とぼけるなとぼけるなッ。えエッ？　わかってるんだよォッ。ネタはあがってらァ、なあ！　動かねえ証拠がこいつだ、なア！　おうッ (と手紙を渡し) この手紙読んでみろい。えエッ？　そいつァなァ、このお駒がよ、おめえに渡そうと思って書いたやつだ。悪いことってのァ出来ねえもんだい。おれの目の前でもってストッと落っことしたい。そいつをおれが拾って読んじゃった。てめえたちのことはしっかり (と自信たっぷりに) 知ってんだ。なあ？　とぼけたってだめだよッ。えエ？　おめえがそんなになァ、この女欲(あま)しかったらくれてやってもいいんだ。なあ。ただ、こいつと一緒ンなるときにゃアな、八丁四方かまわれてよォ、なア、今の親分が間に入(へえ)って、それで、一緒にしてもらったんでェ。だから勝手な真似、おれにァできねエんだ。これからおれァなァ、親分のところイ行ってどうしたらよござんしょってんで、え？　うかがってくるから、それまでてめえたち、ここ動くんじゃねえぞ。わかったな。じゃ、おれ行っつくるから」

「ちょっと、ちょっ、ちょっ、ちょっ、長兵衛はん、ちょっとあんた、待っとくれ！　いや、そ、そ、そ、そりゃな、そりゃあんた誤解や！」

「なにヨウ言やァんでエ、ちきしょうっ！　えエ？　おう！　おめえたちなァ、こっから逃げようったってそうはいかねえぞ。えエ？　てめえたちが逃げたってなあ、逃げきれるもんじゃねエんだい。草の根ェ分けたってこっちは探し出して、本当(ん)(とう)にちきしょう、叩っ殺すからなあッ。そのつもりでいやァがれッ！（出て行く）」

「ちょっ、ちょっ、ちょっ、長兵衛はァん！（泣き声になり）ちょっ、長兵衛はん（諦め）…、あんたそりゃ誤解や。……ああ痛ァ、ああ……、あ、痛。（あえぐように）……お駒はん、…これェ、どないなってまんのや？」

「（淡々と）すいませんね。…いえ、あたしがさ、前からお前さんのこと好きだったもんだからね、それで一度ゆっくりお話ししたいと思って、…で、きょう、その手紙を書いて、渡そうと思ってたんだよ。それをね、あいつの前で落っことして読まれちゃったの。ん、お前さんにご迷惑かけちゃってまことにすまないけど、でもさ、あたしが、お、お前さんのこと好きな気持ちってのは、変わらないんだよぉ」

「…（にわかになごんで）えへ、ほんまでっか？　おおきに…。えへ、いやあの……あのな、ほんま言うとな、お駒はん、わてもあんたのこと、好きやねん。（嬉しそうに、恥ずかしそうに）えへへっへっへっ。前から好きや。うん。でね、もう長兵衛はんのこと、うらやましくてなあ、あんなええおかみさん持って、まーあ仕合せな人やと思ってましてん。へェえ。そやけど…、ひどいお方や。ねえ？　こんなええ女子を、まーあ苦労させてなあ、汚い着物にくるんで…。ええ？　は…（と息をついて）。もしな、あの…、例えばの話でっせ。え？　ええか、あの、わてがあんたの…ご亭主やったら、そらあ大事にしまっせェ。ええ？　あんた大事にせな、神さんの罰が当たりまっせェ。えェえ、ほんまや。…でもなあ、わてがいくらそないに思うても、あんたは他人様の持ち物や、ねえ。ふッ（とさびしく笑い）、世の中ままならんもんで…。なあ、ふ……（ともう一度さびしく笑う）」

「（じっと聞いていたが）……あの、丈八っつァん？　それ、お前さん本気で言ってんの？」

「そうや」

「そう。……（何事か期するように）あのね、本当のこと言うとね、これ芝居なんだよ」

「芝居⁉」

「そう。あいつが考えたんだよ。え？　お前さんを強請ろうとしてんだよ。ねえッ。いやっ、断っとくけど、こっから先は違うよ」

「へっ？」

「今、お前さんの様子を見ててね、あたしゃ、ま、本当にこの人はやさしい人なんだなと思ったの。もう、あいつが乱暴者だろ。やさしい人がよくてしょうがないんだよ。ねえ？　うん。だってさァ、たいがいの者だったら、あんだけ嚇かされて、張り倒されたり蹴られたりしてだよ、ねえ、待ってろったって待ってるもんじゃないよ。あたしを置いて、そりゃ逃げちゃうさ。それをお前さんこうやって、あと何されるかわかんないのにね、あたしの目の前にいてくれるってのは…嬉しいじゃないか。いや、あたしゃね、あいつとね、別れたいと思ってんだけどさ、ねえ、そんなことちょっとでも口に出してごらん。え？　何されるかわかんないからね、今までじっと辛抱してたんだけど…。ね、（思いをこめて）嫌だったら断っておくれ。いい？　ね？　あの…、あたしのこと、どっかへ連れて逃げておくれでないかねェ？」

「…（信じがたく）へっ？　あの…、わてが、お駒はんを？　へっ？　（おずおずと）嘘やないな？　ほんまでっか？　へっ？　（なお半信半疑）芝居と違うやろか？　ほんまに？……（得心がいき）よっしゃア！　逃げまっせ。えッ？　わてなァ、あんたのためやったらなんでもしまっせ。どこへでも逃げまっさ。な？　ほな、上方行きまひょ。ええ。仰山知ってる者おますわ。な？　いやあ、心配いりまへん。え。さ、さ、さ、じゃ、ほなら、あの、は、早いほうがええ、な、さあ。…（大きく溜息して）けどなあ、そないな着物着てたんではなーあ。うゥ（とちょっと考え）、そやそやそやそや（と包みをあけ）、ちょっ、よっ、ほっ（と着物を出し）、このなあ、損料物やけど、中にな、あの、柔らかいええ物も入ってます。ええの選んで着とくなはれ。は、早くしなはれ、え？　戻ってこんうちに、さ、早く早く。え、わてあすこでもって見てまっさかいなッ」

「あの、丈八っつァん、（着替え、はずんだ気持ちで）これでどうかしら？」

「へっ？　（見て）あっらまーあ……きれいな、まあ、あんた素地がええからなあ。そりゃ着映えするわあ。ひゃあ、きれいやきれいや。あっ、ほな、あの、早う逃げまひょ」

「ちょっ、ちょっと待っとくれ。ね。なにしろ、わずかの間でもさ、夫婦でいたんだから、ね、なんかちょいと書き残していくから、ちょっと待っとくれよ」

ってんで手紙を書いて、手に手をとって二人が逃げちゃった。

長兵衛のやつは家を飛び出すってえと、しばらく間をつなごうってんで友達の家イ、

「おうッ、ちょいとすまねえ、つながしとくれェ！」

「なんだい？　なんか用かい、兄貴？」

「いや用じゃねえんだい。ちょいとつなぎにおめえンところイ寄ったんだ」

「ああそうか。ゆっくりしてっとくんな」

「ああ。（上がってくつろぎ）ちょいとな、金儲けがあるんだい。ええ？　うん。いや、なにがって、ちょいと今は言えねんだけれども、ま、あとで教えてやるよ、なあ？　銭が入ったらおめえにもおごってやろう、な。で、すまねェんだけれども、ちょいと一杯飲ましてもらいてえな」

「ああ、結構結構、結構。（女房に）おう、酒屋行って酒買って来い」

酒を買ってこさして、そこでもって二人で酒盛りが始まっちゃったン。ねえ。ばかなやつってのはしょうがないもんですな。いーい心持ちでもって酔っ払って、そこで二人で寝てしまう。とうとう夜が明けてしまいました。

「兄貴ィ、兄貴」

「（起こされ）おうっ！　うう、う、なんだい、え？　なんだい」

「なんだいじゃない。夜が明けちゃったよ。なんか、金儲けの話」

「え！　か…、あっ！（慌てて起き上がり）おい、ばかやろう、なんだよォ、なぜ早く、お、お、起こさねえんだよッ」

「いや、おれも寝ちゃったんだ」

「しょうがねえな、本当に、え？　うん、お（と気がつき）、そうッ、おめえンとこ出刃はあるか？」

「出刃？　おう、ちょっと待ってくれ。おう、これでいいか？」

「おう、よし、これでいいや。な。じゃ、こいつちょいと借りるよ！」

ってんで出刃庖丁を持ってパアーッと自分の家イ駆け出してくる。

「（思い切り高調子で）やいッ、こんちきしょうッ！　さアッ、えエッ？　親分のところイ行って話聞いたらな、てめえの好きなようにしろってそう言ってたから、なアッ、てめえたち重ねといて、（二人の姿がないので）四つにしてェ、（気勢をそがれ）…八つにして、…十六にして、……いねえじゃねェ…。お駒！　おう！…（ひとりごつように）どこ行きやがったんでエ。ええ？　ん？　（と書き置きに気づき）こんなところイ…手紙が載っかってるね。（表書きを読み）『長兵衛様』。ははあ、そうか！　どっかへ連れて行きゃアがったな、うん（と、我が意を得て）。そうに違えねえや、なア！　へへ、『こういうところにいますから、是非来てくださいよ』ってンて。ええ？　これがほんとの動かぬ証拠だ。金儲けが大きくなっちゃってありがてえや、どうもな。ええ…(と読み始める)『ひとつ書き残しおき候』。ふんふん。『あなた様と…の…お約束は、嘘から出たまこととなり、真に丈八様を恋しく思うようになり申し候』んん？『それに引き換え、お前の悪性、お前と一緒に添うならば、つぎはぎだらけの着物着て、朝から晩まで釜の前、つくづく嫌になりました。ああ、嫌な長兵衛づら、ちいちいぱあぱあ数の子野郎』…なアんだいこりゃア？『丈八さんと手に手をとって永の道中、変わらぬ身もと相成り申し候。書き置く…べきこと、他にも多数あれ…ど、急ぎ参らす…、え、まずはめでたく…かしこ』。なにがめでたくだッ！ こんちきしょう！ ふざけやがって。どうしてくれよう！」ってんでやっこさんが表へパアーッと飛び出すってえと、向かいの屋根で烏が、

「アホウ、阿呆」

解説

「お駒長兵衛」の略である。落語は特定の作家が創作したというより、ほとんど歴代多数の演者がさまざまに演じる過程でふくらんだり絞られたりして整ってきたものだ。題名も楽屋での識別のための呼び名が変化しつつ定着する場合が少なくない。『駒長』は、そんな歴史をしのばせる題名である。

お駒の名は遠く「白子屋政談」につながる。享保十二(一七二七)年のこと、江戸日本橋の本材木町(現在の江戸橋・宝町あたり)の材木商白子屋の一人娘お熊は番頭忠八と不義の仲で、邪魔な婿の殺害未遂事件を起こした。男をそそるタイプ、とびきりの美形だったらしく、市中引き回しで刑場へ向かう際に派手な黄八丈を着ていたことなどが妙に人々にアピールし、以後さまざまなフィクションのモデルになった。この事件は、実証される唯一の「大岡政談」なのだという。

代表的な作品をあげれば、古く芝居に『恋娘昔八丈(こいむすめむかしはちじょう)』がある。白子屋が城木屋、お熊と忠八がお駒と丈八になっている。落語『城木屋』もお駒と丈八だ。講談には『白子屋政談』があり、人情噺には『髪結新三』がある。実際の事件では末端の一関係者にすぎない髪結いの清三郎という男を主人公に仕立て、お熊と忠八を脇役にしている。

この人情噺を河竹黙阿弥が芝居にしたのが一連のフィクションの打ち止めであり、現在も歌舞伎で人気の『梅雨小袖昔八丈（髪結新三）』である。お駒はお熊に戻ったが忠八は色男らしく忠七に変わっているが、『駒長』は『恋娘』の「お駒丈八」にあやかっているのだろうか。

長兵衛は『梅雨小袖』で髪結新三をとっちめる老練な家主の名前に因んでいるのだろうか。

五代目古今亭志ん生が〝珍しい噺〟と前振りした録音があり、そういう意味からも古今亭の家の芸のひとつになっている。志ん生の表現はごくあっさりしたもので、三人の人物も通り一遍に描かれていた。丈八の人物造形も平凡だし、お駒がばかばかしい美人局の稽古をいやがるのも痛い思いをしてからなのだ。むしろ最初は稽古をふざけ半分にやって笑いをとっている。

志ん朝は弱そうにみえて実はしぶとい上方商人のねちこさを見事に描出しているし、お駒の心変わりを唐突にならないよう、くどくはないが周到に手順を踏んでいる。

「志ん生と志ん朝が好き」と簡単に言う人は多いが、両者の芸には異質の要素が少なくない。

三年目（さんねんめ）

ええ、よく、噺のほうでご婦人を採り上げますけども、うゥ、やっぱりご婦人というのは、え、いいもんでしてェ…、(宣言するように)あたくしは、好きです。ンなことは…(と、照れて)。ただあの…、ご婦人のよさってえのァ、いろいろでしてね。え、かわいいところがいいとか、健気なところがいいとか、ええ、いろんなことを言いますが…。あのォ、「恥じらい」という言葉がありまして…あたくし、この言葉、好きなんです。ね、「恥じらい」という…。これァもう本当に、若いご婦人に、こう、ピタッと当てはまりますな、「恥じらい」というと。なんかこう、奥床しくっていいなァという…。色の白いところに、パアッと赤みがさして、でェ、この、甘酸っぱいような匂いがするような、なんかそんな感じがして、本当にいいです、この「恥じらい」というのは。…で、この「恥じらい」から、いろいろとこうずうっと…、「遠慮」ですとか、あるいは「見栄」ですとか、そういうところにこう、伸びてくるんですね。でェ、この途中に「こだわり」とかね、いろんなことンなるんですが、ま、「恥じらい」というのはやっぱりその、若いうちですね。えー…、おばあさんの恥じらいってのァあんまり似合わない。やっぱり若い方だとこの「恥じらい」というのが、なんとも言えなくいいもんです。ところが男ってのァ本当に勝手なもんですから、自分がこのォ、まだ気持ちが新しいときには、その女性が恥じらっているところがなんとも言えなくいいんです。「わあ、かわいいなあ」とかね、「いいなあ」なんというような…。ま、最初のうちは、「いいなあ、遠慮をしていて」、ねえ？「奥床しいなァ」なんという気持ちンなるんですが、もう…何年も付き合ってきてね、お互いに手の内がわかってから、それでもまだ遠慮なんかしているってえと、もうイライラする。うゥ、身近でそうなんですから、そうでないところにおいては、なおさらそういうことってのァあるんです。

あのォ、例えばよく、あたくしたちがどっかへ出掛けまして、いわゆる公演をする、（地域の）寄席ェやる。奥様連中なんかにね、喜んでもらえて、終わってから、

「みんなでもって一緒に写真撮りましょう」

なんてんでね、で、写真撮ろうってことンなる。

「師匠、どうぞこの真ん中に」

なんてんであたくしが真ん中に坐って、そいでこのゥ、（奥様方が）今度は並ぶのにですね、こっちはもう汽車イ乗ったりなんかしなきゃなんない、時間（の制約）がある（のに）、これがまたもーう、なかなか決まんない。

「あのォ、奥様その隣りへ」

「いいええ、もう、奥様どうぞ」

「とんでもございません、もう奥様から」

「いいえ、もう滅相もない」

なんてんで、いろんなこと言ってなかなか決まんないともう、イライライライライラァーッとしてきます。こうなるとね、「んなもの、遠慮なんかしなくたっていいじゃねえかな本当に、誰でもいいからここへ…」(と思う)。もう、こうなるってえと、あたくしもはっきり言っちゃう。

「もう時間がありませんから！ 早く坐ってくださいッ！」

無理にパアーッと坐らしちゃう。そういうようなことってのァあるもんですね。

そいからこの、見栄。ま、初めのうちは自分も結婚したんだから、ね？ いい奥様と言われようという、そういう見栄。これはたいへんに結構です。ところがあの、そうでない、ね？ 隣りの家《うち》があれを買ったからうちでも買ってもらいたい…、亭主を責めるという、こういう見栄はよくないですね。それからあの、そんなことべつにいい…、どうでもいいじゃないかということにこの、こだわりというものがよくあるんです。これァあの、もとをたどっていくってえと、「恥じらい」にも通じるんですが、も、恥じらいも色褪(いろあ)せちゃって、甲羅を経て、もうまるで…形も全然変わっちゃったんですな、こういうのは。もう本当につまらない（こだわり）、「いいじゃないか、そんなこと気にしなくたってえっ」と思うようなことってのァよくありますよ。ね？

　ちょっとォこのォ、出先でもって、それこそ近所で、…散歩かなんかに行ってね、喫茶店入って煙草吸おうと思ってポケットへ手ェ突っ込んで、「財布を持ってくんの忘れちゃった。まあいいや、この店(うち)ァ、ねえ？　ちょくちょく顔出すんだから、うう、あとでもって払いに来りゃアいい。またあの、コン次来たときに一緒に払おう、付帳(つけ)といてもらおう」なんてんで安心してると、そこイすッと入ってきた人に、前に一万円、何かで立て替えてもらったことがある。あ、この人には払わなきゃなんない。

「どうもすいませんねェ。忘れてたわけじゃない」

「いえ、いいんです、いつでも」

「いえいえ、そうじゃありませんよォ」

どうしようかなって考えますよ。ね？　コーヒーを付帳(つけ)といてってのァいいけれども、ちょっと一万円貸してってのァ…、そこまでまだこの店(うち)には親しくないン。弱ったなと思って、しょうがないから電話を借りて、うちイ電話かけて、

「すぐに！　すぐに持ってきてよ。あすこの角の喫茶店だよッ！　すぐに持ってきてェ

ッ！」

「わかったわよォ」

そう言ってくれたからこっちは待ってる。これが、なっかなか持ってこない。で、その方が帰ろうってえのに、

「ま、まあいい、まあいい、もう少、まあまあ、ま、ちょっと待…」

「いや、（ご返済は）いつでもいいんですから」

「いえ、いえ、本当に、もうちょっと」

なん言って、一生懸命引き留めて、三十分ぐらい経ってる。やっと、

「遅くなってすいません」

なんてんで持って来る。ひょっと見るってえと、普段滅多にうちじゃそんな恰好をしないのに、ね？　もうちゃアんと薄化粧なんぞをして、ブラウスにスカートなんかこう穿いて、それで、脇イ坐って一緒ンなってコーヒーなんか飲んでる。

そんなために呼んだんじゃア（扇子で床をトン）、ないッ！「金を持って来いっ」て言っただけなン。だから、普段うちにいる恰好でいいんですよ。ね、トレーナーの上下につっかけかなんかで駆けてくりゃアいいんでしょ？　ねえ、ところがその、女に言わせると、

「だって、どこで誰が見ているかわからない」

…誰が見たって何とも思やしないんです。それより人を待たしている（ことの）ほうが大切なんだから。ね？　こっちが心配だというのに、なんかものを測るのに、いつも自分のことから考えてるン。ねえ、そういうところでもってイライラァーッとするン。

昔ね、白木屋のあの火事なんてえのもねえ、ずいぶん女店員が亡くなったてえますが、あれなんかだってうかがってみると早い話が…あたくしはその場にいたわけじゃアないし、よく調べたわけじゃアないんですが、まあ年配の方にうかがうと、そういうことが原因で亡くなったという人がずいぶんいるんです。「こだわり」で、亡くなったン。「こだわり死」というやつです。下でもってちゃんとこういうふうにね（と広げた形）、シートやなんか引っ張ってたり、ねえ？　それから網やなんかこう（広げた形）やって、「はいッ、飛び降りなさいッ」…飛び降りても大丈夫なところで受けてんですから。それァ四十五階から飛び降りてくんのをこうやって待ってるばかァいません。で、このぐらいのところなら大丈夫だろう、飛び降りても大丈夫だ、受けらいるといって（広げて）こうやって待っているところを、この女の方たちが飛び降りられないン。ての、こわいんじゃアないんだそうですね。その時分のことですから、その、いわゆる腰巻きです。で、そのォ、その下に何か穿いてないン。だから…その、下に、野次馬がこうやって（顔を上へ向け）見てるン。であの、こう（普通に見上げ）やってたんじゃないんでしょうね、きっとォ。こう（首をひねってのぞき上げ）……。だからこのォ、恥ずかしい、見られちゃうというんで、飛び降りることができないで亡くなった女店員の方がずいぶんいたってことをうかがいました。今自分が生きるか死ぬかってえ（強調して床をトントン叩き）最中に、ンなところ見らいたってどうってことないですよ。ねえ、パアーッと降りて来て、「今見たな、（手を出し）いくらか寄越せ」って言ったほうがいいン。そういうところというのは、男にしてみるってえと、もう、イライラッ、イライラッとこうなる。それが原因で夫婦喧嘩ンなる。まあ、夫婦喧嘩というものもですね、えー、たまにやってですね、そして、喧嘩が収まる途端に、急に仲良くなる、なんというのは、これァいいですよ。ねえ？　結婚しても初めのうちはよくそういうことってのァあるんです。ちょっとしたことでもってパアッと、思わず知らず、きつく言うン。そうすると言われた奥さんのほうがもう、ちょっと軽いショックを受けて、めそめそっとしたりなんかする。泣かしちゃったなっと思うと野郎のほうが、まずいなこれァってんで、え、肩にやさしく手をかけて、ねッ？　それで、こう、

「悪かったなァ」

てなこと言うと、

「もうそんなこと言っちゃ…嫌」

抱きついたりなんかして、ね？　うう、涙が塩っぱかったりなんか…。あア、いいですよ、ああいうのは…。もう本当に近頃、そういうことないですねえ……。そういうのはいいんです、夫婦喧嘩も。ところが夫婦喧嘩をするとだいたい、疲れる。というのが…あの、外で喧嘩をしてうちイ帰ってきて休まるということがある。男の場合はですね、うちで喧嘩をしてると、外行って今度は仕事があるン。だから外で休めない。で、外で仕事をして帰ってきて、またうちで喧嘩するとなると、これ、休むところがないン。この往復の間に休もうということとんなりますから、うちで喧嘩してるとね、もう嫌んなる。もうとにかくこれはなんとか収めちゃおうってんで、無理にパアーッと収める。で、収まって（も）、それこそ仲良くなるわけじゃアないン。やれやれと思ってどっと疲れが出て、患ったりなんかする。…えエ、まあ喧嘩なんというのは今言ったような、ね？　もっと仲良くなるというような喧嘩だったら結構ですが、こらまあ、仲のいい証拠だそうですね。ご夫婦仲のいいというのは、ああ、本当に端で見ていてもいいもんです。本当に仲が良くなるってえと、もうとにかくお互いに心配して、ちょっとでも患うっていうと、もう、付きっ切りで看病をするなんてえことになりまして、

「(やさしく)おい、お菊や、お菊。ああ、起きてるかい? さあさあさあ、起きなさい起きなさい。ええ。さあさ(支えて身を起こさせ)、どうだ? ええ? 少しは気分がよくなったかい?」

「(消え入りそうな声、しっとりした言葉使いで)はい。あの、相変わらずでございます。あなたにはご苦労をおかけして、まことにあいすいません」

「何を言ってるン……、ええ? 夫婦の間じゃアないかァ、ねえ。そんなこと気にしちゃいけませんよ。それより、早くよくなっておくれよ。え? お前がね、そうやって患っているのは、自分が患うより辛いんだ、な? うん。で、お医者様もね、え、たいへんによくなってると、そうおっしゃってたよ。うん、でね、薬もね、きょうはたいへんに飲みよく調合してくだすったそうだ、な。さ、薬お飲み」

「どうぞ、そこに置いといてくださいまし。あとで、いただきますんで」

「そ、そら、あとはいけません。今すぐに飲みなさい。今飲みなさい。いやァだめだよ、ええ? あたしの見ている前でお飲み。ねえ? お前は近頃人が見てないってェと薬を飲まずに捨ててるそうじゃないか。いやァ隠したってわかってます。お清がね、庭の掃除をしていてお前が薬を捨ててんのを見たという。ねえ? 病人が薬を飲まなきゃアよくなりゃアしませんよ。ね? さ、早く薬を飲みなさい」

「いえ……（きっぱり）無駄でございますから、結構でございます」

「お前その…自棄ンなっちゃいけませんよォ、ええ？　そりゃ飲んですぐに効く薬なんてのはありません。ジワジワジワジワ効いてくるんだよ。そりゃ、じれったかろうがね、気長に構えて、え？　ゆっくり養生しなくちゃいけませんよォ。ええ？　それァね、う、効きます。効き目が出てくるってェと早いよ、え？　すぐによくなるから、ね。さ、お飲み」

「あなた…、あたくしに、隠していらっしゃる」

「何を隠してるン？　ばかなこと言っちゃいけませんよゥ、ええっ？　いや、あたしはねェ、お、お前に何一つ隠し事はない。商売のことだって家ン中のことだって、いつでも相談ずくでやってるじゃないか。何を隠してると言うんだい？」

「先だって、お医者様がお帰りになるときに、あなたを陰にお呼びンなってひそひそ話。立ち聞きなどをしては、悪いとは思ったんですが、気がかりでございますので様子をうかがっておりましたところ、お医者様が『あの病人はもういけない。早いところ皆様にそれとなくお別れをさせたほうがいい』と、（涙声めいて）そうおっしゃってたじゃアありませんか」

「おい……ばかだね、お前はァ。なァんだってそんなことをするんだ、ええ？　（うろたえ気味に）そんなはな（し、とまで言わず）、いやァそれァね、それァあたしは、そら、お前には、い、言ってませんよ。言ってませんけれども、別に隠してたわけじゃアないン。え？　そんなくだらない話をなにもお前に言うことはないと思って、ただ言わなかっただけだよ。ええ？　あんなお前、あんな医者の言うことを真に受けちゃいけませんよ。ええ？　ああ。あんな医者は言うことがあてンならないんだから、ええ？　ひどいもんだ、ありゃア」

「あなた、たいへんな名医だとおっしゃってたじゃアありませんか」

「いや、それァ…名、名医だと思ったんだよ。ところがよォく見るってェと、名医じゃないよ、あれは。ええ？　たいへんな藪医者です、あれァ。よくあれで医者が勤まるねエ。ばか者です、愚か者。与太郎だ、あれは。うん。あ、あんなもの、う、そ（う、と何をか思い）…、だめです、医者を替えましょう。ね？　いや、あたしの知り合いでな、たいへんな名医をな、知っている者がいる。え？　前々から勧められていたン。そのお医者様に替えようじゃ…」

「いいえ、もう結構でございます。…（ため息し）あのお医者様で、あなたもう六人目じゃありませんか。どのお医者様にも見放されて、あたくしはもうすっかり覚悟は出来ております。しょせん助からない命なら、早く楽になりたいと思ってますが、たった一つ、気がかりなことがあって、いまだに臨終しかねております」

「ふうん、な、なんだい？　ええ？　いや、それを聞いてだよ、あたしがなんとかしてやって、お前の気がかりがなくなって、え？　お前に臨終…されたら困る。う、だけどそれ、聞かないとなるとまたそれ、気ンなりますね、ええ？　こっちが気がかリンなるよ。……あッ、わかった！　いや、あのねェ、その気がかりというのが禍をしてるン。ね？　それでお前の病がよくならない。だからね、そのこと、あたしに話してごらん。ね？　なんとかあたしがしてやる。お前の言うことだったら、出来ることはあたしはなんーでも、してやるよ。ね？　望みをかなえてあげる。そうすればお前のその気がかりがなくなるから、今度は臨終どころじゃアない、逆にどんどんどんどん病がよくなってきて、しまいにゃ治る。え？　話してごらん。なんだい？　え？　お菊や、言ってごらん」

「……でも……きまりが悪くって……」

「（舌打ちし）お前ね、夫婦の間できまりの悪いなんてェことァないよッ。ましてこの最中じゃアないか。あたししか聞いてる者はいないんだよ。なんだってかまわない、言ってごらん？　他に（と見回し）…、誰もいないんだ。いるのは猫だけですよ。ね？　猫はニャン（何）とも言わないんだから。ねッ、かまわない、言ってごらん、えッ？　お言いよ」

「そうですか。それでは、お話をしますが、あたくしはこちらに嫁いでまいりましてから、今日まで、(心をこめて)何一つ不足のない、本当オに仕合せな毎日でございました。それというのも、あなたがあたくしのことを、やさしくかわいがってくだすったからです。(弱々しくもやるせなく)あなたのような方は、もう、またと、おりません。それが気がかりで気がかりで…」

「なんだい。なぜそれが気がかりなんだい？」

「あたくしが目をつぶったあと、あなたはお歳がお若いのですから、きっと後添いをお持ちになるでしょう。その方を、あたくしにしてくだすったように、かわいがるのかと思うと、(もだえるように)それが気がかりで気がかり…」

「…(少々困惑)お前さんねェ、ええ？　こんな患いをしている最中になぜそんなくだらないことを考えるんだい？　ええ？　患って嫉妬を妬いてちゃアいけませんよ。よくなるわけァないじゃアないか。ばかだねーえ。あたしゃそんなこと思いもしなかったよォ。誰がそんなことをするもんか。あたしはね、え？　女というものはお前より他にはありませんよ。え？　よしんばお前が万が一という場合にだよ、ええ？　あたしゃアもう、後添いなんぞ持ちませんよ。うん。生涯、一人で通す。ねえ？　だから心配するんじゃアないよ」

「いいえ、あなた今そうおっしゃってますが、なかなか男の方はそうはまいりません。月日が経てばだんだんお考えがお変わりンなってまいります。第一、お一人ではなにかにつけて不自由でございますから、必ずお持ちンなるに違いありません」

「（強く）いや、あたしが持た…ないっと言ってるんだからさァ、ねえ？　あたしの言うこと信じなさいよ。女房はね、お前より他にあたしには、いないんだよッ」

「でも…、あなたそうおっしゃってたって、ご両親やご親戚が、黙っちゃアおりません」

「（意地強く）いくら勧めらいたってあたしゃア断りますよ。あたしのことなんだから、あたしが、嫌っと言えば、それまでだ」

「いいえ、しまいには断り切れなくって、きっとお持ちンなりますよ。（身も世もなく）その方をかわいがるのかと思うと、（もだえ泣きし）ああァあァ」

「（ほとほと困り）しょうがないね、お前はァ。だめですよ、そんなことを考えてちゃア。ええ？　あ（と気を変えて）、じゃア、あのね、こうしましょう、こうしよう。いいかいお菊、よ、よく、よく（と気を鎮めさせ）…よォくお聞きなさいよ。ね？　うん。あたしはね、お前より他に女なんてェものは考えちゃアいません。ね？　で、まァそんなことァないが、お前に万が一のことがあって、目をつぶるような場合にだよ、あたしはねェ、（強く）本当に、生涯独身でもって通します。ね？（きっぱり）そういう気持ちに変わりはない。約束しようじゃないか。え？うん。でねェ、今お前が言ったようにだよ、周りから勧められてもあたしは断りますよ。ね？断って断って断って、どーうにも断り切れないときには、それァもう、しかたがありません。え？後妻を持つことにします。（それごらんなさいというのを押さえ）や、やァ、まあお待ちよ。持つことに…、するだけだよ。ね？だから…、そうなったら、お前、そんだけの気があるんだったら、婚礼の晩に幽霊となって出てきたらどうだい、えエ？ねえ。あたしは怖かァないよ、お前に出てきてもらっても。え？ところが、嫁はどうだい？驚くよ。キャーッってんで目を回してしまう。目を回さないまでも、あくる日は早々に実家イ帰ってしまう。ね？二度と戻って来ない。そんなことがね、何度か度重なってごらん？え？あの家には先妻の幽霊が出るという噂が立って、二度と、嫁の来手がないということンなれば、あたしゃ、否が応でも生涯一人で暮らすてェことンなるじゃないか、ええ？そんならどうだい？心配がないだろう」

「（感動を抑えつつ）あなたァ、それじゃ、本当に、出てもよろしいんですか？」

「ああ、出ておいで。あたしはお前に会いたいんだ」

「まあ、嬉しい……。じゃ、八つの鐘を合図に、きっとですよ」

「ああ、あたしゃア……待ってるよッ」

ばかな約束をしているもんですね。

さあ、この話を聞いて奥さんのほうはほっとしたものか急に容体が変わる。急いで医者を呼んできて診したんですが、もう手遅れ。ない寿命と見えまして、そのまんまお亡くなりになった。泣く泣く野辺の送りを済ませまして、そして、初七日が過ぎ、三十五日、四十九日が過ぎまして、百か日経つか経たないうちに、案の定、周りから後妻の話でございまして。

「叔父さんっ。叔父さん、もういい、いい。いいんだ、いいんだ。断りますよ、その話は。あたしが嫌だってンだから」

「ンなこと言わないで、お前ねェ、ばかなこと言っちゃアいけませんよ。ええ？　ああ、一人でいらいるわけがないだろ、ええ？　世間体を考えなさい。これだけの身代の主だ、ええ？　独身でいるとお前、第一信用がなくなりますよ。ね？　一人でいるとろくなこと考えないんだから。ねッ。ああ、嫁を持ちなさい。ね。何、独身で？　ばかなことを言っちゃ…。ンなこと出来るわけがない、なァ。ああ、女房を持ったほうがいいよ。第一お前、一人で自分の世話、誰が一体するんだ？」

「いや、だから自分で自分の世話をするからいいでしょ、ね？　うん。それに、んん、ばあやだって、お清だっているんですから」

「そら、ばあややお清はね、ええ？　なん（といっても奉公人、とまで言わず）…具合の悪いことだってあるでしょう？　ん、ね？　手の届かないことがあるでしょ、ねえ？　そういうことがわかんなくてどうすんだい？　も、自分でみんなやるったってそうはいかないんだよ、ねえ。悪いこと言わないから、嫁を持ちなよ、ね、もらいなさい、女房をさ」

「いえいえ、結構です。いいんですよッ！　いや、あのね、あたしはね、お菊と約束したんですから」

「お前ねえ、それァ、お菊のことを思う気持ちはわかるよ、ねえ？　わかるけれどもなあ、死ぬ者貧乏（びんぼ）と言って、しょうがないんだよォ。ねえ？　かわいそうだけどもお前、死んだ者（もん）のことをいつまでもくよくよ思ってたって始まらないだろ？　それよりなあ、生きている者（もん）のことを考えなさい。ええ？　お前…自分のこと。家（うち）の者（もん）のこと、奉公人のことを考えなさい。ね？　お前が一人でいたんじゃア具合が悪いんだよ、ね？　しっかりするには、やはり女房がいなくちゃいけない、ねえ。いい女房を持つってェと、それだけで違うんだ。第一お前、お前の跡をいったい誰が継ぐんだい？　ええ？　ねえ。男の子でなくたっていいんだよ。仮に女の子だって我が子ならばそれでいい。ねえ？　子どもがなくって、夫婦養子なんてんで赤の他人が二人で家イ入って来てごらん？　それはもうゴタゴタゴタゴタゴタするんだ。悪いことは言わないからさ、ね、女房を持ちなよ」

「う…いえ、結構ですよ、ねえ。女、女房なんぞ持ったって、知りませんよっ。ええ？　お菊が幽霊となって出てきたらどうすんです？」

「(あきれて)お前ねェ、ばかなことを言っちゃ…、子どもじゃアないよ、お前。そんなことを信じてんのかァ？　ええ？　何を言ってンン。そんなことは絵空事、話だよ。な？　ああ、幽霊が出やしないかという、気でもって見るんだよ。え？　ンなもの出るわけがない。なあ、ンなこと言わ…、まあま、まあそんなこと言わな…、まあまあまあまあ」

なんてんで、一生懸命断ってるんですが向こうも執拗に引き退がらない。しょうがないから半分自棄で、

「じゃ結構ですよッ！　叔父さんに任せます」

「ああそうか」

叔父さん喜んで、嫁を探す。もう、もともとその界隈でもって、きっての物持ち。それになかなかの色男でございますから。前々からちょいとォ御座ってる娘やなんかいるンン、ねえ？

「まアー、あすこのご主人というのは、いい男ねェ」

なんてんで、惚れている娘やなんかがほうぼうにいるから、叔父さんがズウーッとこう、嫁探しを始めるってえともう、あっちからもこっちからも、

「どうぞひとつ、えー、手前共（てまいども）の娘を」

なんというんでね。ええ。どんどんこの、話が来る。あれじゃアいけない、これじゃア具合が悪いというんで、篩（ふるい）にかけて、これならばという人が決まったン。なかなかのこの、美人でございまして、愛嬌もある、ねえ？ 気立てがいい。この人なら間違いなかろう、なんというんで、話がトントンと決まって、日取りもきちっと決まった。さあ、婚礼の当日、三三九度の盃を済ませる。ねえ？ で、えー、お床入りでございます。寝巻に着替いて、お床盃を取り交わす。これから二人でもって横ンなるってえやつですが、ま、いくら気のもんだとは言っても、あれだけはっきり約束をしたんだから必ず幽霊が出てくるだろう、せっかく出てくるのに、寝ていちゃア具合が悪いからってんで、ご亭主は寝やしません。床の上へきちっと坐ってる。

「…（少しバツが悪そうに新妻に）ん、もう、おやすみなさい。え？ いやいやいや、いいんですよ、ええ。えー、あたしはまだ起きてますから」

「（貞淑に）それでは、あたくしもまだ起きております」

「(困り)え、や、やァ、あァたァそのねえ、その、ま、真似しなくたっていいン、ねえ？　あァたァきょうはたいへんに疲れてらっしゃる、ね？　だから、おやすみなさい」

「いえ、あたくし、そんなに疲れちゃアおりません」

「いやァ、そ、そう、(強く)そうでないン。疲れてますよ、ね。うん。あしたね、こたえますから、もう今夜、早く寝たほうがいいですよ、ね？　うん。うう、(困って)どうも、ほほ(と苦笑)、いやあのね、せっかくですが、今夜あの…、もう、おォー、もう、これでおしまいですから、ええ…。もう、なしです。ええ。えー、当分ありませんよ、ええ。ま、あの、(幽霊に)聞いてみてね、うん、『いい』と言えばあるかもしれません。多分、だめでしょう。ええ。は…、(思わずつぶやく)つまんない約束をしたな…」

「何かお約束？」

「(慌てて強く)いやあ、な、なんでも、なんでもない。まあまあ、おやすみなさいおやすみなさい。ええ。えー、出てきたら起こしますから」

「何か出て？」

「いやァいやァ、そうで…、まあまあ、まあいいから、お、おやすみなさいよッ」

「そうですか」

　そこまで言われりゃアお嫁さんだっていつまでも起きているわけにいかないんで、お先にってんで寝てしまう。亭主のほうは時間の経つのを待っております。ねえ？　ええ、四つ、九つ、八つ、ただいまの午前二時でございます。八つの鐘がゴオーーンと鳴り出す。さあ約束の刻限だ。まあ、いくら惚れた女房でも、幽霊となって出てくると、これァやっぱり、いい気持ちのもんじゃァございませんから、ご亭主はもう体ァ堅くして、ジイーーッと待ってたン。ところが八つの鐘打ち切ったのに、出てまいりません。

「……（小さくつぶやき）おかしいな？（見回し）どこに出てるんだよ？　出てねえじゃねえ…。ええェ？　たしか、今のあれァ八つの鐘だよ。おかし…刻限間違いたのかなあ。どしちゃったんだろう。忘れたわけじゃねえだろうなァ。あれでまたそそっかしいところがあったからねえ。隣りの家に出てやしめえなあ？　隣りの家で驚くよォ。どしちゃったんだァ？」

そのうちにガラッと夜が明けちゃったン。

「（不満気に）なんだァい、出てこねえじゃねェか本当にィ、はァ（と溜息）、ああそうか。十万億土という遠いィところからだもんなァ。とても初日には間に合わないかもしれないな。うん。二日目、今夜だよ。うん、出るだろう」

待ったんですが出ません。三日目、返り初日。

「今ーー夜は、間違いない」

待ってたんだが出ない。五日経ち、十日経ち、二十日経って、ズウッと待ったが出てこない。

「なァんだい。ケッ、ばかにしてやがらァ、ええ？　本当に、出る出るってェ約束だからこっちは一生懸命待ってんのに、出やしねえじゃねェか。何だと思ってやァんだい。なるほどなァ、叔父さんの言う通りだァ、なあ。絵空事かもしれないよ、ねえ？　化けて出るだの、取り殺すなんてェのァ、生きている間のことだァ、なあ？　死んでしまやァなんにもできやしねェんだ。ああァ、ばかばかしいよ、本当に。すっかりその気になって待ってて、ほんと…。それより、今のこの女房をかわいがったほうがいいや」

なんてんで、もともと利口な方ですからすぐに悟りまして、さあ、新しいおかみさんを一生懸命にかわいがった。ね？　と、すぐにご懐妊でもって、月満ちて産まれましたのが玉のような男の子。ま、たいがいわれわれが言うってえと、男の子は玉のようなんですが、たまには炭団（たどん）のようなのもあるんですよ。でもそれじゃアやっぱり具合が悪いから玉のような男の子。たいへんにみんな喜んだ。その年が過ぎまして、あくる年も過ぎて、三年目でございます。まあ、先妻の法事をしようというんで、まあ、死に後（あと）を承知で来た今のおかみさんですから、なんにも気兼ねることもなく近所にこの配り物やなんかしまして、

「さあ、お墓参りに行くよ。お前も一緒に行っておくれ。うん、坊も連れてこうじゃないか」

三人で揃ってお墓参り。お墓でもって手を合わして、ねえ？　ご亭主は今のおかみさんに聞かせられませんから、口には出しませんが、

「あーア…（と手を合わせて頭を垂れ）、お菊や、どうしてんだい、ええ？　お前ちっとも出てこないねえ。あーア。お前のこったから極楽イ行っているのはわかってるよ。だけどこうも出てこないというのは、よっぽどそっちのねえ、住み心地がいいんだァ。なあ？　それともォ、いい男でも出来たんじゃないかい？　ええ？　それだったらうまくやっとくれよ。ねえ。いや、お蔭様でね、あたしのほうも、今のかみさんとうまくいってます。ええ？　子ども…ちゃんと出来て。へへへへ。お互いに仕合せ…（と、自分の思いに照れ）な、な、なにを言って？　エッヘッヘッへ。えー、そいじゃアね、また近いうちに来るから、え？　それまでね、え、いいかい？　達者で、迷わず成仏しておくれよ」

なんて、変なことを拝んでね…。三人でもって浅草へ出てまいりまして、精進落としにというんで飯を食う。観音様へ連れてって、子どもを日いっぱい遊ばして、うちイ帰ってきた。湯に行って、帰ってきて、一杯やる。もう昼間のこの疲れが出ましたんで、ツ

ウーッと酔いまして、

「眠くてしょうがない。あたし、もう寝ますよ」

晩ご飯もそこそこにご亭主は寝てしまった。ところが、酔いが醒めると同時に、パッチリと夜中に目が覚める。

「(あくびと伸びをしながら) ふァあ……なんだよ、おい、まだ夜中だよォ。ぐっすり寝たからねえ、朝かなと思ったんだ。まだ夜中だよ、弱ったねェ。こういう刻限に目を覚ますってェと、またあと往生だよ、寝らいねんだからねえ。あァア (と傍らを見て) …おい、おい、おい。(女房を起こそうとしたが起きないので舌打ち) しょうがないねえ、どうも、前をはだけてまあ、ええ? 本当に、坊におっぱいをやりながら寝かせようって、自分が寝かされちゃっちゃしょうがねえじゃねェかァ。おいっ (女房は目覚めず)、しょうがないねどうも、布団を剝いじゃって。いくら暑いったって、なア、んもう、胴ンところイ掛けとかなきゃ寝冷えをしますよォ。しょうがないね、どうも。死んだようンなって寝てるねえ。ええ? 子持ちの眠たがりてェが、こうも眠いもんかなあ? なア、女も子どもが出来るってェともうしょうがないね、ええ? なんーにもなりふりかまわずになっちゃう。なあ?……お菊がもし、生きてて子どもが出来たらやっぱりこんなふうになっちゃうのかしら?……(考え) うん、きょうはどうしてこうやってお菊のことばかり思うんだろうなァ？　昼間もそうだったよォ。うん、観音様でェ、坊を遊ばしているときに、そう思ったァ。これ（後妻）には聞かせらいないけれども、あのお菊がいまだに達者でいて、子どもが出来て、あたしと三人でこうして遊びに来ていたら、どんなに、あれ（お菊）が喜んだことだろうと思っただけで（軽く目頭を押さえ）涙が出てきたよ。ねえ？（しみじみと）ま、手は尽くしたんで、ない寿命でしかたがないのかもしれないが、なにしろ、あの若さで終わってしまったってェのァ、かわいそうなことをしたもんだ」

（締めた口調になり）ふっと思うってえとあんまりいい心持ちはいたしません。途端に八つの鐘がゴオーーーーーンと鳴る。行燈の灯りがふわふわあーッと暗くなってきた。誰かァ雨戸でも開けっ放しにしてあるのか、生臭いような風がふわーーーッと吹き込んでくる、縁側の障子に女の髪の毛の当たる音がさらさらさらさらさらさらっ……、襟もとから水を浴びせらいたようにゾォーーッと……。

「……ひィーーっ（両二の腕をかかえ、悪寒にふるえ）、ああッ！　あぁァ……なんだい、これァ。嫌な心持ちだねェ、どうも。どうしちゃったんだろ、今夜ァ、ええ？　気持ちが悪い。あぁあー………（何かを見て）ん？」

　枕屏風の向こう側に誰かいるような気がするン。スウーーッと屏風をどかしてみるってェと先妻の幽霊。緑の黒髪をおどろに乱して、ピシャッ（と両手を下げた幽霊の形）…。

「(恐怖に目をつぶり、うずくまって) 出たッ！ (手を合わせ必死に) なむあみ…、なむあみだぶなむあみだぶなむあみだぶ…(懸命に) おォい、なんだいお前、えエ？ なんだいお前。いきなり出てきたりなんかして。どうしてそういうことをするン？ え、昼間の、ほ、法事の礼に来たのかい？ いいんだよッ、そんなことはいちいち。んん、ゆ、(悲鳴じみ) 幽霊で義理堅いてェのは困るよ本当に、ね、お前ね、出るんなら出るでもって、なァんで二、三日前に速達の一本も寄越さないんだい。そうすりゃ驚かないんだ。(泣きをまじえ) いきなり出てくるから驚くじゃないか、お前。なんだいッ？」

「……(深く沈んだ調子で) うら…めしい—」

「ちょっ…、(叫ぶように) 嫌だよ、そんなこと言っちゃア！ なァんだい？ な、な、な、なに？ 何が恨めしいんだい？」

「(沈んだ色気を漂わせ) 恨めしいじゃアありませんかァ？ あたしが亡きあとは、後添いは決して持たないと言いながら、こんなきれいなおかみさんをもって、赤ちゃんまでこしらいて、うらめしゅうございます。あなたそれでは約束が違うじゃありませんか」

「じょっ、冗談じゃないよ…(腕まくりし強い声で) 冗談じゃないよォっ！ そうなりゃアあたしゃ掛け合うよ、幽霊でもなんでも。ええッ？ おい、お前さんはね、生きている間はたいへんにもののわかる女だったが、死んでしまうとそうものがわかんないのかい。なァにを言ってるんだ、本当に。よく考えなさい、よく。え？　うん。いいかい？　お前ね、あたし、なんてったい、え？　断り切れない場合には一応後添いを持つてェことにするとそう言ったろ？　えッ？　そこまでは知ってんだろ？（幽霊の肯定に）うん。お前だって向こうにいてわからないことはなかろう。ねえ？　うん。あたしはしょうがないから…、う、う、こ（と後妻を指し）、そういうふうにしましたよ。で、婚礼の晩だ、お前が出てくると思うから、こっちはもう、ええ？　ずゥッと待ったン…。出てこやしないじゃアないかァ。ええ？　まあもっとも遠いとっから来るんだから、遅れてんのかもしれない、ね、ひょっとすると忘れてんのかな、ね、どっちにしろ、あれだけきちっと、ね、約束をしたんだから必ず出てくると思ってあたしァ毎日毎日ね、それこそね、蝙蝠じゃアないがね、ええ？　ああ、昼間寝て夜起きて、ずーっと待ってたン…。いつまで経ったってお前さん出てこないだろ。ねえ？　こっちだって諦めたよ。成りゆきでもって後妻をかわいがりました。赤ん坊も出来ました。ねえ。お前のほうが先に約束を破ったんじゃないかさァ。そうだろォ？　三年も経った今ジなって、ええ？　ズッと出てきて、ぐずぐず言われたってあたしも困るんだよ。お前、向こうにいて、（強く）あたしたちの婚礼の日取りがわかんなかったのかい」

「いえ、みんな存じておりました」

「(とがめる口調で) じゃア、なぜもっと早くに出てこないんだよォ?」

「(すねるように) だってあなたァ、無理じゃありませんか」

「何が無理なんだい?」

「あたしが死んだときに、みなさんであたしを坊さんにしたでしょ?」

「それァそうだよ、慣習(きまり)だもの。親戚中で一剃刀(ひとかみそり)ずつ当てて、お前さんを坊さんにしました。それがどうかしたのかい?」

「ほれごらんなさい。坊さんのまんま出たんでは、あなたに嫌われると思って、毛の伸びるまで待ってました」

解説

『三年目の幽霊』が約まった題。明治後期の名人・四代目橘家圓喬が得意にし、大正昭和期の五代目、六代目三遊亭圓生に受け継がれた。圓喬の影響か、五代目古今亭志ん生も手がけている。

笑いは少ないが女の思いを描く噺だけに、女の演技にすぐれた演者に軍配があがる。古今亭志ん朝にはその意味からも打てつけの一席で、志ん生を大きく引き離す域に到達していた。志ん生よりもむしろ六代目圓生に近似の線でまとめている。

志ん生は先妻の幽霊が出ても、亭主をほとんど怖がらせない。「うらめしいってのは裏で飯を食うことか」とつまらない混ぜ返しをしたり、幽霊の言い分が「むく犬の尻に蚤が入ったようでわけがわからねえ」と常用の悪態ではねつけたりする。

笑わせどころの少なさを補おうとしてのことだろうが、これではいささかぶちこわしで、亭主も職人か遊び人のように見えてしまう。志ん生を手放しで誉める人は多いが、こういう、どうかと思う脱線ギャグがしばしばあった。志ん朝はそういうところを一切、受け継いでいない。

圓生は終盤、夜半の目覚めからあとを締めた人情噺の語り口にし、幽霊出現の場の叙述に韻を踏む。それはまた見事に美しいが、芸風のちがいを知る志ん朝はあくまでも爽やかに描き切り、女の執念を、いわば死後のプラトニック・ラヴのように清潔に昇華させている。それは、幽霊とその表現に対する、演者の世代感覚のちがいのようにも思われる。

しかし、病床にあるうちの先妻の思いは、そしてその表現は、プラトニックどころかまことに熱く、すさまじい。やがて来るであろう後添いに亭主がやさしくする場面を想像して悶える声音の悩ましさは、志ん朝独自の演技である。笑わせどころの少なさを場ちがいなギャグでしのいだりせず、こういう手法で補うのが古今亭志ん朝のセンスだった。またそれがいやらしく響かないのは、演者の基本に品位があったからだろう。

マクラを恥じらいの私見から始めるのも適切で現代的だし、他の演者には似合わない。

男女を問わず遺骸を僧形にする「御髪剃(おこうず)り」の習慣は、土葬時代のもののようである。

三年目とは三年目の祥月命日で、三回忌の法要を営む。まる二年が経過したということだ。年齢を満で数えるようになって半世紀以上、欧米流に慣れた意識からは、「目」という数え方が誤って理解されかねない。三年目と三年後はイコールではないのである。

崇徳院

えェ、お寒い折りにお運びで、ありがたく御礼申し上げます。昨年はたいへんにお世話ンなりまして、どうぞひとつ、本年もよろしくご贔屓をお願いいたします。

正月というのは、…たいへんにあたくしは、嫌いでして…。なんですか、噺家ンなってから正月というのはあんまり楽しいことがないんで、えェ、なんか気ばかりこう、焦るというか…あんまり好きじゃアないんですな。…仕事もしたくないン。うゥ、ましてや正月に、独演会なんてえものは考えもしなかったんです。まあ、周りの者が、去年たいへんにこのォ、（七日連続公演「志ん朝七夜」で）長くお世話になったりしたんだから、お礼の意味をこめて、ご挨拶がてら独演会をやったほうがいい…、そういうことンなりまして。弟子なんかもそうですな。

「師匠、一週間（七夜）のときにそっくり（候補の）ネタ出しといて、まだ残ってますよォ」

なんてなことを言う。余計なこと言うなってんですけどね…。えェ、調べてみたら、ふたっつばかり残ってました。じゃアこれ、やらなきゃいけないだろう、なんてなことに

なりましてね。それになんかひとつ足してという、なんか妙なやり方ですけども。

…（まだ、やる気が出ないというふうに）寒いですねェ、きょうは本当に。寒いときってのはなんか肩が凝りましてね。あたしゃアもう、肩（凝り）といびきでは大看板なんで、んん、肩ァ凝ってくるってえと、なんかこう、舌が突っ張らかって、なんか、なかなか思うようにしゃべれない。ゥゥ…、まあ肩ァ凝る人ってえのは、お客様方ン中にもいらっしゃるでしょうけども、いろんなことで肩が凝るんですよ。ねえ。酒ェ飲むってえと、あくる日肩が凝る。ほどほどに飲みゃアそんなことァないんですけど、過ごすってえと肩が凝る。寒いってえと肩が凝る。ねえ。暑くって肩が凝る。どうにもしょうがないですな。こういうあの、うんと寒いときには、だいたいこういうホールってのはやっちゃいけないんです、本当は。…休みにしなきゃいけないんですけども、あすこのホールへ入るってえとあったかいから行こうなんてんでね、お客様も来ますからやってくださいなんていうような……、うゥ、お付き合いを願います。

人間というものは体が元手でございまして、ェェ、患(わずら)うということがいちばん、つまりませんですな。ァァ、金をかけて、治ってもともとというやつですから…。ま、あのォ、病の数ってのァ、四百四病(しやくしびよう)とされておりましてね、昔っから。今はもっとあるんで

しょうけども、…四百四病。ねえ。そン中でそのォ、色気のある病というのがあります。「目病み女に風邪ひき男」。うウ、ご婦人が目を患ってんのと、男が風邪をひいているというのは、どことなく色気があるとされておりましてね。えェ、どういうわけかってえと、昔は目を患うってえと、みんな、赤い紅絹の布で、こう、撫ぜてたんだそうですな。エェ、色の白いところに赤い布がくるから、なんとも言えなく色気がある。

野郎のほうはってえと、風邪ひき男と言いまして、風邪をひいてるのがたいへんに、ウゥ、色気がある。…でも、人にもよるんでしょうけどね。ま、そういうこと言っちゃうてえと…、もう味も素っ気もなくなっちゃいますからあれですけど、ま、早い話があの、熱がありますってえとね、目が潤んできますから、なんとなくこう色気があるんです。ねえ。床に起き直って、こうぼんやりしてる。友達やなんか訪ねてきて、

「おうッ、どうだい？」

「(元気なく)おお……熱があってェ、いけねえや」

芝居の世話狂言の二枚目ンなったような了簡になってね。これ、ほかの病じゃアやっぱりイ、よくないですよ。

「どうだい？」

「あーア、痔が出ちゃったァ」

なんてのァ…、これァ色気もなんにもないン。でェ、本当に色気のあるのはというと、昔っから言う「恋患い」というやつですな。「夏痩(なつや)せと答えてあとは涙かな」、なんてんでたいへんにこれは色気がありますが…。

「おい、あっ、熊さんかい？　さあさ、こっちイ入っとくれ。いやあ、忙しいところ、ご苦労様」

「いエ、どういたしまして、とんでもない。いえいえいえ。それよりね、あのォ、あっしゃアねェ、若旦那ァさあ、具合(ぐええ)が悪いってのァ知ってンすよォ。知ってるんだけどもねえ、見舞いに来なきゃアいけねえと思ってながらねェ、どォもここんところやけに仕事が忙しいんでねェ、ええ。もう、来てえと思っても来られなかったンで、すっかりご無沙汰しちゃいまして、どうもあいすいません。えェ、で、若旦那ァ、具合はどうなんですゥ？」

「（沈んだ調子で）んん、ありがとう。いやあ、それがねえ、どうも、…弱ったよォ」

「そうっすかあ。弱りましたかァ…。じゃアもう誰か…、葬儀社や寺のほうに人が行きましたか？」

「（むっとして）おい、うちの倅(せがれ)はまだ死んじゃいないんだよッ」

「あ、死んでねェんですか？　あーあ、そうですかァ…。なァんだ」

「ンな、な、なァんだよ。…がっかりしちゃ嫌だよ。エェ？　いやァ、その弱ったというのはねえ、その…、なんの病気だかわからない。つまり病名がわからないてんだよ」

「お医者様に」

「いや、それァ診せたさ。ええッ？　おお、あっちのお医者様、こっちのお医者様。ねえ？　いっぱい診せたんだけれども、どのお医者様もただ首をこうかしげるだけ。え？　病気がわからないんだから手の施しようがないってン…。ねえ？　(しみじみ)　弱ったよォ。もーう、当人どんどんどんどん痩せ細っていく…。ねえ。ところがね、二、三日前に来てくだすったお医者様、なかなかのお上手な方と見えて、『あたしが診てどこも悪いところはない。ただああやって弱っているというのは、これは気の病だ』と。『何か腹に思っていることがあるに違いないから、それを訊き出して、その思いをかなえてやれば、きっとあの病人は良くなる』と、こう言ってくれたんでね、うん。それからァ、ゆんべですよゥ、あたしと番頭さんとねえ、二人で一生懸命伜に訊いたんだけれども、いやあ、内気な性分ていうものも、そういうときには困ったもんだよ。なァんとしても言わないんだ。ええッ。で、とどのつまりに、まあ熊さんにだったら話をしてもいいと、ま、こういうところまで漕ぎつけたんだ。ねッ？　そこでま、忙しいところきょう来てもらったんだが、ひとつねェ、ェェ、伜ンところ行って、その、腹に思ってることを訊き出してもらいたいんだ」

「あーァ、そうですか。（旦那が恐縮するので）いえいえいえ、お安い御用でござんすよ、そんなことァ。へえ、（自信たっぷり）えええ。いえ、それァね、あっしァあの、若旦那の贔屓役者ですからね、それァあっしにはなんだってしゃべりますよ。え、大丈夫です、ええ。必ず、訊き出してきますから。ェェもう、しゃべらなかったら、張り倒したって吐かせますから」

「おい、うちの倅、罪人じゃないんだよ、ええ？ そんな乱暴なことしちゃいけないよォ。ゥ、なにしろお医者様の言うにはね、ゥ、この分でいくってえと、五日と保たないやなんか言ってるんだから、いいかい？ 体はすっかり弱り切ってんだから、お前さん、大きな声で耳もとでガンガンガンやるってえとね、エ？ ん、体に障るから、いいね、なるべく、この、やんわりと…、いいかい、ねッ？ うん、やさしく訊いてやっておくれよ」

「えいッ、わかりました。心配いりませんよゥ、大丈夫ですよォ。えエ、えエ。若旦那は？ え、うん、離れ？ ああそうすか。へい、じゃ、わかりました。行ってまいりますから。どうも、へいッ。…（歩きながら独り言）冗談じゃねえや、なア！ ええ？ そうやって甘やかすから病気が快くならねェんだい。本当にしょうがねえ。少し威勢つけてやろう。なッ。ああ、ここだよッ。ふん(離れを開け、大声で)。おやッ！　若旦那ァッ！…若旦那ァッ！…んだよウ、本当にまアッ‼…えェ？　そんなところイ寝ててェ。どうしたんですよォッ。本当に、だめだよッ。病は気からってんだよォ！　えェ？　ん、自分でもって快くなろうとしなきゃアねえ、どうやったって病ってのは快くならねんだよォッ！　しっかりしなさいな、しっかりィッ！」

「(息も絶え絶え)は…は…お前……、お…、大きな声を出しちゃ…、は…、は…、は…、嫌だよおォ…ォ…ォ」

「…こら葬儀社行った方が早えや、これァ。……若旦那ァ、だめですよ、みんな心配してるんですよォ。わかりました、大きな声は出しませんがね、えェ？　ちょいと話をしてください。ねッ？　あたしがね、あのォ、若旦那にね、えェ、ちゃんとね、いいようにしますから。ねッ？　そのォ、病名がわからねエってェじゃありませんかァ、え？　何なんです、その、病気ってのァ？」

「……い、医者にはわからなくたってェ、…あたしには、わかってる」

「ふうん？　医者にわからねえで、お前さんにわかるンすかァ？　じゃア若旦那が医者になったほうが早えですね、それァ。へえーエ。何なんですゥ？　えッ？　あっしにならしゃべれるんでしょ？　言ってごらんなさい？」

「…うん、（と言ったがためらい）……でも、お前、…笑うと嫌だなあ」

「いやァ、笑やしませんよォ。人が患ってんじゃありませんか、それ聞いて笑うってやつがありますかァ。ええ？　笑ャァしませんよ。え？　おっしゃってください、え？　何です？　なんです？」

「ん…。それじゃア、話すけれどね。…実は、…（何を思うのか力なく笑い始め）ふ、ふ、ふ、でも、お前、な、なァ…んだか、わ、笑いそう…」

「（じれったく）お前さんが笑ってんだよォッ。……あたしゃ笑ってねェんだから、ねェッ？　さあッ！　おっしゃいなさい、え？　おっしゃいなさいよッ！」

「うん…、じゃ言うけど、…（恥ずかしそうにごく小さく）こいわずらい」

「…なんですゥッ？」

「（やるせなくあえぎ）は…ア、は…、（思い切って）恋患い」

「…（びっくりし大声で）恋患いッ？　（威勢よく吹き出す）プフーふッ！」

「ほらアーッ、…（泣きそうに）笑ったじゃアないか」

「いやあ（慌てて笑いをこらえ）、う、うふ、うふ、あいすいません。勘弁してください。いっぺんだけ笑わしてください。ははははッ！……へえぇ！　そうですかァ？　いやあ、話には聞いてますよ。あるてェ話は聞いてますけれどもねェ、その病にかかった人に会うのは、あっしァ初めてだ。あっしの周りにはそんなの一人もいませんからねえ。たいそう古風な病ですなあ、どうもォ。そんな病気を、いってえどこでェ背負い込んできたんですゥ？」

「実は…、今から二十日ばかり前だった。定吉を供に連れて、あたしゃ上野の清水さんへお詣りに行ったんだよォ」

「ああ、いいことをしやしたねえ。え、信ありゃ徳ありってェますからね。えェ。またあのね、清水さんてェのは高台にあるから見晴らしがいいんですよ。（陽気に）あっしも好きだよ、あすこァ。ねえ。ちょいと下見るってェと弁天様の池がツウーッとあってね、ええ？ 向ヶ岡・湯島の天神、ねえ、神田の明神、こっちの（と右手を指し）ほう見るってェと待乳山聖天の森。なァんとも言えねえやァ、ねえ。そィでねえ、またねえ、あのお堂の脇のあの茶店、あすこへ寄りましたかァ？ あすこはまた乙な店でねえ、え？ 腰を掛けるってェと苦い茶に羊羹が出る。あのまた羊羹が乙な羊羹でねェ。あれ、いくつ食べましたァ？」

「（じれて）よォ…、羊羹なんか…どうでもいいんだよーォ。……まもなくあたしの目の前にね、供の女中を三人連れた、どこかのお嬢さん風の人が腰を掛けた。あたしゃそのお嬢さんの顔を見て驚いたよォ」

「へェえ、…目が三つ？」

「そうじゃないよゥ……水の垂れるような人なんだ…」

「そうですかァ、それァかわいそうにねえ。へーえ。じゃア早え話が、みかんを踏んづけたような顔なんすかァ？」

「…（ますますじれて）違うよォ。…元気ならぶつよ、もう。……いい女のことをね、水の垂れるような…と言うんだよゥ」

「あーア、そんなこと言うんすかァ？　知らなかったもんですから、へェへェ、なるほどォ」

「あたしがそのお嬢さんの顔をじいっと見ている。お嬢さんもあたしの顔を見ていた。しばらく経つと、お嬢さんが立ち上がるとたんに、膝の上に置いてあった茶袱紗が落っこったんだが、それにも気がつかないでお嬢さん、行きかけた。あたしゃ急いでそれを拾ったんだよォ」

「高く売れましたか？」

「売りゃアしないよォ。後を追ってってお嬢さんに渡すと、真っ赤な顔をして、蚊の鳴くような声で礼を言ってから、女中と何か話をしていた。そのうちにね、包みの中から短冊を取り出すと、筆の運びも鮮やかにさらさらと何かしたためて、あたしにその短冊をくれて、（感動のあまり軽く涙をすすり）軽く会釈をすると行ってしまったんだが、（涙声になって涙をすすり）ねえ、熊さん、その短冊というのがこれなんだ（と泣いて）。ご覧。『瀬を早み岩にせかるる滝川の』として、うぅ、うぅ…う、う（嗚咽）」

「泣くことァねえじゃアありませんか。ええ？　な、なんですってェ？　瀬を早みィ、岩にせかるる滝川のォ？　短っけえ都々逸ですねェ」

「都々逸じゃないんだよゥ。これは崇徳院様の御歌で、下の句が『われても末に逢はむとそ思ふ』。今は別れ別れになっても、末には夫婦になりましょうという心の歌なんだ。さあ、これをもらって帰ってきてからというものは、何を見てもお嬢さんに見えるんだよ。床の間の掛軸の達磨さんがお嬢さんに見える。鉄瓶がお嬢さんに見える。火鉢がお嬢さんに見える。こうしていたってお前が……お嬢さんには見えない…」

「…なんであっしだけ外すんだよ。ええ？　そうですかァ、わかりましたァ（小膝を打ち）。じゃア早え話がね、若旦那。そのお嬢さんとこの、一緒ンなれりゃア、ねえ？　夫婦になれりゃア、その病気ってェのは治っちゃうんですね？　なァーんでェ、本当にィ。早くおっしゃいよ、早くゥ、ええ？　んなあ、そら、大丈夫ですよッ。あっしァね、これからね、大旦那ンところ行って掛け合ってね、そのお嬢さんと一緒ンなれるように、なんとかしますから、んな、心配することァありません、えェ！　じゃア、すいませんがね、ちょいと話ァしにくいから、そこにある、その、なんてんですか、短冊ってェの？　それちょいと貸してください。いエ、大丈夫すよ、すぐに返しますから。へいｲ(と受け取り)、えい、どうも。じゃ、ちょっと借りますよ。うん。(旦那のところへ戻って)

…ええ、行ってまいりました」

「ああ、ご苦労さんご苦労さん。で、倅は、ん？　何と言ってた？」

「ええ、実ァ、倅はね」

「お前まで倅てェことァない。ええ？　なんだい？」

「へッ、えェ実ァね、ええ、今からね、二十日ばかり前だそうですよ。へえ。ェェ、なんか、定吉と一緒に上野のね、清水さんへお詣りに行ったんですって」

「うん」

「でね、あのお堂の脇にね、茶店があるでしょ？　え？　あすこイ入ったんですって。またあの店が乙な店でね、ええ、腰を掛けるってェと苦い茶に羊羹が出つくる。この羊羹がまた、べらぼうにうまいン」

「あーあ、そうかそうか。倅は下戸だからな、ン、その羊羹が食べたいてェのか？」

「いえエ、そうじゃアねえン。羊羹はあっしが食べたいんで」

「なァにを言ってるんだよ。何なんだ？　早く話しな」

「いえ、ちょい、ちょい、ちょいと待っつくんなさい。ね、話はこう、順を追っていかねえってェとわかんなくなっちゃうン。ね？　ええ。で、ま、まもなくね、そのォ、若旦那の前に、女中を三人連れたどっかのお嬢さん風の人が腰を掛けた。ひょいと顔を見たときに驚いたそうですよ」

「どうしたんだい？」

「ええッ、そのお嬢さんの顔ッ。…みかんを踏んづけたような顔」

「……そりゃアお気の毒だァ」

「いやーア！　そゥそゥそゥ…それァ違う。あっしもそう思ったン。お気の毒じゃアないんですよ。ほらァ、えェ？　よく言うでしょ、いい女のことを、ええ？　水がこぼれたようなと」

「水の垂れるようなてんだ」

「あァ、どっちにしたって濡れてますな」

「何をくだらないことを言ってン…うん、で、どうしたんだい？」

「で、お互いに顔と顔をこう見合わしているうちに、ゥ、お嬢さんのほうがつっと立ち上がったン。ね、膝の上に載っけておいた茶袱紗を落っことしたのにも気がつかないでスゥーッと行きかかったんで、若旦那、ね？　すぐにその茶袱紗ってェのを拾って…売ったと思いますか？」

「そうなんですよ。へえ。あとを追いかけてって、落としましたよってんで渡すってェとお嬢さん、顔を赤らめて、蚊の鳴くような声でもって礼を言う。ね？　女中となにか話をしていたが、包みン中から短冊を出して、筆の運びも鮮やかにすらすらとなにかしたためて、若旦那に渡して行っちゃったってんですよ。ね、それがね、それがね（と短冊を）、ええ、旦那、これなんです。これ、これッ。ほらッ、ここイ書いてあんでしょ。ねッ？（うまく読めず）ほらッ、あのね、ん、ん、読んでごらんなさい？」

「（受け取り）なァんだ……。……えー『瀬を早み岩にせかるる滝川の』」

「短っけえ都々逸だと思うでしょ？」

「思やしないよォ。これは崇徳院様の御歌だァ。なあ。下の句が、われても末に……なん逢わんとぞ思う……ってんだ」

「へーえ（感心して）、親子ですねえ。……やっぱり言うことが似てるなあ」

「ばかなこと言うんじゃない。親子でなくたっておんなじことを言うよォ。……はあはあ、なるほど。へえへえ」

「で、これをもらって帰って来てからてェものはとにかく、若旦那ァもーう、何を見てもお嬢さんに見えちゃうン。ねえ？　ああ、床の間の掛軸（かけじ）がお嬢さん、こっちの鉄瓶がお嬢さん、火鉢がお嬢さんってんで、…ゥ、あっしだけ違うんですけどね。もーう、そうなっちゃったン」

「（深く）そうか…。わかったよ。親ばかちゃんりんだ。なぜそこに気がつかなかったかな。そーうかい。あたしゃ、いつまでも子どもだ子どもだと思ってた。恋患い？」

「そうなン」

「（納得し、腹を決め）うーむ、よしよし。じゃ…あの、そのお嬢さんと一緒にさせてやれば、倅は治るんだな？」

「そうなんすよゥ」

「（安心し）そーうかァ。倅が気に入った娘さんだ、ええ？　間違いはなかろう。うちの嫁にしてやろうじゃないか。うん。で、どこのお嬢さんなんだ？　え、どこのお嬢さんだ？」

「へえ、それがね（と勢いこんだが一転）、ん、……そ、それが……ねえ、どこなんですかねえ？」

「どこなんですかねえって、お前なぜ聞いてこない？」

「…聞いてこないって…ねえ、…若旦那のほうが言わねえからねェ…」

「(叱るように) 言わないからじゃアないんだよ。それじゃア子どもの使いとおんなじゃないか。なぜお嬢さんの名前聞かないんだよ?」

「聞かねえったってねえ、んー、それァ…そこまで立ち入るのはね」

「(苛立ち) 強情なんだよォ、お前はッ。素直に謝んなさい。ええ? なぜ聞いてこなかったかい?」

「ええ…、若旦那もそそっかしい」

「まだ言ってやがら。早く行って聞いてきな」

「へいッ。…(とって返し) 若旦那ァッ、若旦那ァ!」

「(泣きべそで) また…大きな声を出しちゃ嫌だ…」

「そんなこと言ってる場合じゃねんすよッ。肝心なことをあっしは聞き忘れました。ええ? どこの、お嬢さんなんですゥ?」

「… (つぶやくように) わからない」

「わからない? じゃあの、名前も住所もわかんねんすかァ?…弱ったね、そりゃア。

(責めるように強く) 患うぐらいだったら、なぜ聞かねんすよッ?」

「だってあたしゃ…、短冊もらってポーッとしてたから、聞けなかった…」

「(がっかりし) ふーん。本当にしょうがね…。定吉だって付いてるんだから、そのぐらいのこと気を利かせりゃいいんだよ、まったくどうもねえッ、ええ？　弱りましたねえ、それァ。そのお嬢さんだってそうだい。ねえ。歌を半分ばかり書いて寄越すぐれえだったら、その短冊にねえ、名前と町所でも書いといてくれりゃア手間ァ省けるんだい。しょうがねえなあ、弱ったねえ。じゃア（吹っ切るように）…若旦那ァッ。も、よしなさいッ。ねえ？（さすがに少し忍びなく）んな…名前も住所もわかんねえ…、そんな…ものもちゃんと書いていかねえような（娘）…。普通だったらねえ、ありがとうございます、あたくしはどこそこのどういう者ですって、ちゃんと言うもんだァ。ねえ？　うん。それが…その、ただありがとう…。そんなくだらねえ歌をしみったれに半分ばかり寄越…、そ、（改めて宣告するように）よしなさァい！　そんな女、ねえ。…他所イなんか（別のを）見つけましょう」

「嫌ァだよおォーゥ。その女じゃなきゃ…（泣き崩れる）」

「（手に負えず）だーア、そ…、んじゃ…わか、わかりましたよ。泣いちゃしょうがねえなあ、どうも。わかった！　ちょっと待っててくださいよォ……（旦那のところへ戻り）行ってきましたァ」

「わかったかい？」

「わからねえんすよォ」

「え？」

「いや、聞かなかったってんです」

「…しょうがないねえ、どうもォ。うーん。住所もわから…」

「いえ、住所もなんにもわからないン。もう名前もなんにもわからない。とにかく若旦那ァ短冊をもらってポオーッとしちゃったんで、なんにも聞かねえうちに、そのお嬢さんいなくなっちゃったんで」

「…そうか。…弱ったな」

「弱りましたよォ」

「（困り果て）うーん…。どうしよう？」

「そうっすねえ……まあ、しかたがねえから、このまんま静かに息ィ引き取ってもらうことに…」

「なん！……お前、なにしに来たんだい、うちにィ！　本当にまあ…。倅を救けるんですよォ。…探しなさい！」

「え？」

「探しな」

「な、な、何をですか？」

「そのお嬢さんを探すン」

「お、お嬢さんて、どこの誰だかわかんねェン」

「(厳しく) どこの誰だかわかんないから探すんだよッ。ええッ？ わかったら探すことァないんだ」

「そ、それァ、ま、理屈は、ま、そうですけども。……だけどォ、そんな…、そ、それ、雲をつかむような話…」

「大丈夫(だいじょぶ)だよッ。どうせ日本人なんだからッ」

「そら日本人…には違いないけれども、…日本人もォ、ずいぶんいますよォ？ ええ。これァ弱りましたなあ」

「そんなこと言わないで頼む。やっておくれよォ。ええッ、倅のためなんだ。なッ。ただは頼まないよ。もしそのお嬢さんを見つけてきたらばな、お前が住んでいるあの三軒長屋、お前にやるよ、えェ？ うちにある借金もすっかり棒引きにしてやる。やんなッ！」

「…いや、そりゃお話はありがたいんですがねェ、うう、でもねえ、それ、第一(だいち)そのねえ、何の手掛かりもない」

「そんなことァないよ。え？ ここにあるこの (と短冊を取り)、崇徳院様の御歌だ。これが手掛かりンなる。あ、ちょっと待ちなさい。(店の者に)おいおい、そこに硯(すずり)と紙があるだろ? うん、それにちょっと書いとくれ。うん。『瀬を早み岩にせかるる滝川のわれても末に逢はむとぞ思ふ』。おッ、書けたか? 書けたらこっちイ持ってきな。うん、はい(と受け取り)。はいはい(と確認)、で、これはな(と短冊を)、倅が大事にしてるだろうから、え? 返してやんなさいよ、うん。さあ、(と写しを渡し)おい、さ、これ持ってッ」

「いや、ちょっと、待って…。も、『持ってっ』たってさァ。弱ったねえ、こんなもんで探せますかねえ?」

「(押しつけるように)探せるんだよ! その気になってやっておくれ。いいかいッ。なにしろお医者様がね、五日ぐらいしか保(も)たないとそう言ってるんだから、いいね、(強く)その間に娘さんを見つけてきなさい! もし、お前が見つけてこないで、倅に万が一のことがあったときには、あたしゃアねッ、(睨み)…お前を倅の敵(かたき)として、名乗って出るッ!」

「ちょっちょっちょっ、ちょっと待っつくれ。冗談じゃねえ。わかりましたよォ。(と外へ出)こりゃアたいへんなことンなっちゃったなア、どうもなあ。とにかくいったん家(うち)イでも帰(けえ)って茶でも飲んで、落ち着いて考(かんげ)えよう。どうしていいかわかんねえや、本当に。……今帰ったよォ」

「(女房が) ああ、お帰んなさい。何だったァい、ええ? お店のご用ってのァ?」

「(吐き捨てるように) ばかばかしい話だよォ。ええ? へっ、これッ (紙を示す)」

「なんだい、それ?」

「ええ? 歌の文句が書いてあるんだよ」

「なァに?」

「え、若旦那がね、恋患いしたんだ、恋患いを。え? 一緒にしてやりゃア病は治るんだよ。ところがね、その、どこのお嬢さんだかわからねえ。それ、探して来いってんだよ」

「あらあ、たいへんじゃないかねェ。手掛かりってのはァ?」

「この…歌だよ」

「それが手掛かり? ふうーん、それはたいへんだァ」

「でね、ん、もしィ見つけてきたら、五日の間に見つけてきたら、お前が今住んでいる三軒長屋をやるって、こう言うんだよ」

「(そわそわと) 行っといで行っといで……行って来なさい!」

「…お前、い、行って来なさいって言うけれども、見つからなかったらどうなんだい？」

「見つかる、見つかるんだよ、それは。大丈夫だよ。ええ？　見つけて帰ってくりゃア、お前さん、なんじゃアないか、大家さんンなれるよ。ねえ、うん。あたしだって大家のお内儀さんなんだからね。行っといで行っといでッ。さあッ、早く行っといでっ」

「（やりきれなく）ちょっと待っつくれ、茶の一杯ぐらい……」

「生意気なこと言うんじゃないッ。見つけないうちは飲ませない」

「ひでえこと言やがんなア、本当に」

あっちィ探し、こっちィ尋ねて、一日中歩き回りましたが、その日はわかりません。あくる朝早く起きて弁当持ちで出掛ける。それでもわかんない。そのあくる日もだめ。またそのあくる日も…わかりません。

「なアにをしてんだ、もう本当にこの人ァ！…もーう、じれったいねェ。まアだ見つかんないのかよッ」

「うるせえな、こんちきしょう。何を言ってやんだい。こっちだって一生懸命探して歩いてんだよォ、本当にィ」

「どういう探し方をしてんだよォ？」

「だから、この辺に水の垂れるのはありませんかって」

「……水道の蛇口を探してんじゃないよゥ！　お前さんねェ、歌の文句を書いてもらってきたんでしょ？　ええ？　手掛かりだってェ…。なぜそれを大きな声でやらないんだよォ？」

「う、ゥ、やったよォッ、おれだってェ、えェ？　ずうーっと往来でそれ、大きな声で、（歌のように）これこれェ…、やってきたんだよォ」

「往来を大きな声出してそんなもの言ってたってだめッ。ねッ？　売り声と間違えらいちゃうよ。ねえ？　うん、下手するってェとお前さん、気がふれたのかと思われるよ」

「ああ…、そら、そう思う…かもしれねえ。子どもがずいぶんついてくるから」

「ばかだね、この人ァ。あのねえ、湯屋とか髪結床とか、そういうところへ飛び込むんだよォ。ねえ、ああいうところはね、みんなが噂を持ち寄って来るんだよ。そこでもってやってごらん、その歌を。ねえ？　そうするってェと、あっ、その歌だったらあすこのお嬢さんが、どこそこの娘さんがってんで、これが手掛かりになってくるんじゃないか。いいかい？　だからね、空いている店はだめだよ。ね、なるべく混んでいる床屋、湯屋を探して飛び込んでって、やるの。わかったかい、本当に。きょう探して帰って来ないってェと、もう家イ入れないからッ、早く行っといでエッ！」

「うるせえッ、こんちきしょう！　（歩き出し、つくづく嘆いて）もう…、嫌だねえ、どうも…もう。あーあ、情けねェなあ、どうも…。ああ、毎日毎日歩いてもう足が棒のようンなっちゃったしなあ。これ、下手するってェと若旦那よりおれのほうが先逝っちゃうかわかんねえ。弱っちゃったな、どうもな。ああ…（力なく、なげやりに）『瀬を早みィ、岩にせかるる滝川のォ』だあ、本当ォにもう、自棄だねえ、どうも。ゥゥ、お、床屋があった…。そうそう、ね、こういうとこへ入れってそう言ってたからなァ、うん、こへ入ってみよう、ね。（自分を励ますように歌い調子になり）〽ううう…とォ、…ええー、床屋さんですねえッ？」

「そうですよ」

「（見回し）あらァ…、やけに空いてんな。誰もいねえやァ…。（主に）誰もいないんですねエ？」

「ええ、すぐに出来ますよォ」

「ああそうですかァ。…じゃアまた来ますから」

「…いや、あァた、すぐに出来んだよ」

「出来ちゃいけないんだよォ…。（歩き出し）しょうがないねえ、どォも。混んでる床…あれえ？　ここは混んでるなあ。ここは混んでらァ、ね。よいしょ（と中へ入り）、へっ。アハハ、いっぺえだ。えへへ。えェ、たいそう、詰まってますなあ？」

「ええ、五、六人待っていただかないってェとね、ならないんです。へい、お急ぎでしたらどっか他へ…」

「いいえエ、いいんですよ。あたしあの、詰まってンのを探して歩いてんですから」

「溝渠(どぶ)掃除みてェな人だね、この人は。そうですか。お待ちいただける？ あ、はい。わかりやした。えッ。じゃアあの、どうぞお上がりンなって。え、かまいません。そこンとこで一服しててください」

「ええ、そうすか。どうも、じゃ、ちょいとごめんなさい。え。（待ち合いの畳に坐り）ええ、あッ（周囲の客に）、どう、こんちはァ（キセルと煙草入れを取り出し）。アッハッハッハ（と軽い愛想笑い）。ええ、結構な、ねえ、お天気でよろしゅうござんすな。へえ。雨もいいんですけどね…たまにはよござんすがねェ、どうもねこの、外(おもて)ェ歩く者(もん)にァね、足もとが悪くなっていけません。へえ。（一服吸い）それにね、気が滅入りますからなあ。へえ。やっぱり晴れていたほうがよござんす、へい。……（もう一吸いし、独り言）そろそろやってみるかな、うん（キセルをはたき）。……（大声で）『瀬を早ァみィ〜〜！』」

「（そばの客が）あア、おっどろいたアッ。なんだい、お前さん？」

「いや、いや、気に、気にしちゃ、気にしちゃアいけません。ええ。気にしちゃいけませんよゥ。（なおも高らかに）『瀬を早みィ〜、岩にせかるる滝川ァのォ〜〜〜ッ！』」

「（別の客が）……もし、あなたァ？　ええ、失礼なことを言うようですが、お職人には似合わない歌をご存知ですなあ」

「え？　ええ。あの、ごく、ェ、あれなんでござんす。えッ…。つい二、三日前に…。ええ、そうなんで、えェ。ええ、もう覚えました。も何度も言ってますから、へェ。（はばかるように）ええー、いけませんかァ？」

「いえ、そんなことはございません、ええ。ェ、崇徳院様の御歌ですから、驚きましたよ」

「そうなんです、崇徳院様…。（意外な反応なので、もしやと思い）よく知ってますね、あァた？　そうなんすよォ。崇徳院てェ人の歌だっ言ってました」

「ええ。も、なにしろねえ、近頃どこで覚えてきたんですか、娘がその歌ばかりやってますんでねえ」

「へェェ……。（目の色を変え）ちょいちょい、どいど、ど、どい…どいて（かきわけて相手に近づき）。ちょ、ちょっとあァた！　ちょっと、あのお話がありますがねえ、あのォ、今ァ、なん、なんか娘さんが、どうの」

「ええ、娘がその歌が好きなン」

「（息を飲み）…これが…、好きッ？　（大きな期待に声をひそめ）そうですかァ。…あのう、娘さん、……水が垂れますか？」

「(怪訝に) べつに水は垂れませんですな」

「そうっすか。…みかんを、踏んづけたよう…」

「みかんなんか踏んづけませんよォ。こないだ大福踏んづけて、おっかさんに怒らいてました」

「あの、い、いーい女ですかァ？」

「ゥ、そらまあ、えェ、近所で鳶(とんび)が鷹だ、なんてェ噂してくれてますなあ」

「(胸ふくらみ) …そうですかァ。…おいくつですかァ？」

「八つです」

「……(がっくり)『瀬を早みィ〜』」

湯屋へ二十軒、床屋へ三十六軒ばかり。もうやっこさん、顔がピリピリピリピリしちやって、ふらふらンなって、

「… (魂が抜けたように) こんちはァ」

「いらっしゃい」

「…床屋さんですねェ？」

「そうですよォ」

「やっていただけますかァ？」

「それァ、やれってェばやらなことァないが、あァた、さっきいっぺん来た人でしょ？」

「……ええ、そうかもしれません。なにしろ三十六軒目ですから」

「へーえ。ねェ、やりようがありませんなあ」

「じゃア、髭、植えてくれますかァ？」

「そんなことやったことァありませんが、ま、せっかくおいでンなったんだ、こっちでェお休みなさい」

「へえ、ありがとう存じますゥ。（朦朧と）『瀬を早みィ……』」

「だいぶ弱ってきてるねェ、おい」

「（外から）ごめんよう！」

「へいッ。おお、どうもこれァ鳶頭ア、しばらくでしたねえ！」

「あア、ここンところ忙しくってねえ」

「お仕事？」

「いやァ、そうじゃねェんだい。もーお、ばかな話なんだよッ。ええ？　お店のお嬢さんが患っちゃってねえ。これがいくら医者に診してもわからねェってんだよ。ええ？

もう大旦那なんぞァもう、たいへんな騒ぎだ。ええ！　いろんなところからね、お医者様ァね、紹介してもらって、で、診てもらうんだけれども、どうしてもわからねえ。ね？　ところがね、うん、えー、今からねえ、三、四日前にね、ァァ、お医者様が見立てて、これは気の病、ね？　誰かに訊かしたほうがいいってんで、宿下がりしている乳母を呼んできて、訊いてみたら、これが恋患いってんだよ。ええ？　さあ、恋患いだったらその相手と一緒にさせりゃいいんだ。わけェ聞いてみるってえと、なんだかね、あのォ、お茶の稽古の帰りに、清水の観音様へお詣りして、で、それが終わってから掛け茶屋へ入ってったら、自分の坐ったその目の前にね、どっかの若旦那風のいーい男というのが坐っていて、もうそれでポーッときちゃったらしいんだね、ええ？　そいでもって立ち上がって出てくる、ゥ、自分の膝の上に載っけといた茶袱紗ってェのを落っことしたン。気がつかなかったんだけれど、それをその、いい男の若旦那ってェのが拾って届けてくれた。いい男ってのァ何してもね、得なもんだい。ええ！　うん。それ、お嬢さん受け取るときにァね、ブルブルッと震えてね、もう三日三晩震えが止まらなかったってんだ。ええ！　あァ、まあ、帰ってきてからてェものはもうとにかくねえ、もう、なんにも喉を通らないね。ええ？　おまんまが通らないお粥が通らない雑炊が通らない、ね、重湯が通らない水が通らないお湯が通らない電車が通らないバスが通らない。も、こんーなに細くなっちゃったよ。ええッ。もうたいへんな騒ぎ。ね？　うん。こりゃ、なんとかして探さなくちゃいけない、なんとか見つけよう。その若旦那だぞォ、若旦那見つけるんだよっ。見つけた者には褒美として百円やるからなァ！　ってんでまあ、百円にみんな目が眩んじゃってさ、え？　出入りの者だってなんだってみんなもう目の色変えてタアーッて探して歩いてるんだ。あア。おれもなんとか見つけて…今百円ありゃ助かるんだよォ。ええ、うん。で、もうあんまり忙しくってね、湯にも入れねえ、髭も剃れねェんだよ。おお、弱っちゃったよォ」

「はアあ、たいへんですなあ。で、なんですか、なにか手掛かりがあるんすか？」

「その手掛かりってェのがばかな話なン、くだらねェんだよ。ええ？　そのお嬢さんがね、なんだか知らねえけれどもね、歌をね、半分ばかりね、うん、短冊に書いて、その若旦那ってェのに渡したってんだよ、え？　それが手掛かりだってんだ。その歌の文句書いてもらったン。変な歌…うん。『瀬を早み岩にせかるる滝川の』、ええ、『われても末に逢わんとぞ思う』って、こーんなつまらねえ歌、ねえ？　それで半分やりっこして、（あきれ返ったように）わからねえね、若え者ってえのァねえ！」

「（朦朧と這い出して）三〜軒〜長…屋。……さんん〜げんん〜ながやッ！」

「……なんだァ、これァ？　何か妙なものが出てきやがったな」

「さん〜〜げん〜〜ながやッ、たッ（と鳶頭に飛びつき、胸ぐらを取る）」

「（びっくりし、必死に相手の手を外そうと）…おいッ、なッ、なッ、何をすんだ、おいッ、離せッ（揉み合う）」

「離さない！（なおも揉み合い、男泣きし）こんなところに三軒長屋がいたン。…これを探さんがためにおれァもう毎日(まいんち)足を棒のようにして歩いて、（洟をすすり）きょうだって湯屋へ二十軒、床屋イ三十六軒、顔なんかピリピリピリピリしちゃってるン。（高揚し）ちきしょうめーエ、やっと見つかったーァ。おめえの出入り先のお店(たな)のお嬢さんに用があるんだ。『瀬を早みィ、岩にせかるる滝川の』ッ」

「（揉み合いつつ）ちょっちょっちょっと待て、ちょっと待て、この野郎こんちきしょう！（と激しくふりほどき）妙な歌、おめえが知ってる…。おいッ、するってェとなにかァ？　おめンところの…お店(たな)の…若旦那がその短冊を持ってるゥ？……百円…野郎めッ、たあ！（と、またつかみ合う）」

「なんだッ」

「なんだじゃねえ、こんちきしょうッ。さあァッ、うちのお店(たな)イ来いっ！」

「いやあ、お前(まい)がうちのお店(たな)イ来い！」

「お前(めえ)がこっちイ来い！」

「お前（めえ）が…」

「（床屋が慌てて）ちょっちょっちょっちょいとちょいと！　おい、二人して何してんだよ？　危ないよ、そんなところで。話せばわかるんだからさア。取っ組み合いをして、危ないってんだ。しょうがないね。お、おい、ちょっ、ちょいと、おい鳶頭（かしら）、やめとくれってェの！　あっとっとッ！…ほら、言わねえこっちゃねえや、まったくどうもッ。ええッ？　なァんだい鳶頭（かしら）ァ！　鏡ィ割っちゃったじゃアないかッ」

「なあに親方、心配（しんぺい）するねえッ。割れても末に買わんとぞ思う」

上方の噺。江戸にも同工の『皿屋』があったというが、もはや廃絶している。三代目桂三木助が大阪から持ち帰り、舞台設定を東京にして得意ネタに仕立てた。戦後の東京では、三木助の専売だったといっていい。

飄逸味と切れ味とが、小ざっぱりした語り口で融合する三木助の芸風は、ある時期ひじょうにもてはやされたが、その持味が存分に発揮される演目だった。古今亭志ん朝への伝播は、最初三木助門下で、同世代の稽古仲間だった七代目春風亭柳橋を通しているのではないかと思われる。

おおむね三木助型でやっているが、志ん朝の明るくリズミカルな語り口によって、噺はいっそう豊かで円満なたたずまいになっているし、実際、笑いのポイントをかなり増幅する工夫が施されている。

病床の若旦那はいかにも坊や風に甘えていて、ただただか弱い三木助よりずっとらしくなっているし、笑いの原素をたっぷり含んでいる。「みかんを踏んづけたような」と言われて「元気ならぶつよ」とじれるところは、志ん朝ならではのおもしろさだ。

熊さんが若旦那の病間に戻って、そんな女やめちまえ、と無神経に放言し、若旦那が泣き出すのも、三木助にはなかった場面だし、その前に「なぜ、お嬢さんの名前を聞かなかった」と大旦那に問いつめられて「そこまで立ち入るのは」などと強弁する場面も志ん朝のオリジナルだろう。

一九七四（昭和四十九）年十月、春風亭柳朝との「二朝会」で『崇徳院』を出したとき、火鉢が……、鉄瓶がお嬢さんに見える、のくだりで、（熊さんが自分を指し）、「あっしもお嬢さんに見えますか？」「いやァ……、お前は鉄瓶に見える」とやった。

それがおもしろかったので、この速記の口演を決めた際にそれを言うと、志ん朝さんは「へえ、そんなこと言ったっけ？」ととぼけ、結局再現はしなかった。そこまでやってはふざけすぎとでも思ったのだろうか。

熊さんの恩賞は誰がやっても三木助同様「三軒長屋」だが、相手方のは、三木助の「積み樽」があまり継承されていない。それではインパクトが弱いからだろう。ここではズバリ現ナマの「百円」になっていて、それが同時に明治末ごろの時代設定をうかがわせる。お嬢さん側のご褒美は、まだ工夫の余地があるようだ。

「水の垂れる」は洒落の都合上で、本来は「水もしたたる」だ。「小倉百人一首」にも入り、それこそ八つの女の子が暗誦しても不自然ではないほど名高い歌を詠んだ崇徳院は、保元の乱に敗れ、配流の地・讃岐で憤死したという第七十五代天皇・崇徳上皇である。

三百人劇場での「志ん朝の会・特別企画――志ん朝七夜」は一九八一（昭和五十六）年

四月十一日から七日連続で行なわれた。予告のネタ出しをしたがらない志ん朝さんなので、敢行を受け入れたあとも、七日分のネタ出しなど不可能という話になった。

そこで、事前に候補演目を〝団体〟発表し、どれをどんな組み合わせで披露するかは当日のお楽しみという案に落ち着いた。十九演目が発表され、七日間で十七演目が演じられたが、志ん朝さんは、内密に七日間十七演目の構成を決めていたようである。

このあと、「志ん朝の会」の再開は翌年一月ということになった。十一月、芝居に出演していた志ん朝さんを日比谷の芸術座楽屋に訪ねると、志ん朝さんのほうから、「七夜のやり残しがあったよね」と言う。『崇徳院』と『お茶汲み』だと答えると、いともあっさり、「じゃ、それをやろうか」と言った。

一月の会の演目は珍しく二ヶ月も前に、しかも志ん朝さんの発案で決まってしまった。その口演がこの速記である。マクラでは仕方なしに残り物を仕末するような言い方をしているが、それは客前のきどりというものだ。正月の多忙と当日の寒さをぼやいてもいるが、出来はすばらしいものだった。

タブーのように思われていた「独演会」の呼称もマクラで自分から繰り返し口にしている。大事業も終わって、突っ張りと建前を外したのだろうか。しかし、あとから思えば、それは「志ん朝の会」時代のフェードアウトの予告でもあったのだろう。

搗屋幸兵衛

えェ、人によっていろいろと、お癖というものがありまして、まァあの、こちら（高座）のほうから拝見しているってえと、お客様方ン中にも、ええ、噺の聴き方のいろんな癖があるなんというね…、ええ、おもしろいもんですな。あのよく…、こういうところへ来て、半券ですとか、あるいはちょいと小ちゃなプログラムやなんか、それ、ポケットん中に入れるとかなんとかしないで、手にずうっと持ってらっしゃる方がいる。それをただぼんやり持っている人ってのァ少ないもんですな。四つにたたむとか、あるいはこう、クルクルクルクル丸めていく。初めはこのぐらいの太さだったのが、一生懸命やってるうちにだんだん細くなる。それでおしまいになんのかなあなんと思って見てるってえと、そいつを口ン中にこう入れましてね。ええ、唾で湿りをくれといて、しばらく経つってえとクッとちぎってプッ、なんて吐いて、（終演で）出るときにはなくなっちゃうなんというような、ねェ、いろんな癖があるもんですが、おもしろいもんですな。

畳のけばを毟るなんというのは昔はよくあったんだそうです。

「さあさあさあさあ、こっちイお入んなさい」

「（平身低頭）どうも、あいすいません。いえ、もっとォ早くに伺わなくちゃいけないと思ってたんでございますが、どっほっほ（つくろい笑いをし）…うも……、えー、いろいろと…その、えー、退っ引きならない用がございますんで（うつむき加減で畳をむしり始め）、えー、どうしても（むしり）、えー、こちらに伺うことが出来ないというようなわけで、（相手の反応に）いえ、それはよォーくわかっているんでございます。えー、なぜ（むしり）来らいないかというと、こちらのほうで（むしり）、都合していただきました物を（指先のけばを口で吹き）、いまだにお返ししていないというところから（むしり）、こちらの敷居が高くなって、伺えない（力を入れてむしり）ということに、（吹き）なったんでございますが、なんとしてでも、早くそれは返したいとは…（力をこめてむしり）思っているんでございますが（うまくむしれないので畳をつくづく眺め）、なかなかど……」

「（奥へ向かい）おばあさん、わかったよ、おい。ええ？　この人だよ畳のけばァ毟ンのは。（相手に）お前さん、それ困るなっ」

「いえ、それァお困りは重々、（力一杯むしる）わかっているン…」

「まだやってるなあ。ちょっとそのね、畳を毟らいちゃ困るんですよォ」

「いえ、そ、困ると…、こっちも、（指先を眺めて気付き）はあ、……はっはっはっは、はアどうも、ええ、や、やりますかな？」

「やりますかなじゃアないよォ。ええ？　どうもおかしいと思ったんだよ、うん…。お前さんなんだあ、本当に。この間畳取り替えたばかりなんだから」

「あっ、取り替えたばかり。へ、へえー。どうりで毟《むし》りにくい」

そんな骨折ることァないんですがな。

えー、なんか他人《しと》のすることを黙って見ていられない、小言を言う、なんというような癖がありましてね。お年寄りンなるってえと多くなるようですけれども、お家主《いえぬし》さんなんかで昔はよくいたそうですな。朝起きるってえと、どうもこの、長屋一回り小言言ってこないってえと目が覚めないなんてんで、厄介な人《しと》がいるもんですが。

「留公《とめこう》！　またいつまでも顔洗ってやァってッ、本《ん》当《とう》にしょうがねえなァ。お前一人の井戸端じゃアないんだよ。他の人《しと》も使うんだから。どォも、しょうがないねえ。いつまで顔洗ったって、お前なんぞ同《おんな》じなんだよォ。変わり映えがないんだからっ。ええ？　男のくせに顔ばっかり気にしてやァんだから、本当にろくな者《もん》じゃねえなあ。ううん、いい加減にしなさいよッ。あまり擦《こす》ってるってェと、終《しめ》えには芯が出てくるぞォ。う…、本当に弱ったもんだねえ。…（臭《にお》いを嗅ぎ）どこの家《うち》だァい？　おまんまが焦げてますよ。お君《きみ》さんとこかい？　そうです？　そうですって言ってないでなんとかしたらどうだい、ええ？　洗濯をしていて、今手が離されません？　（苦り切って）それがいけないんだよッ。なんでも一緒にやろうとするんだから。ねえ？　洗濯をしちゃってからおまんまァ炊くとか、おまんまァ炊いちゃってから洗濯ンとりかかるとか、どっちかにしなさいよ。なんでも一緒にやろうとすんだからァ。なんでも一緒にはできないんだよ。あくびをしながら物を嚙もうったって無理なんだ。そういう理屈がわかんねえ、おめえさんは。あぁ弱ったもんだねえ……。（つくづくやりきれない調子で）またお兼さん、その子泣かすんじゃないよーォ、本当に。うるさいんだからさあ、ねえ？　なぜそう、いちいち泣かすのォ？　本当にまあ、子どもばっかりいじめんだからねえ。そのくせ亭主とァ仲がいいんだから、いやらしいねえ、もう本当に。少しゃ子どもとも仲良くしなさいッ！　本当にィ。ええ？　子は鎹てェぐらいで、大事にしなくてどうすんだ。また、ぶつんじゃないよォッ。なだめなさい、なだめなさい。叩いたって泣きやまないよ。ええ？　頭ァ撫ぜてやるとか、なあ？　なんかくれてやるとかするんだよォ。もうしょ、（なおも子どもにきつくあたるので）な、な、そうじゃないてんだ、まったくしょうがねえな、もう。（子どもに）泣くんじゃないぞ。わかってるわかってる、なあ？　いちいちなんだかんだって怒るんだろ？　え？　なんで怒らいた？　言ってみな、おじさんに。ええ？　うん。なに？　外ェ行って？　着物汚して帰ってきたら怒らいた？（舌打ち気味に）本当にしょう……、そう言ってやれ。男の子だ、なあ。外行って着物汚さねえで帰ってくるようじゃ体が悪いんだって。ええ？　本当に。おう、おじさんがな、あとでよォく、おめえのおっかさんにな、小言言ってやるから、もう泣くんじゃアないよ。ねえ、ああ、わかったわかった。おめえが悪いんじゃねえ。おっかさんが悪いんだ、なあ。そう！　泣くんじゃアない。（が、泣きやまず）そう、泣くんじゃ…、（泣きやまないので癇癪を起こし）泣くんじゃねってんだ、この餓鬼ゃア！　……もう、本当に、見ねえな…、泣き癖がついちゃってるから止まんねえんだよォ。本当に…うるさいから早く…なんか首絞めるとかなんとかして止めなさいよォ。どォもしょうがないねえ、まったくどうも…みんなもう。おおい！　俥夫さァん、だめだよゥ、こんなとこに梶棒つけてどっか行っちゃっちゃッ。ええ？　お前さん、よくここへ入ってきて休んでるねえ？　いけませんよ、ここへ入ってきて休んじゃア。路地が狭えんだから子どもが駆け出してきて蹴つまずくじゃアねえか。ええ？　本当に。どっか広いところ行って休みな、広いところへッ。なにをゥ？　一度も乗ったことがないくせに威張ってる？　乗らないよ、あたしゃ俥なんぞへ。早く出てっとくれよ。ね？　うん。見てるよ、あたしゃ出てくまで。その人にねェ、『俥いかがさまです』って勧めたって乗らないッ、その人は。その人はこれから俥曳こうかどうかって相談している人なんだから。乗る人じゃアないの。…どォもわかんねえなあ。ああ、しょうがねえ…。（ぶつぶつと）どこのかみさんだか知らねえが、大きな髷に結ったねえ。よく重たくねえなァ、あんな髷に結ってェ。おお、まあ、本当にもう、弱っちゃう…、(とぼやいていたが突然)…ショウッ!(犬を追い払い)どこの犬だか知らねえけども、ここの長屋へ入(へえ)ってきて、うちの植木に小便(しょんべん)引っ掛(か)けるから、みんな腐っちゃうじゃねえ。ええ?(犬をつくづく見て)妙な顔してやァら本当に。おめえの模様(がら)ってのァないねェ、顔が染め分けンなってんだよ、ねえ?(犬に)向こう行きなさい。向こう行けっ。情けなそうな顔したってだめだっ。そっち行け、ちきしょう!　ショッ!…(去る犬を見送り)本当に。もう弱ったもんだねえ、んん、も、ああいう犬まで、もう(と天を仰いで)、ん?　なんてェ天気だろうね、この天気は。降るなら降るとかね、晴れるなら晴れるとか、どっちかにしてくれりゃアいいン…本当に体がおかしくなるよ。…(我が家に戻り)おばあさん、今帰(けえ)ったよ。あー、どうも…。長屋の者(もん)に小言言って帰ってくるってェとくたびれちまうよ。喉渇いちゃったァ。お茶いれとくれ、お茶を。うん。あーあもう、本当にねえ、(と話し始めたが老妻が動こうとしないので)お茶。…お茶をいれておくれってェのっ。なぜ人(しと)の顔をじいっと見てんだよ。聞こえるかい?　あたしの言ってることが。お茶いれてくれ…。(舌打ちし、命令調になって)お茶、いれなさいよォッ。(ひとりごちて)なんか用言いつけるってェと、そやってなんかこう、不承不承にやるんだからァ。さっささっさとやったらどうだいっ。しょうがないねえ。(舌打ちして)すぐにいれなよっ。なんかやらせるってェと遅いんだよ。嫌々やると遅くなるよっ、物事ってェのァ。ねえ？ テキパキとね、気持ちよくやっとくれ。そうするとすぐに用ってのァ済むんだから。ねえ。嫌だなあ、と思いながらやるってェとね、なんでも遅くなる、ねえ。(キセルに煙草を詰めながら) おばあさん、いつもそうなんだ。それが一番困るんだ、あたしゃア。うん…。(キセルをくわえ老妻に) ああ、本当に長屋のやつはさあ、(吸う) いくら小言言ったってねえ、もう、わかってくんねんだから、もう本当にね、も、いらいらしてくるねえ。もお、本当にもーぅ、……(キセルを持ったまま背を屈め、首を傾けて光にかざすように畳を点検し) なんだ、これ？…おばあさァん、猫の足跡、猫の足跡ッ。だめだよ、ちゃんと拭いとかなくちゃア。(不機嫌に) あたし飼うの嫌だってのを、おばあさん、どうしても飼うってェから飼ってんだろ？ 猫は外から帰ってきたら、ちゃんと足の裏拭いてやんなさいって、あれほど言ってるじゃアないかァ。ええ？ お前さん、そういうことはね、もう、ちゃんと始末しておくれよ。じゃないってェと猫ォどっかへ持ってっちゃうよ、本当にィ。三味線屋に売っちゃうから。本当に。それが嫌だったら、ちゃアんとそういうことしとくれ。ねえ？ うん。お茶ァあとでいいから、ここんところにこう (猫の足跡が) あると気になるから、先、拭いちゃっとくれ。え？ い、その、だから、(苛立ち) お茶は今いったん、手を休めりゃいいじゃねえっ…。こっちを拭きなさい。こうやって、ここンところにチラチラ見える、これが…嫌だから、……（煙草を吸いつつじっと見つめ）だめだめだめ、だめだよ。だめだよ、おばあさん駄目なんだよォ。横に拭いちゃだめ、横に拭いちゃ。畳の目なりに拭くんだ、目なりに。ねえ、じゃないってェとおめえ、取れねえよ、汚れが。（やり直すのを見て）そうだよ。ねえ？　うん。これから気を付けなさいよォ、ねえ。（気を変えて）いやもう本当にねえ、（キセルをはたき）長屋のやつがねえ、もうあたしが言うことをねえ、聞いてねえんじゃねえかと思うのは、毎朝同じ(おんな)ことを言わせんだ。違うことを言わせんならまだわかんだよ。ねえ？　それがァ（と気付き）……裏の戸が少し開(あ)いてるよ、おい。ピタッと閉めときなさい。ああ。釜の蓋が曲がってるよっ。布巾(ふきん)が飛ぶぞお！　ほら、布巾飛んじゃったよ。布巾、飛ん…ま…。そのねえ、お茶またあとにして…。お前さん、なんかひとつのことをやらせるってェと、そればっかりこうなっちゃうねえ。ね？　いろいろとそのねェ、そんときによっていろいろな用が増えんだから、ね？　そうそうそう。そう、その、布巾を先イ掛け…。そのまんま掛けんじゃないよ。え、下に落っこったんだろ？　そこンところは人(しと)が歩くんですよ。ね？　うん、それで茶碗拭いたりなんかするんじゃねえか。よくこう濯(ゆす)いでキュッと絞って、ピーンと伸ばして、それで掛けといとくれ。本当にィ、どうも言われなくちゃわかんねんだからねーえ…。あたしァ外(おもて)行って小言言ってくんだから、家じゃ少し休ましとくれよ、本当に。あたしに小言言われたからって猫蹴飛ばすことァないでしょ？　なんかあるとすぐに猫に当たるんだから。よくない癖だねえ、本当に。猫婆ァめェ。うん。早くお茶いれなァ」

「こんちはァ」

「はいはい。…人が来たよ。（お茶は）いいよあとで。うん。…はあいっ、なんですか？」

「ええ、少々うかがいますが、お家主の幸兵衛様のお宅はこちらでございましょうか？」

「はいはい、あたしが家主の幸兵衛ですよ。はい。ご用がおありでしたら、そこ開けてこっちイお入んなさい」

「さようでございますか、ちょっと失礼をいたします。ごめんください。（玄関口に入り）あ、どうも、ええ、ちょっとォお尋ねしたいことがございまして」

「ああそうですか。ええ。えー、そこじゃ話が遠くなりますから、さあさあ、まあ、こっち、お入んなさい。え、まあま、遠慮いりません。さあさあ、お入んなさい」

「さいでございますか。ではちょっと、ごめんくださいまし（上がりがまちに坐り）。えー実はあの、あたくし、通りがかりの者でございますが、えー、この先に、貸し家がございますなァ。ええ。え、あすこをあたしひとつ、お借りしたいと思いますが、え、いかがなもんでございましょう、あたくしに貸していただけましょうか、それともご先約がございましょうかな？」

「ええ？　ああ、あすこの？　いやいや、まだ、決まっちゃアいませんよ、ええ。えー、貸してくださいと言われれば、貸さないことはありません、ええ。貸家という札がだから貼ってあったでしょ？　ええ、こっちもそれが商売ですからな、ええ。えー、貸さないことはないんですが、あァたァご商売いったいなんです？」

「えー、搗米屋でございますが」

「搗米屋さん？　あァたが？　（何を思うか深くうなずき）ふうーん、そうですかァ…。へえへえっ。おばあさんっ、搗米屋さん！　ええ？　はっはっはっは。布団を出しなさい、布団を、座布団を。ああ。（遠慮されるが、しきりに座布団をすすめ）さあ、さあさあ。まあ、まああ、まあ、お当て…いやいや、遠慮することァありません。あたくしも敷いてますから。ああ、まあまあまあ、（なぜか上機嫌に）エッヘッヘッへどうも。そうですか、あなたァ搗米屋さん。へーえ？　お茶すぐにいれなさいよ。お茶を、ね？　うん。いやァそうですかァ。えー、実はねェ、あの、あァたが借りたいてェ家ねえ、あすこにやっぱり、前に搗米屋さんがいたんですよ」

「(大いに納得し)はあ…、さいでございますかあ。道理で、…いえ、あたくしがね、ええ、ちょいと戸の隙間から中ァ拝見いたしましたら、土間が広くとってありますしね、ええ。もうすぐにもあたくしのほうの商売ができるようンなっておりますんで、こりゃアありがたいと思ったんで、やっぱりそうでございましたか」

「そうなんですよ。ええ。まあ、いいところォ目ェ付けましたねェ、あなたァ。え、(老妻に)お茶入ったかい?(茶をすすめ)いえ、さ、おあがんなさい。いやいやいや、遠慮することァありませんよ。うん。いやあ、そうですかァ、いやア、あなたがねェ、搗米屋さんならね、是非とも話をしたいことがあるんですよ、ええ。まあまあまあ、おあがんな…、いや、遠慮することァありませんよ。え、こういうことはね、慌てて話したってしかたがありません。お互いに、こういうことなんですが、うちはこうですよ、なんてんでね、話をしながらじゃないってェとね、ええ。いやあ、そうですか、搗米屋さん。よく来てくれました、懐かしいなあ、どうも、へえ。いやあのね、あたしはね、今でこそここでもって長屋の家主をしてますがな、ええ、初めっから、こうじゃないんですよ、ええ。若いうちはね、あァたがその、越して来たいという家のね、(現在位置からみて)向こう隣りにね、いたんです、へえ。ええ、(キセルを吸い、キセルで家屋の配列を示し)搗米屋さんがあって、その隣りがあたしが住んでね。あたしね、その時分ねえ、荒物屋してたんですよォ」

「はあ、さようでございますか？」

「まあ、若い者(もん)のする商売じゃアないかもしれませんがね。いや、あたしもね、初めやるときにね、ま、荒物屋なんてのはねえ、どうしてこんな商売…と思った…。ね、某人(ひと)にまア勧めらいたんですが…。ところがね、よく考えてみるってェと、まあ、田舎から出てきて、商売のイロハも知らないでね、妙なもんに手ェ出してなんかしくじりがあっちゃいけないと思ったんで、ま、儲けは薄いが、これなら間違いなかろうと…、ねえ？え、あたしもそう思ったんでね、じゃ、荒物屋やりましょう、なんてんでね、荒物屋を始めたんですよォ」

「ああー、そうですか。へえへえ。（そんな話はどうでもよく）であの…、ええ、家(うち)のことなんでございますが」

「（さえぎり）いええ、だ、ま、今ね、だんだんに話をしますよ。いや、あなたがね、搗米屋さんだてェからあたしは話を…（しみじみ）懐かしいや、どォもなあっ、うーん。（キセルを吸い）まあ、若いうちですからねえ、ええ。大した元手もないんでね、エエ、店にこの、並べる品ったって（はたき）限らいてましてね、ええ、そうは仕入れられないんで。ただね、あたしもね、田舎にいる時分にね、手先が器用でしたしね、ええ、ま、田舎にいる者ァみんな出来ますよ、ええ、縄ァなうとかね、ええ。それから籠ォ編むとか、そういうことは出来ますんでね、たいがいの物は自分であたしこしらいまして、箒(ほうき)でも塵取り(ちりとり)でも、ええ。もうそれこそなんですよ、どんどんどんどん自分でこしらいてね、しっかりした物をこしらいて、束子(たわし)でもなんでもそうです。でェ、並べて売るでしょ？　で、他の店より安く売るもんですからね、買ってった人(しと)が、『ええ？　他所(わき)で買ったより安いし、うう、長いこと保(も)つねえ』なんてんで、ええ、たいへんに評判になりましてね。まあ商売なんてェのァね、一生懸命やってるってェとどんな商売でも必ず儲かるってことァありますよ。なるべくいい品を人様に安く売りたいというあたしのその気持ちが通じたんですかな。ええ。もう、おかみさん連中が他行(よそ)って話をしますから、わざわざ他(よそ)の町内からまで買いに来てくれる。ええ？　で、どんどんどんどん儲かりましてね、そのうちにゃ、ま、え、いろんな…あたしのこしらいられない物、ね？　そういう物やなんか仕入れましてね、ええ。それもなるべくいい物を仕入れて安く売ったン。もう、ますます儲かりました、あの頃はねェ」

「(気のない様子で)え、あ、そうですか、へェ。…で、(切り出しにくそうに)あのう、なんでござんす、あのう…家(うち)のことでございますが、いかがでございましょう？　貸していただけないもんでございましょうか？」

「いえいえ、まあま、ちょいと、まあちょいとお待ちなさい。あなた搗米屋さんでしょ？　搗米屋さんだからあたしゃ話をしようてン、ねえ。でねえ、まあ、そうこうしているうちにねえ、うう、その、向こう横町にね、源兵衛さんという人がいて、ええ。この人はまたたいへんに親切な人で、世話好きな人でね、その人があたしンところイあるときに来てね、うん。『お前さん一人じゃたいへんだろ、え？　かみさん持ったらどうだい？』って、こう言うからねェ。『冗談言っちゃいけませんよォ、ええ？　てめえ一人が食うのにやっとなのにねえ、かみさんなんぞ持っちゃ、食わしていけませんよ』ったら、『いや、そんなことァないよ。昔っからよく言うじゃないか、一人口は食えないが、二人口は食えるという喩えがあるから、え？　うん。なんとかあたしが世話するから、持ったらどうだい』って言うから、『そうですか、そりゃまア、いたほうが助かるんですが、あたしのようなところイねえ、来るような、そんな女ァいないでしょ』ってそう言ったらね、『いや、そうでない』と、ね。『実は出戻りの女が一人いるんだ』と。『あたしの遠縁の者でね、まあ別れた亭主というのがたいへんな道楽者で、飲む打つ買うの三道楽でもってさんざん泣かされて、もう嫌だというんで我慢しきれなくて飛び出してきた』と、ね。『だから今度は、所帯の苦労はちっとも厭いませんから、なんとしてでも堅ァい、ごく堅い人と所帯を持ちたいんでよろしくお願いしますと、あたしゃ頼まれてんだ。で、お前さんのことを話をしたら、じゃ、その方と是非にという、向こうのほうでそう言ってるんで、え、どうだい？ その女(ひと)と一緒ンならないかい？』って、こう言われたんだ、あたしが、ええ。『そうですか。向こうがそれを承知だったら、あたしのほうはもう、願ったりですよ。じゃお願いしますよ』ってんで話がね、トントントーンとこう、決まってね、ええ。で、その源兵衛さんの世話で、(今さらながら少し照れて)んん、ええ、女房を持つことになったんですよ。(恍惚と)んんん…」

「(困惑し)ああ、そうですか？ へえへえへえへえ、えー、どうも結構なことでございま…、ええ。で、そのあの、家(うち)のことなんで」

「まあまあまあ、そんなこと言わない…。せっついちゃいけませんよ、あァたァ、ええ？ 搗米屋さんでしょ？ だからあたしゃ話をしようてん…、ええ。でねェ、ええ、まあ今夜ァその嫁さんが来るなんてェ日はね、なんだか朝から落ち着きません。え、髪(かみ)結床(いどこ)行ったり湯に行ったりなんかしてそわそわそわそわしてました。でね、夜ンなったらねえ、んん、(嬉しい思い出にふけるよう)へっへっへっへ。来ましたよゥ。ええ？ 源兵衛さんに連れらいてその嫁さんなるものが。え？ 綿帽子なんぞをかぶって。あのまた綿帽子というのはいいもんですな。え、嫁さんは綿帽子に限ります。ええ。嫁さんの鳥打帽子なんてのァいけませんです、ええ。それで、いろいろとこう話をして、仲人は宵の口なんてなことを言って、で、その源兵衛さんいなくなっちゃったン、ねえ。で、顔が見えない、綿帽子のおかげで。どんな器量をしててんだろう？　え？　あたしンところイ来るぐらいだ、ねえ？　ましてや、亭主と別れてきたんだから、きっと、ひどい顔しててんじゃないかと…、ねえ？　こっちはま、顔なんぞァどうだっていい、顔はありゃアいいと、こう思ってましたからね。ええ。まあ、かなりのひどいところまで手を打とう（容認しよう）と、そう思ってたんで…、ええ。それでまあ、どんなだろうなあと思って楽しみにしてて、その嫁さんが綿帽子を取ったところをひょいっと見てあたしゃア驚きました。（大仰に感動を表現）クアァァ！　え？　カアァァ！…この、おお、いい女ったってあなたねえ、こんな女ちょいとねえ、あたしゃほうぼうでいろんな人を見ましたがね、それァもう、い、いいのじゃアもう、一ですね。ねえ！　それァもう、どことなくねェ、色気があってねェ、それでいてその、品があってねェ、ええ？　これ…、あんまりきれいなんで、あたしはね、ちょいと考えましたよ。だってそうでしょ、ねえ？　こんないい女をねえ、亭主がこの、別れるわけはないってんだ、ね？　だから『あっ』、心配ンなりました、ねえ？『あーアそうか、ねえ。顔のいいのに溺れて、朝寝が好きで酒好きで…、長屋歩きの金棒曳きなんてよくいるよ。ねえ？　おしゃべりでもって怠け者で、ええ？　そういう女じゃアないかな』と思ってあたし心配したんですよ。これがね、あァたの前ですがねえ、よく働く。もう朝っから晩まで一生懸命働いて、ま、今のうちの身代なんてのァ、あらかたそのかみさんがこしらいたと言っても言い過ぎじゃありませんよ、ええっ。（力こぶを入れ）そッれッでまーあ、あたしには親切でねえ、えっへ、（すこぶる嬉しそうに）どォ…も、もう、仕合せだなあ…と思いましたァ」

「う、仕合せだなあと思ったところで、ひとつ家のほうのことを」

「いや、まあまあまあ、そんなこと言わないでお聞きなさいよ、ええ？　ま、そうやってねえ、あたしたち二人で一生懸命やってましたが、（真面目になって）まあ人間なんてェのァねえ、先のわからないもんですよ。ええ？　満つれば欠くるなんてェことを言いますな、ああ。仕合せがあれば、不仕合せンなることもある、ねえ？　うん。まあ一枚の紙にも裏表なんてェことがありますがねえ、その通りですよォ。ええ。（シリアスな調子になり）いや、実はね、そのかみさんが風邪をひいたのが原因でねえ、患いましてねえ」

「（聞かざるを得ず）ふ、ふんふん」

「ね。それもすぐ患いついてくれりゃアよかったんですがね、辛抱強いかみさんですから、ええ。まあ風邪をひいたのに無理をして一生懸命働いていたんで、病を追い込んじゃったン。ね？　で、自分のほうから『寝ましてください』って言ったときにはもう、かなり手遅れ。ねえ？　お医者様に診したが、いっこうによくならない。ね？　で、あるときにお医者様が帰りがけに、あたしのことをこんなんなって（そっと手招き）呼ぶからね、『ん、なんです？』ってそう言ったら、『あの病人はもう回復らない。今のうちに、親類中に会わせたほうがよかろう』と、こう言うン。ええ？　う、（実感をこめ小声になって）もうあたしゃそんときにはもうねえ、がっかりしましたよォ。せっかくこうやってね、うまくいったのに、……（悔し涙さえ催し）ほんとにあたしゃアね」

「（とても付き合いきれず）……どうもあいすいません。ちょっとあたくしもあの、急ぎますもんで」

「（大声で引き留め）まあ、そんなこと言わないであァた、いいじゃありませんかァ。え？　今あたしの女房が生きるか死ぬかという瀬戸際なんだ。うう、まったくそういう…、だめですよ、そういう薄情なこっちゃ、ねえ。で、ま、医者ァ帰っちゃったあとであたしゃなるべくね、明るく振舞おうとそう思ってました。やってましたよ。ところがね、ん、女房があたしのことを呼んでね、『今、先生なんて言ったんですか？』って、こう言うから、『いや、たいそうよくなったってそう言ってたよ』とこう言うってえと、『嘘でしょ。あたしゃ自分でわかります。もうあたしゃ長いことありません』『いやそんなことァない』『いえ、もう自分でよォくわかるんです。ひとつお願いがあります』って言うから、『なんだい？』ってそう言ったらね、『お前さんも、あたしがいなくなったあと、きっと後添いを持つでしょ？』って言うから、『いや、そんなことァないよ、え？　あたしゃもうずっと生涯独身でもって通すよ』ったら、『いえ、そうはまいりません。これだけのご身代になったんですから、そういうわけにはいきません。どうぞ後添いをお持ちなさい。お持ちなさい、ですけれども、そこでお願いというのは、あたくしの妹を後添いとして持ってください』ってこう言うんだ。ねえ？　それから、『ばかなこと言っちゃいけないよ、お前さんの妹ってェのァ、え？　失礼だけれどもお前よりきれいだし、ね？　歳は若いんだし、これからひと花もふた花も咲かせようという、先のある身柄じゃアないか。ん？　それをこんなあたしンところイ来て…、そんなァ、かわいそうだよ』、『いや、そうじゃアない』と、ね。『あたしの先の亭主のような男に巡り合ったら、それこそ不仕合せンなるから、旦那のようにやさしい方ンところでもってお世話をさせていただいたほうが、どんだけ仕合せかもしれません。それが本当の女の仕合せというもんですから、そうしてくださいましな』って、こう言うから、え？『つまんないこと言っちゃいけないよ。まあなんでもいい。ま、そんなことァあたしの口から妹には言えないから、え？　妹が来たら、お前の口からそう言っとくれ』ってそう言ったンだ。え？　そうしたら『妹呼んでください』って言うから、妹呼んできて会わせたン。そしたら、なんだか知らないけれどもね、長いこと話をしてましたよ。え？ そしたら妹のほうが、『それじゃ、姉さんがそう言うんでしたら』ってんで話が決まったン。途端に安心したのか、その、女房がね、んんん、…死んじゃったン」

「（行きがかり上）う、そうですか？…ふうん、…まことにご愁傷様で」

「うゥ、今さらねえ、悔み言われても始まらないけれども。まあ、で、まあその、問弔(といとむら)いをしてね。百か日過ぎてから、また前(まい)にお仲人をしていただいた源兵衛さんにわけを話して、『こういう…』『ああそうですか、じゃ喜んで』というんで、源兵衛さんに仲に立ってもらって、その妹のほうとまた、一緒ンなったン、ねえ！（また感動をこめて）と、これがねェ…、姉さんよりもちろん若いでしょ、ええ？ それでもう、きれいでねえ。（実感をこめ）もう肌なんぞまるで違いますね。ええ、もう光って見えます、肌が。ええ！ （また嬉しそうに）どうもね、はちきれんばかりでねえ、うふっ、（どゥもッ。（のろけたっぷりに）それでまた姉さんに負けず、あたしにやさしいんですから、ええ。はーあ、あたしぐらい女房運のいい者(もん)はないなァと…思ってたんですよゥ。ええ。そしたらね、しばらく経つってェとね、妹がね、なんだかやけにこう、考え込んでるン、ねえ？ それから『どうしたんだい？ 具合でも悪いのかい？』ったら、『具合は悪くないんですけれども、ちょいと気ンなることがあります』って、こう言うから、『え？ 何が気になるんだい？』って言ったら、『姉さんは、あたしに旦那の世話をするようにと言っておきながら、あたしが旦那と一緒ンなったら、あたしのことを恨んでる』と、こう言うン、ねえ？　それから『何を言ってんだよ、お前の姉さんに限って、そんなことを思う人じゃアないよ、ねえ？　何を証拠にお前、そんなことを言うんだい？』と言ったら、『毎朝お茶湯に行くってェと、必ず位牌が後ろ向きンなっちゃってる』ってン、ええ？『それァなんか間違いだよォ。お前がなんかね、掃除をしといて、ええ？　で、ついついその、後ろ向きにしちゃったんだろ。じゃなかったら、鼠でも入って、なんか後ろ向きンなっちゃったんじゃないかい？』ったら、『いえ、あたしは前の晩必ずちゃんとこっちイ向けといて、ね？　そして（仏壇の）御扉を閉めて、あくる朝お茶湯に行ってみるってェと必ず後ろ向きンなっちゃってる』と、こう言うんだ。ええ？『そりゃおかしいなァ。じゃアひとつあしたの朝、あたしが一緒に行きましょう』ってんでね、うん。まあ、その晩ね、位牌をこっちイ向けといて、で、御扉をきちィッと閉めて、ね、ちょっとこう動かしたって鼠なんぞ開けらいるようじゃアない、ね？　きっちり閉まってる。まあその晩寝ました。で、あくる朝ンなって、その妹のほうと一緒に仏壇のところイ行ってお茶湯しようってんで、御扉をこう開けて、お灯りをこう点けた。と、そのォお灯りでふうっと浮かんだ位牌を見て…、あたしは驚いたン」

「(ついに話に引き込まれ)う、どうなってました？」

「なるほど、後ろ向きンなっちゃってる」

「……へええ(びっくり)…。えエ」

「ね？　さーア、あたしゃ、ゾッとしたね。(つくづくと実感をこめ)女の悋気嫉妬というものは、こォんなにもすごいものかと思った。え？　あたしはいいよ。あア怖いなと思っただけだけれども、妹のほうがさァ、それを気にして、しまいにゃア食べる物も食べらいなくなって、とうとう患いついて、医者に診したんだが、…これも回復らねえ。あの世へ行っちゃったよ」

「…そうっすかあ。……うん。本当に申し訳ないんですがな、お取り込み中…、ええ。あのォ、家のことなんで…」

「(たしなめるように)ま、そんなことァどうでもいいじゃアないかっ、お前さん。ねえ？で、あたしは仏壇へ今度は位牌をふたっつ並べるようなことンなったン。情けなかったな、そのときには。まあ、しょうがない。位牌が出来てきた。姉さんの位牌とこっちイこう向けて(並べて)置いといた。御扉閉めて、ね？　あくる朝起きて、で、お茶湯に行ったよ。すっと御扉開けて灯りをこう点けて、ひょいっ…と見るってェと、…今度お前さんねえ、姉さんの位牌と、妹の位牌とが揃って…後ろ向きンなっちゃってる」

「へえッ？」

「…あたしゃね、腹が立ったよ。えェ？　『(怒った声で) なんだい、お前たちは気ィ揃いてッ。ええ？　あたしが何を悪いことしたんだ。一生懸命あたしは手を尽くしたじゃアないか。寿命といってそりゃしかたのないもんだ。なんだい、お前たち姉妹揃って、なぜあたしに背中向けたりするんだいっ』…怒鳴っているときにふっ…と思ったのが、『そうだ』…この辺はねえ、昔は草深いところで、え？　今でもたまに狐だとか狸やなんかを見かけるてェ話を聞いているだろ、え？　『あっ！ (手を打ち) ことによるってェと、あたしが気落ちしているところを狙って、そういうものがなにかいたずらしてんじゃないかな』…っと、そう思ったよ。え？　それから、『そうかッ』。その晩は寝ませんよ、あァた。ええ？　もう仏壇をねえ、こう御扉開けてねえ、位牌をこっちイ向けといて、ねえ？　そりゃもう襷をしてね、向こっ鉢巻きをして、え？　尻を端折ってさ、ねえ、そばに六尺棒置いといて、踏台に腰ィおろして、クァーーッて腕組みをして、仏壇の中ァ睨んでた。え？　だんだんだんだん夜が更けてきた。夜中の十二時。なんか始まるかなっと思って見てたらねえ、…なんにも始まんない。ねえ？　一時、二時、昔でいう草木も眠る丑三つ時。こういうときに妖怪というものが悪さァするんだなと思うから、こう六尺棒を掻い込んでね、うん。カァーーッてんで油断なく、…こう見ていたン…。

何事もない…。ええ？…三時、四時、明け方になにかあるかなアと思ったら、何事もない。五時ンなった。あたりがこう…、白んできた。ね？　細かく言うと五時半。…ほうぼう起きる家やなんか、あるんだよ。と、隣りの搗米屋がね、ガラガラガラァーッてんでねえ、起きた。朝早え商売だから、ね？　表戸ェ開けて、で、若い衆が起きてねえ、米搗き始めた。〽（米搗き唄）鐘が鳴るのかよーーォォォー、撞木がーァ鳴るかよーーォォーォ』…ズシン、〽鐘と撞木のよーーォーォ、間がァ鳴るゥゥゥゥ』…ズシン…、っていうとねえ、目の前でもって位牌が（少しずつ回転する手つき）、ズズッ…ズズッと動き始めたン…。ねえ？　こっちが起きてきてお茶湯に行く時刻には、ちょうーど揃って後ろ向きンなっちゃう。ねえ？　いいかい？　最初の女房というものは病で死んだからしかたがないよ。あとの女房というのァそれを気にして死んだんだ。ねえ？　してみりゃア搗米屋が殺したようなもんだろ？　だから搗米屋が越して来たら、あたしゃ敵とろうと思って、今まで（貸家を）空けて待ってたんだっ！　女房の敵だ、それへ直れッ！」

「冗談言っちゃいけない」

……『搗屋幸兵衛』というお噺で…。

解説

『小言幸兵衛』の前半が分離独立して一席になったものだという。したがって幸兵衛が長屋の連中や老妻に小言を連発するあたりまでは両演目共通である。

五代目古今亭志ん生は豆腐屋が借りに来て怒って帰るくだりを冒頭に付けている。豆腐屋は分離独立以前は搗米屋のあとに来て、次に仕立て屋が来るという『小言幸兵衛』の段取りになる。志ん朝が豆腐屋をやらず、搗米屋一本に絞っているのは、『小言幸兵衛』もよくやったからだろう。志ん生は『小言』をおそらくやっていないのではないか。

志ん生、志ん朝ともに「冗談言っちゃいけない」の、いわゆる「冗談落ち」で終わっている。『小言幸兵衛』も本来のサゲの手前で終わる演者が多いが、これは、そのサゲが通じにくく、あまり効果があがらなくなったからである。

最後に借りに来た男はひどく乱暴でさすがの幸兵衛もおびえてしまう。商売はと問えば鉄砲鍛冶。「どうりでポンポン言いどおし」というサゲなのである。鉄砲鍛冶では通じないからと花火屋に変えた例もあるが、それも今は古くなった。この古いサゲはもちろん、『搗屋』、『小言』に共通のものだった。

志ん朝口演は志ん生の基本に沿っているが、幸兵衛の人格造形が一段と明快、個性的だし、くすぐりも独自なものが数多く加えられている。導入部で子どもをなだめ、一転癇癪を起こすところもおもしろいし、老妻の一つことしかやれない性向を指摘したり、いやと思わずにやれとたしなめるあたりには演者自身の心が見えるようだ。

搗米屋と聞いて待ってましたとばかりに座敷へ上げる。いかにも意図的だが、ここは志ん生ではもっと場当たり風で、意図は感じられない。花嫁の鳥打帽子、仕合わせだなアと思ったところで貸して下さい、あたりの軽妙な運び、勝手な身の上話に困らされていた搗米屋が思わず、「どうでした？」と引き込まれるところ、「肌なんかまるでちがう」の素のろけ……、志ん朝落語ならではの、突込みの深い滑稽である。

仇を討つと言明するところで「それへ直れ」と侍よろしく大袈裟に構えるのも、サゲ際のリズムとエネルギーを強調している。それにしてもいじらしい女心、うらやむべき幸兵衛の女房運。そのころ彼は、女房には小言を言わなかったのだろうか？　三人目と思われる現在の老妻がよっぽど出来が悪いのか。

『小言半兵衛』にくらべて少し長く地味だが、「ズシン……」で聴き手が真相を察し、客席にじわじわと笑いがひろがる。聴き手にも、おそらく演者にも、ここは落語の醍醐味である。のんびりした米搗き唄が予知と期待をふくらませる媒介をする。落語のすぐれた知恵というべきだろう。

真景累ヶ淵　豊志賀の死

えェ、お運びでありがたく御礼申し上げます。

夏に向かっておりますんで、今夜はひとつ、幽霊が出るという…、うゥ、あたくしがやるといくらかばかばかしくなります…。大圓朝（だいえんちょう）作の『真景累ヶ淵（しんけいかさねがふち）』という、そン中から『豊志賀の死』というのを、聴いていただこうと、こういうようなわけで…。

なんかあの、因縁話ですとか、ええ、怪談話、そういうものってえのァ、人が憧れまして、

「幽霊なんてのァ出ないよ、お前。死んじゃったらもう、それっきりなんだからァ、ねえ？　土に還っちゃうんだよ。何にもあらァしないよ」

なんてなこと言われると、なんかこう、本当に夢もなんにもなくって淋（さみ）しくなりますな。あれ…やっぱりこの、幽霊とかお化けなんというのには、人間のこの、ちょいと憧れがある。ねえ？　なんかこのロマンみたいなもんですな。んー、死んでも、心底死なない。魂というものは残っているんだというような、憧れからああいうことってのァあるんでしょうかね。ええ、女の方でもそうですよ。「あたし怖がりだけども、そういう話大好

きなの」なんてえ人がよくおります。んん、あたくしもォ、どっちかってえと怖がりで、そういう話は好きなんですが、あのう…、考えてみるってえと、なんか本当にそういうことってえのァ、あるような気がいたします。というのは、人の気が残るということがありますから。まあ、例えばこういうような劇場でも、お客様がまるでいなくなっちゃった夜中に、一人ですうっとこう（舞台へ）出てくる。ね？　で、こう客席を見渡すってえと、なんか怖いもんですよ。いわゆる人の気が残ってるというんですかね、ええ。椅子の間から誰かがこうひょっと覗いてるような、なんかそんな気がいたします。

気が残る。だからあの、殺されても、淡白な人はあんまり幽霊ンなって出ないんでしょうね。やっぱりこの執念深い人というのは、気が残ってそして、こう幽霊になる。そんなような気がいたします、ねえ。ええ、だから江戸っ子なんてのァあんまり幽霊ンなって出てこない。スパァッと斬られるってえと、タラァーッと（のけぞり）、もうそのまんまですから。普段、威勢はいい。「（早口に）なにを吐かしゃがんでェこの野郎。てめえなんぞタッタァッ！」と啖呵切ってるうちに、「つるせえッ！」バサッと斬られるってえと、「ウワアーッ！」……。それっきりです。ところがやっぱりこれ、執念深い人ってえのはもうその、死ぬときにも、これァいかにも幽霊に出るなという死に方をいたします。一太刀じゃアだいたいこの、参らない。スパッと斬ると、（肩のあたりを押さえ苦しそうに）「く…くゥーーッ！　ちきしょうッ、ちきしょうッ、くーーーーッ！」「うるせェっ！」バサッ！（二太刀目）「ぐわッ、ックックーー、うう、わぁーー」「うッ！（三太刀目）」「くっくーッ！　うわーーーッ！」…なかなか死なない。こういうのはやっぱり、もう、なんかこう（軽く幽霊の手つきをして）出てきそうな気がいたしますよ、ね？

怖い話というのは本当にいくらもあるんですが、ま、あの劇場なんていうのは、たいがいあるんです。ここ（三百人劇場）はどうだか知りませんけどもね、なんかその、因縁めいた話なんてえのァありますよ。夜、遅くなっちゃって楽屋で飲んでたりなんかしてね、で、帰るときに、もう奈落を通らなきゃアなんない。いわゆる花道の下のところ。あすこは嫌なもんです。小道具ですとか、人形ですとか、ねえ？　そいからちょっとした置物…お地蔵様、なんというような物やなんかがこう、並べてある。これがこう、ずうーっと立ってたりなんかする。薄ぼんやりとした灯りがポツンと点いてる。そこを通ってこう帰るときってのァ、嫌なもんです。だからみんなお互いに誘い合わして帰ってったりなんかしますが、んん、怖い話というのは、本当にみんなあの、好きなんですね。憧れる。よくあの、なんでもないけれどもその、怖い思いをしたという、そういう人の話ってのァ聞きます。なんだか、得体は知れないんだけれども、おれ、怖い思いをしたよ、なんというような話がある。そういうもんでもなんでも、いわゆるこの、自分の気からそうなっていくんですな、ええ。ただ、あたくしは、今でも本当に、信じております。あるン。そういう幽霊というのは、出るもんだと信じてる。この間、ある方にうかがって、

「あたしはそういうふうに思うんですがァ、あるんですかねェ？」

ったら、

「それァあるよ」

「でもね、いろんなところイ行ったり、泊まったりなんかして、でェ、他の人はそういう思いをしてるんですが、あたしだけはそんな思いがないんですよ」

ったら、

「それァ、お前さんが、幽霊というものはあるもんだと信じているから幽霊のほうが出てこない。『幽霊なんてのァ世の中にいるもんか！』っていう人には…（それらしい手つきと声で）『いるんだよ…』って出てくる」

そう言われてみて、ああ、信じててよかったなというような気がいたしますが…。

皆川宗悦（そうえつ）という鍼医（はりい）が深見新左衛門という御家人に殺されたというのが、この『真景累ヶ淵』という噺の発端でございますが、根津七軒町（しちけんちょう）に、富本（とみもと）節の師匠で豊志賀という

人がおりまして、これはあの、殺された宗悦の姉娘。妹にお園というのがいたんですが、これがまたたいへんに悲惨な最期を遂げた。で、姉妹思いですから、豊志賀はもう悲嘆に暮れまして、も、富本の稽古どころじゃアない。稽古所の看板を引っ込めてしまって毎日毎日、もう泣いております。ところが、いくら嘆き悲しんだところで、死んでしまった妹のお園というものが生き還るわけじゃアない。ねえ？ 周りの人も心配して、

「そんなことしてちゃアだめだよ、ねえ。お前さん、自分のことを考えなさい。な？ ああ、稽古をしてるってェとね、気が紛れるから、ね？ また稽古を始めなよ」

「そうですか」

ってんで、みんなに勧めらいて、また富本の看板をこう出す。そうすると、今までのお弟子さんがすっかり戻ってくる、それだけじゃアなくて、余計お弟子さんが増えたりなんかする。たいへんに評判がいい。で、昔ァあの、ほうぼうにこういう稽古所というのがあったんだそうですが、ま、繁盛っているところと繁盛らないところというのがある。で、繁盛らないところというのは…まず第一に師匠が男だってえと、これはどうも、繁盛らなかったそうですな。ええ。まあ、ああいうところイ行くお弟子さんの、あらかたが娘さんですから。とォ、親御さんのほうが心配でね、う、師匠とどうにかなっちゃア困るってんでお稽古にやらせない。でェ、男のほうはってえと、

「んん、男だってさあ、あすこの師匠」

「ええ？ なんだよ、本当にィ。ん、よく男でそんなことを稽古しやがんねえ。ほォんとォにもう、ふざけやがってェ。ばかにすんねエ」

なんて…ばかにしてるわけじゃアないんですけれども…。でェ、男の弟子は行かないから、これァ当然この、繁盛いたしません。っとォ、やっぱり女でなくちゃいけない。で、女ならばどんなお師匠さんでもいいかと言うと、やはりそうでなくて、身性が悪いってえといけないそうですな。ええ。うちの娘にそういうお師匠さんの真似をされたんじゃア困るからってんで、親御さんが稽古にあげない。で、男のほうのお弟子はそういうお師匠さんだったらいいかてえと、んん、そうでもないんですな。

「冗談じゃアねェよ、ええ？ あれともできて、こっちともできてるってんだ。なア？ ばかにしてやァんじゃねェか。行くな行くなァ」

なんてんで、男のお弟子さんも来ない。こういうのはやっぱりいけない。まず堅くって、そして、女っぷりが…まあ、いいほうがいいンで。そして、芸がしっかりしている。こう三拍子揃っているってえと、これァたいへんにこの繁盛ったそうですな。

で、この豊志賀という人は、歳が三十九で、美人というわけじゃアないんですが、どことなく仇っぽいところがあって、小股の切れ上がった…いわゆるこの、小粋ないい女。

男嫌いで長いこと通しております。で、行儀がいいというんで、もうたいへんに評判。御大家のお嬢さんから長屋の娘さんまでこの、お稽古に来ている。とォ、男嫌い…、男嫌いじゃア、男のお弟子さん採らないのかってえと、それァそうじゃない。商売ですから、男のお弟子さんも採る。とォ、お弟子になろうという男のほうも、

「んん、男嫌いじゃアしょうがねェな」

ってんで諦めるのかというと、そうじゃアないン。ねえ？

「男嫌いだってェけどよ、ええ？ おれが行きゃアそうじゃアないよ。あの師匠の了簡を変えさせよう」

なんてんでね、自惚れたやつがいるんです。で、いわゆるこの経師屋連という、こういう連中がいっぱい集まってくる、ねえ？ 稽古は二の次です。師匠を張ってる。張っているところから経師屋連という。お互いにこの、自分の了簡は見せませんから、ねえ。んん、牽制し合いながら、なんとか師匠にこの、取り入ろうてんで、師匠にいろんなことを言っておりましてね、

「あの師匠、ん、これね、実はね、あたしの知り合いの呉服屋がね、おかみさんにどうですってんで持ってきたんだよ、ええ？ ところがねェ、うちのかかあなんぞ、何着せたって同じなんだよ、うん。でえ、こういうのァね、とてもじゃアないけれどもうちの

かかあには第一、着こなせないから、ねェ？ 師匠みたいに粋な人だってェとね、これェ着るとね、柄が派手るんだよ、ねっ？ え、だからひとつ着ておくれよ」

「まあ、どうもあいすいません。ありがとうございます」

「(別の男)あの師匠、これねェ、あの、遠縁から送ってきたんだよ。うめえ干物だよ、えッ、これおあがりよ」

「あ、ありがとうございます」

いろんな物を持ってきてくれる。大掛かりになるってえと、

「(見回し)だめだな、この壁はァ、塗り直さないってェと。ええ？ 壁ッ、おれが塗り直そう。なあに、こっちァ商売(しょうべえ)だからいいんだよ、うん。でねえ、あの、襖(ふすま)だとか障子(しょうじ)ね、半公に言って替いさせようじゃねェか。ええ？ 畳は芳公だァ」

なんてんでね、他人(ひと)の領分までどんどん荒らすン。こういう物質でもって奉仕の出来ない人はというと、もう、体でお返しをしよう、なんか気に入られようってんでね、朝早く来て、水瓶(みずがめ)ン中に水を汲み込んで、流しの掃除をする、はばかりの掃除もする。あげくは糠味噌(ぬかみそ)までこう掻き回そうというような、まめな人もいる。もうみんなでいろんなことを師匠に言って(ゆ)くる。またこれでなきゃアいけないもんだそうですけれども…。

そういう連中に混じって近頃顔を見せるようになりましたのが、下谷大門町(したやだいもんちょう)でもって

莨屋をしております勘蔵という人の甥っ子で新吉という、今年二十一ンなる男で、色白でもって、なかなかこの愛嬌のある、目端が利いて、厭味のないすっきりとした男でございます。小僧の時分には、本石町にありました松田という貸本屋へ奉公していたんですが、この本屋が倒産をしちゃったン。しょうがないから伯父さんところイ戻ってきて、伯父さんの商売手伝うことンなったんですが、店が狭いもんですから人手はいらない。

「お前ねェ、貸本屋行ってたんだろ、ええ？　ほうぼうに顔つなぎが出来てんだから、煙草ォ売って歩いたほうがいいよ」

「ああ、そうですか」

刻莨ですから、箱ン中に入れまして、風呂敷イ包んで、こいつを背負って、あっちこっちと商って歩く。なるべく人の寄ってるところがよかろうってんで、あ、ここならばというんで、すっと入ってきたのがこの豊志賀のところです。もともと芸事の好きな男ですから、これァいいところイ来たなあと思っているってえと、大勢お弟子が待っている中でもって、

「煙草切らしちゃったよ。ええ？　誰か持ってねェかなあ？」

「あの、煙草でございますか？　えい、煙草、ございますよ」

「おッ、おめえ、莨屋かい？　あ、そう。う、ちょうどよかった。うん。じゃ五匁ばか

りもらおうか」

「おれももらうよ」

「こっちもだよ」

ほうぼうから声が掛かる。商いになる。で、好きな富本やなんか聴いていられる。すっかり気に入っちゃって、ねえ、それからァ毎日、この豊志賀のところイ顔を出すようになったン。とォ、近頃じゃあ、朝、顔を出すってえと、もう他へ回りません。ずうーっと豊志賀ンところにいるン。そして、商いをしながら、そこの女中と一緒ンなって豊志賀の家ン中の用を足したりなんかしてる。

「ちょいと、使いに行ってもらえるかい？」

「えい、ようござんすよ」

なんてんで、お弟子さんのお使いに行ったりなんかして、みんなともすっかり顔なじみンなっちゃって、ねえ？　温習会だ、なんというと、座布団をパーッと並べる。楽屋でもってお茶をいれる。ねえ？（うたう）仕度をしようという人たちの手伝いをする。下足番をやる。もうたいへんに気が利くン、ね？　ところが、自分が好きでやるんですから、端から見ていても厭味がございません。たいへんに人気がある。

「新さん」

「新公」

「新吉ィ」

なんてんでね、お弟子さんからもう、たいへんです。しばらく経ってえと、この豊志賀のところにおりました女中が患っちゃったんで、宿下がりをさしたン。

「(有力な弟子が)師匠、女中がいなきゃア困るだろ?」

「ほんとなんですよ、もう。何かにつけて不自由でございましてねえ、代わりをと思って、頼んではあるんですが、なかなかいいのが見つかりませんで」

「そうかい。弱ったね、それァ。どうだい、あのー新吉ってェのァ、ええ? いや、あれェ、みんなと顔なじみだしィ、師匠だって気心も知れてんだろ? よく働くしねえ。所帯を持ってねェってのがいいよ。伯父さんのところに居候してるってんだよ、え? 男じゃア、いけないかい?」

「いえ、あたくしはかまいませんけどもねえ。まあ、みなさんがよろしければ」

「ああそうかい。じゃ、おれが話をしてやろう」

ってんで話をするってえと、それァ新吉は喜んだ、ねえ。もともと芸事が好きなぐらいですから、堅気の伯父さんのところにいるよりは芸人のところにいたほうが、なんか粋だし、人が大勢出入(ではい)りしていて賑やかだ。ねえ? で、好きな芸事も覚えらいるし、でまた、食べる物だって師匠のお余りではございますが、乙なものが口に入る。

「結構でございます」

ってんで、それからはもう、伯父さんのところを出まして、豊志賀ンところでもって朝早く起きて、おまんまを炊いたり、掃除洗濯、ねえ、使いに行ったり、もう一生懸命に働いております。で、夜ンなって寝るときはってえと、師匠が階下に寝て、で、居候をしておりますんで、新吉のほうは中二階のようなところで寝る。

十一月の二十日、朝からこう降り出した雨が、夜ンなるってえと、よけい雨足が強くなって、そこイ風が伴って、たいへんな吹き降りでございまして。

「うゥ…はあ。（と嘆息をし上に）……新さん、新さんや」

「（階下に向かい）へいッ？　あの、何か、ご用でございますか？」

「あのう……まだァ、起きてるのかい？」

「ええ、どうもォ、眠れないんですよ」

「そうかい。あたしもなんだか知らないけど、今夜、寝苦しくていけないの」

「うんー、妙な晩でございますねえ。いやあのォ、あたしァね、もともと寝付きのいい質でしてねえ、横ンなるってェとすぐにいびきィかくほうなんで、へえ。それがもう今夜に限って、なんですかもう寝にくくって、寝そびれてるんですよォ」

「そう。なんだか知らないけれども本当に今夜、不思議だよう。またひどい降りじゃないかねーえ。雨の音が気ンなって寝られやァしないよう」

「ええ、本当にねえ。雨の音が気ンなって寝られませんねえ」

「なんだか知らないけれど、怖いようじゃないかあ？」

「ええ、なんだか、怖いようでございますねえ」

「ほんーとに心細いねえ」

「ええ、ほんとに心細いですねえ」

「お前、あたしの真似ばかりしてるじゃないかあ」

「ええ、師匠の真似ばかり」

「まだやってるねえ。あのねえ、今夜はもうなんだかあたし、階下でもってひとりで寝ているの、大変に心細いからさあ、お前、階下へ降りてきて、寝ておくれでないかい？」

「えっ？　ああ、そうですかァ。へえ。いやあの、あたしもねェ、そのほうが心丈夫なんで、へい。じゃあの、階下へ参りますから」

布団と枕を担いで、ミシミシミシミシいいながら階下へ降りてきた。

「お前その布団一枚で、寒かァないのかい？」

「え？　いえいえ、大丈夫ですよ、ええ。柏餅ってやつですから、ええ。これ、端ンところに居ましてね、クルクルクルクルッとこう、回っていくン、ええ。すっかり包まれまして、風は入りませんし、ええ。なかなか温かで、いいものなんでござんすよ。ただァこの、柏餅ってェのはね、寝相が悪いってェと、夜中に餡がはみ出すン」

「しょうがないねえ。たいへんだよ。それじゃアお前ね、その布団を広げてさ、え？　あたしの裾のほうにお掛けよ。ね？　そして、ここへ入って、あたしと一緒に寝たらどうだい？」

「へっ？（とまどい）……あの、あ、あ、あたくしが、そ、そこイですか？　で、でっへ（と軽く笑い）、じょ、冗談言っちゃアいけませんよ。師匠、何を言うんですか、ええッ？　そんなとんでもない。もったいなくて罰が当たりますよ」

「（笑って）なあにを言ってるんだね。え？　さ、ここイお入りよ。ね、そうすりゃ、あたしだってなんか安心できるよ、ね？　うん。ゆっくり寝らいるからさ、ねっ、さっ、こっちイお入りよ」

「いや、だけどねえ、んー、そこイ入って師匠と一緒ン寝てた日にァ、んー、お稽古の早い、ねえ、うう、お弟子さんに見らいたら、…（多少言いにくく）師匠とォ、その、新吉は、出来てるなんてェ言われちゃア弱りますよ」

「何を言ってるんだ。そんなことァないよ。ええ？　あたしが男嫌いだてえのァみんな知ってるしさ、第一、歳だって親子ほど離れてんだから、ンなこと気にするんじゃないよ。ね？　さ、こっちお入り。さ、お入りよ」

「んん――、そうですかァ、へい。う、それじゃアひとつ、（照れくさく）えっへっへっへ、ごめんく…、えへへ、えー、こんばんは」

なんてんでね。ぬうーっと入ってきたン。それで二人でもっておんなじ布団に入って、さあ、これでよく寝られるかてえと、これァよく寝られません。寝らいるわけァないです、こんなの。それァ本当に親子ほど歳が違えば別です。片っ方が七十近くって、片っ方が二十歳。なんてえの、これァもう、寝られますよ、ねえ？　ところがァ、三十九なんというのはですね、まだまだ立派なもんです。もう充分ですね。もう…引き受けます。ンなことはありませんですが。でェ、まあ男でもって二十一、二という時分には、歳上のご婦人に憧れる頃ですから。それが一つ布団に入って、さあ寝ようと思ったってなんかこう、妙に気ンなって気ンなってこれもうしょうがないン。ね？　ん、新吉のほうが、妙にこの、いわゆる意識をして、ん、なんかこう、動いちゃアいけないかな、と思う。息もあんまりたてないようにしようなんて、そおーっと息したりなんかして。と、人間てのァそういつまでもじっとしていられません。で、ちょいと動くってえと、なんかこう、そういうときに限ってガサガサガサって…。それほどの音じゃアないんです、普段は。そういうときに限って大きな音に感じるんですな。だから、弱ったなあと思ってるン。そんなことがだんだんこの、片っぽのほうへこう、伝わってくるんです。で、男嫌いと言ったってですね、本当に、男はだめで、いわゆる…、「あたしは女でいながら女でなきゃ」、そういうんじゃないんですよ、男嫌いというのは。「男はもう厄介だから、男となんか妙なことンなると、これァ面倒くさいから、男は嫌ですッ」「男に騙(だま)されてもう二度と、ごめんこうむります」、こういう…いわゆる男嫌い。で、今までそばへ男を近づけなかった。これがァ、近づけちゃったン…。たいへんな近くです、これは。その、なんかこう…やってるうちに、体が触れる、手がちょいとどっかに触る。そうこうしているうちに、お互いに気を合わせたように、くるっと向き直るってえと、

「(ささやくように)師匠!」

「(同様に)新さあん!」

てんで両方が(固く両腕を組んで抱き合う様子を示し)………となった…。

深い仲ンなってみるってえと、今まで長いこと男嫌いで通しておりました、それが、うんと歳の違う、まして若い…若い男とそうなってみるってえと、これはもう、かわいくてかわいくてしょうがないです。ねえ? ああ、なんかこの情人(いろ)のような亭主のよう

な、んん、その、倅のような弟のような、なんかこう、冷たいようで温かいような、お湯ン中に氷入れて飲んでるような、妙な気持ちで、もう―、(両手で惑い乱れるさまを示し)なんかこんなんなっちゃうン。だからもう、新吉、新吉ってんで、も、たいへんです、それからは。もう着ている物だって、自分の物、

「これを直して新吉に着せたら映るだろう」

なんてんで、着ている物をどんどんどんどんみんな直して新吉に着せる。小遣いはもうやり放題。こういう物が食べたいってえと、じゃ今夜それにしようってんで、すぐ、好きな物を食べさせる…なんというようなことンなってくる。まあ、最初のうちは、お弟子さんたちにわからなかったんですが、だんだんだんだんわかってくるというのは、今までは新吉のほうが居候ですから、朝早く起きまして、おまんまァ炊いて、炊き上がるってえと煙草盆を持って師匠の枕もとイ来て、

「師匠、おはようございます」

師匠が起きて、煙草を二、三服吸って、吹き殻をポォンとはたいて立ち上がってはばかりイ入るってえと、すぐに布団を片付けて座敷を掃除をする。そして、師匠が出てきて、でェ、流しでもってうがいをして顔を洗って、神様、仏壇にこう手を合わしている間にお膳立てをいたしまして、(師匠が)長火鉢の向こうへ坐るってえと、そこへこう、

お膳を運んでって、お給仕をして、ご飯を食べさせる。とォ、稽古の早いお弟子さんなんぞァもう来ますから、

「(豊志賀が) おはよ。ちょっと待ってて」

ってんでご飯を食べる。すっかりご飯食べ終わるってえと今度ァ、これを台所に下げて、で、師匠が稽古を始める。それを聴きながら今度は自分がおまんまをいただく。こういうふうにしていたのが、近頃じゃアこれが逆ンなってきた。ね？ 新吉のやつァいつまでも寝ているン。そうすっとォ、師匠が先に起きておまんまを炊きまして、そして枕もとへ煙草盆を持ってきて、

「ちょいと、新さん、新さん、お起きよ、え？ 起きなよ」

「えい、お……あっ、どうも。おはようございます」

「おはよ。さ、煙草をお吸い。え？ お吸いよ。さあ、お吸い」

「へ？ ええ、あ、どうも。へっ、へっ、あ、ありがとうございま」

「んだね、他人行儀なあ。え？ さあ、早く、煙草を吸って、起きんだよ。ねえ？ (あやすように) 起きんの」

「…… (甘ったるく) あいよ」

なんてんでね、だんだんだんだん増長をしてくる。そうすっとォ、師匠の着物を直して

褞袍（どてら）にしたやつなんぞを着て長火鉢の向こうへ坐っているってえと、師匠がお膳を運んできてお給仕をしてくれる。で、お取り膳でもっておまんまァ食べてる。これを弟子が来てひょいと見りゃア、これは…、わかります。「まあーこれァたいへんだ、師匠と新吉とが出来た」という噂がパアーッと弟子ン中に広まるってえと、こりゃアもう経師屋連中が腹ァ立てましてね。

「（かん高く）聞いたかァ、おい？　ええ？　冗談じゃアねェよ、まったくゥ。なあ？　いやさあ、師匠と新吉とが出来てんだとよォ。んだい本当にィ。いやおれもねェ、ンなことはなかろうと思ったんだよ。この間行ってみたんだ。ねえ？　したら、なるほどねェ、新吉のやつァおめえ、師匠の着物直した褞袍（どてら）着やがってね、長火鉢の向こうで胡坐（あぐら）けえてふん反（ぞ）り返（かい）ってやァン。おれが入（へえ）ってって、『おう』っ言（っ）ったら、『おや、おいでなさい』なんて落ち着いてやァんだよ、ねえ？　そいでまあ、師匠稽古してんだろ。こっちでもっておれァ坐って待ってたァ。そしたらねェ、新吉のやつが、脇に置いてある蓋物（ふたもん）の中からねえ、甘納豆つまんじゃアこうやって食ってんだよ。ええ？　それァまあいいや。ねえ？　したら師匠が一人稽古をつけて、え？　済ませるってえと、一服しに長火鉢のところイ来たよ。煙草一服してさ、ねえ、ポーンとはたいたら今度ァ、やっぱりおんなじ蓋物の中から甘納豆こう、ロン中へ放り込んでる。ねえ？　そのうちに師匠がだよ、んん、一粒つまんで新吉の顔にこう、ポォンとぶつけやがン。ええ？　したら新吉も『あっ』なんて言やァってね、そいつをまた師匠に、ポーンとぶつけ返したら、師匠が『あらあ…。ひどいからァ』なんてなこと言ってやァン。ええ？　そいでもっておめえ、その甘納豆を二人で食っちゃァ、ニヤニヤニヤニヤしてるんだよォ。ええ？　おもしろくねェったって…。なぜその甘納豆をおれに勧めねえってんだよ。そうだろ？　おれァ別にそんな物食いたかァねェよ、食いたかァねェけれどもさあ、そばにいるんだから『おひとついかがです？』ぐらいなこと言ったっていいってんだよォ、ええ？　本当に。おれ、そんなもん食いたァねえ。食いたかァねえよ」

「食いたくなきゃアいいじゃねェかよォ。え？　うん。いや、おれもさァ、この間行ってね、わかったよ。なるほどあれァね、ただの仲じゃアねェや。冗談言っちゃいけねェ。まるでもう師匠がガラッと人が変わっちゃってるよ。ええ？　あんなところイばかばかしくって行けるかい。退け、退けェ！」

なんてんで男の弟子がまずスウーッといなくなっちゃった。

「(中年女性の声) そうですってね、うかがいました。たいへんに堅い方だと思ってましたのにねえ。あんな若い人と、まあ不行跡なことをして。とてもあんなところイ娘をあげてはおかれませんから、うちじゃア退げるんでございますよ」

「ああそうですか。じゃアうちでも」

ってんで、女のお弟子もスウーッといなくなっちゃったン。

さあこれはたいへんに困ります。で、そン中で、いまだにたった一人通ってきておりますのが、根津総門前でもって羽生屋という小間物屋がございまして、そこの、一人娘でもって、お久さんという、今年十八ンなります娘さん。これァ色白でもってぽってりとしておりまして、まことにこの、笑うってえとえくぼなんぞができて愛嬌があるかわいらしい娘さん。これがこう、ずっと通ってくる。

「こんにちは」

ってんで新吉と顔をふっとこう合わせるってえと、にこにこっと笑うんです。んん、新吉も悪い気はしませんから、これ、やっぱりにこにこってン。お互いに顔を見合せちゃア、にこにこにこにこ笑っている。これを脇で見ていて豊志賀が、もう腹ン中が煮えくり返るようンなる。ねえ？　心配で心配でしょうがない。もうやっと出来た自分より若い情人を他人に奪らいちゃアいけないという…。歳が、同じぐらいだったらいいんです、相手が。こら、歳の差がたいへんです。これァ、ね？　三十九といえば、もう四十ですから。もう…、四十となると、その時分はもう、おばあさん。四十…、おばあさんですよ。今はそんなこと言うとしくじりますけど。で、片っぽうのほうは十八です。だァら花にたとえるってえと、蕾(つぼみ)がぱっと開いてこれからなおも盛んに咲こうというような時期。ねえ？　片っぽうはもうちょいとこう、撚(よ)れてン。肌だって違います。（十八は）ピーンと張り詰めてる。ねえ？　色艶が違う。でェ、もう、しゃーんとしてまいります。これァどうしたってかなうわけがないと思うから、余計カアーーッとしております。表には出さない。どういうときに出すかっていうと、稽古をつけているときに仇(あだ)をするン。

「（いらいらとし）どうしてそう…、違うよッ！　ほんとに覚えが悪いんだからねえ。え？　そんなこと教(おせ)えた覚えはないよ。（きつく）どこで覚えてくんの？　違うてんだよ、もう一度やってごらん！　本当に覚えが…、違うてんだよォ、じれったいねこの娘(こ)は！　そうじゃ、（つねり）ないんだよォ！　（力をこめ）ん、ん、ん、ん」

なんてんでね…。そうすっとォ、お久さんというのはたいへんに素直な娘(こ)ですから、あ、こうやっていじめられながらお稽古をしていると、芸が上達(あが)るもんだと思ってます。だから、

「はいっ、はいっ」

と素直に言うことをききながら一生懸命お稽古をしている。で、豊志賀のほうは、いじめていじめて来ないようにしちゃおうと思ってますから、いろんなことをやるんですが、それでも通ってくるン。というのが、このお久という人は、小さい時分におっかさんに

死に別れて、継母に育てらいてる。ね？　家にいてのべつ、こう（とつねる仕草）、やらいてるんですから、だから、そんなことは感じない。同じいじめられるんだったら、芸が上達るほうがいいからってんで、なんにも気にしないでどんどんどん稽古に通ってくる。これまでしても稽古に通ってくるというのはやはり、新吉に気があるんだろう。カアーッとして悋気の炎は燃えさかって、逆上したのが原因で右の目の下のところにポツッと小豆粒ほどの腫物が出来た。初めのうちは指先にこう、唾をつけて、こう、撫ぜていたんですが、なんかの拍子にひょいっと爪を引っかけた。と、それをとがめて、で、すぐに薬を塗りゃアいいんですけれども、これをまた何気なしに唾でもってこうやって撫ぜていた。と、これがだんだんだんだん、こう、地腫れがしてまいりまして、額から頬にかけて右半面、こん――なに腫れ上がっちゃった。目は塞がれる。紫立って青黒くこう（と形相を手つきを交えて示し）なってます。傷口ンところはもう、膿なんかが出て、じくじくじくじくしております。これ、今だったらいい薬、注射があります。なんでもないかもしれません。よくせきいけなければ、切開をする、なんてえことができるんですが、その時分は、塗り薬。それに煎じ薬を飲んでいる。病のほうが先にどんどん進みます。いっこうに快くならない。熱をもってズキン、ズキンと痛む。首から上の痛みというのは、これは辛いもんです。食べる物も喉を通らない。水を飲むのがやっとというようなんで、すっかり瘦せ細って稽古どころじゃアございません。どっと患(わずら)いついて、寝たまんまでございます。

新吉のほうは、世話ンなっておりますから、一生懸命、介抱をいたします。

「(揺り動かし)おい、師匠、師匠、寝てんのかい? ええ? おい、師匠。ああ、起きてんのかい。薬、持ってきたよ。え? さ、薬。お前、薬飲みなよ」

「(衰弱した声で)ああ……あいよ」

やっとのことでこう、起き上がる。鼠小紋の着物を寝巻に直したというと聞こえがいいんですが、長いこと着古したやつですからすっかり汚れがきている。袖ロンところなんぞァほつれちゃってる。お納戸(なんど)色(いろ)の、よれよれンなっている扱帯(しごき)をこう締めて、瘦せ細って、やっとのことで薬を飲む。ぜいぜいぜいぜい、息をしてるン。

「どうだい、え? 少しァ、いいかい?」

「(弱々しく)いやあ、同(おんな)じだよォ。ちっとも快(よ)くなりゃしないよォ」

「それァしょうがねェやなァ。すぐに治るってもんじゃアないよ。ええ? 気長にしてなくちゃだめだよォ。いらいらするってェと、かいって良くねェぜェ」

「ああ…、いらいらもするァねえ。毎日毎日、こんな思いをして、嫌だねえ、はあ。あたしゃねえ、新さん。もうおばあさんだから…、お前のように、若くってきれいな人に、介抱してもらってんのァ嬉しいけど、お前は、嫌だろうねえ？」

「(言い当てられたようで)…んん、嫌なことはねェやな。ええ？　お…お、おれと、お前との、仲じゃアねェか。ね？　お、お、お前、お前が具合が悪けりゃ、おれが、介抱するのァ当たり前だろ、え？　んん、んな、つまんねェこと言っちゃいけないよ、ね？　うん。今度ァこっちが具合が悪くなりゃ、ん、お前さんの世話ンなるんだから、ねえ？　うん。お互えっこだよ」

「だけどさ、あたしゃただの病気じゃアないんだよ。(顔を突き出し、のろうように) こんな顔ンなっちゃってるからさ」

「いい、いい、いいじゃアねェかァ、ンな顔なんぞどうだってェ。ええ？　ンなこと、おれァ気にしちゃいないよォ。ん、つまんねェこと言うねエ。そんなもの、腫物が治りゃアすぐに元通りンなるじゃねェかあ」

「いやあ治りゃしないよう。治ったって、痕が引っつれンなるよう」

「ンなことァねェよ。それほど、ひどかァないよ。第一、こうやって見るってェと、きようはだいぶ腫れが引いたようじゃねェか、ええ？」

「嘘だよう。あたしゃ、ま、毎日鏡見てるからわかるけど、ちっとも引いちゃいないよう、お前は口と心が別だから嫌いだよう」

「何を言ってるんだよ。別なことァねェよ。心配してるんじゃねェかなあ、おれァ。ええ？　うう（不服そうに）、な、何を言ってるんだい」

「いやあ、嫌に違いないよう。お前は若いからさあ、それァ気の毒でねえ、あたしが死ねば、早く楽になれるからね、お前が…。死んでやりたいと思うんだけども、なかなか思うようには死ねないねえ…」

「（たまりかね）おい、よしなよッ！　本ッ当に。すぐにその、死にてえ、死にてえって。こっちは一生懸命、ええ？　看病してるんじゃねェか。こっちの身にもなっとくれよォ。なんだい？　ん、なんでそんなに死にたいの、えッ？　なんでだい！」

「だってえ、あたしが死ねばさあ、お前たちが喜ぶと思ってねえ」

「お前たちって誰だい？」

「お前と、お久さんだよ」

「ちぇッ！　また始めやがった。よくそれを言うねっ、ええ？　あのねえ、お久さんとあたしとが何かあったってのかい？　え？　あったんなら言ってごらんよ。言ってみなっ」

「それァ、今はないよ」

「じゃ、いいじゃねェかあ」

「ないけどさあ、そりゃ、なりたくたってあたしてえものがいるからね、なれずに我慢をしてるんだよ。その気持ちがわかるから、早く死んでやりたいと思ってさあ」

「(吐き捨てるように)本ッ当にもう…。邪推ってんだよ、それァ。ええ？ 何を言ってんだよ。こっちはかまわねェよ。向こうは一人娘じゃアねェえか。婿取り前だろ？ 妙な噂ァ立てらいて、迷惑がかかったらどうするんだよォ？ 悪いじゃアねェえかァ。何も知らねェで、ええ？ お前のこと心配して、たいへんに師匠思いの弟子だよ。あんなの他にいないじゃないか、ええ？ それをお前、何にもないのにそんな妙に疑って、お久さんがかわいそうだと思わねェかい？」

「ほれエ、お前は、お久さんのことンなるてえと、かわいそうかわいそう。あたしがこんな思いしてたって、ちっともかわいそうにゃア思っちゃアくれないんだからねえ」

「ん、(じれて)そうじゃねェんだよーォ。(手を焼き)わからねェな、おい、師匠。勘弁してくれよ。い、いや、それァねえ、違うんだよ。嫉妬もいいけれどもね、他人に迷惑をかけちゃいけねェてえことを言ってるんだよ。え？ とにかく、おれとお久さんとはもう、(力をこめ)なんでもねェんだから」

「いやあ、そうじゃアないよう…。二人でもって顔見合わせて、にこにこにこにこ笑ってるじゃないかさあ。あたしにゃついぞあんな顔は見せちゃくれなかったよう」

「それァ…、だってェ、見舞いに来てくれんだろ、ええ？　ねえ、きのうきょうの弟子じゃアないやね、ええ？　礼を言うのが当たり前じゃねェかあ。木で鼻をくったようにそっけない挨拶ができるかい、ええ？　礼を言う、世間話をする。え？　これァ、早エ話が世辞じゃアねェか、ねえ？　にこにこしなきゃア、しょうがないだろ？（豊志賀は否定）いやいや、そうじゃないんだよう。わからねェなあ、もう、本当にィ。（切れて）もういいよッ！　勝手におしよ！　本当にィ。（玄関の声に）はいッ……だあれッ？」

「（若い娘の声）ごめんくださいまし」

「おう、お久さん、どうも。いやあ、いらっしゃいまし」

「あの、お師匠さんの、お加減はいかがでございます？」

「ええ、どうも、相変わらずなんでございますよォ」

「そうですか。本当はおっかさんが伺わなくちゃいけないんですけれど、あのォ、店があるもんで、手が離せませんので伺えません。よろしくと申しておりました」

「ああそうですか。わざわざおそれいります」

「あの、それから（と何かを差し出し）、これなんでございますが、あのォ、本当に、お口汚しでございます。お師匠さんに食べていただこうと思いまして」

「う、（恐縮し）そうですか、いつもすいませんねえ。あの、こんなにしていただいて。

ありがとうございます。それじゃ、遠慮なく頂戴をいたします。へえ、どうも。えー(見て)、ああ、いやァどうも、へえ、煎豆腐ですな。え? いや、師匠の大好物ですよ。ええ、卵もたくさん入ってて、うまそうだな、どうも。これァ師匠喜びますよ。へ、どうも。おい、師匠、師匠、ちょっとちょっと起きてごらん。え? うん。あのね、お久さんがね、え? お前の好きな、ほら、煎豆腐、持ってきてくれたよ。え? うまそうじゃないか。どうだ、え? あとで食べよう。ねッ、ねッ?」

「ああ(と気もなくうなずき、ややあって)……お久さんかい?」

「お師匠さん、お加減いかがでございますか?」

「ああ、お蔭様でねえ、おいおい、良くないほうだよ。お久さァん、(強く)お久ッ! お前とあたしァ、なんだい? 弟子・師匠の間だろ? 師匠がこうして患ってんのに、なぜ見舞いにも来ないんだい?」

「(新吉、慌てて)おォいおい、ばかなこと言うんじゃねェよ。ええ? こうやって現に来てくれてるじゃねェかよォ。え? 今まであれだけ弟子がいたんだよ。誰一人来やしねェや。お久さんだけが来てくれてんじゃねェか。それだってこうやって、え? 来るたんびにいろんな物を持ってきてくだすってんのに、なん…」

「うるさいよう、お前は、うるさいんだ。黙っといでよゥ。来てんのァわかってるよ。

見舞いに来てんじゃアないよ。新さあん、お前の顔見に来てんだよ。ふっふっふっふ。顔見しておやりよ。お久ァ、よくご覧よォ」

「(いたたまれず) あの、あたくしがおりますと、お師匠さんの病気に障るようでございますから、それでは、これで、お暇をします。ごめんください」

「あッ、どうも、どうも、あい、あいすいませんでござい…おうちによろしくおっしゃってください。へえ、どうも (と見送り)。……おいッ、師匠ッ！　いい加減におしよッ！　陰で言うんならまだしも、なぜ面と向かってあんなこと言うんだい？　脇で聞いててこっちは、顔から火が出たぜ、本当に。ええッ？　よしなよ、本当にィッ！」

「お前、顔が見たいんだったら、追っかけてってごらん。まだ、その辺にいるよ」

「本当にしょうがねェなァ、まったく。もう、好きなこと言ってな。ん、もう寝なよッ！　寝ねェでそんなことばかり考えてるからちっとも病が快くならねんだよォ。ええ？　本当に。寝たほうがいい。ん、ま、ま、いいから寝なよ」

無理に寝かして、足をこうさすってやるってえと、すやすやと寝込んだン。あっ、今のうちだってんで、台所行って、で、おまんまを食べよう…お茶碗にご飯をよそって、さあ食べようと思うってえと、いつ寝床から這い出したのか、豊志賀がそばへ来てて、

「(まるでうわごとのように) 新…さァん」

「(驚き) だアッ、こッ!……ああ、驚いた。なんだよ、師匠ォ。ええ? だめだよ、こんなところイ出て来ちゃア。なァんだい、喉でも渇いたのかい?」

「(顔を突き出し、ない力をしぼるように) こんな顔じゃ、嫌だろうね」

「(強く) そんなことァないよ。寝なきゃだめだよォ。え? さ、寝なさいよ」

無理に寝かして、やっとのことでご飯を食べる。やれやれと思うってえと、(豊志賀が) またフウッと起きるてえと、

「(顔を突き出し、朦朧と) 新さァん、こんな顔で」

「また始まったねえ。そんなこと気にし…。だからいけないんだよ。寝なさい、寝なさい」

寝かせる。夜ンなるってえと今度ァ脇イ寝ている新吉の上にこーう這い出してきて、馬乗りンなるってえと、胸ぐらァとって、

「新さァん…、起きなよ。こんな顔ンなっちゃったよーう…」

目を開けてみるってえと、その怖い顔が目の前にあるんで、

「ウワアーッ!」

しょうがない、寝かせる。またとろとろっとするってえと、今度ァ脇っ腹を突っつかれて、

「新さァん…」

とやられる。もうおちおち寝ちゃアいられません。とてもじゃアないけれども、これは、ここにいたんじゃア、しまいには自分が保たなくなるから、伯父さんに相談してなんとかしてもらおうというので、あくる日のちょうど日暮れ前でございます。豊志賀が寝ているんで、その隙にすっと飛び出して、大門町の伯父さんのところイ行こうてんで駆け出してくる。ひょいと見るってえと…、お久が立ってる。

「あれ？　お久さんじゃありませんか？」

「あら、（嬉しそうにし）まあ、新吉さんじゃアございませんか」

「いや、こんなところでお会いするとは。お久さん、これからあの、どちらへ？」

「あの、日野屋へ買物にまいります」

「ああ、そうですかァ。へーえ…（と一瞬話の接ぎ穂を探り）いや、あ、この間はどうも、あいすいませんでした。ねえ、師匠があういうこと言うもんですからねえ。ほんとにあたしもね、弱りましたよォ。まあ、あなたがねえ、さぞ腹を立てていることだろうと思って、あたし、心配してたんですよ」

「いいえ、あたくしは、ちっともそんなことは気にしちゃアおりません」

「あア、そうですか。でもねェ、ありもしないことをああ言われて、ん、ねえ…、妙にあたくしとのことを疑られたりなんかして、う、たいそうご迷惑だったんじゃないかと気にしていたんですよ」

「いいえぇ、あたくしのほうが、ああいうふうに言われるのは、冥加で嬉しゅうございますが…。それこそ、新吉さんのほうが、ご迷惑だったんじゃアないんですか?」

「(思わぬ反応にとまどい)う、う、またまた、んな…、そんなうまいことを言って、…どうも、弱りますなどうも。ふっへへ、え、(とまた話題につまり)お久さん、あの、ど、どちらへ?」

「あの、日野屋へ」

「あアあア、そうですか。あの、ここで立ち話もなんでございますから、あのォ、ちょっとどっかへお付き合い願いませんか? いえ、とにかくうちにいるってェとねえ、もう、おちおちご飯もいただけないんで、へえ、お腹が空いてますんで、何か食べたいと思っていたところなんで、ちょいとお付き合い願いますよ。い…ま、いいじゃありませんか。あッ、あすこに鮨屋がございますんで、へえ、あの、ちょいとつまみましょう」

蓮見寿司という鮨屋へ。手を取らんばかりにしてお久さんを連れ込んだ。で、二人で来たもんですから鮨屋のほうも気を利かせまして、

「(威勢よく)いらっしゃい、どうも。あっ、え、(男女なので声をひそめて女中に)あ、お二

人さんお二人さん、お二人さん。あっ、お二階がいい。(二人に) お、お二階へどうぞ、いやァいやッ、まあ、まあま、どうぞどうぞ、え、え、遠慮なしに上がっておくんない、ええ。まず、おい、早く早くご案内しろご案内しろッ！」

「どうぞあなた方、こちらでござい、さあさ、どうぞこちらへ。……(小座敷へ誘い、改めて) いらっしゃいまし。あの、きょうは本当に材料(たね)がございませんので、大したものはできませんでございます、はい。えー、お握りに、ちらしぐらいでございますが、あの、どういたしましょう？」

「(慣れないのでおずおずと) ああ、そうですか。はい。あの…、お久さん、どういう…え？ あっそうですか。じゃあの、握りのいいのを二人前と、それから、お吸物ができましたら、ふたっつ、お願いしたいんでございますが」

「はい、かしこまりました。あの、お酒は…いかがいたしましょう？」

「ええ、お酒？ (と迷い) え、(お久の反応に) そうですね、はい。あの、二人ともお酒、飲めないもんですから。といって、何もないというのは、これァまた、淋(さみ)しいもんです。あの、味醂(みりん)を五勺(ごしゃく)ばかりいただけますか？」

「はい、かしこまりました。あの、ご用がおありでしたら、手を叩いていただければ、すぐにあの、伺いますので、あ、どうぞ…。(と改めて) あ、それからあの、ここの戸は、内側から鍵がかかるようンなっていますので、(意味ありげに) どうぞ、ごゆっくり」

「(とまどい) あああ…、どうも、はいっ… (女中を見送り眉をひそめ)。え、へっへっへっ。(わくわくして落ち着かず) お久さんと、二人で来たもんですからァ、この店(うち)でもって妙にこの、気を回しまして、どうも弱りました、はい。へっへ。あの、お久さん、どちらへ?」

「日野屋へ」

「ああ、そうっすか。あの、お、お久さんとは、お茶の一杯も飲むことが出来ない、と、もう諦めてたんですが、今夜はこうして、本当に、嬉しゅうございます。ありがとうございます」

「いいえ、こちらこそ。なんですか、恥ずかしいわ」

「え、いえ、どうも(と、まだそわそわして)、ええ、本当にこの間はどうもあいすいません、ええ。もうなにしろね、師匠がね、すっかりのぼせちゃってまして、なんだか自分でわけわかんないんですね。だから何言い出すか、本当に困っちゃうんですよォ」

「たいへんですねえ。おっかさんがそう言ってました。あのお師匠(しょ)さんがああいう病になるというのも、新吉さんゆえだからしかたがないけれども、それにしてもよく看病をしていると、おっかさん褒めてましたわ」

「え、いえェ、それほどのことァないんですけれども。ま、あの、看病もいいんですがねえ、素直にこっちの言うこときいててくれりゃアいいんですが、も、なにしろねェ、も、嫌なことばかり言うんですよ、ええ。ねえ、こんな顔ンなった、こんな顔ンなったなんて、もう夜となく昼となく責めらいるってェとね、あたくしもね、本当に怖くなりましてね、このまんまじゃこっちが気がおかしくなっちゃいますんで、へえ。まあ、あの、しばらくどっか、まああの、下総のほうへでもね、ええ、行ってようかと思って、そのことで、伯父さんのところイ相談に行く途中だったんですよォ」

「下総へ？」

「へえ。まあ、親戚…じゃアないんですけども、はあ。ちょい…とした知り合いがいるんで、そちらのほうでしばらく、ええ、いたらどうかと思いましてね」

「ああ、そうですか。いやあの、あたくしも、家にいて、おっかさんに嫌なことばかり言われておりまして、あたくしのようなぼんやりした娘でも、度重なってきますと、我慢のならないことがございます。で、伯父が、下総の羽生村におりますんで、こないだそのことで手紙を出しましたところ、『そんなところにいないでこっちへ来い、面倒を見てやるから』と言ってくれたんですけど、なにしろ、あたくし一人で下総まではとても無理でございますんで」

「おお、羽生村？　ああそうですか。あっ、（手を打ち）そう言えば、お久さんの家は、羽生屋さんでしたなあ。そうですか、へえへえ、なるほどねえ。…ええ、やっぱり下総へ、いらっしゃりたい？　そうですかあ。たいへんですよ、女一人ってのァ…。（思いっき）ま、師匠が、あたしとお久さんのことを（かすかに照れ笑いし）怪しいと思ってるんです。えっへっへっへ、ども。もし、本当に…怪しいんでしたらねェ、お互いに手に手を取って、下総へ、…道行なんという粋なことンなるんですが、へへ…。…まあ…（と探るように）、もしねェ、そういうことが出来れば、たとえ何を言われたって、言われ甲斐が、あるってもんでござんすよねェ」

「（少し動揺し）まあ…、新さんには、お師匠さんという大事な人がいるのに、そんなことをたとえ冗談でも言っちゃ、申し訳がありませんよ」

「いえいえッ、だ、ですからね、ん、ん、（強調し）もし…ですよ、ええ。えへへ、たとえの話です、はい。えー、本当ならば…、ということで、へえ。うん。（と咳払いして思い切ったように）………あのォ、お久さん、あたしじゃア、たとえでも、嫌ですか？」

「…（はにかみ）まあ、は…、いえ…、べつに…、嫌じゃありませんけど（そわそわし）、ん、なん、なんでもないのに…、なにもないのに…、そんなこと言われたって…」

「（迫り）それじゃア、あるようになろうじゃありませんか」

「へッ？　（うろたえつつも）だって、いきなりィ、そんなこと言われたって、あたくし、困ります」

「（そばへ寄ってお久の手をつかみ）お久さん、あたしァね（興奮して唾を飲み）、前々からお前さんのこと思ってたんだ。えッ？　お前さんさえよきゃア、あたしゃア、下総へ連れて行くよ！」

「は…、本当に？」

「んん、嘘じゃね…嘘じゃアねェよ。えッ？　今こっからだってかまわねェよ、えッ？　下総へ、一緒に行きましょうよ」

「だって、…だって、新さんがいなくなっちゃったら、お師匠さんは、野垂れ死にをしますよ」

「…それァしかたがありませんよ。あたしだってあすこにいた日にァ、どうなっちゃうかわかりませんよォ。え？　それにね、あたしもすることはしたんですから。師匠だって悪いんですよ。だからしかたがありません。（強く）一緒に、下総へ行きましょうよ」

「でも、病気のお師匠さんを残してっちゃ、義理が悪いじゃありませんか」

「それァそうです。それァそうだけども、こうなったら、義理も何もかまやしませんよ。（きっぱり）誰に何を言われたって、あたしは、お久さんをとる」

「本当に？ そ、それじゃあ、師匠がどうなっても、いいんですか？」

「ええ、かまやしませんよ」

「（溜息とともにやるせなく）そうですかァ……新さァん、お前さんという人は、（突然、押し殺したような声に変わり）不実な人ですね」

と言われた…。ひょいっと見るってえと、お久の目の下ンところにポツッとなんか腫物が出来たなと思うってえと、これがズウーッと腫れ上がってきて、紫黒くなってきた。もう豊志賀の顔そのまんまで…。

「（怖ろしい声で）新さあん」

とまた胸ぐらつかまれたんで、ヒャアーッてんで向こうへ突き飛ばしといて、戸をトオーンと蹴破って、梯子段を駆け下りたのか転がり落っこったのか、無我夢中でもって走って、伯父さんのところへやってきた。

「（激しく戸を叩き、叫び）伯父さァんッ！ （叩き）伯父さんッ！ （なおも叩き）伯父さんッ！ （さらに叩き）伯父さんッ！」

「うるせェなッ！ 誰だ？ えっ、新吉かあ？ 本当にもうしょうがねェなあ。う、わかったよ、今開けてやるよ。えっ、あ、待ちな待ちな」

「伯父さんッ！ （叩き続け）早く開けてくださいッ！ （叩き）早くッ！」

「わ、わかった、今開けるから静かにしろってんだィ、しょうがねえやつだな、どうも本当に。えッ？　おう（と聞け）、おッ（驚き）、ちきしょうッ、なんだな、乱暴なやつだなア。ええ？　人を突き飛ばしゃアがって本当に。しょうがねェなァ、どうも。っと、はああッ！（と、今の騒ぎで散らかったものをかたづけ）どうしたんだよォ？」

「（震えながら手を合わせ）ううううう、南無阿弥陀仏なむあみだぶなむあみだぶ……」

「変わった野郎じゃねェか、本当に。ええ？　テッ！　人の家イ飛び込んできて、いきなり念仏を唱えてやがン。お前もね、子どもじゃアないんだよ。ええ？　少しァよくものを考えなくちゃいけねェぜ、なあ。お前、あんな大病人の師匠を放ったらかして、ひょこひょこ出歩いておめえ、どうすんだよォ、ええ？　少しゃ考えなよっ。いやあ、師匠がなあ、来て、話を聞いてみりゃアもっともだァ、なあ。『伯父さん、あたしもその、心得違いでもって、歳の違った新さんとああいう仲ンなってしまって、それがために弟子はみんな退がってその日の暮らしにも困るようなことンなりました』。ねえ。『その上、この病でございます。そりゃアもう、ほとほと弱り果てましたが、新さんが一生懸命看病していてくれたんですが、悋気が原因であたしが妙なことばかり言うんで、新さんも嫌気がさして飛び出してったに違いありません。一人ンなって初めて気がつきましたが、なんとしてもあたしから出たことだから、もう新さんとはすっぱり切れて、そして、病気を治してから今度ァまた稽古を始めて、今まで辞(や)めてった弟子の半分でも帰ってくればなんとかなるだろうから、そうすりゃ新さんとはもう姉弟(きょうだい)付き合いをして、あの人の好きな人を嫁さんにもらう』ねえ、『そうなりゃ自分は、姉のつもりでもって月々いくらずつでも援助(すけ)てやりたいが、今、新さんに出ていかれるてえと野垂れ死にをするから、もう決して嫌なことは言わないから、辛抱をして、病気の治るまで看病をしてもらいたい。伯父さんからそう言ってくださぃ』と、ええ？　師匠がお前(まい)、おれの膝にすがって泣くじゃアねェかァ、なあ？（急に声をひそめ）そりゃ…、嫌だろ？　わかるよ。ええ？　あの顔でなんか言われちゃア怖いよ。わかる。でもなあ、こっちはおめえ、貧乏でなんーにもできねェときにだよ、師匠がお前の面倒を見てくれたんだ、なあ。ええ？すっかり世話をしてくれて、おめえだって考(かんげ)えてみなよ。羽織の一枚(いちめえ)も着てそっくり返(けえ)って、周りから『新さん』『新さん』なんて、言われてたン。え？　それも、みんーな師匠のおかげじゃアねェか、え？　その恩ある師匠が患ってるんだ。ねえ？　ちゃあんと看病をしなきゃアおめえ、世間様に義理が悪いぜェ、本当にィ。ええ？　ま、ま、いいや、なッ。まあとにかくな、ま、顔を見して、やさしい言葉の一つもかけてやって、安心さしてやんなよっ」

「……へ？　伯父さん、なあに？……ていうと、師匠、ここへ来たの？」

「来たのじゃアねェやな。お前の行き先はここに違いないってんで、ええ？　必ずここに来るだろうってんで、さっきから来ておめえ、三畳で待ってン」

「……（恐怖で声がうわずり）う、嘘だよォ、嘘だよォ。あんな大病人がここイ一人で来らいるわけがねエじゃやね…」

「来られるわけがねェったって、何を言ってン。（強く）来てるんだよォ、本当にィ。（三畳間に向かって）師匠、あの、新吉が来ましたよ。今、よく、そう言ってやりましたんでね、ええ、えー、今、そっちイあの、挨拶に行かせますから、ええ。（新吉に）ほらッ、早くお詫びをしろいッ！」

「さ、さ、三畳？………」

おっかなびっくり三畳のところへ行ってみるってえと、なるほど豊志賀が…いつもの寝巻姿でもって（うつむき加減に体を固く縮め）こーうやってる。

「…どしたの？　へッ？　どしたんだい？　お、お前、よくここへ一人で来らいたね」

「（弱々しい声で）目ェ覚ましたら、お前がいないんだもの（少し泣き声になり）。きっと伯父さんのところだと思ってさあ、お隣りへ頼んで四手駕籠を誂文ってもらって来たんだよう。ねえ、新さん、（泣きながら）逃げないでおくれよう。頼むから看病しておくれよ」

「ウッ、んだよォ。おれだってなにも、看病するのが嫌だってんじゃアねェよォ。ねえ？　こっちァ一生懸命看病してるのに妙なこと言うだろ？　ねえ、こんな顔ンなっちやったとか、ああでもねえこうでもねえって妙に嫉妬やいたりなんか…。（きつく）だから、おれは嫌なんだよッ。ええ？」

「（伯父はたしなめ）おォいっ。病人に小言言うやつがあるかい。（ひとりごち）ほんとにしようがねェなあ。（新吉の肩越しに）師匠ォ、勘弁してくださいよ。ええ？　まだ子どもっ気が抜けてねェんだ、へっへっへ、どうも。いや、よく言っときましたから大丈夫ですよ。ええ。えー、あのね、今あの新吉に送らせますから、ええ。駕籠を註文いました。ええ。来るときに四手駕籠だったが、四手駕籠じゃア体が痛かったでしょ？　あんぽつ、註文いましたよ、ええ。あ、いやいや、ま師匠、そんな話はまたあとのこと。なにしろね、ええ？　病を治すのが先だよ、ね？　そうなったらまた、あたしも一緒に相談てェことにして、（豊志賀の肯定に）あーあそうですよ、え。（表からの声に）はーいッ！　ああ、駕籠屋さんかい？　あッ、すまねえなァ。あのォ、ちょいと裏イ回ってくんねェかな。え？　いや、あの乗る方がね、ちょいと体の具合が悪いんだよ。ん、店のほうだってェとね、煙草の箱やなんかあって、乗るのに厄介だから、すまねェが、ちょいと裏イ回っとくれ。（裏が狭くはないか懸念され）えッ？　いやいや、大丈夫、入れるんだよ、おう。あ、そうそう、材木屋の脇ィ曲がるんだ。ああ、角から三軒目だ。ああ、大丈夫だよ。

おう、（裏の戸を）開けとくからわかるよ、うん。おい、新吉、ぼんやりしてんじゃない、さ、早く早く。え？　今駕籠屋さん来るから、裏のほう開けときな、裏のほう。なッ？　うん。それからなァ、そこに大きな座布団があるだろ、えっ？　駕籠屋さんが来たら渡して、中に敷いてもらうんだ。ええ？　その上に師匠、乗っかってくんだから。な？　うん。（裏へ回った駕籠屋に）ああ、ご苦労さん。ああそうそう、そこだそこだ、え。すまねェけれどもな、その布団を中に敷いて、ええ？　いや、乗る方ァ病人なんだよ、お。ひとつよろしくお願いしますよ。ねッ、うん。（やさしく）まあ、師匠、あのね、野郎にはよォく言っときましたから、ねえ？　もう決して不実なことはさせません。え、今までのことは、あたしが代わってお詫びをするから、まあ許してやっておくれよ。ね？　うん。で、お前さんもその気ンなって、養生しなくちゃだめだよ。ねえ？　気を長くもって。いいかい、ね？　で、よくなったら、またいろいろと相談しようじゃないか。ね？　ああ。三人でたまにはどっかへ遊びに行くとか、（懐疑的な反応に）いえいえ、そんなことでも考えてなくちゃしょうがない。敷いてもらったか？　ああそうか。じゃお前そっちから支えな。おれァこっちから抱えるから」ってんで二人で抱きかかえるようにして、駕籠に乗せる。駕籠の戸をピタッと閉める。

途端に、

「(表の戸を叩き、切迫した声で) こんばんはァッ! (なおも叩き) こんばんはァッ!」

「はいはい。何ですなあ?」

「えー、莨屋(たばこや)の勘蔵さんのお宅はこちらでござんすかァ?」

「はい、いかにもそうですよ、ええ。えー、あたくしのところは、あの、勘蔵でござんすが、何か? お煙草でも」

「いえッ、そうじゃねェんですよっ。こちらにねェ、新吉さん、来てますか?」

「へえ、見えてますよ。ちょいとお待ちを。おい、新吉、なんか、お前の知り合いかなえ? 訪ねて来たよ」

「ああそうですか。へえ。は、は、はいッ、どちら様? いま、いま…今、開けますから、へえ、どうも (と表の戸を開けて)。おやっ、おやおやおや、どォも、長屋の善さんに、おやっ、ああ、金兵衛さん、お揃いで…。何です?」

「(ただならぬ様子で) おい、お、お、落ち着いて…落ち着いてるよォ (と仲間を振り返り)、ええ? しょうがねえな、おい、ちょっとちょっと、灯り持っててくれ (と提灯を渡し)、うん。おおい、(振り返って手を叩き、連れを呼び) ここにいたよ、ここにいた。え? (新吉に) おい、ん、ん、ん、(長屋の連中と) みんな来たんだよ」

「おやおやおや、お揃いで。いったい、何でござんす?」

「（震えつつ）何でござんすじゃねェ、もう本当に。（叱って）なぜ出歩くんだ、あんな病人置いといてェ。ええ？（改まって）驚いちゃいけないよ。師匠、死んだぜ」

「え？」

「師匠、死んだよ」

「（キョトンとし）死んだ？ 師匠？……（不安を打ち消すように）へっへっへっへっへっへっへっへっへ、またッ、そんなご冗談」

「冗談？ 何を言ってんだよ。七軒町から大門町まで、そんな冗談を言いに、よる夜中こうやってみんなで来るかよ？ 嘘じゃないんだよォ。いや、ね、さっきうちのかかあがねェ、お前さんとこの前を通ったんだそうだ。ねえ？ ん、もうあたりが暗いのに、お前さんとこの灯りが点いてねェ。お前さんの姿も見えないからおかしいと思って声をかけたんだそうだよ。返事がないン。いったん家イ帰ってきて『お前さん、気持ちが悪いから一緒に行っておくれ』ってン。こっちは灯りを持って一緒に行ったン。ええ？中イ入ってって、で、寝床ンところをこう照らしてみるってえと、寝床ン中にいねェんだ師匠が。おかしいなってんで家ン中ずうーっと見てったらね、流しンところだよ。ええ？ 師匠、喉が渇いて水でも飲もうと思ったのかなあ、ええ？ 一人で起きてきてつんのめったんだろう。えっ？ こう、（顔面の）悪いほうを三和土ンところへこーう、ぶつけてさあ、ねえ？ で、もう、ここんところ（その個所）はもうめちゃくちゃだあ、で、あたり一面血だらけだよ。ええ？ それで急いで医者呼んで来て診したときにァ、もうこと切れてたんだァ。ん、お前さんがいないだろ、長屋中大騒ぎンなって、なにしろお前さんを見つけなくちゃいけねェってんで、八方手分けして探してるン。あたしァね、てっきりここだと思ったんだ、え？ それで訪ねて来たんだ。嘘じゃねェ、本当に、死んだんだよ」

「（茫然と小声で）ふ……だって、そりゃおかしいよ。あの…、師匠ねェ、なんですよ、今、ここに来てるんですよ」

「来てる？……（と小声で応じたが震え上がり、仲間に絶叫し）先に逃げちゃだめだよォ！一緒に一緒に一緒に逃げンだよォ、逃げるときはアッ！（おれの）そばにいなァ、そばにみんなッ！（新吉に向き直り、ひきつった口調で）ば、ば、ばかな、ばかなことを言っちゃアいけませんよ、ばかなことを言っちゃ。ええ？ 何を言ってるんだい。みんなでもって、みんなでもって見たんだよ。嘘じゃねェ。本当に死んだんだ」

「（おびえ）おっかしいですね。ちょっと、ちょっと待ってくださいよ。伯父さん」

「なんだ？」

「あ、あ、あのね、長屋の方が見えましてね、師匠が、死んだってんですよ」

「(慌てて制し、声をひそめ)……ばかやろッ。大きな声でなんてこと言うン…、ええ？　病人の耳に入ってみろ。嫌な心持ちがするじゃねえか。師匠が死ぬわけァねェだろ。おれとおめえと現に話をしてたじゃアねェ？　そんなことはないよ。(しかし妙な気もして自分に言いきかせるように強く)ねえ！」

「ところが、みんな、長屋の方があんなに大勢来て、間違いなく死んだってン」

「だって…、駕籠ン中にはお前(次第に恐怖し)…じゃ、駕籠ン中…、ちょっと見てみな」

「誰が？」

「お前だよ」

「あ、あた、あたしが見るんですか？　そうですか。わかりました。……(駕籠の脇へ。恐怖のあまり声がうわずり)師匠ッ、師匠ッ、あ、あ、あのねェ、あの、お前さんとォ、あたしが、急にいなくなっちゃったってんでね、長屋の衆がみんな心配して、来てくれたんだよ。ちょいとォ顔を見せて、ご挨拶をしなよ、ねえ？　(反応はなく)おい、師匠、師匠……」

おっかなびっくり駕籠の戸を開けて中を見るってえと、さっき入れた布団ばかり。ピタアッと駕籠の戸を閉めて急いで伯父さんのところイ行こうと思ったんですが、腰が抜けたというより、ないも同然。

「(這いつくばってにじり寄り、声低く) こっ、伯父さん、伯父さん……中に、いませんよッ！」

「(声低く) なにっ、いねェッ？　それじゃやっぱり、本当に死んだに違いねェや。そうか。よしわかった。ん、いや長屋の方にはあたしが挨拶する。(長屋の者に) どうもこんばんは (頭を下げ、恐怖を隠しつつ)、わざわざ、ありがとうござい…、へえ、いつも新吉がお世話になり…、あたくしが伯父でござい、へい、いや、きょうはちょいとね、あの…よんどころない用がある…、ええ、呼んだんでございま…、へえ、で、ですから…、いや、これからすぐに伺います。どうぞ、お先へ、えッ、いえいえ、あの、おっつけ伺いますんで、はい、どうもありがとうございましたッ！ (と送り出し) はッ、はッ……おい、駕籠屋さァん！　すまねえな、ん、待たしといて。え？　いや、もう駕籠不要なった。いえ、悪い悪い悪い (と詫び)。ん、あのね、あしたあのォ、あの、駕籠賃と祝儀は届けるから、そのまんまもう帰っとくれ」

「へえッ？　そうですかァ？　さっき乗った、お女中みたいな方ァ、どうなんです？」

「いえ…、それがね、乗ったように見せかけて実は、乗ってねんだ。なッ、うん。すまないけど、今夜ァ、この、このまんますっとォ、帰っとくれ」

「あ、そうっすかァ、へいッ、わかりやした。おう、じゃ相棒、帰ろうじゃァか、な？　よいしょォッ、うん（と担いで）、……おや？……あ、やっぱりイ、乗ってらっしゃいますよ」

「へ？　乗ってる？　よく見ておくれよ」

「へえ。あっしらァね、長年商売だからわかるんですよ、ええ。乗ってますよ、肩にきますから、へえ。うーっと（戸を開けてのぞき）、あれ？　はあ？……気のせいだ、（半信半疑で）へえ…。ふうん、乗ってませんね」

「そうかい？」

「おッ、あッ、お座布団、えいッ、ここに置きますよォ。へい、どうも、ありがとうござんしたァ！」

「はァッ（と駕籠を送って一息したが）、おい、おい、（まだ震えが止まらず）すぐに行かなくちゃいけねェから、すぐに、ちょ、提灯、提灯の仕度をしなさい。提灯の」

「（新吉も震えつつ）ちょ、提灯、提灯、どうする？」

「どうするったって、灯りを入れるんだ、早くしろ。そこんところにあるだろ、ええッ？　お前が出てくるからこういうことンなるんじゃアねェか、ばかやろう、本当にしようがねえやつだ、ええッ？　どじッ、間抜けッ」

「伯父さん、伯父さんねェ、こ、怖い最中に小言言わないでおくれよ。この、怖くって小言が一緒にきちゃアおれァ、かなわないよ」

「まあいいから、早くしなよ」

二人でもってガタガタ震えながら七軒町へ。長屋へ来てみるってえと、なるほどたしかに豊志賀が死んでおりました。布団を上げてみるってえと、下から出てまいりましたのが書き置きでございまして、「新吉という男はまことに不実な男である。必ず死んで憑り付いてやる。もし女房をもらえば七人までは憑り殺す」という、まことに恐ろしい文面でございます。

これからますます噺は佳境に入ります。『真景累ヶ淵』のうち、「豊志賀の死」でございました。

解説

古今亭志ん朝が、三遊亭圓朝作の続き噺、すなわち長編人情噺（怪談噺）の一端なりとも手がけたことがあった、その貴重な記録。前年七月三十一日の東横落語会「圓朝祭」でもやったことがある。その他には、首都圏の目ぼしい会でこの種の噺を高座にかけたという話は聞いていない。

志ん朝さんはよく、「締めた噺はやらない」、あるいは「やりたくない」と言っていた。締めた口調、語り口でやる噺ということで、それは人情噺を指している。一席ものの人情噺も基本は同じだが、語り口を開放して笑いをとる部分もかなりある。その種の噺は年功を積み、看板が上がるほどにいくつかは手がけるようになって、大きな成果をあげたのだった。五代目古今亭志ん生はしきりに続き物人情噺をやっていたのだし、『累ヶ淵』以上に志ん朝向きと思われる『牡丹灯籠』に取り組んでほしいとも願ったが、夢に終わってしまった。

『真景累ヶ淵』は安政六（一八五九）年、圓朝満二十歳の処女作品とされる。人気が出てきた若手・圓朝に対し、師・二代目三遊亭圓生は妬んでか、それとも当時の多くの噺家のように創作創演することを促してのことか、演目妨害の挙に出た。助演する師・圓生は、圓朝の用意した道具芝居噺の道具を見て演目を察知し、先回りしてそれを演じてしまう。困った圓朝は創作によって危機を回避しようと試みる。古くからの「累伝説」などをアレンジした、しかし全く新しい作品で、当初は『累ヶ淵後日怪談(ごにちのかいだん)』という芝居噺だった。「後日」としたのは、師の旧作『累草紙（通称・古累(ふるがさね)）』に遠慮したからだという。

のちに道具芝居噺をやめて素噺(すばなし)に転向した圓朝は『累ヶ淵』も素噺でやるようになった。明治になり、信夫恕軒の助言によって『真景累ヶ淵』と改題する。「真景」は「神経」にかけた表現で、文明開化の世に幽霊の実在は否定されたが、なお人の心の中に棲むという意味合いである。時代を敏感にキャッチするとともに、旧弊な怪談噺とは一線を画した自負さえ感じられる。

『真景累ヶ淵』のあらすじは――。旗本深見新左衛門が借金のもつれから金貸しの按摩皆川宗悦を殺す。これが発端。深見家は瓦解、長男新五郎は出奔、次男新吉はまだ幼な子なので門番の勘蔵が引き取り、甥として育てる。新五郎は宗悦の妹娘お園をそうとは知らずに恋し、想いが遂げられずに過って殺害してしまい、のちに捕われて刑場の露と消える。

宗悦の姉娘お志賀――富本豊志賀と新吉も互いの素姓を知らないままに深い仲になって一段とおどろな破局を迎えた。新吉はお久と下総羽生村へ落ちのびる際に結ばれるが、その翌晩、雷雨の累ヶ淵でお久の顔に豊志賀の面影を見、逆上して斬殺してしまう。

その事実を隠して羽生村に住みついた新吉は、お久の姪にあたるお累(るい)に想われ入り婿のようになるが、祟りなのか、婚礼直前にお累は火傷をし、豊志賀のような容貌になる。やがて新吉は自分の腹ちがいの妹とは知らずに名主の妾お賤と結ばれ、お累を虐待、悲惨な自害へと追い込み、さらに悪事を重ねる。

と、ここまででまだ全体の半分ほど、後半は怪談色を脱して敵討物語に発展し、結局、新吉は重なる罪を悔いて自害する。現行演じられるのはほとんど前半だが、読み切りの一席ものとしては、この『豊志賀の死』が他を圧してよく口演される。男女の情念を映し出すドラマ性といい、時代を超えるホラー性といい、全篇の白眉である。

「圓朝全集」に速記された圓朝の口演原作があるからプロットはほとんど変えようがない。演者の評価はどこに力点を置き、どう描写するかにかかっている。

先輩世代で『累ヶ淵』をよくやったのは六代目三遊亭圓生と八代目林家正蔵（彦六）で、正蔵はどちらかといえば道具芝居噺としてやることが多かった。志ん朝口演の基本は圓生の線に近いものだ。大きなちがいは、結末近く、夜道を七軒町へ急ぐ新吉が飛び出してきた白い犬におびえて絶叫し、勘蔵を驚かせるくだりを志ん朝がやっていないことであろう。

ここは明治の末、初代三遊亭圓右の名演に戦慄した圓生にとって大切なポイントなのだが、志ん朝は〝駕籠から消えた豊志賀〟に重ねて恐怖のクライマックスを築くのを避けたのかもしれない。長屋の連中が知らせに来たあとの恐怖感の表現には底知れぬ深さが感じられて、先輩諸師よりもすぐれている。

新吉が「お久さんをとる」と恋情を燃やすくだりの表現はとても現代的だ。たったひとことを新しくするだけで噺の世界を現代に通わせる、古今亭志ん朝ならではの魔術である。あとはほとんど圓朝が創り、先輩が演じたままであっても、それがすぐれた演出であればなおのこと、志ん朝のひとことで現代の男女の世界へと見事に変換するのである。

マクラも独自ですぐれている。テーマを「気」に絞って、圓朝の「真景＝神経」の意に添うとともに劇場での体験談などから、気負わず自然に聴き手をロマン幽玄の世界へと誘(いざな)っている。

「お久さんどちらへ」「日野屋へ買物に」を繰り返すのは、逢引に馴れない二人の生硬な会話だからだが、最近の若い演者の多くがカットしてしまう。作意を理解しないのか、それとも同世代の聴き手ともども、男女間の垣根がとれすぎた時代の子なのか。新吉が階下の豊志賀の言葉を鸚鵡返しするのも、古い落語手法特有の、ぎごちないコミュニケーション表現である。

富本節は河東、一中、薗八（宮薗）、荻江などと並ぶ江戸浄瑠璃の古曲で、清元に転化した要素が多い。「あんぽつ」は町駕籠の上級品で戸が付いている。「四手」は普及品で出入りは「垂れ」でする。煎豆腐(いりどうふ)は豆腐を茹(ゆ)で、絞ったあと味付けして煎る庶民の惣菜で、煎玉子に似た形状になる。卵を混ぜる場合もある。

文違い

えェ、遊びのお噂でございまして…うゥ、「自惚(うぬぼ)れと瘡(かさ)っ気のないやつはいない」なんという言葉をうかがったことがございまして、えエ、昔ァみんなそうだったようですな。まああの、瘡っ気のほうはどうだかわかりませんけども、自惚れってのァ、たしかに誰にでもあるもんで…ねえ？　えー、自分でこう鏡を見て、顔形、姿、ねえ？

「はあー（と嘆息）、おれはしょうがねェなあ、これァ、おい。ええ？　どこを見てもちっともいいところがねェじゃねえかなあ？　はあー（と落胆）、だめだあ」

なァんというような人は…、遊びに行かないかってえと、そうじゃアないんです。やっぱり、遊びに出掛けるン。そォんな気持ちじゃとても行かれませんけれども、それにはやっぱり自分で、どっかいいところを見つけるもんなんですな、ええ。それを頼りに出掛けて行く。だからああいう遊びの廓(さと)というものは、自惚れで保(も)っているなんてえことをうかがいましたが、ああ、たしかにそうでしょうね。ええ。背の高い人(しと)ァ、そればかりが頼みですから、ねえ？　ええ、ちょいとこの、背伸びなんぞをしながら、ツッとこう、歩いてる、ねえ？　じゃア小さい人(しと)ァ全くがっかりしちゃって行かないかってえと、そうじゃアないんですね。

「むやみに背が高きゃいいってもんじゃアねェんだい、ええ？　小さくたっていいんだよ、おれみたいに。どこ行ったって邪魔ンならねェ」

なんてんでね。色の白い人ァ「七難隠す」、これが自慢です。ねえ？　色の黒い人ァ、

「なあに、このほうがいいよ。大掃除ンときに汚れねェや」

なんと言うン。それぞれ自分でいいところを見つけて、それを頼りに出掛ける。これが自惚れというやつですな。先方もそういうことは心得ておりましてね、ええ。この人ァここが自慢だな、頼りだなと思うところを見つけて、そこをこう衝いてくるんですからたまったもんじゃありませんよ、ね。

「まあー、こちらてえものァご覧なさいよ、ええ？　スラッとしてまあー、形がよろしいじゃアございませんか。何を着てもお似合いンなるでしょう、本当に。ええ。(他の客に) こちらてえものは、ま、なんという、え？　きれいな顔をしてるんでしょう。目がいいじゃアありませんか、ねえ？　ええ。涼しいお目をして。そんな目でもって見らいたら女の妓はたまりませんよォ、本当にィ。(別の客に) こちら、ご覧なさいよ。ねえ、口もとがきゅっと締まって、男らしいじゃないの、まあ本当に。(また別の客に) まあこちらてえのはなんてんでしょ、ええ？　体格がいいじゃないの、男らしくて結構よ、本

当に。頼り甲斐があるわあ」

なんてんで、それぞれみんな一生懸命こうやってね、見つけて誉めるン、ねえ？……んん、中にはその、一生懸命見つけてんだけど、なかなか見つかんない場合がある。

「まああ、こちらてえものはまあ本当にまあ。なァんてんでしょうねえ、なァんて言ったらいいのかしらまあ本当に。まあ、どうしましょう」

なんてんでね、汗ェかいたりなんかしてますな。それでもやっぱり商売ですから、ええ。このまんまァ引き下がるなんてえことはありませんよ。必ずどっか見つけて、

「まァあ、本当に、あらァ、まあーきれいなお手をしてェ！」

なんてんでね、手なんぞ誉めらいたっておもしろくもなんともありませんがね。ええ、でも誉めらいた当人にするってえと、やっぱり、まんざらでもないようですな。

「うう、そうかい、そんなにいい手かい？」

「もう、ぽちゃっとしていてその手の甲がなんとも言えませんよ。ぎゅうっと握っていたい」

なんてんで、それからァもうそいつァね、手ばかり自慢ですから、外歩くのに、

「へうゥゥ（と浮かれ調子に手をヒラヒラさせて）」

なんてんで…。あア、どうにもこうなるってえとしょうがないんですが…。

まあ、遊びの本場と申しますってえと吉原というところだそうですな。ところが、江戸の四宿と申しまして、品川、それから千住、板橋、新宿。この四つの宿場がそれぞれこの、遊びの場所でもってたいへんに栄えたんだそうですな。うう、とりわけなんといってもこの品川というところは、もう吉原の向こうを張るというような勢いがあったン。で、この品川の向こうを張っていたのが、新宿だそうですな。ええ。新宿というところもたいへんにこの威勢があったもんだそうでね、ええ。この、品川と新宿は、どっちも宿場なんでございます。ですから廓（吉原）とはだいぶ違う。それでも、もう勢いが増してきたときには、本当はあってはならない引手茶屋なんというものがちゃあんと出来たり、また幇間がいる、芸者衆がいる、なんというような具合で、まあたいへんにこの、盛んだったそうですな、ええ。なにかとこう、いろいろと比べらいたりなんかする。ねえ？　ええ。たとえばの話が、品川、新宿となるってえと江戸の町の真ん中からはちょいとこの、遠出というような形ンなる。足を伸ばさなきゃなんない。そうなると、ただそこへ遊びに行くというのは気が差しますから、どっか行ったついでにそっちイ寄ろうというんで…、だいたいそういうときには（その行き場所が）、どっかのお詣りだそうですな。これが品川となるってえと川崎大師イお詣りに行った帰りにそっちイ寄る、ね？　新宿はどこかというと、堀の内のお祖師様だそうですな。そこへお詣りに行った帰りにちょいと引っ掛かかろうというようなわけで、それぞれが違う、ねえ？　えー、お客筋も品川のほうですってえとお坊さんですとかあるいはお侍さんなんかが結構多かったそうですな。新宿のほうへ来るってえとこれが、俄然お職人だったそうですね。ええ。女の妓（こ）たちもやっぱり、お互いにその、対抗意識と申しますか…そういうものがありましてね、ええ。新宿の女郎（じょうろ）が品川の女郎を悪く言ったってえ話がありますがね。

「ほんとだよォ、偉そうなこと言ったってさあ、ねえ。品川の女郎衆はねェ、品がなくっていけないよォ。あれはね、のべつ船頭と付き合っているせいだよォ。そうだよねえ、馬子さん」

って…どっちもいい勝負ですな。まあ、こういうところイ勤めているご婦人が、この人は、と思う人がいる。ねえ？　自分の大好きな人。大勢通ってくるお客の中から、この人は…という人。それを俗に「間夫（まぶ）」なんてえことを申しましてね。「間夫は勤めの憂さばらし」なんという…。「星の数ほど男はあれど月と思うは主（ぬし）一人」。もうー、この人がいるからこそ、辛い勤めも出来るんだというんですが、こういう間夫ンなっている人は、じゃア役者のようないい男かってえと、あながちそうでばかりじゃアないようですね、ええ。どっちかってえと、地味な人が多い。でもやっぱり、どっかこうちょいと他の男とは違う…なんというようなところがある。ね？　ええ。で、そういうのをこう、

ひょっとこう見るってえと、

「あれはなにかい、ええ？　あれ間夫ゥ？　へえーえ、なるほどね、小粋な野郎だねェ」

なんという、こういう間夫もいれば…、ご婦人の好みですから、ねえ？　会ってよく話をしてみるってえとその人の魅力もよくわかるんでしょうけれども、ちょいと傍目には大したことがないというような間夫も、え、いるんですな。それを他の者が見て、

「あれが間夫かい？　あれがァ？　なん？　大したことねェんじゃねェ。おれとあんまり変わんねェや。おれも大丈夫だあ」

なァんてんでね、力をつけてよけい通って行くというような具合ンなりますな、ええ。これが早い話、自惚れというやつで、ねえ？　ええ。

「(新宿の宿場女郎お杉、いかにも心の底から)半ちゃァん、すまないねェ、無理言っちゃってさあ。どう？　え？　出来たかい？」

「はあ(と吐息)、だめだァ」

「まるっきり？」

「うん、まるっきりってわけじゃアねェんだけどな、うん。十円しか出来ねェんだよ」

「十えェん？　十円じゃしょうがないねえ。いやァおとっつァんの無心がさあ、二十円ってんだよ」

「いや、それァわかってんだよォ。わかってんだけど、八方手ェ尽くしたんだけど、どうやっても、十円しか出来ねェんだよォ」

「うゥん、困っちゃったねえ。……半ちゃんならなんとかしてくれるだろうと思ってさあ、んん、あたしィ、当てにしてたんだよォ」

「そらすまねェ。ん、どうだ、あと五、六日待てねェか、ええ？　そうすれァ、なんとかなるかもしれねェんだ」

「だってさあ、約束の日だからって、もうおとっつァん、階下イ来て待ってんだよォ」

「ふうん（と困って）……親父ァ、十円じゃア承知しねェかなァ」

「そりゃアしないよ。いやそりゃ、十円持ってきゃ喜んで受け取って帰るよ。だけどすぐにまた来るじゃアないかァ。それじゃアなんにもなんないんだよォ、ねえ？　いやあ、あんまり無心がひどいからさァ、ねえ？　こないだちょいと、あたしがきついこと言ったんだよ。そしたら、『よォしわかった。もうこれっきりだ。二度と来ない。親子の縁を切ってやる。そのかわり、二十円こしらえろ』と、こういう話なんだよ。ねえ？　あたしもあのおとっつァんにはもう、さんざん苦労のありったけしちゃったろ、ええ？　あほんとのおとっつァんじゃアないしさ、ねえ？　ずいぶんひどい目に遭ってんだよ。こんなところイ身を沈めたってェのも、みんなあのおとっつァんのせいなんだから、ねえ？　それだけじゃアない。その上まだ無心に来るんだもの。まあ、このおとっつァんがいた日にァ、あたしゃもう生涯浮かばれないなあと思ってねえ。この人さえいてくれなけりゃなあと思ってたんだけど、娘のほうから親子の縁切ってくれなんて、そんなこと言えないじゃないかァ、ねえ？　だからアまァ、諦めていたんだけどもさあ、それを向こうから切り出してくれたから、も、こんなありがたい話はないから、二十円耳を揃いて、持ってこうと思ってんだよ。ね？　そうすりゃ縁が切れる。肩抜けンなるよォ、ねえ。ううん。だからァ、お前さん当てにしてたんだけど…そう、だめだったのォ。しょうがないねえ、どォも。（部屋の外から呼ばれ）はあい、なあに？　えっ？　誰、なんだい？」

「（若い衆が）え、どうも、（半ちゃんに）あいすいません。花魁（おいらん）、ちょいとお顔を」

「んん、いいよ、いいよ（気兼ねはいらないと目顔で知らせ）。なんだい？　えっ？　うん。何、えッ？　来たかい？　そうお。待ってたんだよ、ええ？　で、ど、どこに入れたの？　うん、六番？　あっ……（困惑し）六番て…お向かいじゃないかあァ。具合が悪いよ、他、空（あ）いてないのかよう。え？　空（あ）いてない？　しょうがないねえ。ん…じゃア、まあいいよ。今ァ、すぐに行きますからって、え？　うん、うまい具合に言っといて、うん。はい、ご苦労さん。（若い衆を去らせ声をひそめ）ちょいと、えっ、半ちゃん（言葉を選びつつ)、あのね…、あの、なんか、勘ぐっちゃ嫌だよ、ねっ、うん。いや、お前さんの懐痛めたくないからさあ、他にもあたしィ、実は手紙出しといたんだよ。そしたら今ァ、それが来たの。(どんなやつかと訊かれ)え? (田舎者だと軽蔑するように)田印なんだよォ。え? 嫌なやつなんだけどねえ、なかなかの働き者でさあ、ねえ? うん。で、まああの、野良仕事だけじゃなくていろいろと商いやったりなんかして、結構羽振りがいいんだよ。きっとォ金持ってきてると思うからさ、ねっ、うん、向こう行ってあたし…、え、もし二十円持ってりゃもう、世話なしだ。え? 黙ってあたしはふんだくってくるよ。だけど、足んないときには、え、うゥん(と甘えるように)、半ちゃん、足してくれるかい?」

「あァ、それはかまわねェ。うん。行ってきねえ」

「うん、行ってくるけどさあ、うゥ、すぐそばだからさ、ねえ、いろいろ聞こえるじゃないかあ、ねえ。うう、金引っ張り出すんだからあたしだってェ、んん、いろんな甘いこと言うよ。ね? それを聞いて、うう、半ちゃん、妬いたりしちゃ嫌だよ」

「当ったり前、そんなことするわけねェじゃねえか、ばかだなァ。ええ? 早く行きねェな」

「じゃ、行ってくるからね」

向かいの部屋に待っておりますお客様はというと、近在(ざい)から通ってくる角蔵(かくぞう)さんという人で、ねえ？　手織木綿の着物に小倉の帯を胸高に締めて、壊れたがま口みたいに口をぽかアッと開けたまんまぼんやりしてる。もーう、こういうのァもう、女のほうがね、ええ、初めっからなめてかかっておりますから高飛車に出ていきますな。

「ちょオいとまーあ、誰だと思ったら角さんじゃないか。本当にしょうがないねェ。ええ？　もうほんと、何をしてたんだよォ、今までえッ。うゥん、手紙出してもちっとも来てくれないんだから本当にィ。ええ？　気の利いた化物はとうに引っ込んじまう時分だよォ、本当に。何してたのっ？」

「（田舎言葉）うるせえな、ま、本当にもう。はあ（煙草の煙を吐き）。おう、大え(えけ)声出すでねえって。野中の一軒家じゃアあんめえし、静かにしたらよかっぺえ」

「そうはいかないんだよォ。え？　お前(まい)さんがなかなか来ないからさ、どうしたって大きな声ンなるんだよ。なぜ来ないの？」

「なぜ来ねえたってそりゃ、おらだっておめえなあ、わっはっはっは。（キセルを吸い）そらァま、いろいろと用があるからァ来られねえだよ、ええ？　いやいや、わ、汝(われ)の手紙は、よ、読んでるだよ。読んでるけんども、それがなかなか来られねえというのはな、来(く)べえと思った矢先に、おらがほうの七カ村の大事件(でえじけん)が沸騰をしてよ、ん？　あアおめえ、『角さんがいなきゃア話がまとまらねえから、なんとかしてくれ』ってんでしょうがねえから、あっちイこっちイ行ってってさ、村の世話役といろいろと話をしてな、やっとのことで話が収まって、さあ来べえと思うってえと、今度はま、鎮守様の祭りだあな。ああ？『ばか囃子の掛け声が角さんでなきゃアだめだ』ってェ、こう言うだよ。ううう？だけど、いつまでもおらにまかされても困るだから、『若え者にやらしたらどうだ』『それじゃアまあ、角さん、教えてくんろ』ってから、『ああよか。ああ教えてやるだから』って教えたんだけど、これがまたばかべえ揃ってやがってな、ああ、いくら教えてもちっとも覚えねえだ。はあー、しょうがねえったってありゃしねえ。まあやっとのことで、ええ？　なんとか恰好がついたんで、おらァ来ただよ。おお。ああ、忙しくって忙しくって、もうとてもじゃアねえけど、こっちイ来る暇がねえだよ」

「嘘だよ。この間お前さん、大和へ登楼ったろ？」

「あれ？　なんで汝、それ知ってるだ？」

「蛇の道は蛇だよッ！　ちゃあんとご注進があったの。ええ？　本当にまあ…。いいかい、今この新宿でね、あたしとお前さんの仲ってェのはね、誰だって知らない者はないんだよ。ねえ。ええ？　その新宿でお前さん、他へ登楼ったりするんだから、本当に性質が良くないねェ。ええ？　浮気者！」

「うう（うろたえ）、そら、うわ、浮気で、浮気で登楼ったでねえだよ。あれ、おめえ、わし、おめえ、付き合いで登楼っただよ、ああ。あんときはあの、なんだよ、下新田の茂十とな、上の辰松と、寅次郎と五左衛門とおらと五人で来ただよ。う？（遊ぶためにかと突っ込まれ）いや、買物に来ただよ。うん。で、おらァ真っ直ぐに帰ると思ってたんだけども、うう？　あア、それァ辰松が是非あすこに登楼りてえって、いやあ、あれの女っ子があすこの楼にいるだよ。『いやあ、おら帰る』ったら、『いやあ、そうだなこと言わねえで、角さんも一緒に付き合ってくんろ』ってんで、おらしかたなしにおら、あすこイ登楼った。ありゃア、ああ、浮気でもなんでもねえ。付き合いだァ、ありゃ。ああ。ああ、そうだなこと言うけれども、そんときにおらが所エ出た女っ子の面なんてえのァ、おらァ驚いた。長え面ったってなあ、上からこうずうーっと見てくるうちにな、下まで来るうちに上ェ忘れるような長え面。ああ、早え話がな、馬が紙屑籠くわえたような面してるだよォ」

「何を言ってんだよ、お前さん。ええ？　世の中にそんなに長い顔ってェのがあるかい？　ええ？（思わず笑い）んっはっはっはっはっはっは。おかしなこと言うねえ。ええ？　そんなこと言って人を笑わしてさ、ねえ、女の妓が、まあなんてこの人はおもしろい人だろうなんてんで気を許してるだろ？　そのうちにふっと気が付くってェともう惚れちゃってるてえやつだよ。ねえ？　お前さんは他のお客と違ってさ、ね？　うわべが野暮で芯が粋なんだからァ（半ちゃんが覗くので目配せして制し）、ねえ、女は困るんだよォ、ええ？（戯れにののしり）うわべ野暮の芯粋めェ、本当にィ、ええ？　ねえ。野暮の衣の下から、え？　粋をちらつかせて女を口説くんだから、本当に罪な人だねえ。お前さんみたいな人に何の因果であたしは惚れちゃったんだろう。本当にお前さん、あたしゃ、憎いっ！（と角蔵の膝をつねる）」

「痛いッ！　痛…痛（でも嬉しそうに）いッ、いッ、いッ、痛ェ(いて)、痛え、痛えだよ。えっへっへ。うう。おらはそんなに、罪、罪作りけえ？」

「そうだよ本当にィ。ええ？　だけど、お前さんの前だけどもさあ、人間というものはどうしてこう苦労が絶えないんだろうねえ。ええ？　もうあたしゃ、も、心配で心配でしょうがないんだよ」

「えっへっへっへっへ、大丈夫(でえじょぶ)だって、そうだに心配するなって、ええ？　おれァな、んな、浮気なんぞしねえから」

「お前さんのことで心配してるんじゃないんだよォ。……おっかさんのことで心配なんだよォ」

「あれえ、かか様がァ？　ええ？　汝(われ)にとってかか様なら、おらにとってもかか様だよ。

かか様、どうしたい？」

「うーん、具合が悪いんだよォ。きょうかあすかってえの」

「それァいげねえなあ。医者殿(どん)に、診(み)せたのか？」

「診せたんだけどね、なにしろ歳とってるだろォ？　いくらお医者様が手ェ尽くしてくれてもね、いっこうによくならないんだよ。で、お医者様の言うのには、この病人に力をつけなくちゃいけない。それには、人参(にんじん)を飲ませなきゃいけないけれども、その人参というのがねェ…、うん、二十円もするんだよォ」

「そら高(たつけ)え人参だねェ。ああ？　おらの村へ来てみろよゥ。一円も出したら馬の背に二駄もあるだよ」

「何言ってんだよォ！　人参たってお総菜に使う人参じゃないン。唐人参(とうにんじん)といって、これっぱかりでいくらって高いもんなんだよォ。ねえ？　二十円なんてお金、あたし、どうにもなりゃしないじゃないかァ。お前さんしか頼りがないからさあ、ねえ？　それで手紙を書いてお前さんに出したんだよ。なかなか来てくれないから気ィ揉んじゃったじゃアないか。ねえ？　お前さんきょう、二十円そこに、ん、持ってない？」

「ん、二十円？　（首を振り）ううん。二十円なんてそんな金、ああ、おれァ持ってねえ」

「嘘だよ、持ってるよォ。え？　まるでお金ないの？」

「いや、そうだらことはねェ。ここの玉代《ぎょくだい》は持ってる」

「いや、それとは別にさ、え？　持ってないの？」

「ん、持ってねえ」

「嘘だよ。持ってるよ、この人ァ。ええ？　お銭《あし》があるんだよ、お前さん。金持ちなんだから、ねえ？　ほんとに持ってない？　じゃあたし、調べるよ」

「(うろたえ) いやいやいや、待てェ、そんなあ…。調《すら》べるなんて、そうだなことするなって。え？　うん。いや、ほんとのこと言うってえと、ここに、十五円はあるだ」

「ほれご覧なね。ええ？　十五円でいいよ、ねっ、うん。あと七所借《ななとこが》りしてなんとかするから。えっ？　うん。それ、こっちイ貸しとくれ」

「そりゃ駄目《だみ》だ。これはァ、おらの金でねえから」

「誰の金さァ？」

「あ？　ああ、他人《ふと》の金だい。ん？　いや、嘘でねえって。辰松から預った金でな、野郎が馬ァ買うんだよ、ああ。で、『こねえだ手付金《てつけ》ェ打ってきたから、角さん向こうへ行ったら、あ？　帰《けえ》りに馬引《ふ》っ張《ぱ》ってきてくんろ』ってんで、後金《あとがね》、おらァ預ってきた。それがこの十五円だ。ん？　だから汝《われ》イ渡すわけにいかねえ」

「いいじゃないか、お友達だったらさあ。ねえ？　あとでわけを話しゃいいんだよォ。ね、馬はいつだっていいじゃないかあ。おっかさんはさあ、きょうかあすかてんだからァ、ねえ？　うゥん。なんとか助けておくれよ、頼むよォ。ね、い、今もう階下にね、お医者様から使いが見えてんだよ。十五円でもいいからあたしすぐに、う、渡したいの。ねっ、お願いだから、ねっ、こっち、んん、出しておくれよ」

「ん、そりゃ駄目、駄目だ。え？　そりゃア、渡してえけれども…そうしたら、わしァおめえ、え？　馬ァ引っ張って帰ることは出来ねえ。辰松にすまなかんべえ」

「だけどさあ…。じゃア何かい？　馬ァ引っ張って帰れれば、おっかさんはどうなってもいいてえの、えっ？　おっかさんが死んでもいいって」

「いやいや、死んでええてえわきゃアねえなァ。ん？　そりゃアその、死んじゃア、いけねえ」

「そうだろ？　だったら、あたしのほうにお金おくれよ」

「いえ、だけどさァ、やったらおれァ、馬ァ引っ張って帰ることはできねえ」

「んん…、じゃやっぱり、おっかさんが死んだほうがいいんだ」

「いや、それ…そうでねえって」

「じゃ、どっちなんだい？　はっきりしておくれ。はっきり、ここんところ。ね？　おつかさんが大事なのっ、それとも、馬のほうが大事なの、どっちなんだいっ？」

「(困り果て) いや。どっちなんだって、そうだなこと言うなって…。おらの金ならすぐにやるだけれども、他人の金だからやれねえ。いくら友達の金でもそう勝手なことは出来ねえだから、でえ、おらァ……弱ってるでねえかァ。いや、それァかか様助けなきゃなんねえ。それはわかってるゥ。わかってるけんどもさあ、なあ？ (迷って、もそもそと繰り返し) かか様助けりゃア…、馬ァ引っ張って帰ることは出来ねえ。な？ 馬ァ引っ張って帰りゃ、かか様おっ死んじまう。かか様助けりゃア…、馬ァ引っ張って帰ることは出来ねえし、馬ァ引っ張って帰りゃア、かか様助からねえ」

「(じれて) もういいよッ。なんだい、お前さん。ええ？ 馬とおっかさんと一緒にされてたまるかいッ。ねーえ、そんな薄情な人だとは思わなかったねェ。お前さんとね、年季が明けたら一緒になるてえ話、え？ あれ、反古にしておくれ」

「なんで？」

「そうじゃアないかあ。何を言ってんだい。え？ そんな薄情な人と一緒ンなったって、とてもじゃアないけれども仕合せになれないから、え？ ね、いじめられるといけないから、あたしじゃア、やめるよっ。ね？ いいねッ」

「(慌てて) ちょ、ちょ、ちょ、ちょっくら待てって。な、なん、何だ。ンな、そうだなこと言うなって。ええ？　え、それァ、もののたとえで言った…。それァおめえ、かか様のほうが大事（でえじ）だよウ。んん（考え）…わア、わかった、わかったわかったよ、ちょっくら待てよ。んな…、もう。（懐から金を出し）う、うん、こん中にィ、んん、十五円入（へえ）ってるだから、ん？　さあ、これ、持ってけ」

「（激しく）いらないッ！」

「いらねえなんてそうだなこと言わねえで持ってけや、おれァこうやって出しただからさあ、なあ？　うう、いや、おれが悪かった。なっ、おれ謝るだから…謝るだからおめえ、ひとつ、う、機嫌を直して、え、そうだに怒（いき）らねえでさあ、これ持ってっ…ん、謝ってるじゃアねえかあ、ああ？　だからさ、なあ、持ってけや」

「………（気を鎮めた態で）あたしァ…お前さんに謝らしたり、お金もらったりするほど働きのある女じゃアないけどさあ…ま、なにしろォ、おっかさんのことが心配でねえ、ここんところずっと寝てないだろう？　だァらなんだか知らないけど、むしゃくしゃしてむしゃ…、もう、も、他人（ひと）の言うこと、ちょっとしたことで腹が立っちゃうんだよ。言いたくないこと言っちゃって、ん、う、すまないねえ、ごめんなさいよ。じゃア、なにかい？　本当に…いいの、そのお金？　あ、そう、ん、ありがと。ん。それじゃア、これあの、しばらくの間、貸しといておくれ」

「貸すも貸さねもねえって。何言ってる、ええ？　なあ、おらの物ァ汝の物、汝の物ァおらの物だ、ん？　なあ、年季が明けたら、夫婦ンなる間柄でねえか。ああ？　そうだなこと気にしねえで、早くその使いの者に渡してやれェ」

「そうお？　はい。じゃ、わかった。じゃあの、これね、はいはい、すぐに戻ってくるから、うん、はい、どうも。うん。（と半七の部屋へ戻り）……ちょっとォ、んとにもう、半ちゃアん、やだ、覗いたりなんかしてェ。も、あたしゃアね、気付かれやしないかと思ってはらはらしたよ」

「ふッふッふッふッふ、すまねえ、勘弁してくれ。え？　いや、おれだって気がかりだからよォ、ねえ？　どんな様子だろうと思ってひょっと覗きに行ったんだい。そうしたらまーア、おッどろいた。たいへんな面ァしてやァんな、あんちきしょうァ、ええ？　真っ黒でもってよ、鼻が胡坐かいてるなんてのァ聞いたことあるが、寝そべって仰向けンなっちゃってら。鼻の穴が真上向いてんだい。ええ？　煙草吸ってたろ？　煙が二本、ツーッと真上に行くン、ねえ？　ああ、よく煙くねえなと思ったら、うめえ具合にそのぶん、目が奥イ引っ込んでやァんだ。アッハッハッハッハ。年季が明けたらヒイフんなるってったときにァ、おれァ思わず吹き出すかと思ったよォ」

「笑い事じゃアないよォ。ねえ、あんなやつにね、気休めの一言も言うってェのはだよ、ね？　いいかい、半ちゃん。お前さんのねえ、懐を痛めたくないためだよ。わかってるかい？　え？　うん。それでね、十五円（と出し）。え？　持ってたよ。ね？　だからここにお前さん、五円足しとくれ」

「うゥん…。まあ、いいじゃねェかこれで。え？　いいよ」

「な、何？」

「何がって…。うん、十五円ありゃアおめえ、御の字じゃねェか」

「なにさア…。だめだよォ。二十円てえ切り出しなんだから、おとっつァんのほうがあ。二十円持ってかなきゃア承知しないよ」

「いや、そう、そうでもねェよ。え？　二十円のところ十円じゃ話にならねェけども、十五円だったらおめえ、御の字だよォ。ええ？　おう、承知するよ。掛け合ってみな」

「ン、何を言ってんだよォ。縁切りのお金じゃアないか。負けるわけァないよ。そんなことをしてごらん、またそこをねえ、何とか言ってくるよ。あとンなってぐずぐずぐずさあ。それが嫌だからあたしゃ耳を揃いて二十円渡したいって言ってんじゃアないかっ。ええ？…それともなにかい？　半ちゃアん…、出したくないっての、え？　お前さん、足んないところは出してやるってそう言ったじゃアないか」

「うう、そりゃそ、そうそう、そう言ったけどもさあ、なあ？　おめえ、出さずに済むんだったらおれ、このまんま、え？　う、持って帰（けえ）りてェんだよ。ってェのァ、ほうぼうおめえ、拝み倒して借りた金だ、なあ。ええ？　義理の悪いところ、うるせェところに、あしたのうちにスゥッと返しちゃって、また他にも使い途（みち）がいろいろあるんだからよ。ま、いいじゃねェか、勘弁しろよ。な、悪く思わねェでくれよ」

「…なんだねえ。もともとはあたしのために都合してきた十円じゃァないかさあ。ねえ？　そっくりじゃないんだよ。半分でいいから貸しておくれ、こっちイ出しておくれってんだからさあ…。出したらいいじゃないかあ、ええ？　ねえッ！」

「うん…。そんなこと言わねェで…。いいよォ、おめえ、十五円あるんだから御の字だってんだよォ」

「……あ、そう。（怒りを抑え）わかった。いいよ。いらない。ねえ？　お前さんをあてにしてたあたしがばかだった。え？　あたしのほうじゃ勝手にね、お前さんのことをただの人じゃァない、自分のいい人だと思ってたんだよ。ね？　なァんだい。よく見たら、ええ？　ふん、（冷たく）お前さァん、間夫でも情夫（いろ）でも何でもないんだ。ただのお客様なんだ。ねえ？　そのただのお客様に、無理なことをお願いしてすいませんでしたね」

「んんんん、なんだよ、おい。嫌味なことを言うなよ、おい。なんだい、おめえ、怒ったのかァ？」

「怒ったわけじゃアないけどさァ（悔しそうに）、そうじゃアないかあ。ええ？　あのおとっつァんにつきまとわれてごらんよォ、ねえ？　お前。半ちゃんと一緒ンなったって、どの道、うまくいかないよォ、別れるようなことンなるじゃないか。それを縁が切れるからあたしゃアねえ、お願いしてるんだろ、ねエ？　二人でもってェ、なんとかやっていけたら、こォんなに仕合せはないよ。（失望したように）だけどそれはね、あたしのほうで勝手に見た夢だよ。ええ？　もう覚めたからいいよ。え？　要りません。結構。（涙声になり）いいんだよ、どうせあたしゃもう…あたしゃもう（泣き出し）、あたし一人で苦労すりゃ…」

「うお、ちょっと、ちょっと、まあまあ、待て、ん、ん。おこ、怒ってんじゃねェか、やっぱりィ。なんだァァ……。わかったよ、んな、だ、だ、だ、出すよ。出しゃいいんだろ。出しゃア。ええ？　んーほんと…。は…、あ…（しきりに懐中を探り）、おい、さっ、これ、持ってきねェ」

「いらないよッ！」

「いや、そ、そ、そんなことを言うなよ。いや、おれァな、薄情で出したくねェってったんじゃねんだよ。ね？　ほうぼうに借りがあるから、なんとか先に返して（けえ）ェと思うから、それ言った…（お杉がなおも泣くので）いやァ、だ、いや、出し渋ったのァおれが悪かった。勘弁してくれ。え？　あ、あ、あ、謝るよ。な？　そう意固地ンならねェで、え？　すまねえ。(と手をつき) こうやって謝ってんだから、ねえ？　ん、持ってきなよ」

「(落ち着き) あたしゃア…、お前さんに謝らしたり、お金もらったりするほど働きのある女じゃアないけど…。ん、半ちゃん (甘え声になり)、お前さんのことを頼りにしているのにさあ、あんなことを言うんだもの、だからあたしゃもう、いま本当にカアッときちゃったんだよ。え？　う…ん、本当にあたしのこと思ってくれてんの？」

「お、おめえのこと思ってるじゃアねェかよ。(強く) いや、だからさっきは悪かったってそう言ってんだよ。な？　だからさ、持ってきなよ」

「そうお？　もう嫌だよ、二度とあんなこと言っちゃア。ね？　うん。そいじゃ (と五円受け取り)、ここにね (と角蔵の十五円と) 一緒に入れてっちゃうから、ね。うん。あ、どうも。じゃアこれ、しばらくの間、貸しとくれ」

「貸すも貸さねえもねえ。ん？　うう、おれとおめえとの仲じゃアねェかよ。うんうん、いいんだよ。おうっ、ちょ、ちょ、ちょっと待ちねえ。ちょっと待ちねえ。え？　うん。(再び懐中を探り) どうせのことだ、な？　うん。へッへッへ。え、ここにな、余分に二円あるから、これ、親父に渡してよ、帰りになんかうめえ物でも食えって、そう言ってやんな」

「(感動の態で)あっらアー、まあ、半ちゃん、お前さんて人は、ほんとにまーあ、ええ? 親切でやさしいんだから、ま、本当に、え? うん、じゃア、これ、ね、ん、ちょっとあの、すぐに渡してきちゃうから、え? すぐ帰ってくるから、ちょっと待っておくれよ」

「お、わかった、うん。おうおうっ、煙草置いてきねえ」

「わかりました。じゃ、行ってきますから。(出て)ちょ、ちょいと、誰か。あ、喜助どん、すまないけれども煙草と、ね? うん、そいからあのキセル、お兼さんとこ行って借りてきておくれ。え? いや、いけないいんだよ、部屋のほうの(煙草)は。半ちゃんがいるじゃないかあ、ね。お願いしますよ」

その時分のことですから、煙草の箱と長ギセルを下げて、裏梯子をトントントントントントーンと降りていくってえと、梯子段の裏に六畳ばかりの薄暗ァい座敷がある。その隅ンところに先程からじいーっと坐っておりますのは、年頃三十二、三になります、色の浅黒い、苦みばしったまことにいい男で、藍微塵の着物に茶の一本独鈷の帯を締めまして胡麻柄唐桟の羽織を着て、目が悪いと見えまして、しきりに紅絹の布でもって一生懸命目を押さえている。

「あァあ…あァ(とお杉は慌てて入り)ああ、芳さァん、すまないねえ、長いこと待たしちゃって」

「お……（目を押さえながら、見えにくそうに）どなた？　え？　どなた？　おおう、なァんでえ、お杉かあ？　いやなに、待つも待たねェもねえや。無理なことを頼んじゃってェ、すまねェな」

「いや、いいんだよ。そんなことァかまわないんだけどさあ、お金がなかなか出来ないからねえ、あたしゃもう気を揉んじゃったよ。だけど、なんとか出来たの。こン中にねェ、二十円とそれから、あの二円、別に入ってるから、二円のほうでなんか、うまいもんでも食べてって」

「そうかい。（嬉しそうに）すまねェなあ。まあ、勤めン中に無理ィ言いたくァなかったんだけど、なにしろ急な話で、今のおれにァ、二十円て金はどうにもならねェんだ。悪いなァと思ったんだけど、おめえよか、頼る者はいねェんでな。で、無理言っちゃったんだァ、な？　すまねえ。だけど、お蔭様で、え？　これでおれァ、目を治すことが出来るんだ。なあ。改めてェおれァ、礼言うよ。（頭を下げ）ありがとよ」

「ん、嫌だよ、夫婦の間でそんなに水臭いこと言っちゃァ。で、よっぽど悪いてえ話じゃないか。どんな具合なの？　え？　ちょいと、ん、見せてごらんよ。どんなの？」

「（ちょっと困って）い、いえ、どんなって…おめえ、素人にわかるわけェねェけど（と顔を突き出し）……どうだい？」

「え？　なんかちっとも悪いようじゃアないよ」

「…いやァ、それァ、うわべはなんでもねェんだよ。芯が悪いんだよ。医者の言うにはな、こういう眼疾(め)が一番性質(たち)がよくねェってんだ。うわべが悪いのと違って、芯の悪いってェのァな、療治の仕様がねェんで困るって、医者がこぼしてるぐれェだ」

「素人にはわからないけど、そういうもんなのかねえ。へえ？　なんてェ眼疾(め)なの？」

「（詰まり）うんん…。内障眼(ないしょうがん)…っていう眼疾(め)なんだ」

「ま、聞いたことがないね、そんな眼疾(め)。で、治るっての？」

「（ちょっとあいまいに）ううう…ん、それァ、…このまんま打(う)っ棄(ちゃ)っとくてェとつぶれるってェことがあるけど、まあ…、真珠てェ薬をつけるってェと、ん、治るってんだ。それェ聞かされたときにァ、おれァ、もう、本当にほっとしたぜ。え？　これ（金）でもって、おれァな、その薬がつけられるんだ。な、ありがとよ。本(ほん)ッ当(と)にありがとう。心から礼言うぜ。なっ。うん。じゃおれ、これからな、早速な、医者のほうイ」

「ちょっちょっちょっ、ちょっとなあに？　なんだよ、お前さん、もう行っちゃうのォ？　ええ？　もっとゆっくりしといでよォ、ねえ？　お前さん、今夜泊まってってっとくれよォ」

「そんな…、とんでもねェ。そんなこと出来やしねェ。医者に止めらいてんだからァ。いや嘘じゃアねェんだよ。ん？ 医者の言うにゃ、この眼疾には女が一番いけねェってんだよ」

「ばかばかしい。そんな眼疾ってのがあるか」

「あ、あ、あるんだよォ。おめえ、何にも知らねェけれどもなァ、あるんだよ、うん。おれァ聞いて驚いた。あ、なんでも、女の体から出るものがいけねェってんだ。え？ おい、なんか、立ち昇るってェのかな、この、気、みてえなものが、この眼疾にゃいけねえ。だァら女のそばへも、寄らないでくださいよって、おれァ医者にくれぐれも言われてんだ。だから、いるわけにいかねえ。すまねえけど、おれ帰らして」

「ちょ、(不満で) ううん…だよォ、嘘だよ、そんなことないよ。だいじょ…少しぐらい大丈夫だよ、たとえあったってさあ。いいじゃないかァ、いろいろ話があるんだよ。久し振りに逢えたんだからさ、ね、うん。ねえ、泊まってってとくれ」

「(困って) いや、それが…。おれもそうしたいよ。そうしたいけれどもさ、眼疾というものはな、ね？ 一刻を争うもんだ。な？ 早けれァ早ェほどいいってんだ、ね？ お金が出来たらすぐにいらっしゃいよ、いつでも手当てをしますよと、医者のほうじゃア、待っててくれてんだよ。な？ だからおれァ、これから行こうってんだ。な？ だから行かしてくれ」

「んー、んん、大丈夫だよ、一晩ぐらい。ね、今夜泊まってあしたの朝、早くに行ったらいいじゃないの」

「おおい、おれがこうやって行く気ンなってんだから、医者にやっとくれよ。なアッ？　なんでもなきゃおれァ、おめえのほうでよせったって泊まってくよ。ねえ？　うん。だァら、そう困らせねェで、ええ？　わかってくれよ。頼むよォ」

「ん、頼むよったってさあ、一生懸命あたしが苦労してお金こしらいたのにさァ？　それ、お前さァん、受け取るってェとすぐに帰っちゃうってんだものォ。そんな勝手な話ないじゃないかあ。ええ？　どうしても帰るってんだったら、そのお金、あげないよ、え？　返しておくれ。（ふてくされ）あたし、嫌（や）だよッ」

「なにを？　それじゃア、なにか？　おれが泊まらねェと銭ァくれねェってのか？……おう、そうかい。（開き直り）……んじゃア、しょうがねェや、なあ？　（金を投げ出し）お返し申しやしょ。（すぐ帰ろうと）邪魔したな」

「（驚き）あっ、ちっ、ちょっと、芳さん、なァに？　どうしたの？」

「いや、どうしたじゃねェんだい。おれァ帰（けえ）るンだからどいてくれ。え？　どいてくんねえ。（他人行儀に）おれのほうで勝手に思い違いをしてた。おれとおめえとァ夫婦の間柄だと思ってたんだが、どうもそうでねェようだ、なア。客と女郎の付き合いだ。な？そんなところイ無理なこと言ってェ、まことにすまなかったな。勘弁してくんねエ。おれは帰るんだから、（きつく）どけェッ！」

「ちょ、ちょっと（うろたえ）…、芳さん、お前さん、怒ったの？」

「それァ…お、お、怒ったわけじゃアねェけども、おめえも少し話がわからなすぎるじゃねェか、ええ？ そうじゃねェのかい？（怒った調子で）なあッ。よしんばおれが泊まっていくと言ったたって眼疾というものは一刻も、は、早く手当てしなくちゃいけねェんだから、ねえ？ 一刻を争うもんだから、早くに医者行けってェのが、これが人情じゃねェのか？ 亭主にそう言うのが女房の台詞じゃアねェのかい？ それをなんだァ、ええ？ 泊まらなきゃア、銭はやらねエ？ ふんッ。いらねェよ。そんな思いのかかった金でもって眼疾を治したって治るわけァねェや、なあ。目がつぶれちゃアおっかねェから、おれァよしにするよ。え？ 帰る！」

「（おろおろし）ちょっ、ちょっ、…ごめんなさい。違うんだよ、違うんだよ、芳さん、ね？ いや、あたし、ほんの冗…」

「冗談にもほどがあらァ！」

「いえ、そんなこと言わないでさ、ね、とにかくさ、このお金、ね？ 使ってちょうだい、お願いだから」

「いらねェッ！」

「(涙声で)そ、そ、そんなこと言わないで、(すすり泣きつつ)お願いだよ。ねえ、芳さん、あたし、お前さんのためにこうやってお金こしらいたんじゃアないか。ねえ？　機嫌を直しておくれよ。ねえ？　あたしが悪かった。お前さんに逆らったのが悪かったからさ、ねえ、お願いだからこれ持ってって、ね。頼むよォ。謝ってんだからさァ、持ってっとくれよオ」

「うん……(気をとり直したが)おれァおめえに謝らしたり、金もらったりするほど働きのある男じゃアねえン。だけどな、ああ、目が悪いもんだから、どうもこの、むしゃくしゃしてなあ。ちょっとしたことでカアッときて、言いたくねェこと言っちゃって、すまねえ。おれのほうこそ謝るよ。勘弁してくれ。な。じゃア、この金、使わしてもらって、…いいんだな？　そうか、よしっ。じゃ、医者行ってな、おれァ目ェ治して、え？　よくなったらまた来るから、いいか？　なあ、ええ？　待っててくれよ」

「当たり前じゃアないか。ね、じゃそのお金大丈夫？(紛失を案じて)え？」

「ううん？　うんうん、まかしとけ。え、じゃおれァこれから、医者行くから」

「そうお？　じゃあたしは手ェ取るから、ちょっと待っといで、うん、うん。

(手を取って歩き)さ、さ、こっちおいで。ねえ、うん、ここンとこ低くなってるから危ないよ、気を付けて。ね、うん。ねえ、早くよくなってくれるといいねえ。ええ？ うん。ちょっとォ、誰かいない？ え？ 誰かいないの？ あ、藤どん、ちょっと来ておくれ。え？ うちの人が帰るんだ。履物を出して、履物を。うん、そうそう、お、これでいいのかい？ (と履物をたしかめさせ)あ、そうお？ はい、はい。(藤助に)ちょっとォ、薄情な人だねえ、ええ？ 履かしてやっておくれよォ。目が悪いんだからうちの人は今。え？ そう、そうだよ、うん。はいはい、(芳次郎に)大丈夫？ うん。忘れ物は、ない？ (芳次郎に言われ)え？ 杖？ (藤助に)杖があるってさ。え？ うん。あっ、あれかい？ そうお？ うん。(藤助に)その杖だって、うん。(芳次郎に)そう、いい？ 心配だから、ね？ うん。いろいろと知らしておくれよ。わかった？ ね、うん、あ、ちょっと、藤どん、待っとくれ。(祝儀を渡し)これ、うちの人から。え？ (遠慮され)いいから…それほどじゃアないんだ、取っといておくれよ」

「(一転愛想よく)そうですか、どうもありがとござい、へい。えっへっへ、ども、旦那、いただきました。ありがとうござい、へ、お手ェ取りましょ」

「そうかい、どうもすまねェな。うっ、うう。ありがとありがと、うん。そんじゃアな、ああ。あー、どうも急に患った目だから、不自由でしょうがねんだァ」

「(手を取って潜り戸へ) さいでござんしょうねえ。へえ、どゥも。ちょいとお待ちを願い…(潜り戸を開け) へえ、どゥも。ええ、お頭をちょいと下げていただかねえと (くぐらせ)。大丈夫でござんすか? へいへい、へい。(送り出し) よろしゅうござんすかァ?」

「おう、ありがとありがと。うん。世話ンなったな。どうも、ありがとよ」

潜り戸がすっと閉まる。惚れた男のことですから、女はもーう我慢が出来ません。心配で、トントントントントントントントーンと二階へ駆け上がってきて、手摺ンとっからこうやって (のり出して) 覗いているってえと、杖を突きながら、こう歩いておりました芳次郎が、五、六間先ィ行くってえと持っていた杖を、あたりの様子を見てポオーンと放り出す。ちょいと合図をするってえと横町からカラカラカラカラカラカラッ、俥が一台出てきた。棒端ァぽォんと突くってえとそれへ芳次郎が乗る。梶棒がすっと上がる。

「あらよッ」ってんでこれが四谷のほうへスウーッと行っちゃった。

「あらあ…。なァんだあい、え? 俥で来てたんじゃアないかァ。見世の前へ停めさしときゃいいんだよ、待たしときゃア。はあ、無心に来たんで、ねえ、ええ? 気兼ねして、あんな路地なんかに待たしといたんだよォ。やきが回っちゃったねえ、芳さんも。あの人に苦労、…お金の苦労させらいないよ。ね? せいぜい稼がなきゃいけない。(呼ばれて大きな声で) はあい、ただいま…。あっそうだ」

煙草とキセルをもとの座敷に忘れました。戻ってってひょいと見るってえと、今まで芳次郎が坐っておりましたところに、

「なんだろ？　何か落ちてる。ん？　え？　何かしら？　あら、『芳次郎様参る』。手紙だよ、芳さんの。もう間に合わないじゃないかねえ、ええ？（また呼ばれ大きな声で）はあい、ただいまァ。ん？　『芳次郎様参る小筆より』。あらっ……。女の手紙なんか持ってるの？　女のそばイ寄ってもいけないってェのにィ。ううん。心配だねェ、もう、本当に。（手紙を開き）まあー、きれいな筆跡《て》だねえ…。『一筆《ひとふで》しめし参らせ候《そろ》。先夜はゆるゆるお目もじかない、やまやま嬉しく…存じ参らせ候《そろ》』。これ、この女に逢ってんだよォ。もう、油断がならないねえ。（また呼ばれ苛立たしく大きな声で）はあいっ、ただいまァ。『その折りお話いたせしとおり、あたくし兄の欲心から、田舎のお大尽の妾《めかけ》になれ、それが嫌なら五十円こしらえろとの無理難題。親方様にご相談申せしところ、三十円は整え候《そうら》いども、後金《あときん》二十円にこと困り、御前様《おんまえさま》にお話申せしところ、新宿の女郎にてお杉とやら』……あたしの名前が出てきたね、ええ？　（不安を覚え、気があせり）『新宿の女郎にてお杉とやらを……眼病と偽りおこしらえ』（食い入るように見つめ）……『お杉とやらを眼病と偽りおこしらえ』……（放心し）目が悪いんじゃアないんだ…。この女ンところイ持ってってたんだ。（カッとしはじめ）どうも様子がおかしいと思ったよ、なんでも

ないじゃないかってったら『内障眼（ないしょうがん）』だってそう言ってた。ええ？（続けて読み）『おこしらえくださるとのこと、それが義理合いとなり、お杉とやらと夫婦（めおと）になろうか、それが心配で心掛かりでご（泣き始め）……行く末頼りなきあたくしを、どうぞ、お見捨てなきよう、御前様（おんまえさま）に心より御願（おんねが）いあげ参らせ候。（涙にくれつつ）まずはあらあらめでたくかしこ』…なにがめでたいんだい、ちきしょうめッ！（涙を払うように）はあー。芳さんこそはこんな人だとは思わなかったねえ…」

「（平七）本ッ（ん）当（とう）にまあ、何をしてやァんだか知らねェが、いつまで話をしてんだろうなあ。親父におめえ、金やったらどんどんどんどん帰しちゃえばいいじゃねえか、ええ？本当にしょうがねェね、女ってのァおしゃべりだからなあ。いつまでもおめえ、くだらねえことをしゃべってるんだい、本当にしょうがねえ。ああ、ふわァあ（とあくびをし）……さっきからおめえ、あくびがずいぶん出るねえ。女郎屋（じょうろや）イ来てあくびしてちゃしょうがねェや。女がいねェから、あくびだって出るよ、本当に。（退屈のあまり）なんだいこれァ、え？ 火鉢の抽（し）き出（だ）しに何か挟まってんじゃねェ。何だこれ、（開けようとし）ん？ んん、ああ。あれっ？ 開かないねえ。むやみやたらに物を入れてキュウッと突っ込むからな、挟まっちゃって開かねェんだよ。しょうがねえな、こういうこと考（かんげ）えねェんだから、女ア。（開いて）よしッ！ うーう（中を見て）、紙屑籠だよ、これァ。ええ？　あぶり出しだとか、え？　辻占だとか、つまらねェ物を大事に持ってやァら、本当に。うん、手紙が出てきたよ。……ああ、客ンとっから来た手紙だろ、なア。こういうとこの女にはな、客から手紙が来るようでなきゃいけねェんだァ、なあ。うん。えー、『お杉様参る』。うゥ、『芳印より』。テエッ！　へッ。色男ぶりゃアがって、芳印だってやがら。笑わせやァる、なあ、ええ？　半ちゃんてェいい人がいるのを知らねェのか本当に。不仕合せな野郎だね、この野郎も。えッ？　うん。えーなに？『ちょっと申し上げ候。御前様には、いつもながらご全盛にお暮らし、御羨ましく陰ながらお喜び申し上げ候。それにひきかえあたくしは、このほどよりの眼病にて打ち臥しおり候』。ああー、目が悪いんで来られねェってんだあ、なあ。へえ、なかなかなんだね、義理堅え野郎だね。えー、『医者の申すには、このまま打ち捨ておけば、失明間違いなく、真珠とやらいう薬を付けねば治らぬとのこと。その値、二十円』。高え薬があるもんだねえ、ええ？　うう『なれども、不仕合せ続きにてその金子才覚出来ず、御前様にお話いたせしところ、馴染客なる日向屋の半七』、お？　おれの名前が出てきたよ。『馴染客なる日向屋の半七を、（心中穏やかならず）親の無心といつわ』……『親の無心といつわ』…ちきしょうッ！　この野郎ンところイ持って行きゃアがったんだ。へえ？　親父じゃねェよォ。この野郎がずうっと階下にいたんだァ。本当にふざけやがってどうも」

「(お杉、怒ったまま戻り) ちょいとッ、なァにしてんだ、お前さん。そんなところ開けて?」

「(半七も怒って) お、う、うゥ、何もしてねェやッ!」

「そんなことないじゃないかァ。むやみやたらにそういうところォね、ガタガタガタガタ開けないでおくれェ。それもいいけど引っ掻き回しちゃやだよ。大事な物だって入ってんだからァ。ほんとに性質が悪いねえっ!」

「(かっとして) ふ、たっ、性質が悪いッ? こんちきしょォうッ、本当にィ! どっちが性質が悪いんだっ。ここへ坐れ、ここへッ! え? 本当にふざけやがって、何を言やがんでェ、冗談じゃねェや。なァ? (努めて抑えるが) それァ女郎は客を騙すのが商売だ。なあ? 騙すのはかまわねえ。(腹にすえかね、キセルを詰めつつ) んんん、見事なもんだ! 偉ェよッ! なあっ (荒っぽくキセルを吸い)。ッとおに、何を言ってやァんでェ。ええ? (煙草を吸い、息巻いて) お、お、親父と縁が切れてこんな嬉しいことはねえ? へんッ。それにしちゃたいそう話が、(皮肉に) は、弾んだんだろ? なあ、ええ? 話が保てたァ、ばかに長ェじゃねえ? なア。別れを惜しんでやがった。親父が別れるのが嫌だってんで、(逆上) 二人でェ、抱き合ったりしてたんだろ、こんちきしょう!」

「なァにをわけのわかんないことポンポンポンポン言ってんだよッ! 人間にゃア虫の

居所のいいときと悪いときとあるんだよ。あたしは今っ、むしゃくしゃしてんだッ！」

「……おれだってむしゃくしゃしてんだッ！　ちきしょう！（煙草を吸い）何を言やがんでェ本当に！　おう、結構、結構な親父だ！　何を言ってやんでエ、親父だ親父だって言ってやがって、ええ？　い、色男のあんのァちゃんと知ってんだ！」

「色女のあんのァ、知ってんだい！」

「何を言ってやんでエ、本当にィ。お蔭でこっちは、七円騙られた！」

「あたしは二十円騙らいたんだ！」

「真似ばっかりしてやァん、本当に。その上おめえ、目まで悪いって聞かされりゃア、（怒りに震え）世話ァねェや！」

「目が悪いと思ったら悪くもなんともないんだいッ！」

「よくわかんねェ、こんちきしょッ！（殴る）」

「アッ、ちょっ、ちょっと。半さん、ぶったね？　え？　あたしの体にはお金が掛かってんだよ。ね、年季の間は親方の体だ。あたしを身請けして、それからぶつとでも蹴るとでも、なんともしなさいよッ。なんだい、いきなりそんなことしてッ！」

「うるせエ、こんちきしょッ！（続けて激しく叩く）こんちきしょッ、こんちきしょッ、こんちきしょッ！」

「っ痛ッ、また、ぶったね、ちきしょう！　まあー、ひどいことをするじゃないか。ええ？（金切声）さーあ殺せ！」

「当たり前（めえ）だッ、殺さなくってよ。（連打）こんちきしょッ、こんちきしょッ、こんちきしょーう！」

「（向かい部屋の角蔵、手を打ち）おうい、（また打ち）誰かいねえかい。誰かいねえかい」

「へええーい。お呼びでございますか？」

「お呼びでございますかではねえ、ええ？　喜助、こっちイ入（へい）れ。こっちイ入（へい）れってェ。あァにしてるだァ？　前の騒ぎがわからねえかよォ、ええ？　あの向かいの座敷で叩かれてんのァ、あれおめえ、え？　お杉だんべェ。なんでも話の様子じゃ、え？　色男から金をもらったとかなんとかでもって叩（はた）かれてるだい。え？　汝（われ）行って止めてやれ、なあ？『あれは色男じゃアございません。ただの客でごぜえます』と。え？『かか様の按配（あんべえ）が悪いから恵んでやったんだ。色恋じゃアございません…』と、そう言って止めてやれ！　早く行け、本当に、…うゥー、（慌てて呼びとめ）おおお、ちょっと喜助、待てえ。それァよしたほうがええかもしれねえ。そうだなことしたら、かえっておれが…、お杉の色男てえことが知れやしねえかな？」

「文の手違い」を約めたような題。廓噺の中でも至難な大ネタとされている。二通の手紙が色里の虚と実をあぶり出し、人の心が揺れ、ドラマが生まれる。場面転換が多く心理描写も欠かせないから、未熟な演者は願い下げである。

お杉はだまし役でだまされ役。他の廓噺の悪女より計画的知能犯で質が悪いが、だまし得るほどの魅力ある女に描かなくてはいけず、だまされる悲哀もなければいけない。芳次郎はだまし役だが、この分だと彼も噺の枠外でだまされているかも、という役どころだ。

半七と角蔵はだまされ役だが、二人とも出し惜しみをするなど算盤高いし、そのわりには色男のつもりになりすぎている。手紙劇の埒外にいる角蔵に至っては最後まで自信満々だ。人間ドラマとして第一級の噺である。

新宿を舞台にした廓噺は珍しい。新宿での実話をもとにしているからとか、角蔵のような客には宿場が似合うからとか諸説あるが、それ以上にお杉がこまめに立ち回って金を工面する、そんな世話場の生活感が吉原にはなじまないためだと思う。

新宿の宿場は現在の新宿駅からはだいぶ離れ、新宿三丁目から新宿御苑あたりにかけての一帯にあった。現在でも甲州街道と青梅街道の分岐点あたりを追分といって、そのなごりをとどめている。明治の末にこの地で育った圓生によれば、馬方、牛方がよく街道を通ったというから、角蔵のような客もいたことだろう。新宿の女郎が品川を悪く言うのは志ん生ゆずりではないか。

角蔵が「事件が沸騰した」、「鎮守様のばか囃子」というあたりは五代目古今亭志ん生のなごりだが、全体的に見ると、綿密周到で情感あふれる名演だった六代目三遊亭圓生の影響が強いように思われる。

半七が角蔵の部屋をのぞくのでひやひやするところ、お杉が角蔵と半七に「謝らせたり金をもらうほど」と言い、同じ言い方を芳次郎にされるところなど、圓生が磨きをかけた三遊派のすぐれた演出を採り入れている。

芳次郎を送り出す際、目が悪いので手をとるよう若い衆に頼む。妓楼にとっては客ではないから若い衆は冷淡だ。お杉が祝儀を切ると、若い衆はとたんに親切めく。この廓の実相を映し出す場面で圓生はお杉に「危ないね」と言わせて若い衆の冷淡を想像させるにとどめるが、志ん生は「薄情だね」とわかりやすく言い、志ん朝はさらに若い衆の愛想口を強調して一段と踏み込んだ表現にしている。

圓生は芳次郎を駕籠に乗せ、金の単位も両だが、志ん生・志ん朝は人力車に円である。

明治期の三遊派の巨匠たちが競った演目で、圓生は師・四代目橘家圓蔵の系統で演じ、志ん生はおそらく、尊敬していた四代目橘家圓喬の線だろう。

締め込み

えェ、よく、「物を取り込む」という縁起を担ぎましてね、われわれが泥棒のお噺をいたしますが…。なに、泥棒と言ったって噺のほうに出てくる泥棒ですから、大したものァ出てまいりませんですな。それァもう、映画ですとかあるいはお芝居、えー、講談、浪曲となるってえと、「白浪物」と申しましてね、すごいものが出てまいりますけれども…。もーう、噺のほうは半端なものばかりが出てまいります。ねえ? 石川五右衛門の子分で石川二右衛門半とか一右衛門なんというような、こういう半端なのが出てくる。だいたいがこの、何にもやることがないからひとつ泥棒でもやってみよう、なんというんでね、えー、いわゆる「でも泥」というやつですな。ですからァ大したものは出てこない。よくお笑いの種ンなるようなのが多うございますけれども。

たいへんにこの、足の速い人が泥棒を追いかけたなんてえ噺がありましてね。

「おういッ、どこ行くんだい?」

「(息を切らし) はッ、へッ、兄弟(きようでえ)の前(めえ)だけどね、おれ今、泥棒追っかけてんだよッ」

「あアーそうかァ、おめえ、町内(ちようねえ)で一番足が速(はえ)ェんだあ、なアア。おめえに追っかけらいた泥棒は災難だな。泥棒、どしたい？」

「あとから来るんだ」

そんなに速くなくてもいいんですけどもね。

浅草の観音様のお賽銭が日にずいぶんあがるが、あれをひとつ、盗んでやろうなんてんでたいへんにこの、罰当たりな泥棒がおりまして。昼間、当たりをつけといて、夜中ンなってェ、お堂へ忍び込んで風呂敷を広(しろ)げて、お賽銭をそこに空(あ)けまして、こいつをどっこいしょと背負(しょ)って、まあ、裏から出りゃアいいものを、のこのこのこのこ表門のほうから出ようというんでね、これァもう仁王様が黙っちゃアいませんですな。

「この野郎！」

「あッ、（背負ったまま押さえられ）いけねッ、ど（手を合わせ）、どうぞひとつ、ご勘弁を。ええッ、ほんの出来心でございァして」

「何を言やがんでえッ、ええ？　出来心で賽銭を盗むやつがあるかっ。勘弁ができねエ」

ぐわあーっと高く持ち上げておいて、ぱァっと放したんで、泥棒がドッスーンっと落っこってきて四つん這いンなったところを、あの仁王様の大きな足でもって、ンワアッてんで踏んづけたんで、よっぽど切なかったんでしょうね、ええ。泥棒一発やったてえやってすな。

「(仁王、鼻をつまみ) んん!……臭え(曲)者ォ」

「えっへっへっへェ。臭う(仁王)かァ」

なんてんでね、粋な噺があるもんですけども…。


「そいじゃア、なんですかァ親分、あっしはァ、仕事ォやっちゃアいけねェってんですかァ?」

「そうじゃアねんだよォ、ばかやろう。どうしておめえはそう、ものがわからねェんだ。ええ? おめえみてえな新米がなア、初めっから大きな仕事をやろうとするってェと、どじを踏むから、なア? ああ、いまのうちはまだ空巣でもやってろってんだ」

「へーえ、空巣? 空巣ってますとォ?」

「この野郎、泥棒をやろうてェやつがどういうわけで空巣を知らねんだよォ、ええ? 人のいねェところで仕事をするんだァ」

「あア、空家へ入って」

「空家じゃアねえ。引越しをするんじゃアねェぞォ。ええ? 空巣だよ。留守の家へ入って仕事をするんだ」

「へぇエ、なるほどね。でも、んー、留守の家かどうかってのァ、表からじゃちょいとォ、わかりませんね」

「そらわからねェや、なァ。だからま、見当をつけるんだなァ」

「提灯に？」

「なにがァ？」

「灯りを」

「灯りじゃアねェよ、ばかやろう。ええ？　見当だよ。探りを入れるんだ。なあ？　うん。ごめんくださいとか、こんにちはってんで声を掛けてな、返事がありゃア人がいるんだから仕事は出来ねェぞ。なあ？　返事がなかったら留守なんだから、すっと入って仕事をやる。ええ？　あんまりゆっくり仕事は出来ねェぞォ、なあ？　ちょいと小買物かなんかに行く、すぐに戻ってくるからというんで締まりをして行かねェんだから。いいかァ、なあ？　そうゆっくりもできねえ。と言って、慌てたんじゃア何にもならねえ。いい仕事は出来ない。え？　落ち着いて手早くやる。これがおめえ、え？　泥棒のコツってやつだァ」

「ははあ、なるほどォ」

「でまあ、おめえみてえなどじな野郎だ、なあ？　途中でェおめえ、『泥棒ーッ！』なんて言われかねねえ。ええ？　そんときに慌てて逃げようなんて思うなよ、な？　言われたら、ゆっくり戻って来い。え？　盗んだ物をそこイ置いて、両手をついて『まことに申し訳ございません。あたくしは三年前に失業をいたしまして、去年女房には死に別れまして、家（うち）には七十になる母親が長の患（わずら）い。八つを頭に四人の子どもがおりまして、まことにっ…悪いことだとは存じながら、ほんの、貧の盗みの出来心でございます』てんで、哀れっぽく持ちかけるんだ。ええ？　そうすりゃおめえ、先方（むこう）はかわいそうだ、気の毒だってんで、勘弁してくれるんだい、ええ？　んん、うまくするってェとおめえ、幾らかくれねェとも限らねェから」

「なるほどねえ。いろんなこと考えますねェ、どうも。ああ、そうっすかァ、へい、わかりました。じゃアつまりィ、なんでござんすね、ええ、あの、ゥゥごめんくださーいってんで、え、声を掛けて、返事がなきゃア留守だから、入って仕事をやるんすね？」

「そうだ」

「でえ、返事があったら、ほんの貧の盗みの出来心でご勘弁をって」

「ばかやろう。まだ何にも仕事してねェじゃねえか。ええ？　そういうときにはものを尋ねるんだよ。なあ？　『えー、少々うかがいますが、この辺に何屋何兵衛さんてェ人ァいませんか？』とか、ええ？　『何丁目何番地はどの辺でございましょ？』ってんでな、ものを訊く。ええ？　教えてくれてもくれなくてもかまわねえ。『ありがとうございます』てんで礼を言って帰って来い。そうすりゃ怪しまれねえ。なにしろとにかく、怪しまれるのが一番いけねェんだ。いいか？　わかったなあ？　怪しまれんなよ。落ち着けよ。なあ？　手早く仕事をする、これが大事だァ。わかったかい？」

「へいッ。わかりました、ええ。じゃ、これから、い、行ってきますよ」

「行ってこい」

「ええ。すいませんけど、あの、風呂敷貸してくださいな」

「風呂敷ィどうすんだァ？」

「ん、盗んだ物ォ包んでくるんすよ」

「んな物ァ先方の風呂敷でやるんだいッ」

「でも、あとで返しに行くのは面倒ですからねえ」

「返さねえ。盗りっぱなしだァ」

「それァ親分、性質がよくねェ」

「何を言やアんでえ。早く行ってこいッ」

「へいッ、わかりやした（と外へ出るなり）。えー、こんちはァ！」

「（抑えたきつい声で）隣りからやるなァ、ばかやろう！　町内離れろ、町内を」

「そうっすかァ、へい、どうも。（歩きつつ）うっへっへっへ。やっぱり親分も気が差すんだねえ。ええ？（なぜか嬉しそうに）町内離れろ町内離れろっつって、たいへんな騒ぎだったなあ。ああ。この辺ならいいかな。ちょいとやってみようかなあ。こんちはァ！」

「（おかみさんらしき声で）はあい、何でしょう？」

「さよならァ！（逃げ出す）」

「あらアッ？　なんか変なのがうろうろしてるよォ。履物気を付けなよ」

「（逃げつつ）おい、疑らいちゃったよ、おい。そうだ、落ち着かなくちゃいけねェって、そう言ってたからなあ、親分が、うん。よし今度は落ち着いてみよう。え？　この家はどうかな？　えー、こんちはァ。ごめんください」

「はいはい、何ですゥ？」

「ああ、どうも。へっへっへっへっへ。うー……いますねえ」

「そらァ…、いるよ。いちゃアいけねェかい？」

「ウ、いけないことはないン…、ええ。あァたのお家なんですから、どうぞごゆっくり、ええ。うー……あのー、きょうは、お出掛けンならないんですかァ？」

「ああ、別に出掛ける用がねェから、家にいるよ」

「あ、そうっすかあ。でも天気がいいですからねえ、ええ？　家にばかりいるってェと体によくありませんよ。ちょいとォお出掛けンなったらどうです？」

「大きなお世話だよォ。なんだい？」

「え、いやあ、別になんだいってんじゃアないんですけども、ええ。そいじゃまたァあのォ…、留守にでも伺います」

「なにィ？」

「さよならァッ！　ワッハッハッハッハ。これァいけねえ。そうそう、ええ？　ただ落ち着いてばかりいたんじゃいけねんだよ、なあ？　うん。名前を、名前を、訊くとかなんとか、そういうことしなくちゃいけねェって、そう言ってたからなあ、え？　やってみよう、今度ァねェ。うん。こんちはァ！」

「はいはいッ、なんだい？」

「あッ…、えー、どうも。……いらっしゃいますねェ」

「ああ、いるんだ。なんだい？」

「ええ？　いえ、えー、いや、少々うかがいますゥ」

「おう？　なにィ？」

「へえ。（何を訊くか困り）……いやッ、あのー……今、いますかねェ？」

「え？　イエ誰ッ……誰ってほどのもんじゃアないんですけども、えー、まあ、なんですゥ、えー、多分…、この辺には、いないでしょう」

「なんだァ？」

「いえェ、いないのォ、わかってるんすからァ、どうも」

「変な野郎だなあ。なんかてめえ、怪しいなア。ちょっと待てっ」

「(慌てて)いえ、そんなことないんですッ、どうも、ごめんくださいッ。あア、驚いた。そうだよ、咄嗟(とっさ)にねえ、名前が出てこなかったよ。名前考えとかなくちゃいけねェや、な。うん。そうしよう。へ、こんちはァ」

「はいはい、なアにィ？」

「え、ああ、えー、ちょっとォ、うかがいますがァ」

「なんだい？」

「へえ。え、この辺にねえ、草井平兵衛さんってェ人ァいませんかねえ」

「クサイヘイベエ？　そんな臭(にお)うような野郎は知らねェなあ」

「あっは、そうでしょうねえ。あたしも知らないんだ」

「なんだァ？」

「誰がァ？」

「いえ、さよなら。アッハッハッハッハ。おもしろいねどうも、ええ？　子どもの時分にァこんなこと言ってね、遊んだもんだよ。ええ？　こういう名前ならいくらでもあるんだからなあ、へへッ。おもしれえな、これァどうもな。えー、こんちはァ」

「はァい、なにィ？」

「ええ。えー、ちょっとうかがいますがねえ、この辺に、大方惣太郎さんってェ人ァいませんかァ？」

「オオカタソウタロウ？　へえー、そんなのァこの近所にはいないよ」

「ああそうでしょうねえ。あたしも、い、い、い、い、おおかたそうたろうと思った」

「なんだァ？」

「いえ、さよならァ。ハッハッハッハッハ。おもしれえやこれァ、どうもなァ。ええ？うん。えー、こんちはァ」

「はいはいッ、なんです？」

「えー、この辺にねェ、岡本武さんてェ人はいませんかァ」

「あー、あたしですがァ」

「え、ええッ？　……うわーッ。いやあ、あァたァ、あのォ、お、岡本武、あ…は…、そう、そうですかァ？」

「なんですゥ?」

「い、いえェ、なんですって…。(逃げ腰で)あの、いえ、よろしく言ってました」

「誰がァ?」

「あたしが」

「なに?」

「いえ、さよならァッ! あア、おっどろいたァ。どうしてあんな名前が出てきちゃったんだろう? あ、そうだ、入る前におれァ表札読んじゃったんだ。しょうがねェな、どうも。どっかイ留守の家はねェかなあ?」

なんてんで、やっこさん、足を棒のようにしてほうぼう留守の家を探して歩きましたが、なかなかございません。日の暮れ方ンなって入ってまいりました細い路地、やっと一軒だけ留守の家があった。ありがたいてんで急いで入って、教わった通り風呂敷を広げまして、箪笥ン中から着物を出してこいつを包んで、どっこいしょと背負って、さあ出ようかなと思うってえと、路地口のほうからバタバタバタバタバタ人の足音が聞こいてきた。

「おッ、こいつはいけねえ」

裏から出ようと思うってえと、昔の長屋の造りでございます、裏口はございません。

表台所の一方口てえやつ。こいつはしょうがない、どんどんどんどん足音が近づいてくるからしかたがない、風呂敷包みをそこに置いて、台所の板ァ開けるってえと縁の下へ。糠味噌桶の脇イ隠れた。

「おウ、おーい、今帰ったよッ。（返事がないので不機嫌に）本…ッ当に。おいい、いねェのかァ、おい、お光ゥ？　留守かァ？……いねェんだよォ。本ッ当に……。ま、本当に……ま（暗いので手探りし）、しょうがねェなあ、ええ？　（手探りで灯りを点けようとし）今時分帰ってきて中に灯りが点いてなかったらおめえ、暗くってしょうがねェじゃねえかァ。本当にまあ、よく留守にしやがんなあ、も、しょうがねェよ、ま本当に。ええ？　てめえの家だからいいけれどもおめえ、よそじゃァ、なんだかわかんねェじゃねえかァ、本当に、しょうがねェなあ、ええ？　うん。（明るくなった家の中を見て）はあ。あアあア、散らかしてありゃアがんねえ、どうも。やだねえ、何のためにかかあを持ってんだかわかりゃしねェや、ええ？　仕事から帰ってきて、真っ暗な家に入ってよ、手探りでもって上がり込んで、てめえで灯り点けるなんて、こんな情けねェ話はねェや本当に、なあ？　帰ってくるってェと家ン中に灯りが点いてて、お帰りなさいやなんか言われてェから一緒ンなってんじゃァねェか。帰る時分にはいてくれよってェのにいねェんだからね、まあ本当に、ま、言うことをきかねェたってあらしねェよ、まったくどうも、なあ？　（見回し）どうなってんだろう？　火が起きてるしなあ、湯も沸いてるんだよ。べつにそう、遠くへ行ってるわけじゃねんだろうけどなァ、ええ？　ほォんとうにま、どうも、（煙草を吸い）どっかでもってェ、またァ、話し込んでやァんだろう。おしゃべりだからねえ、本当にねェどうも。ええ？　（足音に）帰ってきたらしいねえ。お光かァ？……ああ（実は近所のかみさんで）、どうも。え、（キセルをはたき）あア、（女房の消息を知らされ）そうですかァ？　へい、どうもありがとござんす。いつもすいませんねえ、どうもお世話様でござんす、どうも（と見届け）……ふん、（不満げな呟きで）湯に行ったってやがら。ええ？　湯に行くのはかまわねェけれども、おれが帰ってくる前に湯に行っちまうとかなア、ええ？　おれァ帰ってきたら、顔を見てそれから茶の一杯もいれて、行ってくるよってんで湯に行くとか、どっちかにすりゃアいいんだよォ。あー、本当にまあしょうがねェなあ、どうも。ええ？　家ン中は散らかしっ放しだし、お……なんだい、あの風呂敷包みは、ええ？　また、古着屋の藤助さんのを預ったなあ？　預っちゃいけねェって、そう言ってるんだよォ、なあ。商売物なんだから、間違えがあったら困るじゃねェかあ。また藤助さんもそうなんだ、他じゃア断らいるからうちイ持って来て預けて、また芝居かなんか見に行ってんだよォ。弱ったもんだねえ。預ったら預ったでもって戸棚ン中イしまっとくとかなんとかすりゃアいいものを、あんなところイ出しっ放しにしやがって、締まりもしねェで家ィ開け…（つくづく）、ほォんとォにま、小言が言い切れねェな、まったくどうもなあ。はァ………（よく見て）あれェ？……なんだい、おい。（引き寄せ）この、いつもの、ん？　藤助さんのォ…荷とちょいと違うねえ。藤助さんの、もっとぴしっとしてるんだよ。ぐずぐずじゃアねェか。第一おめえ、（背負った際、首前でつかんでいた風呂敷の両端を）こ、こっちとこっち、結んでないよ、ええ？　どうしちゃったんだろ？　あらっ？　これうちの風呂敷じゃアねェか？　…あ、そうだ。端ンところイ印がしてあるよ。なん？（と中を探り）ああア、おれの袢纏、羽織、着物…。なんでえ？　下のほうはかかあの着物に帯じゃねえ…。なんだいこりゃ？　これァなんだ、うちのもんだァ、ええ？　あーあ、じゃ、かかあがこせェたんだな。何でこんな物こしらえてんだろ？　火事でもあったのかしら？　いや、そんな様子はなかったな、帰ってくるときになあ…。質にでも持ってこうとしたのかねェ？　ん、今、うちにァ、そんなに金の入用なことってのァねェんだよォ。（疑念がつのり）なア、おかしいね、こんな物に包んで、しかもそれ、打っ棄っといて…、ど、どう、どういうこったい？　何でこんなことしたんだろ？　おっかしいねえ。………（はっと）はあッ！　あの女ァ、男が出来たな！　間男してんだッ。そーうだあッ、そうに違いねェや。そうだそうだ！　ええ？　はあ、そういやァここンところ、どォーうも様子がおかしいと思ったんだ。やけにめかし込んでやがったが、ねえ？　うん。鏡台の前へ坐ってばかりいやがってな、え？（興奮し）お、お、白粉を付けたり、紅差したりなんかしてっから、『おい、どしたんだい。何かあるのかい』ったら『べつになんにもありゃアしないけれども、きれいなほうがいいだろ』なんて、そんなこと言ってやがった。ええッ？　そーうかァ、男が出来たんだ。油断がならねェなあ、ええ？　ああッ、（手を打ち）これでわかったよ、あの謎が解けたぜェ。こないだ丁場でもって、え？　みんなでもって弁当食ってるときに、辰んべが変なこと言うなと思ったんだァ。『おい、おれたちは出仕事だろ、え？　家ン中のこと、少し気を付けろよ。てめえのかかあが惚れてると思ったら大きな間違えだァ。いいかァ、用心しろよ』って…。妙なこと言うなあと思ってたんだが…、そうか、それとなくおれに教えてくれてたんだ！　ちっきしょうめ本当に、ふざけやがって。（いきり立ち）はあッはあッ、男と手に手を取って駆け落ちをしようってんだ、え？　それでもって、行きがけの駄賃に、こ、こいつを作ったんだが、ね？　持ち出そうと思ったんだが、てめえで持ってみたら重くって持てねェもんだから、今野郎を呼びに行きゃアがったんだろう、ちっきしょーうッ、ふざけやがって！　もしおれの帰りがちょいとでも遅かったら、かかあとこの荷物と一緒に消えちまうところだろ。ふざけやがってどうも」

「（お光、近所で）どーうもすいませんでした、ありがとうございました。ええ、お蔭様でとってもいいお湯だったですよ。へ？　ええ。あッ、（亭主）帰ってきてます？　ああ、そうですか、ありがとうございました、お世話様、どうも。…（我が家へ帰り）あらっ、まーあ、お前(まい)さん、お帰り。すまないね、遅くなっちゃって。え？　いえそうじゃないんだ、もっと早くに帰ってこようと思ったんだけどもさあ、え？　お湯ン中でおしのさんに会っちゃったんだよ。久方ぶりだから話が（両手をひろげ）こんなにあってね、もういろんな話をしたり、洗いっこしたりなんかしてたからすっかり遅くなっちゃったの、ごめんなさいね。えっ、今すぐに仕度をするから…。あっそうだ、お前さんどうお？　先にお湯行ってきちゃったら。え？　帰りにちょいとね、男湯覗いたんだよォ。そうしたらね、空(す)いてたから。え？　行くんだったら今のうちだよ。ね？　そのほうがいいよ。お湯イ入ってから一杯やったほうが疲れがとれるから。お前さんがお湯行ってる間にあたしね、仕度をしておくから。いいかい、ね？　あ、そう、それでねェ、出掛けに言ってったお刺身、いいのがあったよォ。魚屋の親方、自慢で寄越したから、ね？　うん。とにかく行っといでよ、そのほうがいいから、ね？（と一方的にまくし立てていたが）うん（亭主の不機嫌をさとり）。…ねえ、ちょいとォ、どしたの？　ちょいとォ、どしたんだよォ。なあに？　そんな変な顔してェ」

「変な顔ォ？……変な顔で悪かったなァ、おう。ええ？（すごい剣幕で）この顔に飽きがきたのかァ？」

「…（愕然とし）あら嫌だァ。なァんだい、いきなり怒ったりなんかして、どうしてさあ、ええ？ ああ、あたしの、お湯の帰りが遅かったからかい？ 勘弁しておくれよ、ごめんなさい。これから気を付けるから。いや、だからさあ、もっと早くに帰ってこようと思ったのっ。ねえ？ そしたらさあ、今も言った通りおしのさんに」

「そんなこと言ってんじゃねェんだ、おれァ！」

「あら嫌だ、たいへんな怒りようだねえ。どうしたんだよォ。いきなり怒ったってわかりゃしないじゃないかあ。え？ ああ、そうか。誰かと喧嘩したんだね。お前さん気が短いからね、本当に。ええ？ 誰と喧嘩したんだよ。え？ （立て続けに）吉さんかい？ 留さんかい？ 源さんかい？ 六さんかい？」

「うるせエッ、こんちきしょう！ ペラペラペラペラ余計なことしゃべりゃアがってこんちきしょう！ （怒りで多くを言えず）はァ…は…な、なんでもいいからっ…、出てけッ、本ッ当にッ！」

「出てけ？ …ちょいと穏やかじゃないね。なァんだい、出てけってのは？」

「離縁をするから出てけってんだ！」

「離縁？ ちょいと、ん、ん、待っとくれよォ。ええ？ ど、ど、どうしてあたしお前さんに離縁されなきゃなんないの？」

「どっ、どうしてもこうしてもねェやッ、なァ？　なんでもいいから黙って出てけ」

「冗談言っちゃいけない。そうはいかないよ。それァね、亭主にそう言われりゃ、女房は出て行かなくちゃなんないよ。ね？　だけどさ、わけを言っておくれよ。ねえ？　実家イ帰っておとっつァんおっかさんに聞かれたときになんてェの、え？『お前どうして出されたんだ』『なんだかわかんないけど、とにかく黙って出てけって言われましたから出てきました』って、子どもじゃないんだからそんなこと言えないよ、ね？　後生だから言っておくれ。ねッ？　うん。（強く）な、何が気に入らなくてあたしはね、え、離縁をされるの、え？　何が気に入らなくてお前さんあたしを出そうってェの？　い、言っておくれ、なんだい？」

「（怒りで言葉に詰まり）ひッ…ひッ…て、てめえの……てめえの胸に聞いてみろ！」

「聞いたってわかんないからお前さんに聞いてんじゃないか。なんだい？」

「そうかッ……ようし、それじゃア言ってやらァ、なあ？（悲痛に）おめえはなァ……間男をしてんだァ！」

「（あきれ）ちょいとォ…、お前さん、何言ってんのォ？　冗談言っちゃいけませんよォ。お前さん本気でそんなこと言ってんのかい？　ばかなことお言いでないよォ、ええ？

（きっぱり）他のことならいざ知らずだよ、そういうことに関しちゃア、あたしはお前さんにね、これっぱかりだって疑（うたぐ）られるようなことはしちゃアいないよッ！　なァにを証拠にお前さん、そんなこと言うの？」

「証拠だァ？　生意気（なめえき）なことを言やアがって、ええッ？　証拠はッ、こ、こ、ここにあらァ、なあ？　コッ、この風呂敷包みだ」

「なんだい、その風呂敷包みは？」

「なんだァ？　こんちきしょうめ、本当に。てめえでこさえといて…中ァ見てみろッ」

「当たり前だよ、誰が見なくってさあ。え。え？　つまんないこと言われて…。冗談言っちゃいけませんよ、ええ？（中の物を出し）な、なァにこれ、ん？　お前さんの袢纏に羽織に着物、下のほうは、なあに？　あたしの着物に…帯じゃないか。ええ？　これ、これがなんで、あたしが間男しているという、証拠ンなんの？」

「ん、なんでってそうじゃアねェかァ。ええッ？　だァ、だから、てッ、てめえがこしらいたから、証拠だってんだ。おめえはなあ、え？　野郎と手に手をとって駆け落ちをしようってんだ。ええ？　なあ、行きがけの駄賃にこいつを持ってって金に換えようかなんて考（かんげ）えてたんだ。え？　こしらいて、さあ持ち出そうと思ったら重くって持てねェもんだから、今、野郎を呼びに行ったんだろ。ねえ？　その間におれが帰（けえ）ってきたもんだから慌てておめえは……（怒りに震え）、湯だと、ばっ、化けやがったン、こんちきしょう！　どうだァッ、お天道様はお見通しだァ！」

「（あきれ返り、声を少し低くし）……お前さん嫌だよォ……。大丈夫かい？　どうかしちゃったんじゃないの、ええ？　なァにを言ってんだね、ほんとに。お稲荷さんの鳥居におしっこでもひっかけたんじゃないのかい？　しっかりしておくれよ。え？　（自分を指さし）……あたしだよ、わかる？」

「（なおさら腹が立ち）うるせえッ！　こんちきしょう！　ぐうとでも言ってみろ！」

「（こっちも腹が立ってきて）何を言ってんだよ。本当に冗談じゃない、ばかばかしい！　ええッ？　あたしはねェ、こんな物こしらいた覚えはないよッ」

「お、お、おめえがこしらえねェで、じゃ、誰が作るんだァ」

「（吐き捨てるように）誰だか知らないよそんな物ァ。あたしァわかんないけども、あたしがこしらえた覚えはないよ。え……あッ……そうだァ。これ、お前さんがこしらえたね？」

「何をォ？　おれが？　どうしておれがこんな物こしらえるんだ？」

「そうだよッ。お前さんこそ女が出来たね？　ええ？　ここんところどーうも様子がおかしいと思ったんだよ。始終髪結床行くし、新しい物は着たがるし、帰りが遅いから

『どうしてこんなに遅いの』ってったら、え？　『日限（ひぎ）りの仕事ォやってんだ、みんなで居残りでもってやってんだ』って。あたし、仕事だとばかり思ってたんだ。そしたらそうじゃアないんだね。女に逢ってたんだね、お前さァん！　ええ？　そうだよォ、その女に無心をされてさあ、ねえ？　いくらか作んなきゃいけないってんで考えながらうちイ帰ってきたら、幸いあたしがいないもんだから、こいつをこしらいたんだろ、え？　これを持ってどっかへ行って金に換えようってんだろ？　ええ？　どうだい！」

「なァにを言やがんでエ、こんちきしょう、え？　盗人（ぬすっと）猛々しいとァ、てめえのことを言うんだ」

「（耳に入らず）そうだよォ、何を言ってんだい、ねえ？　あたしが帰ってきちゃったもんだからお前さん急にさあ、なんとかしてごまかさなくちゃいけないと思ってあたしに変な言いがかりをつけて、ねえ、自分のしていること、うやむやにしようってんだろ？　（涙声になって）本当にちきしょうめ、悔しいねえ。（泣き始め）ねえ？　また悪い癖が始まったんだよ、お前さんは。ねえ？　前からお前さんはね、女が好きで女が好きで、女狂いをしてたんだ。ここんところ何にもなくてよかったなあと思ってたら、やっぱりそうなんだよ、始まったねッ！　ええ？　（洟をすすり）それァね、女をこしらえるのァ男の甲斐性だよ、ねえ？　それァかまわないよ。だから自分の物を持ってってお金に換えて、それを女にやるってのァ、（捨て鉢に）これはかまわないっ。かまわないけれどもお前さん、（泣いて）あたしの物まで持ってって金に換えて女にやるなんてのァ、ひどいじゃないかァ、本当にィ」

「泣くなァ、んちきしょう！　なッ、泣いちゃアてめえはごまかそうと思ってんだァ。ええ？　そうはいくかい、本ッ当にィ！　ごまかされねェぞォ。第一てめえなんぞァな、泣いたって形がよくねェんだから、よせッ！　本当にィ。ええ？　みっともねえや、泣くだけェ。（憎々しげに）ん、三島虎魚、潮際河豚め、はァ、はァ、ブタキュウ！」

「……ずいぶんいろんなことを言うじゃないかァ、ええ？　（涙とともに）三島虎魚と潮際河豚はわかるけど、一番しまいのその、ブタキュウってのァなんだい？」

「豚が灸据えらいたときのような顔してるってんだァ！」

「ん…まあ、ちきしょォ…オ…オ。よォくお前さん、そんなことをあたしに向かって言えるねェ。ええ？　昔のことお前さん忘れたかい？」

「昔どうしたァ？」

「伊勢屋さんでのこと、お忘れかってんだよォ」

「あーあ、よォく覚えてらァ、なあ。おめえは伊勢屋の飯炊きだァ」

「…（侮辱の言葉に）ちきちょッ！　はばかり様ァ！　あたしゃ何もお給金もらってあす

こにご奉公にあがってたんじゃないよッ！　行儀見習いだ、本当に。お前さんのほうこそなんだい、ええ？　親方のお供でもってそこイ仕事に来たんじゃないか。お前さんだけじゃない、他の人も来てたけど、お前一人がどじやってたんだ。え？　寸法間違えをしたり、自分の乗ってる足場ァ切っちゃったりなんかしてさあ、ええッ？　みんなに張り倒されたり笑われたりなんかしてんの、あたしはちゃあんと知ってるよ。だけどお前さんが一生懸命ね、え？　めげずに仕事をしていたから、あたしはかわいそうに思ってさ、ねえ？　ある日お昼に、奥に出したお菜の残りを持ってってやったン。それがきっかけでもってさ、ねえ？　おまんまが焦げたりなんかするってェとおにぎりにしてお前さんに持ってってやったりなんかしたら、あたしが気があるもんだとお前勘違いしてさ、みんなに言いふらしたろ？　ええ？　あたしはみんなに冷やかされてひどい目に遭ったんだから。あたしは弱ったな、困ったなと思ってたらある日お前さん、あたしが台所でもって一生懸命働いているところ、そうっと入ってきて、『おい、おれとお前がね、怪しい、怪しいって、みんながそう言ってるから、いっそのこと、本当に怪しくなろうじゃないか』ってお前さんのほうからあたしのことを口説いたんじゃないかァ！」

「つまらねェこと言うな！」

「つまんないことじゃないよォ！　ほんとのことじゃアないか、ええ？　あたしが『困ります』って断ったらなんだい。あくる日になったら、ちょいと顔貸してくれってあたしをね、庭の隅のほうへ連れてって、え？『なんとしてでも一緒ンなってくれ。おれはお前を他の男に渡したくないんだ。なんとしてでも一緒ンなってくれ。うんと言ってくれないってェとおれはここに持っている鑿(のみ)でもってお前の喉を突いて、自分も喉を突いて死んでしまうんだ。さ、うんと言ってくれるか鑿にするか、うんか鑿かウンノミか』って、そう言ったじゃアないかっ。ええ？（涙ながらに）あたしゃアね、お前さんの顔見てて、この人は断ったらやりかねないと思ったし、そこまで思われて悪い気はしなかったよ。嬉しい。正直言ったら嬉しかった。だからあたしは『うん』と言ったんだ。そうしたらなんだよ、お前さん、ええ？ 地べたにヘタヘタヘタッと坐り込んじゃってさ。ねえ、涙と水っ洟一緒ン流して、『ああ、ありがてえ、こんなありがたいことはない。おれはおめえと一緒ンなったら一生懸命稼いで、お前に決して苦労はさせないんだ。さあ、早いところ一緒ンなろうじゃないか』ってから『ちょっと待っとくれよ。ね？ 伊勢屋(こちら)とのお約束もあるんだから、来年になってお暇(いとま)をいただいたら、それから一緒ンなろうじゃないか』ったら『とにかく早く一緒ンならないってェと、お前の心変わりがおれは心配だ』ってェから『冗談言っちゃアいけません、あたしはそんな女じゃありませんよ。どうか待っててください』ったら『よしっ、じゃア待つ』ってそう言ったけれ

どもお前さん、仕事が終わったって、毎日それからずうっと伊勢屋さんに来てたじゃア
ないか、ええ？『お前の顔を一日いっぺんでも見ないってェとまるで千日も逢わない
ような気がする』って、（悔し涙をしぼって）『お前はまるで生きた弁天様だ』って、そう
言ったでしょっ？（逆上）それがなんだいッ！ 急になんで豚灸ンなんのォ？ ちきし
ょうめエッ！」

「（ついに怒り心頭）うるせーエ！ こんちきしょーう！」

職人で気が荒いもんですから、なにか手当たり次第ぶつけようてえやつでね、ぱっとさわったのが、そばにありました、湯がグラグラ沸いております薬缶でございます。こいつに手がさわった。ポーンと放った。まア、もともとぶつけようという気はなかったのかもしれませんが、うまい具合にこれはおかみさんに当たんないで、ヒューーーッと（指先で弧を描き）飛んでったやつが、台所の板の上へドスンと落っこちるってえと、蓋が外れて熱湯がそこイ、ダアーッと流れた。下に隠れていた泥棒が驚いた。

「（しずくを払いながら飛び出し）あ、たたたたたッ！（手拭いで拭きまくり）あーちッ、あちッ、あッ、あちッ、あーちッ、あーちッ、あーア驚いた、あー、あッ、（仲裁に入り）お、ちょっちょっ、お、ちょっちょっ！ ちょっちょっ！ 親方、あ、だ、だめだッ、だめだッ、駄目だい！ あァた、乱暴なことしちゃいけな、怪我するじゃ、おかみさん、

お逃げなさい、お逃げなさい。向かっちゃだめだ、向かっちゃ！　ね、は、およしなさいって！」

「（亭主、なおも手を上げ）よしなさいじゃァない。ちょっと源さん、どいてくれェッ！　ええ？　おれはきょうッてェきょうはね、こいつァ勘弁できねんだ、ええ？　源さんの前だが（と顔を見て）、源さん、源さん……………はあっ、はあっ（と荒い息をしつつ喧嘩の手をとめ）…お前さんはなんだね？　源さんじゃアないね」

「……源さん、とは申しません、ええ。源さんじゃアないんでござんす」

「ついぞ見かけねェ人だが、どこのお人だい？」

「へえッ、どこって……（彼方を指し）ずうーっと、ずっと向こうのお人なんでござん…。あの、表を通り掛かりましてね、派手に喧嘩をしてらっしゃるんで、あたしは思わず知らず止めに入ったと、こういうわけなんで」

「さいですか、ありがとうござんす。ええッ、せっかく止めていただいたのにね、お言葉ァ返すようでまことに申し訳ございませんが、へいッ、どうーかひとつ、手を引いておくんなさい。ええッ？　ええ。もう勘弁のできねェことをこの女はしやがったんだ。生かしておくわけにいかねェんだ。まあ黙って手ェ引いて」

「ちょ、ちょ、ちょっと待ってください、それは違うン、それは違うんだ、それァ親方違いますよ。それァ、誤解というもんですよ」

「なんだい、誤解というもんですよって。お前さんねえ、ええ？　あたしの言うことがわかんないのかい、おい。手を引いてくれって言ってんだよ。なァんだい、誤解とか思い違いとか。喧嘩の原因を知ってお前さん止めてんのかい？　それとも知らないで止めてんのかい。どっちなんだい？」

「…ええ、知って…止めてるんでござんす」

「知って止めてる？　本当かい？」

「ええ…つまりなんでござんしょ？　あのォ、喧嘩の原因というのは…、そこにあるそのォ、風呂敷包みでござんしょ？」

「…おい、嫌だねおい。表通り掛かった人が、どういうわけでそんなことを知ってるんだい？」

「(思わずごまかし笑ぃをし) いえそれァ…お、おも、表ェ通り掛かったのは、あの…、だいぶ前なんでござんす、へえ。今ァあたしはあの、縁の下から出てきたんです」

「油虫だねまるでェ。なァんだい？」

「いえェ、なんだい…、じゃアないんです。とにかくゥ、あの、親方、この風呂敷包みはねェ、こら、お、おか、おかみさんこしらえたんじゃないんですよ、ええ。と言ってェ、親方がこしらえた物じゃアないんですよ」

「おれァこさいない、かかあがこさいねェでもって、どうしてこんな物がピョコピョコ出来るんだい？」

「（失笑気味に）そ、それがァ…、それが出来るんすよォ、ええ。実ァ、あたしがこしらいたン」

「おめえがこしらいた？（気色ばんで）おめえが間男か？」

「（慌てて）いや、そッ、そ、そうじゃアないんです。違うんっすよ。あたしはそんな怪しい者じゃアないんです」

「なんだ？」

「いえ、なん……（説明せざるを得ず）今ァ、あの、お話をいたしますが、あの…、お、お、お、親方ァお仕事行ってらっしゃってまだ帰ってこない。でえ、このおかみさんが、ええ、お湯行ってらっしゃった。ええ、この家ィ誰もいないン。これァありがたいってんで、すうっと…、おー、え、入ってきたんですよ」

「誰が？」

「え、…いやあ、あ、あたしがね」

「ふうん。何しに？」

「……そ、それ聞かれると、ちょいと、へ、う、困るんでござんす。あ、いや、ま、おいおいお話をいたします、へえ。つまりィ…、こら誰もいないのァ、これはありがたいなァと…、こういうふうに思いましてね、へえ。それからァあの風呂敷をこう広げまして、えー、箪笥ン中から着物を出して、こいつをこう包みましてね、こいつを背負(しょ)ってさあ、う、出ようかなあっと思ったら、路地口のほうからバタバタバタバタ足音が聴こえてきた。これえッ…これェ、これァね、親方の足音なン…。こいつはいけないと思ってあたしはね、裏口から逃げようと思ったら、ここの家(うち)は裏口がないでしょ。え？ 足音はどんどん近づいてくる。しょうがないから、風呂敷包みをそこに置いて、そいからあの、台所の板をね、え、上げましてね、へえ。で、あの、糠味噌桶の脇イひょっと隠れちゃったン。そこで親方ァ入ってきて、え？ 風呂敷包みを見て、妙なこと考えたでしょ、勘繰ったでしょう、ええ？ うん。そこへ、おかみさんが湯から帰ってきたァ。さあ、これが原因(もと)でもって喧嘩ンなった。え？ 喧嘩はかまわないんだけれども、あァた乱暴なことしちゃいけませんよォ、ええ？ ググラグラグラ湯が煮え立っているあの薬缶、放ったでしょう。え？ あれが飛んできておかみさんに当たんなくて、あァたよかったんだよ。え？ あたしが隠れている、板の上イ、ドスンと落っこってバアーッと熱湯が流れ出たんで、もうー、板の間からポタポタポタポタ熱(あッ)いのが、いえもう、どうにも我慢ができないんで飛び出してきて、それで今、仲裁をしていると…、まっ、こういうわけなんです」

「ふうーーーん、んん。……するってェとォ、おめえは…泥棒だなァ」

「は、どうもッホォ。早く言やァ」

「遅く言ったたってそうじゃねえか。（女房に）本ッ当にばかっ！　ええ？　言わねェこっちゃアねェや。なア？　うかつに留守にしているから、こうやって泥棒が入るんじゃアねェかァ。ええ？　本当にしょうがねェなあ。もしおめえ、この泥棒さんがこうやって出てきてくんなかったら、おれたちァ、夫婦別れをしなきゃアなんなかったんだぞ！」

「（泣きながら）本当にねェ、まあ、泥棒さん、ようこそ出てきてくださいました。ありがとうございい」

「いやァ、それァ、そら、れ、礼を言われるほどのことじゃアないんですよ。いえ結構でござんす、へえ。いや、夫婦喧嘩はいいんですよ、ね？　夫婦喧嘩しなくなったら夫婦はおしまいだってェますが、まったくですよ、仲がいいから夫婦喧嘩するンえ、ええ？　お互いに想い合ってるから、惚れ合ってるから、妙なことでもって、え？　相手の心変わりが心配ンなって疑ったりなんかすんでしょ、え？　だから結構ですよ。ほんとに仲がいいんだもん。いや、あたしねェ、あの、縁の下でもってずうっとうかがってましてねえ、妬(や)けましたよォ、ねえ？ ええ。もう親方、うふふ、そも馴れ初めやなんか聞いたよ。うっへっへ。伊勢屋さんでのことやなんか聞きましたァ。えーえっ。ほんとに、結構。あァたのほうが先イ口説いたって…」

「う、よしねエ、くだらねェこと言うない」

「そうだよォ。うっふ、ええ？ あの、『うんか鑿かウンノミかあっ』なァんてェところねェ、まるでお芝居を見ているようですねえ。え？ うん。お前に一日(いちんち)逢わないと千日逢わないような気がするなんて、よくそういうこと言えるよ。（ヨイショするように）惚れてたんだね、どうも！ 結構ですよ。そういう人あちしァ大好き。親方のことすっかりあたしゃア気に入っちゃった、ええ。これをご縁にまたちょくちょく伺います」

「冗談言っちゃいけねえ」

解　説

昭和天皇崩御直後の落語研究会での口演で、まだ世の中は打ち続く〝歌舞音曲〟自粛ムードに浸りっ放しだったたし、会場が皇居を目前にする国立劇場というのは何ともはやだったが、この夜は古今亭志ん朝、柳家小三治が顔を合わせるとあって満員の盛況だった。八代目桂文楽、五代目古今亭志ん生のそれぞれのやり方をうまくミックスし、演者自身も軽く明るく、楽しんでやっているようだ。

題名の由来は、このあと一杯馳走になった泥棒が寝込んでしまい、夫婦も寝ようとして、泥棒が入るといけないから戸に心張り棒を支え……いや、泥棒は中に……、では表から（心棒り棒を支って）締め込んでおけ、のサゲにある。

近年はほとんどの演者がここまでやるが、戦後の大看板でやったのは八代目春風亭柳枝ぐらい、文楽、志ん生ともに通常は、「またちょくちょく…」という泥ちゃんの愛想口に「冗談言っちゃいけない」と応じる冗談落ちのスタイルだった。志ん朝もこれにならっている。たしかに噺のクライマックスはここなのである。

泥棒が空巣の標的を探し歩くくだりは『出来心（花色木綿）』などと共通で、カットされるケースも少なくない。草井平兵衛だの大方惣太郎だの、ヘンテコな名前を持ち出すのは志ん生流だ。ちがうのは、子どものころにこんな名前遊びをしたという泥棒の追憶が述べられることで、ここは志ん朝の独創にちがいない。たんにどじで間抜けでお人好しな泥棒という旧世代演者の描き方に加えて、無邪気な童心男、一人前になれそうもない愛すべき人間が、たまたま泥棒業に就職したという、一歩突っ込んだ「でも泥」人間像があるようだ。

陽気で愉快な泥ちゃんという基本は文楽の線である。志ん生流では、泥棒が夫婦に「仲裁は時の氏神」と恩着せがましいことを言う場面があって、それが志ん生流のユーモアになるのだが、志ん朝はそれをやっていない。

亭主とのやりとりで風呂敷包みの事情と泥棒の素姓が明かされる段取りは、志ん朝版では克明を極め、大いに笑わせる。おめえが間男か、と亭主が早合点し、そんな怪しい者じゃないと泥棒が応じるあたりのおかしさは、志ん朝落語ならではの魅力である。

中途半端に達者な演者だと、夫婦喧嘩がリアルになりすぎて、誰が主人公かわからなくなるが、古今亭志ん朝は泥棒を個性的に造形することによって、誰よりも亭主の嫉妬を鮮やかに表現しながらも、噺の本分を失わなかった。

台所の縁の下にさえ思いもよらないキューピッドがいるものさ、という噺である。

音源一覧

明　　烏　「志ん朝七夜」第五夜（一九八一年四月十五日、本駒込・三百人劇場）口演（A）
品川心中　第二回古今亭志ん朝独演会（一九七九年十一月十二日、大阪・毎日ホール）口演（B）
厩　火　事　「志ん朝の会」第十九回（一九八二年十月二十五日、本駒込・三百人劇場）口演（B）
お　直　し　「志ん朝の会」第十四回（一九八〇年四月十二日、本駒込・三百人劇場）口演（A）
お若伊之助　第十六回朝日名人会（二〇〇一年四月十四日、有楽町・朝日ホール）口演（B）
駒　　長　「志ん朝七夜」第七夜（一九八一年四月十七日、本駒込・三百人劇場）口演（A）
三　年　目　「志ん朝の会」第十八回（一九八二年六月二十二日、本駒込・三百人劇場）口演（A）
崇　徳　院　「志ん朝の会」第十七回（一九八二年一月十八日、本駒込・三百人劇場）口演（A）
搗屋幸兵衛　「志ん朝の会」第十九回（一九八二年十月二十五日、本駒込・三百人劇場）口演（A）
真景累ヶ淵　豊志賀の死　「志ん朝の会」第十八回（一九八二年六月二十二日、千石・三百人劇場）口演（B）
文　違　い　第三百回「落語研究会」（一九九三年六月十六日、半蔵門・国立小劇場）口演（C）
締め込み　第二百四十九回「落語研究会」（一九八九年一月十七日、半蔵門・国立小劇場）口演（C）

音源は、以下のかたがたからご提供いただきました。

(A)＝ＣＤ「古今亭志ん朝」ソニーミュージックジャパンインターナショナル

(B)＝ＣＤ「志ん朝復活―色は匂へど散りぬるを」ソニーミュージックジャパンインターナショナル

(C)＝社団法人落語協会提供

索引

明烏(あけがらす)……第一巻
愛宕山(あたごやま)……第三巻
井戸の茶碗(いどのちゃわん)……第二巻
居残り佐平次(いのこりさへいじ)……第三巻
今戸の狐(いまどのきつね)……第六巻
鰻の幇間(うなぎのたいこ)……第五巻
厩火事(うまやかじ)……第一巻
大山詣り(おおやままいり)……第四巻
おかめ団子(おかめだんご)……第二巻
お茶汲み(おちゃくみ)……第三巻
お直し(おなおし)……第一巻
お化長屋(おばけながや)……第六巻
お見立て(おみたて)……第六巻
お若伊之助(おわかいのすけ)……第一巻
火焔太鼓(かえんだいこ)……第五巻
火事息子(かじむすこ)……第二巻
刀屋(かたなや)……第二巻
御慶(ぎょけい)……第四巻
蔵前駕籠(くらまえかご)……第三巻
甲府い(こうふい)……第二巻
黄金餅(こがねもち)……第五巻
小言幸兵衛(こごとこうべえ)……第四巻
碁どろ(ごどろ)……第四巻
五人廻し(ごにんまわし)……第三巻
駒長(こまちょう)……第一巻
子別れ・下(こわかれ げ)……第二巻
佐々木政談(ささきせいだん)……第三巻
真田小僧(さなだこぞう)……第四巻
三軒長屋(さんげんながや)……第六巻
三年目(さんねんめ)……第一巻
三方一両損(さんぼういちりょうぞん)……第六巻
三枚起請(さんまいぎしょう)……第三巻
品川心中(しながわしんじゅう)……第一巻
芝浜(しばはま)……第五巻
締め込み(しめこみ)……第一巻

真景累ヶ淵　豊志賀の死
（しんけいかさねがふち　とよしがのし）……第一巻
酢豆腐（すどうふ）……第六巻
崇徳院（すとくいん）……第一巻
宗珉の滝（そうみんのたき）……第五巻
粗忽の使者（そこつのししゃ）……第四巻
大工調べ（だいくしらべ）……第六巻
代脈（だいみゃく）……第四巻
高田馬場（たかたのばば）……第六巻
茶金（ちゃきん）……第五巻
付き馬（つきうま）……第三巻
搗屋幸兵衛（つきやこうべえ）……第一巻
佃祭（つくだまつり）……第二巻
唐茄子屋政談（とうなすやせいだん）……第二巻
富久（とみきゅう）……第五巻
二番煎じ（にばんせんじ）……第六巻
抜け雀（ぬけすずめ）……第六巻
寝床（ねどこ）……第三巻
野晒し（のざらし）……第四巻
羽織の遊び（はおりのあそび）……第三巻
化物使い（ばけものつかい）……第四巻
花見の仇討（はなみのあだうち）……第三巻
雛鍔（ひなつば）……第六巻
干物箱（ひものばこ）……第三巻
百年目（ひゃくねんめ）……第二巻
船徳（ふなとく）……第五巻
文違い（ふみちがい）……第一巻
文七元結（ぶんしちもっとい）……第二巻
へっつい幽霊（へっついゆうれい）……第五巻
堀の内（ほりのうち）……第四巻
妾馬（めかうま）……第四巻
もう半分（もうはんぶん）……第五巻
百川（ももかわ）……第四巻
宿屋の富（やどやのとみ）……第五巻
柳田格之進（やなぎだかくのしん）……第二巻
夢金（ゆめきん）……第五巻
四段目（よだんめ）……第四巻

読者の皆様へ

本書に収録した落語の多くは江戸から明治期に完成し、今日まで伝承されてきた古典芸能です。内容の一部には今日の人権意識に照らして、特定の職業や身分、疾病、障害に対する差別ととられかねない表現があります。しかしながら、長く伝えられてきた日本固有の伝統文化を記録し継承するという観点から、表現の削除、言い換えなどは行っておりません。読者の皆様にはその点をご留意のうえお読みくださるようお願いいたします。また、すべての差別を撤廃し、誰もが人間としての尊厳を認められる社会を実現するため、差別の現状についても認識を深めていただくようお願いいたします。

筑摩書房　ちくま文庫編集部

本書はちくま文庫のために音源からテキストを
書きおこし、解説を付したものです。

落語手帖　江國滋
落語が一つの頂点を極めていた昭和30年代中盤。若き随筆の名手が、様々な角度から愛惜をこめて描いた名著復刊。（矢野誠一　瀧口雅仁）

落語無学　江國滋
落語三部作最終作。昭和40年代前半の落語界、寄席、芸人たち……語りひとつで人を異界へ運ぶ芸の魅力を描く。（中村武志　松本尚久）

江戸小咄女百態　興津要
小咄と川柳に現れる江戸の女たちのさまざまな姿。娘、新妻、やりくり女房、お針、側室…多くの制約の中で生き抜いた江戸の女の大競艶。

圓生の録音室　京須偕充
昭和の名人、六代目三遊亭圓生。『圓生百席』をプロデュースした著者が描き出す、〝稀代の芸の鬼〟の情熱と素顔。（赤川次郎　柳家喬太郎）

落語家論　柳家小三治
この世界に足を踏み入れて日の浅い、若い噺家に向けて二十年以上前に書いたもので、これは、あの頃の私の心意気でもあります。（小沢昭一）

らくごDE枝雀　桂枝雀
桂枝雀が落語の魅力と笑いのヒミツをおもしろおかしく解きあかす本。持ちネタ五選と対談で、「笑いの正体」が見えてくる。（上岡龍太郎）

桂枝雀のらくご案内　桂枝雀
上方落語の人気者が愛する持ちネタ厳選60を紹介。噺の聞かせどころや想い出話をまじえて楽しく落語の世界を案内する。（イーデス・ハンソン）

上方落語
桂枝雀爆笑コレクション（全5巻）　桂枝雀
上方落語の爆笑王の魅力を速記と写真で再現。第一巻は「スビバセンね」。意識・認識のすれ違いが生む面白さあふれる作品集。（澤田隆治）

上方落語
桂米朝コレクション（全8巻）　桂米朝
人間国宝・桂米朝の噺をテーマ別に編集する。端正で上品な語り口、多彩な持ちネタで、今日の上方落語隆盛をもたらした大看板の魅力を集成。

一芸一談　桂米朝
桂米朝と上方芸能を担った第一人者との対談集。藤山寛美、京山幸枝若、岡本文弥、吉本興業元会長・林正之助ほか。語りおろしあとがき付。

古典落語 志ん生集
古今亭志ん生 飯島友治編
八方破れの生きざまを芸の肥やしとした五代目志ん生の、「お直し」「品川心中」など今も色褪せることのない演目を再現する。

古典落語 文楽集
桂文楽 飯島友治編
八代目桂文楽は「明烏」など演題のすべてが「十八番」だった。言葉のはしばしまで磨きぬかれ、完成された芸を再現。

古典落語 圓生集(上)
三遊亭圓生 飯島友治編
寄席育ちの六代目三遊亭圓生は、洒脱な滑稽味で聞かせる落とし噺、しっとりと語り込む人情噺を得意とした。この巻には「らくだ」ほか11篇。

古典落語 圓生集(下)
三遊亭圓生 飯島友治編
圓生は、その芸域の広さ、演題の豊富さは噺界随一といわれた。この巻には、「文違い」「佐々木政談」「浮世床」「子別れ」ほか8篇を収める。

古典落語 小さん集
柳家小さん 飯島友治編
いまや、芸、人物ともに落語界の最高峰である五代目小さん。熊さん八っつぁん、ご隠居おかみさんから狸まで、理屈抜きで味わえる独演集。

落語百選 春
麻生芳伸編
古典落語の名作をその〝素型〟に最も近い形で書き起こし四季に分け編集したファン必携のシリーズ。故金原亭馬生師の挿画も楽しい。（鶴見俊輔）

落語百選 夏
麻生芳伸編
「出来心」「金明竹」「素人鰻」「お化け長屋」など、大笑いあり、しみじみありの名作25篇。読者が演者となりきれる〈活字寄席〉。（都筑道夫）

落語百選 秋
麻生芳伸編
「秋刀魚は目黒にかぎる」でおなじみの「目黒のさんま」ほか「時そば」「野ざらし」「粗忽の釘」など江戸の気分あふれる25話。（加藤秀俊）

落語百選 冬
麻生芳伸編
義太夫好きの旦那をめぐるおかしくせつない「寝床」。「火焔太鼓」「文七元結」「芝浜」「粗忽長屋」など25篇。百選完結。（岡部伊都子）

なめくじ艦隊
古今亭志ん生
〝空襲から逃れたい〟、〝向こうには酒がいっぱいある〟という理由で満州行きを決意。存分に自我を発揮して自由に生きた落語家の半生。（矢野誠一）

品切れの際はご容赦下さい

定本艶笑落語3
艶笑落語名演集　小島貞二編
古今亭志ん生、橘ノ圓都といった大長老が健在のときに採録した、艶笑落語名演としては、その顔ぶれ、演題ともにベストの収録内容である。

禁演落語　小島貞二編著
酒飲み、泥棒、男と女……禁じられても聞きたい落語。戦中の禁演五三篇に戦後占領下の二〇篇の解説を付した初の禁演落語集。文庫オリジナル。

与太郎戦記　春風亭柳昇
昭和19年、入隊三年目の秋本青年に動員令下る！行き先は中国大陸。出撃から玉砕未遂で終戦までの顚末を軽妙に描いた名著。（鶴見俊輔）

写真集 高座のそでから　橘蓮二
談志、志の輔、小三治、昇太……落語ブームのただ中で活躍する落語家の輝ける瞬間を捉えたファン必携の写真集。（高田文夫　玉置宏）

大江戸歌舞伎はこんなもの　橋本治
著者が三十年間惚れ続けている大江戸歌舞伎。粋でイナセでスタイリッシュ!! 今では誰も見たことのない大江戸歌舞伎。一体どんな舞台だったのか？

花の大江戸風俗案内　菊地ひと美
時代小説や歌舞伎をより深く味わうために必携の一冊。江戸の廓遊びから衣装・髪型・季節の風俗を美しいイラストと文章で紹介。文庫オリジナル。

決定版 上方芸能列伝　澤田隆治
数々のヒット番組を世に送り出した名プロデューサーが、日本中を笑いでつつんだ〝笑売人〟たちを通して上方芸能の真髄を探る体験的芸能史。

雑談にっぽん色里誌 芸人編　小沢昭一
イキな遊び、シャレた遊び、バカな遊びの極意から芸談まで。遊びのチャンピオンでもある噺家の師匠たちと興味津々の雑談大会。（井上章一）

私のための芸能野史　小沢昭一
万歳。女相撲。浪花節。ストリップ……雑芸者たちを歴訪しつつ芸能者として迷う著者。70年代フィールドノート。（中村とうよう　上島敏昭）

平身傾聴 裏街道戦後史 色の道商売往来　小沢昭一　永六輔
色の道を稼業とするご商売人たちの秘話。稀代の聞き手小沢昭一が傾聴し、永六輔がまとめた。読めばもうひとつの戦後が浮かび上がる。

石川淳評論選　石川淳コレクション
石川淳　菅野昭正編
「文章の形式と内容」「短篇小説の構成」「江戸人の発想法について」「悪運について」「本居宣長」「安吾のいる風景」など、評論・随筆を収める。

尾崎翠集成（上）
尾崎翠　中野翠編
鮮烈な作品を残し、若き日に音信を絶った謎の作家・尾崎翠。この巻には代表作「第七官界彷徨」をはじめ初期短篇、詩、書簡、座談を収める。

尾崎翠集成（下）
尾崎翠　中野翠編
時間とともに新たな輝きを加えてゆく尾崎翠の文学世界。下巻には『アップルパイの午後』などの戯曲、映画評、初期の少女小説を収録する。

文士のいる風景
大村彦次郎
武田麟太郎から丹羽文雄まで作家たちの心に残る風景を綴った文壇ショートストーリー百話。文壇に現われては逝った文士たちへの惜別の点鬼簿。

流浪　金子光晴エッセイ・コレクション
金子光晴　大庭萱朗編
戦時下日本で反戦詩を書き続けた不屈詩人。戦前にアジア、ヨーロッパを妻と放浪し、帰国した日本は「異国」だった。（山崎ナオコーラ）

名短篇、ここにあり
北村薫　宮部みゆき編
読み巧者の二人の議論沸騰し、選びぬかれたお薦め小説12編。となりの宇宙人、冷たい仕事、隠し芸の男、少女架刑、あしたの夕刊、網、誤訳ほか

名短篇、さらにあり
北村薫　宮部みゆき編
小説って、やっぱり面白い。『名短篇、ここにあり』と同じ二人が精選した12篇。舟橋聖一「華燭」林芙美子「骨」久生十蘭「雲の小径」など。

美の死
久世光彦
「一冊の本を読むことは、一人の女と寝ることに似ている」という年季の入った本読みの心を揺さぶる本と、作家への熱き想い。（鴻巣友季子）

孤高の人
瀬戸内寂聴
宮本百合子との同棲でも知られるロシア文学者湯浅芳子を中心に円地文子、田村俊子、矢田津世子らの交流を鮮やかに描き出す。（太田治子）

美食倶楽部
谷崎潤一郎大正作品集　種村季弘編
表題作をはじめ耽美と猟奇、幻想と狂気……官能的な文体によるミステリアスなストーリーの数々。大正期谷崎文学の初の文庫化。種村季弘編で贈る。

戦後詩　寺山修司
詩は本来、人生の隣にあるもっと直接的なコミュニケーションの手段ではなかったか。その本質に立ち戻るための意欲的な試み。（荒川洋治）

漱石先生大いに笑う　半藤一利
漱石の俳句を題材に、漱石探偵の著者がにが虫漱石のもう一つの魅力を探り出す。展開される名推理に漱石先生も呵呵大笑。（嵐山光三郎）

川三部作
泥の河／螢川／道頓堀川　宮本輝
太宰賞「泥の河」、芥川賞「螢川」、そして「道頓堀川」と、川を背景に独自の抒情をこめて創出した、宮本文学の原点をなす三部作。

兄のトランク　宮沢清六
兄・宮沢賢治の生と死をそのかたわらでみつめ、兄の死後も烈しい空襲や散佚から遺稿類を守りぬいてきた実弟が綴る、初のエッセイ集。

文化防衛論　三島由紀夫
「最後に護るべき日本」とは何か。戦後文化が爛熟した一九六九年に刊行され、各界の論議を呼んだ三島由紀夫の論理と行動の書。（福田和也）

風々院風々風々居士　山田風太郎　森まゆみ聞き手
「医者より楽だと思って」選んだ作家の道。忍法帖、明治物で大ブームをおこした作家の素顔に聞き上手の森まゆみが迫る。（田村七痴庵）

東京の戦争　吉村昭
東京初空襲の米軍機に遭遇した話、寄席に通った話。少年の目に映った戦時下・戦後の庶民生活を活き活きと描く珠玉の回想記。（小林信彦）

英国に就て　吉田健一
故吉田健一氏ほど奥深い英国の魅力を識る人は少ない。英国の文化・生活・食物飲物など様々な面からの思いのたけを語る好著。（小野寺健）

船宿たき川捕物暦　樋口有介
岡っ引きの元締め米造、素浪人真木倩一郎。その出会いが幕閣をも巻き込む大事件に発展し……江戸情趣あふれる初の時代小説。（井家上隆幸）

辰巳屋疑獄　松井今朝子
大豪商として知られた大坂の炭問屋辰巳屋の跡目争いが、なぜ死罪四人を出すまでになったのか。大岡越前が最後に手がけた大疑獄事件を描く長篇小説。

文豪怪談傑作選
川端康成集
川端康成　東雅夫編

生涯にわたり、霊異と妖美の世界を探求してやまなかった川端。幻の処女作から晩年の絶品まで、ノーベル賞作家の秘められた異形の世界を総展望。

文豪怪談傑作選
森鷗外集
森鷗外　東雅夫編

狂気、不安、冒瀆、盲信……近代と前近代の狭間にうごめく闇を鷗外ならではの筆致で描く。世界各地から収集し翻訳した怪談小説も多数収録。

文豪怪談傑作選
吉屋信子集
吉屋信子　東雅夫編

少女小説の大家は怪奇幻想短篇小説の名手でもあった。闇に翻弄される人の心理を鮮やかに美しく描きだす異色の怪談集。文庫未収録を多数収録。

文豪怪談傑作選
泉鏡花集
泉鏡花　東雅夫編

怪談話の真打登場。路地裏の魔界の無惨、丑の刻詣りの凄絶、蛇の呪いの妖艶。美しく完璧だからこそ恐い鏡花の世界。すべて文庫未収録作。

文豪怪談傑作選
柳田國男集
柳田國男　東雅夫編

日本にはかつてたくさんの妖怪が生きていた。各地に伝わる怪しの者たちの痕跡を丹念にたどった柳田民俗学のエッセンスを1冊に。遠野物語ほか。

文豪怪談傑作選
三島由紀夫集
三島由紀夫　東雅夫編

川端康成を師と仰ぎ澁澤龍彥や中井英夫の「兄貴分」であった三島の、怪奇幻想作品集成。「英霊の聲」ほか怪談入門に必読の批評エッセイも収録。

芥川龍之介全集（全8巻）
芥川龍之介

確かな不安を漠然とした希望の中に生きた芥川の全貌。名手の名をほしいままにした短篇から、日記、随筆、紀行文までを収める。

色川武大・阿佐田哲也エッセイズ（全3巻）
色川武大／阿佐田哲也　大庭萱朗編

純文学作家・色川武大。麻雀物文士・阿佐田哲也。二つの名前によるエッセイ・コレクション。第1巻はアウトローの「渡世術」！　（鎌田哲哉）

稲垣足穂コレクション（全8巻）
稲垣足穂

A感覚とV感覚の位相をにらんだ人間の諸相と、宇宙的郷愁と機械美への憧憬を、ダンディズムで表現したタルホ・ワールドが手軽に楽しめる。

内田百閒集成（全24巻）
内田百閒

飄飄とした諧謔、夢と現実のあわいにある恐怖。磨きぬかれた言葉で独自の文学を頑固に紡ぎつづけた内田百閒の、文庫による本格的集成。

梶井基次郎全集（全1巻）　梶井基次郎

「檸檬」「泥濘」「桜の樹の下には」「交尾」をはじめ、習作・遺稿を全て収録し、梶井文学の全貌を伝える。一巻に収めた初の文庫版全集。（高橋英夫）

辻静雄コレクション（全3巻）　辻静雄

西洋の最も優れた食文化をわが国に伝え、多くの名料理人を育てた料理研究家の遺した〈美味探求〉の類稀な成果。精選し三冊に編む待望の集成。（大岡信）

夏目漱石全集（全10巻）　夏目漱石

時間を超えて読みつがれる最大の国民文学を、10冊に集成して贈る画期的な文庫版全集。全小説及び小品、評論に詳細な注・解説を付す。

中島敦全集（全3巻）　中島敦

卓越した才能を示しながらも夭逝した作家の全作品は勿論、習作・日記・書簡・歌稿等も網羅して、その全容を再現。

大菩薩峠（全20巻）　中里介山

雄渾無比／流転果てない人間の運命を描く時代小説の最高峰。前巻までのあらすじと登場人物を各巻の巻頭に。年表と分かりやすい地図付き。

野坂昭如エッセイ・コレクション（全3巻）　野坂昭如　大庭萱朗編

プレイボーイとは現代の都会に生きる「超人」のこと。気に入らない相手に牙をむき、いい女に迫る手練手管満載の過激コラム。（川勝正幸）

宮沢賢治全集（全10巻）　宮沢賢治

『春と修羅』、『注文の多い料理店』はじめ、賢治の全作品及び異稿を、綿密な校訂と定評ある本文によって贈る話題の文庫版全集。書簡など2巻増巻。

森鷗外全集（全14巻）　森鷗外

幅広く深遠な鷗外の作品を簡潔精細な注と、気鋭による清新な解説を付しておくる、画期的な文庫版全集。（田中美代子）

山田風太郎忍法帖短篇全集（全12巻）　山田風太郎

風太郎忍法帖の多彩さの極みは短篇にあり。長らく入手しにくかった作品、文庫未収録作品を多数含む短篇全集。

吉行淳之介エッセイ・コレクション（全4巻）　吉行淳之介　荻原魚雷編

エッセイの名手のコレクション刊行開始！　違いのわかる男になるのは難しい。吉行兄貴が紳士のおしゃれ、口説き方等伝授！（藤子不二雄Ⓐ）

ことばの食卓 武田百合子 野中ユリ画

なにげない日常の光景やキャラメル、枇杷など、食べものに関する昔の記憶と思い出を感性豊かな文章で綴ったエッセイ集。（種村季弘）

性分でんねん 田辺聖子

あわれにもおかしい人生のさまざま、また書物の愉しみのあれこれ。硬軟自在の名手、お聖さんの切口がますます冴えるエッセー。（氷室冴子）

恋する伊勢物語 俵万智

恋愛のパターンは今も昔も変わらない。恋がいっぱいの歌物語の世界に案内する、ロマンチックでユーモラスな古典エッセイ。（武藤康史）

オクターヴ 田口ランディ

「シは有限の極み。上のドは神の世界。知覚できないものの世界をガムランが開く」。バリを舞台とした傑作長編小説を大幅改稿！（宮台真司）

家内安全 夏石鈴子

彼しか与えることのできない栄養で、わたしの毎日は作られている……。「日常」の裏に潜む心の揺れを、まっすぐに描く恋愛小説集。（南Q太）

ユーモレスク 長野まゆみ

弟は隣家から聞こえてくるユーモレスクが好きだった。行方不明の弟を不在の中心に過去と現在が交錯する。書き下し短篇も新たに収録。（佐藤弓生）

フランクザッパ・ストリート 野中柊

ここでは、誰もがまんなんてしない。生きたいように生きるだけさ！　動物とニンゲンたちが繰り広げる、愛と友情と食欲の物語。（大島真寿美）

超短編アンソロジー 本間祐編

超短編とは、小説、詩等のジャンルを超え、数行という短さによって生命力を与えられた作品のこと。キャロル、足穂、村上春樹等約90人の作品。

回転ドアは、順番に 穂村弘 東直子

ある春の日に出会い、そして別れるまで。気鋭の歌人ふたりが、見つめ合い呼吸をはかりつつ投げ合う、スリリングな恋愛問答歌。（金原瑞人）

一人で始める短歌入門 枡野浩一

「かんたん短歌の作り方」続篇。CHINTAIのCM「いい部屋みつかっ短歌」の応募作を題材に短歌を指南。毎週10首、10週でマスター！

品切れの際はご容赦下さい

三島由紀夫レター教室　三島由紀夫

5人の登場人物が巻き起こす様々な出来事を手紙で綴る。恋の告白・借金の申し込み・見舞状等、一風変ったユニークな文例集。（群ようこ）

新恋愛講座　三島由紀夫

恋愛とは？　西洋との比較から具体的な技巧まで懇切丁寧に説いた表題作、「おわりの美学」「若きサムライのために」を収める。（田中美代子）

百合子さんは何色　村松友視

泰淳夫人の色、詩人の色、秘密の色……秀れた文業を残し逝った武田百合子の生涯を鎮魂の思いをこめて描く傑作評伝。（髙樹のぶ子）

ビーの話　群ようこ

わがまま、マイペースの客人に振り回され、〝いい大人が猫一匹に〟と嘆きつつ深みにはまる三人の女たち。猫好き必読！　鼎談＝もたい・安藤・群。

記憶の絵　森茉莉

父鷗外と母の想い出、パリでの生活、日常のことなど、趣味嗜好をないまぜて語る、輝くばかりの感性と滋味あふれるエッセイ集。（中野翠）

貧乏サヴァラン　森茉莉　早川暢子編

オムレット、ボルドオ風茸料理、野菜の牛酪煮……。食いしん坊茉莉は料理自慢。香り豊かな〝茉莉ことば〟で綴られる垂涎の食エッセイ。文庫オリジナル。

マリアの空想旅行　森茉莉　小島千加子編

旅行嫌いの著者が写真を見つつ、空想を自由に羽ばたかせ、こころの古都をおもむくままに綴った「芸術新潮」連載の「ひともする古都巡礼を」他。

不思議の町　根津　森まゆみ

一本の小路を入ると表通りとはうって変って不思議な空間を見せる根津。江戸から明治期への名残りを留める町の姿と歴史を描く。（松山巖）

パンツの面目ふんどしの沽券　米原万里

キリストの下着はパンツか腰巻か？　幼い日にめばえた疑問を手がかりに、下ばきをめぐる人類史上の謎に挑んだ、抱腹絶倒＆禁断のエッセイ。

つむじ風食堂の夜　吉田篤弘

それは、笑いのこぼれる夜。——食堂は、十字路の角にぽつんとひとつ灯をともしていた。クラフト・エヴィング商會の物語作家による長編小説。

ちくま文庫

志ん朝の落語1　男と女

二〇〇三年九月十日　第一刷発行
二〇〇九年十二月二十日　第十一刷発行

著者　古今亭志ん朝（ここんてい・しんちょう）
編者　京須偕充（きょうす・ともみつ）

発行者　菊池明郎
発行所　株式会社　筑摩書房
東京都台東区蔵前二―五―三　〒一一一―八七五五
振替〇〇一六〇―八―四一二三
装幀者　安野光雅
印刷所　三松堂印刷株式会社
製本所　株式会社積信堂
乱丁・落丁本の場合は、左記宛に御送付下さい。
送料小社負担でお取り替えいたします。
ご注文・お問い合わせも左記へお願いします。
筑摩書房サービスセンター
埼玉県さいたま市北区櫛引町二―六〇四　〒三三一―八五〇七
電話番号　〇四八―六五一―〇〇五三

ISBN4-480-03871-X　C0193